KB049636

실종자

실종자

프란츠 카프카 | 송경은 옮김

문예출판사

Der Verschollene

Franz Kafka

차례

- 이 책의 번역 저본은 *Der Verschollene* (Franz Kafka, FISCHER Taschenbuch, 2017)이다.
- 각주는 모두 옮긴이 주다.
- 인지명은 국립국어원 외래어 표기법에 따르되, 규범 표기 미확정인 경우는 원어 발음에 가깝게 표기했다.

I. 화부

열일곱 살 카를 로스만이 하녀의 유혹에 빠져 하녀가 임신하자 딱한 부모는 그를 미국으로 보내기로 했다. 이미 속도를 줄인 배는 뉴욕항으로 들어섰고 그는 계속 봐왔던 자유의 여신상이 갑자기 더 강한 빛을 받기라도 한 듯 응시했다. 칼을 든 여신상의 팔이 새로 솟아오른 듯 높이 뻗어 있었고 여신상 주변엔 산들바람이 불었다.

"정말 높네!"

그는 혼잣말했다. 내릴 생각을 안 하고 있다가 짐꾼들이 점점 더 많아지자 인파에 휩쓸려 그도 조금씩 갑판 난간까지 밀려갔다.

배에서 알게 된 젊은 남자가 지나가며 말했다.

"아직 내릴 생각이 없나 봐요?"

"내릴 준비는 다 했어요."

카를이 그를 향해 싱긋 웃으며 말했다. 힘센 청년임을 과시하듯 여행 가방을 번쩍 들어 어깨에 얹었다. 지팡이를 흔들며 걸어가는 그 남자가 벌써 다른 사람들과 시야에서 멀어져가는 걸 바라보다 불현듯 우산을 선실에 두고 왔다는 생각이 들었다. 얼른 그 남자에게 다가갔다. 남자가 썩 내켜 하지 않았지만 여행 가방을 잠깐 봐달라고 부탁했다. 되돌아오는 길을 잘 찾을 수 있게 주변을 휙 둘러보고 서둘러 걸음을 뗐다. 아래층에 가자 원래는 선실로 가는 지름길이었을 통로 한 곳이 전과 달리 막혀 있었다. 승객들이 모두 내리는 시점이라 그런 것 같았다. 연달아 나오는 계단을 지나, 계속 꺾여 구부러지는 복도를 지나 책상 하나 달랑 있는 빈방이 있는 곳까지 그는 완전히 길을 잃고 말았다. 이 길은 한두 번 그것도 항상 여러 명이 함께 왔던 게 전부였다. 사람은 단 한 명도 보이지 않았고 위에선 계속해서 수천 명의 승객들 신발 끄는 소리만 들리고 멀리선 이미 동작을 멈춘 엔진에서 꺼져가는 기계 소리가 희미하게 들릴 뿐이었다. 어떻게 해야 할지 도저히 알 길 없는 상황이라 이리저리 다니다 갇힌 그곳에서 고민할 것도 없이 앞에 있는 작은 문을 두드렸다.

"열려 있어요."

안에서 소리가 나자 카를은 안도의 한숨을 내쉬며 문을 열었다.

"문을 왜 그리 세게 두드려요?"

덩치 큰 남자가 카를 쪽은 보지도 않고 물었다. 배 위 어딘가에 있는 채광창 해치로 오랫동안 켜놓아 희미해진 불빛이 누추한 선실을 비췄다. 침대와 옷장, 의자가 각각 한 개씩 그리고 남자가 나란히 창고에 넣어놓은 물건처럼 방 안에 있었다.

"길을 잃었어요. 여행하는 동안엔 몰랐는데, 어마어마하게 큰 배인가 봐요."

카를이 말했다.

“맞아요.”

남자는 자랑스럽다는 듯 말하면서 작은 여행 가방의 자물쇠를 만지작거리며 걸쇠가 제대로 채워지게 하려고 두 손으로 가방을 꽉 눌렀다.

“안으로 들어와요!”

남자는 말을 이었다.

“그렇게 밖에 서 있지 말고!”

“방해가 되는 건 아닌지요?”

카를이 물었다.

“방해는 무슨!”

“독일분이세요?”

카를은 특히 아일랜드 사람들이 미국에 새로 온 사람들을 위협한다는 얘기를 많이 들은 터라 이를 확인하고 싶었다.

“나 독일 사람 맞는데.”

남자가 말했다. 카를은 그래도 망설였다. 그때 남자가 갑자기 문손잡이를 돌려 카를을 문 안으로 밀어 넣고 문을 닫았다.

“누가 안을 들여다보는 꼴을 못 봐주겠어서.”

다시 여행 가방을 손보며 남자가 말했다.

“지나가는 사람들 죄다 안을 들여다보는데 열에 한 명은 내 봐줄 순 있지.”

“그런데 지금은 복도가 텅 비어 있잖아요.”

침대 기둥에 몸이 눌려 불편한 자세로 선 채 카를이 말했다.

“지금이야 그렇긴 하지.”

남자가 말했다.

'지금이 중요한 건데.'

카를은 속으로 되뇌었다.

'이 사람과는 대화가 힘들겠어.'

"침대에 누워요. 거기가 더 넓어서 편할 거요."

남자가 말했다. 카를은 침대로 훌쩍 뛰어오르려다 안 되자 멋쩍어 큰 소리로 웃었다. 그러다 다시 침대에 오르자마자 소리쳤다.

"세상에, 내 가방을 깜빡하다니!"

"가방이 어디 있는데 그래요?"

"저 위 갑판에, 아는 사람이 맡아주고 있어요. 그 사람 이름이 뭐였지?"

카를은 어머니가 여행 때 사용하라고 달아준 재킷 안쪽 비밀 주머니에서 명함을 꺼냈다.

"부터바움, 프란츠 부터바움이요."

"그 여행 가방이 꼭 필요한 거요?"

"그럼요."

"흠, 그런데 왜 가방을 모르는 사람한테 맡겼소?"

"우산을 아래층에 두고 와서 그걸 찾으러 왔고, 가방을 질질 끌고 올 순 없으니 맡겼죠. 그러다 여기서 완전히 길을 잃은 거예요."

"혼자 왔어요? 동행 없이?"

"네, 혼자예요."

'이 남자 옆에 붙어 있어야 할 수도 있어'라는 생각이 카를의 머리를 스치고 지나갔다. 이 사람보다 나은 친구를 당장 어디서 찾겠는가.

"그럼 이제 여행 가방도 잃어버렸군. 우산은 말할 필요도 없고."

남자는 의자에 앉았다. 이제야 카를 문제에 관심이 조금 생긴듯 했다.

"그래도 가방은 아직 잃어버린 건 아니라 믿어요."

"믿는 자에게 복이 있을지어다."

남자는 말하며 숱 많은 짙은 색 스포츠형 머리를 벅벅 긁었다.

"항구에 따라 배 안의 관습도 달라져요. 함부르크였더라면 당신의 부터바움 씨가 여행 가방을 지켜줬을지도 모르지만 여기선 두 가지 다 흔적도 없이 사라졌을 가능성이 십중팔구요."

"그래도 지금 빨리 올라가봐야겠어요."

카를은 말한 뒤 어떻게 이곳을 빠져나갈 수 있는지 주변을 둘러봤다.

"그냥 있어요."

남자가 말하며 거칠다 싶을 만큼 손으로 카를의 가슴을 침대로 밀쳤다.

"왜 이러세요?"

카를은 화가 나 물었다.

"소용없으니까."

남자가 말했다.

"조금만 있으면 나도 나갈 거니 그때 같이 가요. 가방이 없어졌으면 어쩔 수 없는 일이고, 그 사람이 가방을 그 자리에 그대로 놔뒀다면 배가 완전히 비어야 가방을 찾기 쉬울 테니. 우산도 마찬가지고."

"이 배를 잘 아시나요?"

카를이 의심스러운 눈초리로 물었다. 텅 빈 배에서 자기 물건을 찾는 게 가장 좋은 방법이란 건 평상시라면 설득력 있는 생각이지만 지금은 어딘가 숨겨놓은 낚싯바늘에 낚이는 건 아닌가, 의구심이 들었다.

"난 이 배의 화부요."

남자가 말했다.

"화부시군요!"

남자의 말이 자신이 기대했던 모든 걸 뛰어넘는다는 듯 카를은 기뻐하며 팔꿈치로 턱을 괴고 남자를 더 가까이 바라봤다.

"제가 슬로바키아 사람들과 같이 지내던 방에 채광창이 있어 그곳으로 기계실이 보였어요."

"맞아요, 내가 바로 거기에서 일했지."

화부가 말했다.

"저는 항상 기계에 관심이 많았거든요."

카를이 생각에 잠겨 말했다.

"미국에 오지 않아도 됐다면 저는 분명히 엔지니어가 됐을 걸요."

"미국엔 왜 와야 했는데?"

"아, 그건!"

카를이 손을 저으며 말을 막았다. 더는 그 얘길 하지 말아달라고 부탁하는 듯 화부를 보며 씩 웃었다.

"그럴 만한 이유야 있겠지."

화부가 말했다. 그런데 그 이유가 뭔지 얘기해달라는 건지 안 듣겠다는 건지 애매했다.

"이제 저도 화부가 될지도 모르죠."

카를이 말했다.

"부모님은 이제 제가 뭘 하든 전혀 신경 쓰지 않으시거든요."

"내 자리가 날 거요."

화부가 말하며 의도적으로 양손을 바지 주머니에 넣고 주철 빛이 도는 회색 가죽 바지 차림의 다리를 침대 위에 올려 죽 뻗었다. 카를은 벽으로 밀려났다.

"그만두신다고요?"

"그렇다니까. 오늘 여기서 나갈 거요."

"왜요? 마음에 안 들어서요?"

"상황이 그래요. 마음에 들고 안 들고가 매번 결정적인 요소는 아니지. 그건 그렇고 당신 말이 맞아요. 이 배가 마음에 안 드는 것도 사실이지. 화부가 되겠다는 게 진지한 생각 같지는 않아 보이는데 마음만 먹으면 화부가 되는 게 가장 쉬운 일일 수도 있소. 그러니 난 말리고 싶단 얘기예요. 유럽에서 대학 갈 생각이 있었다면 여기서 다닐 생각은 왜 안 하는 거요? 미국 대학도 유럽 대학에 비할 바 없이 좋은데."

"그럴 수도 있겠죠."

카를이 말했다.

"그런데 대학 다닐 돈이 없어요. 낮에 가게에서 일하면서 밤에 대학에 다녀 박사가 되고 시장까지 된 사람 이야기를 읽은 적이 있기는 한데, 그러려면 엄청난 끈기가 있어야겠죠, 그렇지 않겠어요? 저는 그런 게 부족해요. 학교에서도 특별히 성적이 뛰어난 학생도 아니었고 학교를 그만둘 때도 전혀 아쉽지 않았어요. 여기 학교는 어쩌면 더 엄격할지도 모르죠. 게다가 영어는 거의 못 해요. 대체로 여기 사람들은 외국인에게 적대적이라던데."

"벌써 그런 것도 알고 있단 말이오? 뭐, 그렇다면야. 좋아요, 그럼 당신도 내 동지네. 내 말 들어봐요, 우리가 탄 배는 독일 선박이고 함부르크-아메리카 라인 소속인데 왜 이 배에 직원들은 독일 사람만 있는 게 아니냔 말이지. 왜 일등기관사가 루마니아 사람이냐고? 슈발이란 작자인데. 믿을 수 없는 일 아닌가? 게다가 이 쓰레기 같은 자식이 독일 배에 탄 독일 사람을 학대한단 말이지. 내가……."

그는 숨이 찬지 손을 젓느라 잠시 말을 멈췄다.

"불평을 위한 불평을 한다고는 생각하지 말아요. 당신이 영향력도 없는 가난한 젊은이란 건 나도 아니까. 그래도 이건 너무 심하단 말이지."

그는 주먹으로 책상을 여러 차례 세게 내리치면서 한순간도 주먹에서 눈을 떼지 않았다.

"그동안 수없이 많은 배에서 일했지만 말이야."

그는 스무 개나 되는 배 이름을 한 단어인 양 줄줄이 읊어댔고 카를은 혼란스러웠다.

"남들보다 뛰어나 표창도 받았고, 선장들 취향에 딱 맞는 직원이었지. 같은 무역선을 몇 년 동안 타기도 했다니까."

그때가 자신의 절정기였다는 듯 화부는 자리에서 벌떡 일어났다.

"그런데 여기선 모든 게 자로 잰 듯 빡빡하게 돌아가고 농담이라곤 먹히지도 않고. 난 아무 쓸모 없는 사람이 되어 슈발이란 작자에게 거슬리는 존재고, 게으름뱅이라 쫓겨나야 하는데 순전히 자기가 은혜를 베풀어줘서 급료를 받는 그런 존재밖에 안 되니까. 내 말 이해 가요? 난 도무지 이해가 안 된단 말이야."

"그대로 놔두면 안 되죠."

카를이 흥분해서 말했다. 자신이 낯선 대륙 연안에 정박한 배 안의 불안한 바닥에 있다는 사실을 잊고 있었다. 그만큼 이곳 화부의 침대가 집처럼 아늑하게 느껴졌다.

"선장한테 가보셨어요? 선장을 만나 권리를 요구해보셨어요?"

"자, 나가요. 여기서 나가는 게 좋겠소. 자네가 여기 있는 거 싫으니까. 내가 하는 말은 듣지도 않고 나한테 충고만 하고. 그래, 선장한테 어떻게 가라는 거요?"

화부는 피곤한 기색으로 다시 앉아 두 손으로 얼굴을 감쌌다.

"이보다 더 나은 충고가 어디 있다고 그러는지."

카를은 혼잣말했다. 그는 여기서 쓸데없다는 평가나 받는 충고 따위를 하느니 차라리 여행 가방을 가지러 가는 게 낫겠다는 생각이 들었다. 아버지가 여행 가방을 물려주면서 '네가 이 가방을 얼마나 오래 간직하려나?'라고 농담처럼 말했는데 이제 보니 소중한 가방을 어쩌면 진짜로 잃어버렸을지도 모를 일이다. 아버지가 알아본다 해도 지금 상황을 전혀 알 길이 없다는 사실이 그나마 유일한 위안이었다. 기껏해야 카를이 뉴욕에 잘 도착했다는 사실 정도만 선박회사가 말해줄 테니까. 안타까운 건 카를이 가방 안에 있는 물건을 거의 사용해보지도 못했다는 것이다. 예를 들면 진작부터 셔츠를 갈아입었어야 했는데 그러지 못했다. 쓸데없는 데서 절약을 한 셈이다. 이제 막 새로 시작된 인생이 열리는 시점에서 깨끗한 옷이 아닌 지저분한 셔츠 차림으로 나타나야 한다니. 그런 것만 아니라면 가방을 잃어버렸다 해도 그렇게 화가 나지는 않았을 것이다. 지금 입고 있는 정장은 가방 안에 있는 옷보다는 훨씬 나았다. 사실 가방 안에 있는 건 어머니가 여행 직전에 수선해서 넣어준 비상용 옷이었다. 어머니가 특별선물로 넣어준 베로나산 살라미가 거의 그대로 남아 있다는 사실도 불쑥 떠올랐다. 항해 중에 식욕이 없어 삼등실에 나오는 수프만으로도 충분해서 살라미는 아주 조금만 먹고 그대로 남겨뒀었다. 지금 그 살라미가 있었더라면 화부에게 줄 수 있어 좋았을 텐데. 이런 이들에게 작은 선물이라도 주면 쉽게 마음을 끌 수 있다는 사실을 카를은 아버지를 보고 깨달았다. 아버지는 사업상 관련 있는 부하 직원들을 대할 때 시가를 나눠줘 그들의 환심을 사곤 했다. 지금 갖고 있는 것 중 선물할 만한 것은 돈밖에 없는데 가방을 정말 잃어버렸을 수도 있으니 당분간은 돈에 손을 대고 싶지 않았다. 그러다 다시 여행 가방 생각이 났다. 항해 중에는 밤잠도 못 자고 가방을 감시해놓고 그렇게 어이없이 한순간에 가방을 날려버리다니 도무지 이해가 안 갔다. 카를 침대 왼쪽 건너 건너 침대에 있던 자그마한 체구의 슬로바키아 사람이 자기 가방을 노리고 있다고 의심했던 닷새 동안의 밤도 떠올랐다. 슬로바키아인은 자기가 갖고 놀고 연습했던 기다란 막대기로 카를의 가방을 자기 쪽으로 끌어당기려고 카를이 피곤에 지쳐 잠들기만을 기다렸다. 슬로바키아에서 온 그 사람은 낮에는 순진한 사람처럼 보이는데 밤만 되면 수시로 침대에서 일어나 애처로운 표정으로 카를의 가방을 쳐다봤다. 이런 광경을 카를은 분명하게 알아봤다. 선박 규정에는 금지되어 있지만 심리적으로 불안한 이민자들이, 이해하기 힘든 이민 중개회사 서류를 해독하려고 여기저기 작은 불을 켜놨기 때문이다. 불빛이 가까이 있으면 카를은 잠깐씩 눈을 붙일 수 있었지만 불빛이 멀리 있거나 어두우면 눈을 부릅뜨고 있을 수밖에 없었다. 얼마나 긴장했는지 완전히 기진맥진했건만 이제 그런 노력도 아무 소용이 없어질 노릇이다. 부터바움이란 작자, 어디에서건 만나기만 해봐라.

바로 그때 지금까지 완전히 적막했던 고요가 깨지고 먼 곳에서 아이들 발걸음 소리 같은 희미한 소리가 들려왔다. 소리는 점점 더 강해졌는데 이제 보니 남자들이 조용히 행진하는 소리였다. 좁은 복도니 당연히 그래야겠지만, 일렬로 오는 것 같았고 무기가 부딪치며 덜거덕 소리가 났다. 카를은 침대에 몸을 뻗고 여행 가방과 슬로바키아인에 대한 온갖 걱정에서 벗어나 막 잠이 들려던 참이었다. 그는 화들짝 놀라서 벌떡 일어나 화부를 깨우려고 몸을 툭 쳤다. 행렬의 선두 주자들이 바로 문 앞에 온 것 같아서였다.

"이 배의 악사들이라오."

화부가 말했다.

"위에서 연주 끝나고 이제 짐 싸러 가는 길이지. 이제 다 끝났으니 우리도 갈 수 있어요. 갑시다."

화부는 카를의 손을 잡았다. 마지막으로 침대 위 벽에서 성모상을 떼어 상의 안주머니에 넣고 여행 가방을 들고 카를과 선실을 서둘러 나왔다.

"난 이제 사무실에 가서 높은 분들한테 내 의견을 말할 참이오. 이제 승객들도 없으니 눈치 볼 것도 없고."

화부는 이 말을 여러 가지 다른 표현으로 반복했고 걸어가다 복도를 가로지르는 쥐를 보고 옆 발질로 밟아 죽이려 했는데 때마침 쥐가 구멍 앞에 와 있어 오히려 쥐구멍으로 더 빨리 들어가게 해준 셈이었다. 화부는 다리가 길었지만 너무 무거워서 동작이 아주 느렸다.

두 사람이 주방을 지나가는데 지저분한 앞치마를 입은 젊은 여자 몇 명이 고의로 물을 튀기며 커다란 통에 담긴 그릇을 씻고 있었다. 화부는 리네라는 여자를 불러 그녀의 허리에 팔을 감싸고 걸어갔다. 리네라는 여자는 그의 팔에 몸을 밀착시키며 교태를 부렸다.

"이제 급여 받을 텐데, 같이 갈까?"

화부가 물었다.

"내가 힘들게 뭐 하러 가요, 그냥 갖다주시면 되지."

그녀가 대답하며 그의 팔에서 빠져나와 가버렸다.

"어디서 저렇게 예쁜 미소년을 데려왔대요?"

그녀는 소리치며 물었지만 대답을 들을 생각은 없어 보였다. 일손을 멈춘 여자들이 모두 깔깔 웃는 소리만 들렸다.

두 사람은 걸어가다 문 앞에 도착했다. 문 위에 있는 작은 박공*에 금박을 입힌 카리아티드**가 걸려 있었다. 배 장식치고는 꽤 호화로워 보였다. 이 구역은 카를이 한 번도 와본 적이 없는 곳으로 일등실이나 이등실 승객 전용으로 사용하다가 이제 대청소를 하려고 임시 벽을 치워둔 것 같았다. 걸어오면서 만난 몇 사람이 빗자루를 어깨에 멘 채 화부에게 인사하기도 했다. 이곳의 분주한 느낌에 카를은 내심 놀랐다. 삼등실에선 거의 볼 수 없는 광경이었다. 복도를 따라 전선이 있었고 작은 종이 계속 울렸다.

화부가 공손하게 노크했다.

"들어와요" 하는 소리가 들리자 화부는 카를에게 겁내지 말고 들

---

* 서양식 건축물에서 경사진 지붕과 벽이 만나 이루는 삼각형 모양의 공간으로 흔히 부각으로 장식한다.

** 들보를 받치고 있는 여인상

어가자는 손짓을 했다. 카를도 들어가긴 했으나 문 옆에 바로 멈췄다. 선실에 있는 창문 세 군데에서 파도가 넘실거리는 바다가 펼쳐졌고 활기찬 바다의 움직임에 닷새 동안 줄곧 봤는데도 바다를 한 번도 못 본 것처럼 가슴이 두근거렸다. 교차하며 지나가는 큰 배 몇 척은 무게가 있어서인지 파도에 그렇게 심하게 밀리지는 않았다. 실눈으로 바라보면 그 배들이 자기 무게 때문에 흔들리는 것 같았다. 항해 중에는 팽팽하게 펼쳐졌을 폭이 좁고 기다란 깃발이 돛대 위에서 이리저리 펄럭거렸다. 군함에서 쐈을 법한 예포 소리가 울렸다. 그리 멀지 않은 곳을 지나는 군함에서 강철 외피로 된 포신이 반사되어 번쩍였고 배가 완벽한 수평은 아니었지만 그래도 안전하게 미끄러지니 이 포신이 보호받는 것 같았다. 문에서 보면 꽤 멀리 보이는 작은 배와 보트가 커다란 배 틈새로 들어갔다. 이 모든 광경 뒤에는 뉴욕이 있었고 마천루의 수십만 개 창문이 카를을 바라봤다. 그렇다. 이 방에 들어오면 자신이 어디에 있는지 모를 수 없다.

원형 테이블에 남자 셋이 앉아 있었다. 그중 한 사람은 푸른색 제복을 입은 항해사였고, 항만청 직원들로 보이는 다른 두 사람은 검은색 항만청 제복 차림이었다. 테이블 위에 각종 서류가 수북이 쌓여 있었다. 항해사가 펜을 들고 서류를 먼저 훑어보고 두 사람에게 건네주면 두 사람은 서류를 읽고 필기하기도 했다. 그중 한 사람은 거의 쉬지 않고 이를 부딪치며 딱딱 소리를 내고 동료가 내용을 받아 적지 않아도 되는 서류는 가방에 넣었다.

창가 책상에는 체구가 작은 남자가 등지고 앉아 자기 머리 높이에 있는 선반 위에 빼곡히 꽂힌 장부를 펼쳐놓고 일에 몰두하고 있었다. 그 남자 옆에 문이 열린 금고가 있었고 얼핏 보기에 비어 있는 것 같았다.

두 번째 창문 앞에는 아무것도 없어서 전망이 가장 좋았다. 세 번째 창문 근처엔 남자 둘이 조용히 대화하고 있었다. 선원 제복 차림으로 창가에 기대 있는 남자는 단검 자루를 쥐고 휘두르는 장난을 하고 있었다. 그와 대화 중인 남자가 창 쪽을 보고 있다가 간간이 몸을 움직이면 창가에 기댄 남자의 가슴 위에 주르르 달린 훈장 일부가 보였다. 이 남자는 사복 차림에 가는 대나무 막대기를 들고 있었는데 양손을 허리에 대고 있어 막대기가 단검처럼 보였다.

카를은 주변을 다 둘러볼 시간이 없었다. 곧바로 사환이 그들에게 다가와 여기는 당신 같은 사람이 올 곳이 아니라는 눈초리로 화부를 쳐다보며 뭐 하러 왔는지 물어서였다. 화부는 질문받았을 때와 똑같이 나지막한 목소리로 경리부장과 면담하고 싶다고 말했다. 사환은 자기가 먼저 손짓으로 요청을 거부했지만 그러면서도 까치발로 걸으며 둥근 테이블을 돌아 장부를 들고 있는 남자에게 갔다. 사환의 말을 듣자 남자의 표정이 굳어지는 모습이 뚜렷하게 보였다. 그러다 자기와 대화를 원하는 화부 쪽으로 시선을 돌렸다. 남자는 화부를 향해, 그러고 나서 사환을 향해 단호하게 거절한다는 손짓을 보냈다. 사환은 화부에게 다가와 뭔가를 털어놓는 듯한 어조로 말했다.

"어서 이 방에서 나가주세요!"

이 말을 들은 화부는 카를을 바라봤다. 카를이 자기 심장이라도 되듯이 화부의 눈초리에는 답답한 마음을 호소하는 기색이 역력했다. 아무런 고민도 없이 카를은 방을 가로질러 갔다. 급히 가느라 항해사의 의자를 스치기도 했다. 사환은 몸을 숙여 독에 든 쥐를 쫓듯

양팔을 벌려 뒤따라왔지만 카를이 먼저 경리부장의 책상에 이르렀고 그는 사환이 자신을 잡아 끌어낼까 봐 책상을 꽉 움켜잡았다.

방 안 분위기가 곧바로 역동적으로 바뀌었다. 테이블에 앉아 있던 항해사가 벌떡 일어났고, 항만청 직원들은 말없이 주의 깊게 지켜봤고, 창가에 있던 두 남자는 나란히 걸어왔다. 사환은 높은 분들이 관심을 보이던 자리에 자기가 설 곳은 없다는 판단을 내렸는지 뒤로 물러났다. 문 앞에서 화부는 잔뜩 긴장한 얼굴로 자신의 도움이 필요한 순간을 기다리고 있었다. 안락의자에 앉아 있던 경리부장이 드디어 오른쪽으로 몸을 홱 돌렸다.

사람들 시선에도 아랑곳하지 않고 카를은 비밀 주머니를 뒤져 여권을 꺼낸 뒤 자기소개를 대신해 여권을 책상 위에 펼쳐놓았다. 경리부장은 여권은 별로 중요하지 않다는 듯 손가락 두 개로 튕겨 옆으로 치워버렸다. 그러자 카를은 형식 절차가 만족스럽게 끝났다는 듯 여권을 다시 집어넣었다.

"말씀 좀 드리겠습니다."

카를이 말문을 열었다.

"제 생각엔 여기 계신 화부가 부당한 취급을 받은 것 같아요. 이 배의 슈발인가 하는 사람이 이분을 괴롭히나 봅니다. 이분은 지금까지 수많은 배를 탄 경험이 있고 아주 만족하며 근무했어요. 그 많은 배의 이름도 전부 말씀드릴 수 있고요. 부지런하고 자기 일을 잘 해내는 분인데 상선보다 업무도 과중하지 않은 이 배와 왜 그렇게 맞지 않는지 도저히 이해가 안 돼요. 그러니 이분의 승진을 방해하고 당연히 이분이 받아야 할 인정도 못 받게 하는 건 중상이라고 할 수밖에요. 저는 이 문제에 관해 일반적인 것만 말씀드렸고, 정확히 어떤 불만 사항이 있는지는 이분이 직접 전해드릴 겁니다."

카를은 방 안에 있는 모든 사람을 향해 말했다. 실제로 모두가 귀를 기울여 들었다. 카를은 경리부장이 공정한 사람이기를 기대하기보다 그들 중 공정한 사람이 한 사람이라도 있을 가능성이 더 높다고 생각했기에 모두를 향해 말했다. 게다가 영리하게도 카를은 화부를 알게 된 것이 불과 얼마 전이라는 사실은 말하지 않았다. 카를이 지금 서 있는 곳에서 처음 본, 대나무 막대를 든 남자의 붉으락푸르락한 얼굴에 당황하지 않았더라면 더 멋있게 말할 수도 있었을 테지만.

"하나같이 맞는 말입니다."

아무도 묻지 않고 그 누구도 쳐다보는 사람이 없는데도 화부가 말을 꺼냈다. 훈장을 단 남자가 화부의 말을 경청해볼 생각이 없었다면 화부가 이렇게 서두른 건 엄청난 실수였을지도 모른다. 카를은 이 남자가 선장이겠다는 생각이 번뜩 들었고 확실해 보였다. 선장은 손을 쭉 뻗어 화부를 향해 외쳤다.

"이쪽으로 오시오!"

선장의 목소리는 망치로 내려치는 듯 단호했다. 이제 모든 건 화부의 태도에 달려 있었다. 화부가 주장하는 사건의 정당성을 카를은 전혀 의심치 않았기 때문이다.

화부가 세상 이곳저곳을 많이 다녔다는 사실이 이번 일로 드러나게 돼 다행이었다. 모범적이라 할 만큼 침착하게 화부는 자기 여행가방에 손을 넣더니 한 번에 서류뭉치와 수첩을 꺼내 당연한 듯 경리부장을 완전히 무시하고 직접 선장에게 다가가 증거 자료를 창틀 위에 펴놓았다. 경리부장은 스스로 그리로 가는 수밖에 달리 방법이 없었다.

"이 사람은 소문난 불평꾼입니다."

경리부장이 해명했다.

"이 사람은 기관실보다 경리실을 더 자주 들락거렸어요. 슈발이라는 점잖은 사람을 절망으로 몰아넣었어요. 내 말 들어봐요!"

그는 화부를 향해 말했다.

"당신 이런 행동 정말 너무 막 나가는 거 아니오? 매번 터무니없는 부당한 요구만 하니 급여 정산실에서 쫓겨나는 게 당연하지! 거기서 경리실 안으로 직접 뛰어간 것도 한두 번이 아니고. 게다가 슈발이 당신 직속상관이니 부하 직원으로서 그 사람과 잘 지내야 한다고 좋은 말로 타이른 것도 여러 차례고. 그런데 이제 선장실까지 찾아와 부끄러운 줄도 모르고 선장님까지 성가시게 하질 않나, 이 배에서 본 적도 없는 애송이까지 데려와 얼토당토않은 고발까지 늘어놓게 하는군."

카를은 뛰어들고 싶은 충동을 억눌렀다. 바로 그때 선장이 말했다.

"이 사람 말 한번 들어봅시다. 어차피 슈발은 언젠가는 나를 떠나 독립할 거고 그렇다고 그게 당신한테 유리하다는 말을 하려는 건 절대 아닙니다."

마지막 문장은 화부에게 한 말이었다. 선장이 당장 화부에게 뭔가를 해줄 수 없는 건 당연했다. 모든 일이 순조롭게 진행되는 것 같았다. 화부는 설명을 시작했고 처음에는 '슈발 씨'라는 존칭을 붙여 말하며 자제했다. 주인이 떠난 경리부장의 책상 옆에서 카를은 기분이 좋아 책상 위의 편지 저울을 장난으로 몇 번이고 눌러보곤 했다. 슈발 씨는 부당하다! 슈발 씨는 외국인을 우대한다! 슈발 씨는 화부를 기관실에서 내쫓아 화장실 청소를 시켰다! 이건 화부가 할 일이 절대 아니다! 슈발 씨의 업무 능력이 의심스러운 때도 있었다. 겉으로만 그럴싸해 보이지 사실은 능력이 없다. 이 시점에서 카를은 온 힘을 다해 선장을 응시했다. 선장이 자기 동료라도 되는 듯 다정한 눈초리로 바라본 건 순전히 화부의 미숙한 표현이 선장에게 좋지 않은 인상을 줄까 봐 그랬다. 화부는 장황하게 말을 늘어놓았지만 중요한 건 아무것도 없었다. 선장이 이번에는 화부의 말을 끝까지 경청해보자는 눈빛으로 여전히 시선을 앞으로 향하고 있었지만, 다른 사람들은 좌불안석이었다. 얼마 지나지 않아 화부의 목소리도 방 안에서 존재감을 잃게 되면서 불안한 조짐이 나타났다. 맨 먼저 사복 차림 남자가 대나무 막대를 흔들어댔고 소리가 크게 나진 않았지만 마룻바닥을 톡톡 두드렸다. 다른 사람들이 그쪽으로 가끔 시선을 돌렸고 조급해진 항만청 직원들은 다시 서류를 들고 멍한 표정으로 훑어봤다. 항해사도 책상에 더 바짝 다가앉았고, 다 이긴 게임이라 믿는 경리부장은 빈정대듯 한숨을 길게 내쉬었다. 방 안 전체에 감도는 산만한 분위기에 휩쓸리지 않는 사람은 사환뿐인 듯했다. 사환은 높은 사람들 사이에 선 불쌍한 화부의 슬픔에 일부 공감했고, 뭔가 말하려는 듯 진지한 표정으로 카를을 보며 고개를 끄떡였다.

그동안 창문 밖에서는 항구의 일상이 계속 이어졌다. 바닥이 평평한 바지선이 산더미처럼 쌓아 올린 통을 싣고 지나갔다. 통이 굴러떨어지지 않게 어쩌면 그렇게 기막힌 방법으로 쌓았는지 신기할 정도였다. 배가 지나가면서 방 안에 어두운 그림자가 생겼다. 소형 모터보트 몇 대가 키를 잡고 똑바로 서 있는 남자들의 손이 움직이는 대로 소리를 내며 일직선으로 질주했다. 카를이 시간만 있었다면 좀 더 자세히 볼 수 있었겠지만 그러지 못했다. 이상하게 생긴 부유물이 여기저기 출렁이는 바다 위로 떠올라 곧바로 파도에 덮여 휩쓸렸다가 깜짝 놀라 바라보는 카를 눈앞에서 가라앉았다. 승객으로 꽉 찬 원양 정기선 소속 보트는 선원들이 있는 힘껏 노를 젓자 일제히 앞으로 나아갔고 보트에 빈틈없이 실린 승객들은 잔뜩 기대하는 표정으로 차분하게 앉아 있었다. 그래도 몇몇 승객은 풍경이 바뀔 때마다 고개를 돌리며 바라보기도 했다. 끝없는 분주함과 불안감이 무기력한 인간과 그들의 행위로 옮겨졌다.

모두가 화부에게 얼른, 분명하게, 자세히 말해보라고 재촉했지만 화부는 뭐 하고 있는지? 화부는 진땀을 흘려가며 말했고, 손이 떨려 창틀 위에 있는 서류를 집어 들지도 못했다. 슈발에 대한 불만 사항이 화부의 머릿속 사방에서 밀려들었고 자신이 보기에는 그중 한 가지만으로도 슈발이란 작자를 완전히 매장하기 충분하다고 생각했다. 그런데 정작 그가 선장에게 제시할 수 있는 건 모든 게 뒤죽박죽 섞인 서글픈 혼란의 소용돌이뿐.

대나무 막대를 든 남자는 천장을 보며 낮은 휘파람을 분 지 오래고, 항만청 직원들은 항해사를 자기네 테이블에 붙들어두고 놓아줄 생각이 없었다. 경리부장은 간섭하고 싶은데 선장이 조용히 있으니 꾹 참고 자제하는 기색이 역력했다. 사환은 차려 자세를 하고 선장이 화부에게 어떤 명령을 내릴지 매 순간 긴장한 채 대기 중이었다.

카를은 이대로 가만히 있을 수는 없는 노릇이었다. 그는 사람들이 모여 있는 쪽으로 천천히 발걸음을 옮기면서 머릿속으로는 이 문제를 어떻게 하면 가장 영리하게 풀어갈지를 걷는 속도보다 더 빠른 속도로 고민해보았다. 정말 중요한 순간이었다. 남은 시간이라곤 아주 잠깐. 이 시간을 활용하지 못하면 이들이 두 사람을 사무실 밖으로 날려 보낼 수도 있다. 선장은 꽤 괜찮은 사람 같았다. 카를 눈에는 선장이 공정한 상사라는 인상을 드러내고 싶은 특별한 이유라도 있는 것 같았다. 아무리 사람 좋아 보인다 해도 선장이 고장 날 때까지 두들겨도 되는 악기는 아니었다. 물론 극도로 격앙된 상태이기는 했지만 화부는 선장을 그렇게 대했다.

카를은 화부에게 말했다.

"더 간단하게 말씀드려야 해요, 더 명확하게 설명해보세요. 지금처럼 말해선 선장님이 당신 말을 인정하기 힘들어요. 당신이 이름만 대면 선장님이 그게 누구인지 곧바로 알 만큼 기관사와 사환의 이름이나 세례명까지 전부 아실까요? 불만 사항을 머릿속에 정리해보고 난 뒤, 제일 중요한 것을 먼저 말하고, 나머지는 중요한 순서대로 얘기하세요. 그러면 대부분은 더 말할 필요도 없을 거예요. 저한테 말씀하실 땐 계속 똑 부러지게 설명하셨잖아요."

'미국에선 여행 가방도 훔쳐 갈 수 있는데 이까짓 거짓말쯤이야 못 할 것도 없지.'

카를은 핑계를 찾으며 생각했다.

그래도 도움이 됐으면 좋겠는데. 너무 늦은 건 아닌지? 화부는 익숙한 목소리를 듣자 곧바로 말을 멈추긴 했는데, 눈물이 앞을 가려 카를을 알아볼 수도 없었다. 모욕적으로 명예가 실추되었고 눈앞에 닥친 위기 상황에 가려진 끔찍한 기억 때문에 쏟아진 눈물이었다. 이제 화부는 어떻게 해야 할 것인가, 말이 없는 화부 앞에서 카를도 침묵을 지키면서 상황 판단을 해봤다. 갑자기 화부의 말투를 어떻게 바꾸겠는가. 카를이 보기에 화부는 자신이 할 수 있는 말을 모두 쏟아냈지만 조금도 인정받지 못했고, 달리 표현하면 화부가 아직 아무 말도 안 했다는 건데, 그렇다고 이제 와 사람들한테 남은 얘기를 전부 경청해달라고 말할 수도 없는 노릇이다. 이때 화부 편을 들어주는 유일한 지지자인 카를이 와서 화부에게 득이 되는 조언이라도 주려나 했더니 오히려 다 끝났다는 걸 보여주는 꼴이 되어버렸다.

"창밖을 내다볼 게 아니라 더 일찍 왔어야 했는데."

카를은 혼잣말하며 화부 앞에서 고개를 숙이고 바지 봉제선을 양손으로 툭툭 쳤다. 더는 희망이 없다는 뜻이었다.

그런데 화부는 이걸 오해했다 . 카를이 자신을 은근슬쩍 비난했다고 생각했나 보다. 처음에는 좋은 의도로 설득하려 했다가 설상가상으로 카를과 논쟁이 시작됐다. 둥근 테이블에 둘러앉은 남자들이 어이없는 소동으로 자신들의 중요 업무를 방해받아 진작부터 격분한 바로 이 시점에서. 경리부장은 선장의 인내심을 도저히 이해할 수 없어 당장이라도 폭발할 기세였다. 사환도 자기 상관들 편에 붙어 인상 쓰며 화부를 노려봤다. 대나무 막대를 든 신사는 화부에 대한 관심이 완전히 사라졌고 혐오감까지 느낄 지경이었다. 그는 작은 수첩을 꺼내, 수첩과 카를을 번갈아 바라보며 완전히 다른 일에 몰두하고 있었다. 이런 모습을 선장은 가끔 다정한 눈빛으로 쳐다봤다.

"알아요. 알고 있다고요."

카를이 말했다. 그는 화부가 자신한테 쏟아붓는 공세를 막느라

고생이었지만 그래도 중간중간 화부를 향해 다정한 미소를 보냈다.

"당신 말이 맞아요. 다 맞아요. 저는 조금도 의심하지 않았어요."

화부가 팔을 마구 휘젓는 바람에 이러다 맞겠다 싶은 생각이 들어 카를은 화부의 손을 꽉 잡고 싶었다. 아니 사실은 당장 화부를 한쪽 구석으로 몰아 누구도 들어서는 안 될 말이니 차분하게 몇 마디 속삭여주고 싶었다. 그런데 화부는 통제 불능이었다. 화부가 절망에 빠져 궁지에 몰리면 이 자리에 있는 일곱 사람을 전부 제압할 수 있을지도 모른다는 생각이 들자, 카를은 오히려 위안이 되는 것 같은 느낌이 들기도 했다. 언뜻 보기에도 책상 위에는 전선으로 연결된 버튼이 여러 개 달린 제어 장치가 있었다. 버튼에 손만 대면 적대적인 사람들로 가득한 이 배 전체에 폭동이 일어날 수도 있었다. 바로 그때 지금까지 무관심했던 대나무 막대를 들고 있던 남자가 카를 쪽으로 다가와 물었다. 그리 큰 소리는 아니었지만 화부의 고함 소리를 압도하는 또렷한 목소리였다.

"그나저나 젊은이 이름이 뭔가요?"

그때 누군가 문 뒤에서 이 남자의 말을 기다리기라도 한듯 똑똑 문을 두드렸다. 사환이 선장을 바라보자 선장은 고개를 끄덕였다. 사환이 문을 열었다. 문밖에 낡은 황실 제복 차림을 한 보통 체격의 남자가 서 있었다. 외모로 봐서는 기계를 다루는 일과는 어울리지 않았지만 이 사람이 바로 슈발이었다. 모두가, 선장도 예외 없이 뭔가 안도감 같은 기류가 돌았다. 모든 사람의 표정에서 드러난 만족감은 알아차리지 못했을지라도 화부의 잔뜩 힘이 들어가 바짝 긴장한 팔과 불끈 쥔 주먹은 봤어야 했다. 자기 인생에서 가장 중요한 일이라 생명을 바칠 각오까지 되어 있다는 듯 결연한 자세로 주먹을 쥐고 있었다. 그 주먹에 지금 그가 가진 모든 힘이, 또 지금까지 그를 지탱해준 힘이 다 들어가 있었다.

그 자리에 제복 차림에 거리낌 없이 활기찬 모습으로 나타난 적이 와 있었다. 슈발은 옆구리에 장부를 끼고 있었다. 화부의 급여 명세서와 작업 일지가 들어 있을 게 뻔했다. 슈발은 일곱 명 모두의 기분을 확인해보려는 의도를 노골적으로 드러내면서 차례로 한 사람씩 눈을 맞췄다. 일곱 명 모두 이미 그 사람 친구였다. 선장이 좀 전에 슈발에 대해 반감을 품었다 해도, 어쩌면 그것도 그런 척만 했을 수도 있고, 자신도 피해를 봐 괴로운 선장 눈에는 슈발이 조금도 비난할 게 없는 사람으로 보였을 터였다. 화부 같은 사람은 엄격하게 다뤄도 되는 사람이니, 슈발이 비난받을 게 있다면 그가 화부의 반항심을 꺾어놓지 못해 화부가 오늘 감히 선장 앞에까지 나타났다는 점이다.

자, 이제 화부와 슈발의 대결은 상급 공청회에서나 볼 수 있는 효과가 사람들 앞에서 거둘 수 있으니 놓치지 말아야 할 터다. 슈발이 제아무리 위장할 수 있다 해도 절대로 끝까지 버틸 수는 없을 테니 말이다. 그의 비열함이 슬쩍만 드러나도 이 자리에 있는 사람들이 알아차리기에는 충분할 것이다. 그렇게 될 수 있도록 카를은 신경 썼다. 이분들 각자의 통찰력, 취약점, 기분 등을 파악했다. 그런 관점으로 보면 지금까지 여기서 보낸 시간이 완전히 무의미한 건 아니었다. 화부가 좀 더 나은 모습을 보여주었더라면 좋았을 텐데 이제 그는 완전히 전의를 상실한 것 같았다. 누군가 슈발을 화부 앞에 데려가면 화부는 마음 같아서야 꼴 보기 싫은 슈발의 머리통을 껍질이 얇은 호두 깨듯 주먹으로 박살 내고 싶은 생각이 간절할 텐데.

현실적으로는 슈발에게 몇 걸음 다가가는 것조차도 힘들어 보였다. 슈발은 언젠가는 자발적으로 아니면 선장의 부름을 받고라도 결국은 여기 왔을 게 분명하다. 이렇게 쉽게 예견할 수 있는 걸 카를은 왜 생각하지 못했을까? 이곳으로 오는 길에 전투 전략을 화부와 자세히 의논했어야 했는데 왜 그러지 못했을까? 아무 준비 없이 문이 있다고 그냥 들어오는 게 아니었는데 두 사람은 그렇게 했으니. 화부가 말을 할 수나 있을지? 최선의 경우에 반대신문을 받겠지만 그 자리에서 '예'나 '아니요'란 대답을 제대로 할 수 있을까? 화부는 다리를 벌리고 서 있었다. 무릎이 불안정했고 고개를 살짝 들고 엉거주춤한 자세로 입을 헤 벌리고 있었다. 벌어진 입으로 공기가 들어가고 나가서, 몸 안에 공기를 들이고 내보내는 기능을 하는 폐가 없는 사람 같았다.

반면 카를은 몸과 마음이 아주 강해진 느낌이 들었다. 고국에서는 한 번도 경험하지 못한 느낌이었다. 타국에서 높은 사람들 앞에서 선을 위해 투쟁하고, 아직 승리를 거두지는 못했지만 최후의 정복을 위해 모든 준비를 다 갖춘 카를의 모습을 부모가 보면 어떤 반응을 보일까? 아들에 대한 생각이 바뀔까? 두 분이 아들을 사이에 끼고 앉아 칭찬하실까? 적어도 한 번쯤은, 부모님 뜻에 순응하는 아들의 눈을 한 번쯤은 바라봐주지 않을까? 불확실한 질문이다. 그런 질문을 하기에 부적절한 순간이기도 하고.

"이 자리에 온 건, 제가 부정한 행위를 저질렀다며 화부가 누명을 씌울 게 분명하단 생각이 들어서입니다. 화부가 이 방으로 오는 걸 봤다고 주방 직원이 일러줬습니다. 선장님과 여기 계신 여러분, 저는 어떤 비난에 대해서도 제가 준비한 서류를 근거로 반박할 준비가 돼 있습니다. 필요하면 문밖에 있는 편견 없고 어디에도 영향을 받지 않은 증인들의 증언으로도 답변할 수 있습니다."

슈발이 말했다. 명쾌한 발언이었다. 청중들의 표정 변화를 보면, 아주 오래간만에 처음으로 사람다운 목소리를 들었다는 기색이 역력했다. 청중들은 이 멋진 발언에 허점이 있다는 사실을 깨닫지 못했다. 슈발이 처음으로 떠올린 사건 관련 단어가 왜 '부정한'이었을까? 국적이 다른 사람을 차별해서가 아니라 정직하지 못한 부분에 대한 문제가 여기서 제기되었다고? 주방 직원이 사무실로 가는 화부를 만났다고 했는데, 슈발이 바로 눈치챘다고? 그렇게 빠르게 상황을 판단한 건 죄의식 때문이 아니었을까? 그래서 그렇게 서둘러 증인들까지 데려와 그 사람들을 편견 없고 어디에도 영향을 받지 않는다고 한 건가? 이건 사기다. 틀림없는 사기다. 그런데도 여기 있는 신사들은 묵묵히 들어주고 올바른 행동이라 인정해준다고? 주방 직원이 알려준 시간부터 여기 도착할 때까지 꽤 긴 시간이 흘렀는데 그건 왜지? 화부가 사람들을 지치게 해서 그들이 점차 판단력을 잃게 만드는 것 말고는 다른 목적이 없었을 것이다. 슈발이 가장 두려워한 게 바로 그들의 확실한 판단력일 테니. 슈발은 오래전부터 문밖에 서서 기다리다 사람들이 중요하지 않은 질문을 던져 화부는 이제 끝장이라고 판단이 되는 그 순간 노크를 한 건 아닐까?

모든 게 분명했다. 슈발의 진술은 그 자신이 의도했던 것과 다르게 흘러갔지만 신사들에겐 다른 방법으로 좀 더 명확하게 보여줘야 했다. 생각이 확 바뀔만한 한 방이 있어야 했다. 카를, 서두르자. 증인들이 들어와 다 뒤집어놓기 전에 이 시간을 최대한으로 이용해야 해! 그때 선장이 슈발을 제지했다. 슈발은 자기 일이 좀 밀려난 것 같아서 곧바로 옆으로 비켰다. 마침 그 옆에 있던 사환과 나지막이 소곤댔다. 대화 중에 화부와 카를을 곁눈질하기도 하고 자신감 넘치는 손짓을 보이기도 했다. 슈발은 이어질 자기 발언을 대비해 미리 연습하는 듯했다.

"야코프 씨, 여기 젊은이한테 뭔가 물어보려 하시지 않았나요?"

조용한 틈을 타 선장이 대나무 막대를 든 신사에게 물었다.

"그랬죠."

신사는 고개를 살짝 숙여 관심에 감사 인사를 했다. 신사는 카를에게 재차 물었다.

"이름이 뭔가요?"

돌발적인 질문에 먼저 대답하는 게 중요한 사건 처리에 유리하겠다는 판단이 들어, 카를은 짧게 대답했다. 평상시 습관대로라면 여권을 보이며 자기소개를 했겠지만, 그러려면 여권을 찾아야 했다.

"카를 로스만입니다."

"설마."

야코프라는 남자는 믿을 수 없다는 표정으로 미소 지으며 뒷걸음쳤다. 선장도, 경리부장도, 항해사도, 심지어 사환까지도 카를의 이름을 듣고 심하게 놀란 기색이 역력했다. 항만청 직원들과 슈발만 아무 관심 없다는 표정이었다.

"설마."

야코프는 같은 말을 반복하며 좀 뻣뻣한 걸음으로 카를에게 다가왔다.

"그럼 나는 네 외삼촌 야코프고 네가 내 귀한 조카구나. 여기 내내 있으면서 이런 일이 생길 거라고 예상이나 했겠어요?"

야코프는 선장을 향해 말하자마자 카를을 끌어안고 입맞춤했다. 카를은 아무 말 없이 삼촌이 하는 대로 가만히 놔뒀다.

"삼촌께선 성함이 어떻게 되시는지요?"

카를은 삼촌 품에서 벗어났다는 느낌이 들자 깍듯하게 예의 바르지만 무덤덤한 표정으로 물었다. 그러면서 새로 등장한 사건이 화부에게 어떤 영향을 끼칠지 예측해보려 했다. 당장은 슈발이 이 사건으로 이득을 볼 만한 건 없는 것 같았다.

"이봐요 젊은 양반, 이게 얼마나 큰 행운인지 잘 생각해봐요."

선장이 말했다. 선장은 카를의 질문으로 야코프 씨라는 인물의 위엄이 손상되었다고 생각했다. 야코프 씨는 창 쪽으로 돌아서서 손수건으로 얼굴을 톡톡 두드렸다. 상기된 얼굴을 다른 사람들에게 보일 필요는 없다고 생각한 듯했다.

"젊은이 외삼촌이라고 말씀하신 이분은 에드바르트 야코프 상원의원이라네. 이제부터는 지금까지 기대한 것과는 전혀 다른 빛나는 인생 항로가 젊은이를 기다리고 있을 걸세. 잘 생각해서 깨닫도록 해보게. 가능하면 지금 이 시간부로."

"미국에 야코프라는 외삼촌이 계시긴 합니다."

카를이 선장을 보며 말했다.

"제가 제대로 이해했다면 상원의원님의 성이 야코프라는 것 아닌가요."

"그렇지."

선장이 잔뜩 기대하는 얼굴로 말했다.

"그런데 어머니의 오빠인 야코프 외삼촌은 세례명이 야코프이거든요. 외삼촌의 성은 벤텔마이어라는 어머니의 결혼 전 성과 같아야 할 텐데요."

"여러분!"

상원의원이 카를의 설명에 소리치며 반응했다. 창가에서 잠시 쉬고 활기를 찾은 모습이었다. 상원의원의 말이 떨어지자마자 항만청 직원들을 제외하고 모두 웃음을 터뜨렸다. 어떤 사람들은 감동한 표정을 지었고, 어떤 사람들은 왜 웃는지 가늠하기 힘들었다.

'내가 한 말은 우스운 얘기가 전혀 아닌데.'

카를이 속으로 말했다.

"여러분."

상원의원이 재차 말했다.

"여러분은 제 의지와 상관없이, 그리고 여러분의 의지와도 상관없이 어느 평범한 가족의 극적인 장면을 함께하고 있습니다. 제 생각에 선장님만 사정을 알고 계시기 때문에 (이 말을 하면서 상원의원과 선장은 마주 보며 목례했다) 여러분께 설명해드리지 않을 수 없겠네요."

"이제 정말 한 마디 한 마디를 정신 차리고 들어야겠어."

카를은 혼잣말했다. 곁눈질로 화부 얼굴에 화색이 도는 걸 보고 기분이 좋았다.

"오래전부터 제가 미국에 체류하면서, 물론 체류라는 단어는 몸과 마음까지 완전히 미국 시민이 된 저한테 어울리지 않는 말이지만 유럽 친척들과 전혀 연락하지 않고 살았습니다. 여러 이유가 있지만, 우선 첫 번째 이유는 이 자리에서 밝힐 만한 게 아니고, 둘째는 말씀드리면 저한테 피해를 줄 것 같아서입니다. 제가 사랑스러운 조카에게 그 이유를 말해야 하는 순간이 올까 봐 두렵기까지 합니다. 그러면 안타깝게도 조카의 부모와 친척에 관한 이야기까지 다 털어놓을 수밖에 없겠죠."

"이분은 내 외삼촌이 맞아. 틀림없어."

카를은 혼잣말하며 귀를 기울였다.

'아마도 이름을 바꾸셨나 보군.'

"조카는 부모에게, 단도직입적으로 말씀드리자면 쫓겨났습니다. 고양이가 짜증 나게 한다고 그 고양이를 문밖으로 던져버리듯 말입니다. 조카가 무슨 잘못을 해서 그런 벌을 받게 됐는지 둘러댈 생각은 조금도 없습니다. 둘러대는 건 미국식이 아니니까요. 조카가 저지른 일을 과실이라 부른다는 것만으로도 용서받을 수 있는 대수롭지 않은 일이지요."

'좋은 얘기긴 하지만' 하고 카를은 속으로 말했다.

'외삼촌이 모두에게 그 이야기를 하지 않았으면 좋겠는데. 외삼촌이 그 사건을 알 리가 없는데. 어디서 들었지? 외삼촌이 모든 걸 알고 있는지 아닌지는 곧 알게 되겠지.'

"조카가 말입니다."

외삼촌은 허리를 살짝 굽혀 자기 앞에 있던 대나무 막대기에 기댔다. 삼촌의 행동으로 이런 자리라면 으레 감도는 쓸데없이 무거운 분위기가 조금이라도 덜해졌다.

"조카는, 하녀에게 유혹당했습니다. 서른다섯 살 정도 되는 요하나 브루머라는 여자였죠. 유혹당했다는 표현으로 조카의 기분을 상하게 하고 싶지는 않지만, 이것 말고는 달리 딱 맞는 말을 찾기 힘드네요."

이미 외삼촌 바로 옆에 있던 카를은 몸을 돌려 삼촌의 이야기가 사람들에게 어떤 인상을 주었는지 살폈다. 웃는 사람은 아무도 없었다. 다들 끈기 있고 진지하게 경청했다. 웃음거리가 될 수도 있었던 첫 번째 상황에서 상원의원의 조카를 비웃는 사람은 아무도 없었던 셈이다. 화부가 카를을 보며 살짝 미소 지은 것 같기는 했다. 그렇다 해도 화부의 미소는 첫째, 화부가 회생한다는 표시니 다행이고 둘째, 선실에서야 비밀로 해두고 싶어 했지만 이제는 다 드러났으니 뭐 그 정도는 용서할 만했다.

"그러다 브루머라는 여자가" 외삼촌이 말을 이었다.

"조카의 아이를 낳았어요. 건강한 사내아이로 세례명을 야코프라 지었어요. 별 볼 일 없는 제 이름을 따라 지은 게 분명하죠. 조카가 지나가는 말로 슬쩍 제 얘기를 했나 본데 그 여자한테는 대단히 인상적이었나 봅니다. 제 입장에선 다행이라고 말할 수도 있겠죠. 조카의 부모는 양육비 부담과 자신들에게 들이닥칠 추문을 피하려고, 강조해서 말씀드려야 하는 부분인데, 저는 현지 법률이나 부모 상황을 모르고 전에 조카의 부모가 애걸하는 편지를 두 통 보낸 적이 있다는 것만 알고 있습니다. 답장은 하지 않았지만 보관은 하고 있어요. 그 편지 두 통이 지금까지 조카의 부모와 저의 유일하면서도 일방적인 서신 교류였지요. 사랑하는 제 조카인 자기들 아들을 미국으로 보내버렸어요. 보시다시피 무책임하게 제대로 준비도 없이 말입니다. 하녀가 보낸 편지가, 그나마도 여기저기 떠돌다 그저께 겨우 제 손에 들어왔답니다. 하녀가 조카에 대한 인상착의를 비롯해 이성적으로 판단해서 배 이름도 알려주며 그간의 이야기를 해주지 않았다면 조카는 의지할 곳 없이 뉴욕항의 뒷골목에서 비참한 최후를 맞았을 겁니다. 미국에도 가끔은 표징과 기적 같은 일이 일어난다는 사실은 열외로 하고 말입니다. 제가 여러분을 즐겁게 해드릴 생각이었다면 이 편지 몇 줄을."

그는 주머니에서 글씨가 빼곡히 적힌 큼지막한 편지지 두 장을 꺼내 흔들었다.

"여기서 읽어드릴 수도 있습니다. 이 편지는 좋은 의도라 해도 약간 교활하기도 그리고 자기 아이의 아버지를 향한 지극한 사랑으로 쓴 것이라 분명 효과가 있으리라 봅니다만. 그래도 저는 사정을 밝히려고 필요한 정도를 넘어서까지 여러분을 즐겁게 해드릴 생각은 없을뿐더러, 조카한테 편지를 환영하며 마주할 감정이 남아 있을지도 모르는 상황에서 조카의 기분을 상하게 할 생각도 없습니다. 조카가 편지를 읽고 싶으면 자기 방에서 조용히 읽으면 될 테니까요. 이미 조카를 위해 준비해둔 방이 있거든요."

하지만 카를은 하녀에 대해 아무런 감정도 없었다. 점점 희미해지는 과거의 혼란스러운 기억에서 그녀는 수납장 옆에 앉아 선반 위에 팔꿈치를 괴고 앉아 있었다. 카를이 종종 아버지에게 드릴 물컵을 가지러 가거나 어머니 심부름으로 부엌에 갈 때면 하녀는 그를 쳐다봤다. 때론 하녀가 수납장 옆에서 어색한 자세로 편지를 쓰다 카를의 얼굴을 보고 영감을 얻기도 했다. 하녀가 손으로 눈을 가리고 있던 적도 가끔 있었는데, 그럴 때면 카를은 그녀에게 말을 걸지 않았다. 부엌 옆에 딸린 좁은 방이 하녀 방이었는데 가끔 그녀는 방 안에서 무릎을 꿇고 나무 십자가를 향해 기도를 올리기도 했다. 카를은 지나가다 살짝 열린 문틈으로 바라보며 머쓱해지기도 했다. 어떨 때는 하녀가 부엌을 이리저리 정신없이 다니다가 카를이 어쩌다 그녀 앞의 길을 막으면 마녀처럼 웃으며 뒤로 물러나곤 했다. 때로는 카를이 부엌에 있을 때, 하녀가 부엌문을 잠그고 그가 나가게 해달라고 할 때까지 그대로 문손잡이를 잡고 있던 적도 있었다. 또 카를이 전혀 관심 없는 물건을 가져와 말없이 손에 쥐여주기도 했다. 그러다 언젠가 그녀가 "카를!" 하고 불렀다. 그러곤 하녀가 갑자기 말을 걸어오자 놀란 카를을 데리고 찡그린 얼굴로 한숨을 쉬며 자기 방으로 들어가더니 문을 잠갔다. 그녀는 카를의 목을 조르듯 꽉 끌어안았다. 옷을 벗겨달라고 하더니 자기가 카를의 옷을 벗겨 그를 침대에 눕혔다. 이 순간부터 카를을 누구에게도 보내주지 않고 세상 끝날 때까지 애무하고 보살피겠다는 걸 보여주기라도 하듯.

"카를, 넌 내 거야."

그녀는 카를을 바라보며 그가 자신의 소유임을 확인하는 듯 소리쳤지만 그는 아무것도 바라보지 않고 여러 겹이라 푹신하고 따뜻한 이불 위에 불편하게 파묻혀 있었다. 특별히 그를 위해 하녀가 수북하게 쌓아놓은 것 같았다. 그녀도 카를 옆에 누워 어떤 비밀이라도 알아내려고 했지만, 그는 아무것도 말해줄 수 없었다. 그녀는 장난인지 진짜인지 화를 내더니 그를 이리저리 흔들었다. 그러다 그의 가슴에 귀를 대고 심장박동 소리를 듣더니 카를에게 자기 소리도 들어보라며 가슴을 내밀었다. 카를이 자기 뜻대로 하지 않자 벌거벗은 배를 그의 몸에 바싹 댔다. 카를은 너무 역겨워 고개를 베개 위에서 이리저리 흔들었다. 그녀는 한 손으로 그의 두 다리 사이를 더듬었고 자기 배를 몇 번 카를의 몸에 밀착하자 그는 여자가 이미 자기 몸의 일부가 된 느낌이었다. 그 때문인지 끔찍한 곤궁에 빠졌다는 생각이 엄습했다. 다시 만나고 싶다는 말을 여자로부터 여러 차례 듣고 난 뒤 그는 울면서 자기 방으로 뛰어갔다. 이게 전부인데 삼촌은 그 일을 굉장한 이야깃거리로 만들어냈다. 하녀는 카를의 외삼촌을 생각해내고 카를이 도착한다는 걸 알렸다. 이건 그 여자 덕이었으니 언젠가 은혜를 갚아야 할 일이다.

"자, 이제" 상원의원이 큰 소리로 외쳤다.

"내가 네 외삼촌이 맞는지 아닌지 너한테 분명한 얘기를 듣고 싶구나."

"외삼촌 맞아요."

카를이 말하고 그의 손에 입맞춤했고 외삼촌은 카를의 이마에 입맞춤했다.

"외삼촌을 만나 뵙게 되어 정말 기쁩니다. 우리 부모님이 외삼촌에 대해 나쁜 점만 얘기하신다고 생각하시면 외삼촌이 잘못 알고 계신 거예요. 그 얘기 말고도 외삼촌 말씀에 몇 가지 잘못된 게 있어요. 제 말은 말씀하신 것들 전부가 사실 그대로는 아니라는 겁니다. 외삼촌께서 멀리 계시니 그 상황을 잘 판단하실 수는 없을 테지요. 게다가 여기 계신 분들과 별 상관도 없는 사건에 사소한 내용 몇 가지가 잘못 전달된다고 특별히 해가 될 건 없을 것 같습니다."

"얘기 잘했다."

상원의원이 카를을 선장 앞으로 이끌며 말을 이었다. 선장은 눈에 띄게 관심 어린 시선이었다.

"참 훌륭한 조카 아닌가요?"

"상원의원님의 조카를 만나게 되다니 행운입니다."

선장이 몸을 숙여 군대에서 훈련받은 사람만 할 수 있는 인사를 했다.

"제 배에서 이런 만남의 자리를 제공해드릴 수 있어서 굉장한 영광입니다. 삼등실 승객으로 오시느라 아주 불편했을 겁니다. 사실 어떤 분이 이 배에 타고 있는지 누가 알겠습니까만. 전에 헝가리 최고 귀족 만아들이, 그 사람 이름하고 여행 동기는 생각이 안 나는데, 아무튼 우리 배 삼등실에 탔던 적도 있었어요. 저는 한참 지나고서야 그 사실을 알았답니다. 우리 직원 모두는 삼등실 승객들도 되도록 편안하게 지낼 수 있도록 최선을 다합니다. 가령 미국 해운사보다 훨씬 더 노력합니다. 그렇다 해도 삼등실이 즐거운 항해를 하기엔 역부족이죠."

"저는 불편하지 않았어요."

카를이 말했다.

"불편하지 않았다는데요."

상원의원이 큰 소리로 웃으며 카를의 말을 따라 했다.

"여행 가방을 잃어버렸을까 봐 그게 좀."

카를은 그동안 있었던 일과 앞으로 해야 할 일을 생각하며 주변을 둘러봤다. 방 안에 있는 사람들 전부 관심과 놀란 시선으로 바라보며 말없이 자리를 지키고 있었다. 항만청 직원들의 근엄하고 자만심 가득한 얼굴에서만 유감의 뜻이 그대로 드러났다. 이렇게 불편한 시간에 와서 못마땅했을 테고 그들에게는 자기들 앞에 있는 회중시계가 이 방에서 일어난, 앞으로 일어날 수도 있는 모든 일보다 더 중요한 것 같았다.

선장에 이어 가장 먼저 관심을 드러낸 사람은 묘하게도 화부였다.

"진심으로 축하해요."

화부는 카를과 악수했다. 카를을 인정한다는 걸 보여줄 생각이었다. 그는 상원의원에게도 같은 인사말을 하며 다가서려는데 상원의원이 도를 넘는 행동이라는 듯 뒤로 물러났다. 화부도 더는 다가가지 않았다.

나머지 사람들은 이제 어떻게 해야 할지 눈치채고 카를과 상원의원 주위에서 부산을 떨었다. 카를은 어쩌다 슈발의 축하 인사까지 받았고 감사 인사를 했다. 다시 조용해지자 마지막으로 항만청 직원들이 다가와 영어 단어를 두어 개 말했는데 우스꽝스러운 인상을 주었다.

상원의원은 흡족한 기분을 계속 즐기고 싶은 마음에 자신과 다른 사람들 기억에 사소한 순간을 회상하는 기쁨을 전하고 싶었다. 모두가 용인했을 뿐 아니라 관심 갖고 받아주었다. 그는 하녀 편지에 적혀 있던 카를의 두드러진 인상착의를 필요할 때 바로 확인할 수 있도록 수첩에 메모해놨다는 사실을 환기했다. 화부가 중언부언 떠드는 동안 견디기 힘들었던 상원의원은 다른 목적 없이 순전히 기분 전환 삼아 수첩을 꺼냈고, 하녀가 탐정처럼 정확한 시각으로 묘사한 것은 아니었지만 그래도 심심풀이로 카를과 대조해봤다.

"그렇게 조카를 찾게 된 겁니다."

그는 한 번 더 축하의 말을 듣고 싶다는 듯한 어조로 말을 끝냈다.

"이제 화부는 어떻게 되나요?"

외삼촌의 이야기가 끝나자 카를이 물었다. 새로운 위치에 있는 지금, 자기 생각을 모두 말해도 될 것 같았다.

"받아야 하는 건 다 받겠지."

상원의원이 말했다.

“선장님 판단대로 될 테지. 화부 얘기는 이제 지겹고 진절머리가 난다. 여기 계신 분들은 누구나 내 말에 동의할 거야.”

“정의에 관한 일이라면 그런 건 중요치 않아요.”

카를이 말했다. 그는 외삼촌과 선장 사이에 서 있었고 위치의 영향을 받아서인지 결정권이 자기 손에 달린 것 같은 생각이 들었다.

화부는 자기에게 이제 희망이 없다고 생각하는 것 같았다. 그는 양손을 절반쯤 바지 벨트 안으로 찔러 넣었다. 과격한 몸짓으로 줄무늬 셔츠가 벨트 밖으로 삐져나왔다. 그런 것에 조금도 개의치 않았다. 자신의 고통을 그렇게 쏟아냈다. 이제 그의 몸에 걸친 누더기를 보고 사람들이 그를 끌어낼 것이다. 화부는 생각해봤다. 이 자리에서 지위가 가장 낮은 사환과 슈발 두 사람이 자신을 밖으로 끌어내는 마지막 호의를 베푼다? 슈발은 안정을 얻어 경리부장의 표현처럼 절망 상태에 빠지는 일이 더는 없겠지. 선장은 루마니아 사람만 고용할 수 있을 테고, 곳곳에서 루마니아말만 쓰겠지. 어쩌면 모든 일이 더 잘 풀릴지도 모른다. 화부가 경리실에서 험담하는 일도 없을 테고. 화부의 마지막 발언만큼은 그나마 꽤 좋은 기억으로 남을 것이다. 상원의원 말대로 화부의 발언이 조카를 알아보게 한 간접적인 계기가 되었으니 말이다. 게다가 조카는 이미 여러 번 화부를 도우려 노력했고 자기 신분이 드러나는 데 도움을 준 화부에게 충분한 정도 이상으로 감사 인사를 했다. 그런데 화부는 지금 카를에게 요구할 수 있는 게 뭔지 도무지 떠오르지 않았다. 카를이 상원의원의 조카지 선장은 아니지 않은가. 결국 선장의 입에서 험한 말이 나오게 될 것이다. 화부는 마음 같아서는 카를을 쳐다보려 하지 않았지만 적만 득시글한 이 방에서 편안하게 눈을 둘 곳이 달리 없었다.

"이 사태를 오해하지 마."

상원의원이 카를에게 말했다.

"정의에 관한 문제같이 보이지만 동시에 규율의 문제이기도 하단다. 둘 다, 특히 후자는 선장님의 재량에 달려 있는 거야."

"그렇겠지요."

화부가 중얼거렸다. 그 말을 알아듣고 이해한 사람들은 어색한 미소를 지었다.

"뉴욕에 막 도착해서 안 그래도 처리해야 할 업무가 산적해 있을 선장님을 우리가 너무 방해했어. 이제 배에서 내려야 할 시간이야. 쓸데없는 참견으로 두 기계공의 싸움을 특별한 사건으로 확대하지 않으려면 말이야. 네 행동을 이해한다. 충분히 이해하고말고. 그러니 여기서 빨리 널 데려가는 게 좋겠구나."

"두 분이 타실 보트를 빨리 띄우라 하겠습니다."

선장이 말했다. 외삼촌 말은 겸손의 표현인데 선장이 이견을 달지 않아 카를은 좀 의아했다. 경리부장이 서둘러 책상으로 달려가 선장의 명령을 수부장에게 알렸다.

"시간이 얼마 없어."

카를은 혼잣말했다.

'모두의 마음을 상하게 하지 않고는 아무것도 할 수 없어. 나를 겨우 찾은 외삼촌을 인제 와서 버릴 수도 없지. 선장은 정중하긴 하지만 그게 다야. 규율 문제에선 지금의 정중한 태도는 사라질걸. 외삼촌은 선장의 속마음을 정확하게 꿰뚫고 말씀하셨던 거야. 슈발과는

말하기도 싫어. 그 사람한테 악수를 건넨 것도 후회막심이야. 다른 사람들도 다 쭉정이 같은 인간들이고.'

그는 이런 생각을 하며 슬쩍 화부에게 다가가 화부의 오른손을 벨트에서 꺼내 장난스레 손을 잡았다.

"왜 아무 말도 안 하세요?"

카를이 물었다.

"왜 모든 걸 참기만 하시죠?"

화부는 무슨 말을 해야 할지 적절한 표현을 찾는 중이라는 듯 눈살을 찌푸리기만 했다. 그러다 자신과 카를의 손을 내려다보았다.

"이 배에서 다른 누구보다도 부당한 대우를 받으셨잖아요. 제가 확실히 아는데요."

카를은 자기 손가락을 화부의 손가락사이에 끼웠다 뺐다 반복했다. 화부는 기쁨에 사로잡힌 듯 눈을 반짝거리며 주변을 둘러봤다. 누구도 그 기쁨을 나쁘게 생각하지는 않아 보였다.

"자신을 지켜야 해요. '예, 아니요'를 확실하게 말해야 해요. 그렇게 하지 않으면 사람들이 진실이 어떤 건지 전혀 몰라요. 제 말을 따르겠다고 약속하세요. 안타깝게도 여러 가지 이유로 이젠 제가 도와드릴 수 없을 것 같아서 그래요."

카를은 화부의 손에 입을 맞추며 눈물을 흘렸다. 나무껍질같이 갈라진 화부의 손을 잡고 포기해야 하는 보물이라도 되는 양 자기 뺨에 댔다. 어느새 외삼촌이 카를 옆에 다가와 슬그머니 그를 끌고 나갔다.

"화부가 너한테 마법을 걸기라도 했나 보구나."

외삼촌은 카를 건너편에 있는 선장에게 의미심장한 시선을 던졌다.

"버림받았다고 느꼈을 텐데 그러다 화부를 만나 그에게 감사해하는 모습이 참 기특하구나. 하지만 나를 생각해서라도 지나친 행동은 하지 않는 게 좋겠다. 네 상황을 이해하는 법을 배워야지."

문밖이 시끄러웠다. 고함치는 소리가 들렸고, 누가 문에 몸을 세게 부딪치는 것 같은 느낌도 들었다. 선원 한 명이 우악스럽게 들어왔다. 그는 앞치마를 두르고 있었다.

"밖에 사람들이 있어요."

그가 소리쳤다. 자신이 아직 군중 사이에 있기라도 하듯 팔꿈치를 이리저리 찔러댔다. 그러다 정신을 차리고 선장에게 경례를 하나 싶더니, 그 순간 앞치마를 두르고 있다는 걸 알아차렸는지 앞치마를 확 끌어내려 바닥에 내던졌다.

"이게 뭐야 짜증 나게, 저것들이 나한테 이런 여자 앞치마를 씌워놨나 본데."

그는 구두 뒤축을 맞대고 경례했다. 누군가 웃으려는데 선장은 단호하게 말했다.

"기분이 좋다고 해두지. 밖에 있는 사람들은 누군가?"

"제 증인들입니다."

슈발이 앞으로 나서며 말했다.

"저들의 부적절한 행동을 용서해주십시오. 뱃사람들은 항해가 끝나면 고삐 풀린 듯 날뛰기도 합니다."

"당장 안으로 들여보내요."

선장이 명령했다. 곧바로 상원의원을 향해 정중하면서 다급히 말했다.

"존경하는 의원님, 조카와 이 선원을 따라가주시겠습니까? 이 선원이 보트까지 두 분을 모시고 갈 겁니다. 의원님과 개인적으로 만나 봬서 얼마나 기쁘고 영광인지 이루 말할 수 없습니다. 의원님과 미국 함대 상황에 관해 못다 한 얘기를 곧 이어갈 기회가 생기길, 그때도 대화가 중단되어야 하면 오늘처럼 유쾌하게 끊을 수 있기를 바랄 뿐입니다."

"당장은 이 조카 하나로도 충분합니다."

외삼촌이 웃으면서 말했다.

"친절을 베풀어주셔서 진심으로 감사드리고 잘 지내시길 바랍니다. 혹시 모르죠, 우리가 다음에"라고 말하면서 그는 카를을 꽉 끌어안았다.

"유럽 여행을 가면 그때는 선장님과 더 오랜 시간을 보낼 수 있을지도요. 불가능한 일은 아닙니다."

"정말 좋겠네요. 진심으로 기대됩니다."

선장이 말했다. 두 사람은 악수했다. 카를은 말없이 잠깐 건성으로 선장에게 손을 건넬 수밖에 없었다. 슈발이 이끄는 뱃사람 열댓 명이 이미 선장 앞으로 몰려왔기 때문이다. 이들은 분위기를 보고 당황한 듯했지만 그러거나 말거나 소란스러웠다. 선원은 자기가 앞서가도 되는지 상원의원에게 양해를 구했다. 그는 상원의원과 카를이 지나갈 수 있게 사람들을 양쪽으로 가르면서 지나갔다. 그를 따르던 두 사람은 고개 숙여 인사하는 사람들 사이를 쉽게 통과했다. 선량한 이들은 슈발과 화부의 싸움을 선장 앞에서도 멈추지 않는 장난으로 받아들인 듯했다. 사람들 사이에서 주방 직원 리네의 모습이 카를의 눈에 들어왔다. 리네는 카를을 보며 익살스럽게 윙

크하며 선원이 던진 앞치마를 둘렀다. 원래 리네의 앞치마였다. 선원을 뒤따라 방 밖으로 나와 작은 복도로 들어섰고 몇 걸음 더 가자, 문이 있었다. 문 아래로 짧은 계단이 있어 두 사람을 위해 준비된 보트로 내려갈 수 있었다. 두 사람을 안내했던 선원이 단숨에 뛰어내리자 보트에 타고 있던 선원들이 벌떡 일어나 경례했다. 상원의원이 카를에게 내려갈 때 조심하라고 주의를 주자, 맨 위 계단에 있던 카를이 갑자기 왈칵 울음을 터뜨렸다. 상원의원은 오른손을 카를의 턱 아래에 대고 자기 품으로 그를 끌어안아 왼손으로 쓰다듬어주었다. 그렇게 두 사람은 천천히 한 계단씩 내려가 서로 얼싸안은 채 보트에 올랐다. 상원의원은 자기 맞은편 좋은 곳은 카를 자리로 잡아주었다. 상원의원이 신호를 보내자 선원들은 배에서 떨어져 나와 곧바로 온 힘을 다해 노를 저었다. 기선에서 몇 미터 나오자마자 카를은 뜻밖의 사실을 발견했다. 자기들이 있는 곳이 바로 경리실 창문 앞이었다. 창문 세 군데 모두 슈발의 증인들로 꽉 차 반갑게 인사하며 손을 흔들었다. 외삼촌까지도 감사 인사를 했고 선원 한 명은 계속 일정한 속도로 노를 저으면서 손 키스를 보내는 재주를 보여줬다. 화부는 그 어디에도 없는 것 같았다. 외삼촌과 무릎이 닿을 뻔하자 카를은 외삼촌을 자세히 바라봤다. 과연 이 사람이 화부를 대신할 수 있을까 의심이 들었다. 외삼촌도 카를의 시선을 피해 멀리 파도를 바라봤다. 너울거리는 파도에 보트가 흔들렸다.

Ⅱ. 외삼촌

외삼촌 집에 온 카를은 새로운 환경에 곧 적응했다. 외삼촌은 소소한 것까지도 카를에게 다정하게 대해줬다. 대부분 처음 겪는 외국 생활이 얼마나 쓰라린지는 안 좋은 경험을 통해서 배우게 되는데 카를은 그럴 필요가 없었다.

카를의 방은 건물 6층에 있었다. 그 방 아래 다섯 개 층과 지하로 세 개 층이 더 있는, 외삼촌의 사업장으로 쓰는 건물이었다. 창문 두 개와 발코니 문을 통해 카를의 방 안으로 가득 햇빛이 들어왔다. 카를은 아침에 작은 침실에서 발코니로 나올 때마다 빛을 보며 감탄했다. 그가 가난하고 어린 이민자로 상륙했다면 어디서 살아야 했을까? 외삼촌이 알고 있는 이민법 상식에 따르면 아주 높은 확률로 미국 입국 허가가 안 되었을 것이다. 카를이 돌아갈 고향이 없다는 사실 참작도 없이 본국으로 송환되었을지도 모른다. 여기서는 동정심을 기대하면 안 된다더니 카를이 책에서 읽은 미국에 관한 내용이 다 맞는 말이었다. 이곳에는 운이 좋은 사람들만 주변 사람들의 평온한 얼굴 사이에서 진정한 행복을 누리는 것 같았다.

카를의 방 앞에는 좁은 발코니가 방 전체 길이만큼 이어져 있었다. 고향의 도시였다면 가장 높은 전망대였겠지만 여기서는 도로 한군데가 내려다보이는 것 말고는 없었다. 두 줄로 늘어선 고르지 않은 건물 사이를 일직선으로 달아나기라도 하듯 멀리 뻗어 있는 도로였다. 길 끝에는 뿌연 안개 속에서 대성당이 괴물처럼 무시무시한 크기로 솟아 있었다. 아침저녁, 아니 한밤중 꿈에서도 이 거리엔 항상 차가 몰려들었다. 차량 행렬은 위에서 내려다보면 일그러진 인간의 형상과 온갖 종류의 차량 지붕이 뒤섞여 있는 혼합체가 계속 새로 시작되고 흩어졌고 거기에서 나오는 소음, 먼지, 악취로 더 다양하고 거친 형태의 혼합체가 생겨났다. 강력한 빛이 이 모든 것을 포착하고 관통했다. 빛은 수많은 물체로 흩어졌다가 멀리 갔다가 부지런히 되돌아왔다. 홀린 눈으로 보면 모든 것을 뒤덮은 유리판이 이 거리에서 언제라도 온 힘을 다해 산산조각 나는 것처럼 아주 구체적으로 보였다.

매사에 신중한 외삼촌은 카를에게도 당분간 사소한 일에 너무 진지하게 관여하지 말라고 충고했다. 모든 것을 확인하고 잘 알아봐야 하지만 그렇다고 사로잡히면 안 된다고 했다. 유럽 사람이 미국에서 보내는 처음 며칠은 탄생과도 같다며, 카를이 쓸데없는 걱정을 하지 않으려고 저세상에서 인간 세상으로 오는 것보다 더 빨리 미국 생활에 적응하더라도 첫 판단은 늘 기반이 약하다는 걸 염두에 두어야 한다고 했다. 그렇다고 첫 판단으로 미국에서 계속 살아가는 동안 닥칠 미래에 대한 모든 판단이 혼란에 빠져서도 안 된다고 했다. 외삼촌은 갓 입국한 이민자들을 알고 있는데, 그들 중에는 며칠 동안 발코니에 우두커니 서서 길 잃은 양처럼 거리를 내려다보기만 하던 사람들이 있었다고 한다. 이렇게 훌륭한 원칙에 따라 행동하지 않고 말이다. 멍청한 짓이 분명하다 했다! 아무 일도 안 하고 바쁜 뉴요커의 일상을 하는 일 없이 바라보기만 하는 건 뉴욕 여행자에게나 허용되는 일이고 무조건은 아니라 해도 한 번 정도는 권해볼 수도 있겠지만, 뉴욕 시민으로 살아가려는 사람에게는 파멸이 될 거라고 했다. 과장이라 할 수도 있겠지만 그래도 이런 경우에는 그런 단어를 써도 괜찮을 거라 했다. 외삼촌은 하루에 한 번, 항상 다른 시간에 카를 방에 왔는데, 카를이 발코니에 서 있으면 그때마다 못마땅한 표정으로 인상을 썼다. 카를은 바로 눈치챘고 그 뒤로는 발코니에서 거리를 바라보는 즐거움을 될 수 있으면 포기했다.

발코니 구경이 카를이 누리는 유일한 즐거움은 물론 아니었다. 그의 방에는 최고급 미국식 책상이 있었다. 아버지가 몇 년 전부터 갖고 싶어서 경매에 여러 번 참여해 어떻게든 싸게 사보려고 했으나 주머니 사정으로 구입하지 못한 그런 종류의 책상이다. 물론 이 책상은 유럽 경매장에 나오는 소위 미국식이라는 책상들과는 비교가 되지 않았다. 이 책상에 딸린 서류 선반에는 크기가 제각각인 칸이 백여 개가 있다. 미국 대통령이라도 모든 서류를 적당한 칸에 넣을 수 있을 정도였다. 측면에 조절기가 달려 있어서 손잡이를 돌려 원하는 대로 필요에 따라 다양하게 조정할 수 있었다. 얇은 측벽은 천천히 내려가서 새로 올라오는 칸의 바닥이 되거나 덮개가 되기도 했다. 핸들을 한 바퀴만 돌려도 선반은 완전히 다르게 바뀌었다. 핸들을 어떻게 돌리느냐에 따라 모든 과정이 천천히 진행되기도, 아주 빠르게 되기도 했다. 최신 발명품이었지만, 고향 크리스마스 시장에서 봤던 성탄극이 생생하게 떠올랐다. 아이들은 경탄의 눈으로 성탄극을 관람했고 그 자리에서 겨울옷을 두툼히 껴입은 카를도 공연을 구경하곤 했다. 노인이 회전 손잡이인 크랭크를 돌리는 동작과 성탄극에 나타나는 동방박사 세 명이 멈칫하는 장면, 별이 반짝이는 장면, 성스러운 마구간의 누추한 살림이 나오는 장면 등에 한시도 눈을 떼지 않고 비교해가며 보곤 했다. 항상 뒤에 서 있던 어머니가 무대 위에서 벌어지는 광경을 제대로 따라가지 못하는 것 같아서 카를은 어머니가 자기 등에 확실하게 닿았다고 느낄 때까지 바짝 끌어당겼다. 그러다 예를 들어 토끼가 풀밭에서 장난하고 다시 뛸 준비를 하는 행동을 반복하는, 잘 보이지 않는 장면이 나타나면 카를은 큰 소리로 고함을 지르며 가리켰고, 어머니가 입을 틀어막을 때까지 계속 소리쳤다. 어머니는 그러다 곧 이전처럼 무관심한 상태로 돌아갔다. 물론 이 책상이 그런 일을 상기하려고 만들어진 건 아니겠지만, 발명의 역사에 어쩌면 카를의 기억 속에 있는 것과 유사한 어떤 연관성이 있는지도 모른다. 외삼촌은 이 책상에 대해 카를과 생각을 같이하지 않았다. 외삼촌은 카를에게 괜찮은 책상을 하나 사주고 싶다고 생각했을 뿐인데 지금 나오는 책상들은 전부 이런 신식 장치가 장착되어 있었다. 이 장치는 큰 비용을 들이지 않고 구형 책상에 설치할 수 있다는 장점도 있었다. 외삼촌은 조절기를 될 수 있으면 아예 사용하지 말라고 카를에게 조언했다. 조언의 효과를 높이려고 삼촌은 기계란 아주 예민하고 쉽게 고장 나며 수리하는 데 비용이 많이 든다고 강조했다. 외삼촌의 발언이 핑계에 불과했다는 걸 알아차리기는 어렵지 않았다. 조절기를 고치기

쉽다는 말도 해야 했는데 삼촌은 하지 않았으니 말이다.

처음 며칠간 카를과 외삼촌은 자주 대화를 나누었다. 카를은 집에서 피아노를 많이 치지는 않았지만 즐겨 쳤다는 얘기를 했고 어머니한테 배운 기초 지식으로 할 수 있는 초보 수준이라는 말도 했다. 카를은 그런 이야기가 곧 피아노를 사달라는 요청이 된다는 걸 다 알고 있었지만 그전에 이미 충분히 외삼촌의 형편을 알아보고 한 말이었다. 외삼촌은 절약할 필요가 없는 사람이었다. 그런데도 외삼촌은 이 부탁을 금방 들어주지는 않았다. 8일 정도 지난 뒤 외삼촌은 마지못해 고백하듯 피아노가 막 도착했다면서 카를이 하고 싶으면 운반을 감독해달라고 했다. 감독하는 일이 쉽기는 한데 그렇다고 운반하는 일보다 훨씬 더 쉬운 것도 아니었다. 건물에는 가구 전용 승강기가 있어서 그 안에 가구를 실은 차 한 대가 들어가고도 공간이 남을 정도라 피아노도 이 승강기로 카를의 방으로 올릴 수 있었다. 카를도 피아노와 운반 직원들을 실은 가구용 승강기를 타고 같이 가도 되긴 했지만, 바로 옆 승객용 승강기가 비어 있어서 거기 탔다. 올라가는 동안 레버로 화물용 승강기와 같은 높이를 유지하면서 승강기 유리벽 너머에 있는 멋진 악기를 뚫어져라 바라봤다. 피아노는 이제 그의 소유물이었다. 피아노를 방에 들여놓고는 처음 소리를 내보고 카를은 너무 기뻐서 연주하지 않고 벌떡 일어났다. 피아노에서 물러나 거리를 둔 채 두 손을 허리에 대고 피아노를 바라봤다. 방의 음향도 뛰어났다. 음향 덕에 처음 철제 주택에 살면서 느낀 불만이 완전히 사라졌다. 사실 이 건물은 밖에서 볼 때는 철제 건물이지만 방 안에서는 철제로 된 부분이 전혀 없었다. 완벽한 편안함에 방해가 될지 모르는 티끌만 한 결점도 찾아내기 힘들 정도다. 처음에 카를은 피아노 연주에 기대를 많이 했다. 피아노를 친다면 미국 생활에 확실한 영향력이 생길 가능성이 있겠다고 잠들기 전 생각하는 게 그렇게 민망하지는 않았다. 열린 창문 앞에서 소음으로 가득한 대기를 향해 고국의 군가를 피아노로 연주할 때면 그 소리가 묘하게 들렸다. 병사들이 저녁때 막사 창가에 누워 어둑한 연병장을 보며 창문에서 창문으로 돌아가며 부르던 노래였다. 그런데 군가를 연주한 후 거리를 내다보면 거리는 아무 변화가 없었다. 회로에 작용하는 전체적인 힘을 알지 못하면 그 자체로 멈출 수도 없는 거대한 순환의 작은 조각일 뿐. 외삼촌은 피아노 치는 걸 다 받아주었고 아무런 잔소리도 하지 않았다. 훈계를 듣지 않아도 카를이 피아노 연주에 즐거움을 누릴 일은 거의 없었다. 그런데도 외삼촌은 미국 행진곡 악보와 미국 국가 악보까지 가져다주었다. 어느 날 삼촌이 농담기 없는 얼굴로 바이올린이나 프렌치 호른을 배워볼 생각이 있는지 진지하게 물어본 적도 있는데, 단지 음악을 좋아해서 물어봤다고 보기는 힘들 것 같다.

카를에게 가장 시급하고 중요한 과제가 영어 공부라는 건 말할 필요도 없었다. 경영대학 소속 젊은 교수가 아침 7시에 오면 카를은 이미 교재를 펼쳐놓고 책상에 앉아 있거나 방 안을 왔다 갔다 하며 암기하고 있었다. 카를은 영어를 배우는 데 무조건 속도를 내야 한다는 것과 영어 실력이 빠르게 향상되면 외삼촌에게 굉장한 기쁨을 안겨줄 절호의 기회라는 사실을 확실하게 알고 있었다. 처음에는 외삼촌과 만날 때와 헤어질 때 정도만 영어로 인사말을 했는데, 얼마 지나지 않아 대화에서 영어로 말하는 부분이 점점 더 늘어나면서 친밀한 주제로 대화를 시작했다. 어느 날 저녁 카를이 대화재를 묘사한 미국 최초의 시를 낭송하자 외삼촌은 흡족하다 못해 엄숙해지기까지 했다. 카를이 낭송할 때 두 사람은 카를 방 창가에 서 있었다. 카를이 외삼촌 옆에 꼿꼿이 서서 시선을 고정하고 어려운 시를 읽는 동안, 외삼촌은 어두워진 창밖을 보며 시 구절에 공감하면서 고른 박자로 천천히 손뼉을 쳤다.

카를의 영어 실력이 좋아질수록 조카를 지인들에게 소개하고 싶은 외삼촌의 바람도 커져갔다. 외삼촌은 앞으로 그런 자리가 있으면 항상 영어 교수가 동행해 카를 가까이 있도록 지시했다. 가장 먼저 소개받은 사람은, 날씬하고 믿기지 않을 정도로 몸이 유연한 젊은 남자였다. 어느 날 오전 삼촌이 온갖 칭찬을 하며 이 남자를 방으로 데려왔다. 부모의 기준에서 보면 실패자인 수많은 백만장자의 아들 중 하나가 분명했다. 평범한 사람이 그런 아들의 삶을 단 하루만 살아보려 해도 고통 없이 견뎌내기 힘든 그런 부류 말이다. 이런 사실을 알거나 눈치채기라도 한 듯, 자기 힘이 닿는 범위 안에 있는 사람에 한해서 만난다는 듯 그의 입술과 눈가에는 행복한 미소가 끊이지 않았다. 그 자신을 향한, 상대를 향한, 전 세계를 향한 것 같은 미소가.

맥이라는 이 사람이 카를과 아침 5시 반에 승마학교나 야외에서 말을 타면 어떻겠냐고 제안했고 삼촌은 무조건 찬성이었다. 카를은 한 번도 말을 타본 적이 없어서 먼저 승마를 조금이라도 배우는 게 나을 것 같아 처음에는 주저했다. 삼촌과 맥이 승마는 그냥 오락이고 건강에 좋은 신체 운동일 뿐 기술이 아니라고 설득하는 바람에 카를은 결국 승낙했다. 이제 새벽 4시 반에 일어나야 해서 힘든 날이 많았다. 낮 동안 계속 집중하느라 잠에 중독된 듯 잠이 몰려와 고생이었다. 그래도 욕실에 들어가면 잠에 대한 아쉬움은 바로 사라졌다. 샤워기가 욕조 길이와 너비만큼 전체로 뻗어 있었다. 고국에 있는 학교 친구들 중 아무리 부자라도 그 누가 이런 욕실을, 그것도 자기 전용으로 소유하고 있겠는가. 카를은 욕조에 누워 다리를 쭉 뻗었다. 욕조가 얼마나 큰지 두 팔을 벌릴 수도 있었다. 미지근한 물에서 따끈한 물, 다시 미지근한 물, 그러다 마지막으로 냉수 물줄기를 원하는 대로 일부만 아니면 욕조 전체에 쏟아지게 했다. 잠의 여운을 계속 즐기듯 욕조에 누워 눈을 감고, 눈꺼풀 위로 마지막 물방울이 톡톡 떨어져 터지면서 얼굴로 흘러내리게 하는 게 무엇보다도 좋았다.

차체가 높은 외삼촌 차에서 내려 승마학교에 도착하면 영어 교수는 이미 도착해 그를 기다리고 있었다. 반면 맥은 예외 없이 늦게 왔다. 맥이 와야 활기찬 승마가 제대로 시작되니 그는 별걱정 없이 느지막이 왔다. 맥이 들어서면 말이 선잠에서 깨어나 뒷다리로 몸을 세우고, 채찍 소리가 공간을 뚫고 크게 울렸다. 주변에 구경꾼과 마부, 승마 연습생, 누군지 모르는 사람들까지 나타났다. 카를은 맥이 도착하기 전까지 그 시간을 이용해 기초 단계지만 승마 연습을 했다. 키 큰 남자가 카를에게 매번 15분 정도 말 타는 법을 가르쳐주었다. 남자는 키가 얼마나 큰지 팔을 들지 않아도 가장 큰 말 등에 손이 닿았다. 카를이 이 수업에서 얻은 성과는 그렇게 대단한 건 아니었다. 그래도 다양한 영어 감탄사를 배워서 승마 수업을 하는 동안 졸린 눈으로 문기둥에 기대어 서 있던 영어 교수에게 감탄사를 쏟아냈다. 하지만 맥이 오면 승마 연습에 대한 불만은 거의 다 사라졌다. 키 큰 남자가 쫓기듯 나가고, 아직 해가 뜨지 않아 어스름한 승마장에는 질주하는 말발굽 소리 말고는 아무 소리도 들리지 않았고 맥이 카를에게 지시할 때 들어 올리는 팔 이외에는 아무것도 보이지 않았다. 이렇게 30분 동안 꿈같이 즐거운 시간이 지나면 맥은 말을 세우고 서둘러 카를에게 작별 인사를 했다. 카를의 실력에 특별히 만족한 날에는 카를의 볼을 톡톡 치고 나갔다. 얼마나 서둘러 가는지 카를과 같이 문까지 갈 새도 없었다. 이렇게 승마가 끝나면 카를은 교수와 차에 올라 영어 수업을 하러 출발했고 대개는 우회로로 갔다. 외삼촌 집에서 승마학교까지 직접 연결되는 대로는 밀려드는 차량이 많아 그걸 뚫고 가려면 오히려 시간 낭비가 될 터였다. 얼마 지나지 않아 영어 교수는 승마장에 따라가지 않기로 했다. 피곤해하는 사람을 굳이 승마학교까지 동반하게 해서 힘들게 한다는 자책감에 카를은 교수의 이런 직무를 면제해달라고 삼촌에게 부탁했다. 게다가 맥과 영어로 의사소통은 이제 식은 죽 먹기였다. 숙고해본 뒤 외삼촌은 부탁을 들어주었다.

카를이 여러 번 요청했지만, 외삼촌이 자기 사업장을 잠깐이라도 보는 걸 허용하기까지는 꽤 오랜 시간이 걸렸다. 외삼촌이 하는 사업은 일종의 중개업과 운송업으로 카를이 기억하기로는 유럽에는 없는 업종 같았다. 말하자면 중간 거래를 하는 사업으로, 상품을 생산자에서 소비자나 상인에게 중개하는 것이 아니라 모든 상품과 주요 제품을 대규모 공장 카르텔과 또는 그들 공장 연합체 사이에서 중개하는 업이다. 대규모 매입과 저장, 운송, 판매가 이루어지는 업무라 전화와 전보로 거래처와 정확하고 끊임없는 연락이 오가야 했다. 이곳 전신실은 전에 학교 친구와 손을 잡고 다니며 내부를 구경해본 고향 도시에 있는 전신국보다 훨씬 더 컸다. 전화실에서는 어디를 바라봐도 전화부스의 문이 열렸다 닫혔다 했고 벨 소리가 혼을 빼듯 울려댔다. 삼촌이 제일 가까운 문을 열었다. 번쩍이는 전등 아래 직원은 문소리가 나도 전혀 신경 쓰지 않았다. 직원은 수화기를 귀에 고정하는 강철 밴드를 머리에 착용하고 있었다. 오른팔이 유난히 무거운 듯 작은 탁자 위에 올려놓고, 연필을 쥐고 있는 손가락만 기계적으로 고르고 빠른 속도로 움직였다. 직원은 전화기에 대고 말을 아꼈고 가끔 상대방에게 뭔가 반박하거나 좀 더 정확하게 물어보려는 것 같았는데 그럴 때도 어떤 말을 들었는지 자기 의도를 묻기도 전에 시선을 아래로 향하고 뭔가 적었다. 이 직원은 말할 필요가 없다고 삼촌이 속삭이며 설명해줬다. 이 직원이 수신하는 것과 동일한 보고를 다른 직원 두 명도 동시에 수신하고 기록한 후 오류를 막기 위해 비교한다고 했다. 삼촌과 카를이 문밖으로 나오자 수습사원이 슬그머니 들어가 그동안 기재된 서류를 들고나왔다. 넓은 홀 중앙에는 바쁘게 오가는 사람들로 끊임없이 북적였다. 그 누구도 인사하지 않았다. 인사는 오래전에 없어졌다. 모두 앞사람의 발걸음을 따라 바닥을 보며 한시라도 빨리 전진했다. 빠른 걸음으로 가느라 손에 쥐고 있는 종이가 펄럭이니 거기 적힌 단어나 숫자를 몇 개라도 보려고 시선을 던지기도 했다.

"정말 대단히 성공하셨네요."

사업장을 둘러보던 중 카를이 말했다. 부서별로 대충 둘러보기만 해도 전체 사업장을 다 둘러보려면 여러 날이 걸릴 것 같았다.

"이 모든 걸 30년 전에 내가 직접 설립했단다. 그 당시 항구 마을에서 작은 가게를 운영했었거든. 하루에 다섯 상자만 출하해도 많은 거라 그런 날은 우쭐해서 퇴근하곤 했지. 지금은 내 창고가 항구에서 세 번째로 큰 규모야. 그리고 저기는 우리 회사 화물 운반하는 인부 65번 팀의 식당과 장비실로 사용하고 있지."

"기적 같은 일이네요."

카를이 말했다.

"모든 게 급속도로 빠르게 발전했지."

삼촌이 카를의 말을 끊으며 말했다.

언젠가 카를이 평소처럼 혼자 식사하려는데 식사 직전에 삼촌이 와서 사업상 만난 지인 두 명과 저녁 식사를 하기로 했으니 카를도 검은색 정장으로 갈아입고 같이 가자고 했다. 카를이 옆방에서 옷을 갈아입는 동안 삼촌은 책상 앞에 앉아 방금 끝낸 영어 과제를 보고 손으로 책상을 치며 소리쳤다.

"정말 잘했네! 대단한걸."

칭찬을 듣자 옷 입는 것도 착착 잘 진행되었지만 사실 카를은 자기 영어 실력에 자신 있었다.

삼촌 집에 도착한 첫날 저녁때의 광경이 아직 기억에 남아 있는 식당에 들어가니 키가 크고 뚱뚱한 신사 두 명이 인사하려고 일어났다. 한 사람 이름은 그린, 다른 사람은 폴런더라는 걸 대화 중에 알게 되었다. 삼촌은 지인들에 대해서는 지나가는 말로라도 전혀 언급하지 않았다. 카를이 스스로 관찰해서 필요한 내용이나 관심을 찾아내도록 카를에게 맡겼다. 식사가 시작된 후에도 사업상 긴밀한 내용만 논의했다. 대화에 상업적인 표현이 많아서 카를에게는 좋은 강의가 되었고 배불리 먹어야 하는 어린아이처럼 카를이 조용히 식사에 전념하게 놔두는 분위기로 흘렀다. 그린 씨가 카를을 향해 몸을 굽히더니 가능한 한 분명한 영어로 또박또박 말하려고 애를 쓰며 미국에 도착했을 때 첫인상이 어땠는지 물어봤다. 주변에 쥐 죽은 듯한 침묵이 감도는 동안 카를은 외삼촌을 곁눈으로 몇 번 보며 자세히 대답했다. 고맙다는 표현을 뉴욕식 말투를 섞어가며 분위기를 북돋으려 노력했다. 어떤 표현을 두고 세 사람이 폭소를 터뜨려서 카를은 자기가 심각한 실수를 저질렀을까 봐 걱정했다. 그런데 그게 아니었고 폴런더 씨 말로는 카를이 매우 재미있고 기발한 표현을 했다고 했다. 폴런더 씨는 카를에게 특별히 호감이 있는 것 같았다. 삼촌과 그린 씨가 다시 사업 얘기를 하는 동안 폴런더 씨는 카를에게 의자를 가까이 오게 하고 먼저 그의 이름과 출신, 여행에 관해 여러 가지를 물었다. 그러다 카를이 잠깐이라도 쉴 수 있게 해주려고 웃다가 기침을 하기도 했다. 그러더니 자신과 딸 얘기를 서둘러 꺼냈다. 딸과 뉴욕 근교의 작은 별장에 살고 있으며, 자기는 은행가라 직업상 하루 종일 뉴욕에 매여 있다가 저녁에만 별장에서 지낸다고 했다. 카를처럼 갓 미국에 온 신참은 뉴욕을 벗어나 휴식을 취할 필요가 있다면서 꼭 놀러 오라며 진심을 담아 카를을 초대했다. 초대를 받아들여도 될지 삼촌에게 허락을 구했는데, 삼촌은 겉으로는 흔쾌히 승낙한다고 했지만 카를과 폴런더 씨가 예상한 대로 확실하게 날짜를 지정하지도 날짜를 같이 잡아보자는 말도 없었다.

그런데 바로 다음 날 외삼촌은 한 사무실로 카를을 불렀다. 삼촌은 이 건물에만 사무실이 열 군데 있었다. 사무실에 가보니 삼촌과 폴런더 씨가 말없이 안락의자에 기대어 앉아 있었다.

"폴런더 씨께서" 하고 삼촌이 말했다. 어스름한 황혼이 방 안에 깃들어 삼촌을 알아보기 힘들었다.

"어제 약속한 대로 너를 별장에 데려가려고 오셨다."

"그게 오늘일 줄은 몰랐어요."

카를이 대답했다.

"오늘일 줄 알았더라면 준비해뒀을 텐데요."

"준비를 못 했다면 다음으로 미루는 게 더 낫지 않겠니?"

삼촌이 말했다.

"준비할 게 뭐 있다고!"

폴런더 씨가 외쳤다.

"젊은 사람은 언제든 준비돼 있는 걸요."

"얘 때문에 그러는 건 아니고"

삼촌이 손님을 보며 말했다.

"얘가 자기 방으로 올라갔다 오면 폴런더 씨 시간이 지체되니 그렇죠."

"그럴 시간은 충분합니다."

폴런더 씨가 말했다.

"시간이 지체될 줄 예상했고 그래서 업무를 일찌감치 끝냈지요."

"봐라."

삼촌이 말했다.

"네가 폴런더 씨 댁에 가는 거 자체가 벌써 얼마나 민폐가 되는지 알겠니?"

"죄송합니다."

카를이 말했다.

"얼른 다녀올게요."

카를은 말을 끝내고 곧바로 뛰어나갈 태세였다.

"그렇게 서두르지는 말게."

폴런더 씨가 말했다.

"조금도 민폐가 아니니까. 오히려 우리 집을 찾아준다니 얼마나 기쁜지 모르겠네."

"내일 승마 연습은 빠지게 될 텐데. 못 한다고 얘기했니?"

"아니요. 미처 몰라서 얘기는 못 했어요."

카를이 말했다. 고대했던 방문이 부담스럽기 시작했다.

"그래도 갈 생각이냐?"

외삼촌이 계속 물었다. 폴런더 씨, 이 친절한 사람이 도움의 손길을 뻗었다.

"가는 길에 승마학교에 들러 얘기하면 됩니다."

"그렇기는 한데."

외삼촌이 말했다.

"맥은 분명 네가 왔으면 할 텐데."

"안 그럴 거예요."

카를이 말했다.

"맥이 승마장엔 가긴 하겠죠."

"그래서?"

삼촌은 카를의 대답이 조금도 정당하지 않다는 듯 말했다. 다시 폴런더 씨가 결정적인 말을 던졌다.

"하지만 클라라도 (클라라는 폴런더 씨 딸이다) 카를이 오길 기대하고 있고 오늘 저녁에 온다고 기다리고 있죠. 클라라가 맥보다 우선순위 아닐까요?"

"물론이죠."

삼촌이 말했다.

"얼른 다녀와라."

삼촌은 안락의자 팔걸이를 툭툭 쳤다. 카를이 문 앞까지 가자 외삼촌이 불러 세웠다.

"내일 아침 영어 수업 전까지는 오겠지?"

"아니요!"

폴런더 씨가 소리쳤다. 그는 깜짝 놀라 안락의자에 앉은 채 거대한 체구를 최대로 돌렸다.

"내일 하루 정도는 집 밖에서 지내도 되지 않을까요? 모레 아침 일찍 제가 데려다주면 되지요."

"절대 안 됩니다."

외삼촌이 답했다.

"공부가 엉망이 되게 할 순 없습니다. 나중에 저 애가 자립해서 수입이 꾸준한 직업을 갖게 되면 그땐 이렇게 영광스러운 초대에 더 오랜 시간 보내는 걸 기꺼이 허락할 겁니다."

말도 안 되는 모순이란 생각이 카를의 머리를 스쳤다. 폴런더 씨는 낙담했다.

"하룻저녁 하룻밤이라면 시간이 아예 없는 거나 다름없는데요."

"제 생각도 그렇긴 해요."

외삼촌이 말했다.

"손에 들어온 건 일단 잡고 봐야죠."

폴런더 씨는 그렇게 말하고 다시 웃었다. 카를은 외삼촌이 아무 말이 없자 서둘러 나갔다.

"그럼 기다리겠네."

폴런더 씨가 카를을 향해 소리쳤다. 잠시 후 카를이 출발 준비를 마치고 돌아오니 사무실에는 폴런더 씨만 있었고 삼촌은 없었다. 카를과 이제 동행할 수 있다는 사실을 굳게 확인하듯 폴런더 씨는 행복한 얼굴로 카를의 두 손을 잡고 흔들었다. 서두르느라 얼굴이 상기된 카를도 맞잡은 폴런더 씨의 양손을 흔들었다. 카를은 나들이를 할 수 있게 되어 신이 났다.

"제가 간다고 삼촌이 화를 내지는 않았나요?"

"천만에! 진심으로 그렇게 심각하게 받아들이신 건 아니었네. 단지 자네 교육을 최우선으로 생각하시니 그렇지."

"외삼촌이 직접 폴런더 씨께 말씀하셨나요, 조금 전 일을 진심으로 그렇게 말한 건 아니었다고요?"

"그랬다네."

폴런더 씨는 말끝을 질질 끌었다. 자신이 거짓말을 할 줄 모른다는 것을 증명한 셈이었다.

"폴런더 씨는 외삼촌의 친구시잖아요. 그런데도 제가 폴런더 씨 댁에 가는 게 못마땅해서 겨우 허락하시다니 좀 이상하네요."

드러내놓고 시인하지는 않았지만 폴런더 씨도 이렇다 할 해명 방법을 찾지 못했다. 카를은 폴런더 씨 차를 타고 포근한 저녁 길을 달리며 곧 화제를 돌리긴 했지만 한참 동안 이 문제에 대해 생각했다.

두 사람은 딱 붙어 앉아 있었다. 폴런더 씨는 이야기하는 내내 카를의 손을 잡고 있었다. 카를은 오래 차를 타야 하니 마음이 조급해서, 이야기라도 하면 실제보다 일찍 도착했다는 느낌이 들 수 있을 것 같아 클라라에 관한 얘기를 많이 듣고 싶어 했다. 카를은 지금까지 저녁에 뉴욕 거리를 차로 달려본 적이 없었다. 보도와 차도 위로 매 순간 방향을 바꾸며 회오리바람처럼 소음이 들이닥쳤다. 사람이 일으키는 게 아니라 잘 모르는 거대한 자연의 힘 같은 소리였다. 그럼에도 카를은 폴런더 씨의 말을 잘 들으려고 폴런더 씨의 검은 조끼와 조끼에 걸려 있는 골드 체인 장식에만 온 신경을 집중했다. 뉴욕 거리에는 관객들이 늦을까 봐 초조한 기색으로 극장을 향해 잰걸음을 옮겼고 어떻게든 빨리 들어가려는 차량 행렬이 극장으로 몰려들었다. 두 사람이 탄 차량은 임시 구역을 빠져나와 교외로 향했다. 그곳에서 기마경찰이 여러 번 제지하며 옆길로 안내했는데, 시위 중인 금속 노동자들이 대로를 점거해서 응급 차량만 교차로 통행이 허용되었기 때문이다. 이들이 탄 자동차는 어둡고 둔탁한 울림이 있는 골목길에서 광장처럼 확 트인 도로를 가로질렀고, 그 도로 양쪽 보도에는 사람들이 그 끝을 알 수 없을 만큼 가득 차 종종걸음으로 걸어가고 있었다. 그 사람들이 같이 부르는 노랫소리가 얼마나 잘 맞던지 한 사람이 부르는 목소리보다 더 일관된 소리였다. 차량이 통제된 도로에는 여기저기 서 있는 말을 탄 경찰과 깃발이나 현수막을 들고 있는 사람들, 동료와 연락책에게 둘러싸여 있는 시위 지도자들 모습도 보였다. 제때 통과하지 못한 전기 트램 한 대가 보였다. 텅 비어 있는 깜깜한 전차 발판에 운전기사와 차장이 앉아 있었다. 호기심 많은 사람들 무리가 시위대에서 떨어져 자리를 떠나지 않고 서서 실제 상황 파악도 못 한 채 구경만 하고 있었다. 카를은 폴런더 씨가 자신을 감싸준 팔에 편안하게 기대고 있었다. 잠시 후면, 개가 지키고 있는 담장으로 둘러싸인, 불이 켜진 시골 별장의 반가운 손님이 되리란 확신이 들자 카를은 기분이 더없이 좋았다. 졸음이 쏟아지기 시작해서 폴런더 씨가 말하는 내용을 전체적으로 정확하게 알아듣지 못했고 중간중간 끊어져 부분적으로만 이해했다. 잠깐씩 정신을 차리고 깰 때면 눈을 비비고 자신이 잔 걸 폴런더 씨가 눈치챘는지 확인했다. 그는 어떤 일이 있더라도 폴런더 씨가 눈치채는 것만큼은 피하고 싶었다.

Ⅲ. 뉴욕 근교 별장

"집에 다 왔다네."

폴런더 씨가 말했다. 마침 카를은 잠에 빠져 정신을 못 차릴 때였다. 자동차가 별장 앞에 멈췄다. 전형적인 뉴욕 근교에 사는 부자들의 별장 스타일로 지어진 집인데, 한 가족이 사는 집이라기에는 필요 이상으로 크고 높았다. 아래층만 조명이 켜져 있어서 몇 층짜리 집인지 가늠이 안 됐다. 밤나무가 바람에 바스락거렸다. 격자 철문은 열려 있었고 밤나무 사이로 짧은 길이 현관 계단까지 이어졌다. 차에서 내릴 때 피곤한 느낌으로 봐서 카를은 차를 꽤 오래 탔다는 기분이 들었다. 밤나무 사이 길 어둠 속 카를 바로 옆에서 젊은 여자 목소리가 들렸다.

"야코프 씨가 이제야 오셨군요."

"저는 로스만이라고 합니다."

카를은 여자가 건넨 손을 잡고 악수했다. 이제 그녀의 윤곽이 좀 드러났다.

"이분은 그냥 야코프 씨 조카고."

폴런더 씨가 설명했다.

"이름은 카를 로스만이란다."

"이름이 뭐든 이분이 여기 오셔서 기쁜 건 변함없어요."

여자가 말했다. 여자는 이름에는 관심이 없었다. 그래도 카를은 폴런더 씨와 여자 사이에서 집으로 걸어가며 그녀의 이름을 확인했다.

"클라라 씨인가요?"

"네."

사람을 알아볼 수 있을 정도의 빛이 집 안에서 흘러나와 그녀의 얼굴을 비췄다. 클라라는 카를을 보고 있었다.

"이런 어둠 속에서 제 소개를 하고 싶지는 않은데요."

걸어가며 조금씩 잠에서 깬 카를은, 클라라가 격자 창문 앞에서 기다리고 있었는지 궁금했다.

"참, 오늘 저녁에 손님이 한 분 더 계세요."

클라라가 말했다.

"말도 안 돼!"

화가 난 폴런더 씨가 소리쳤다.

"그린 씨가 오셨어요."

클라라가 말했다.

"그분은 언제 오셨죠?"

카를이 어떤 예감에 사로잡힌 듯 물었다.

"방금 오셨어요. 그린 씨 차 소리를 못 들으셨어요?"

카를은 폴런더 씨를 바라봤다. 그가 이 일을 어떻게 생각하는지 알고 싶었다. 폴런더 씨는 바지 주머니에 손을 넣은 채 좀 더 세게 발을 굴리며 걸을 뿐이었다.

"뉴욕 가까운 외곽에 살아도 소용없구만. 조용히 내버려두지 않고 귀찮게 하는 건 마찬가지니. 더 멀리 이사라도 해야 하려나. 집에 오려면 한밤중까지 차를 타고 오는 한이 있더라도 그렇게 해야 할지 참."

일행은 모두 현관 계단 앞에서 멈췄다.

"그래도 그린 씨가 오래간만에 오셨는걸요."

클라라가 말했다. 아버지의 말에 완전히 동의했지만 자기 딴에는 아버지를 안심시키려 했다.

"근데 왜 하필 오늘 저녁에 왔냔 말이야."

폴런더 씨가 말했다. 두툼한 입술 밖으로 분노의 말이 쏟아졌고 불룩한 아랫입술이 씰룩거렸다.

"그러니까요."

클라라가 말했다.

"바로 가시겠죠."

카를이 말했다. 어제까지 알지도 못했던 사람들과 같은 의견을 내놓으며 어울리고 있는 자신을 발견하고 깜짝 놀랐다.

"그건 아니에요."

클라라가 말했다.

"그린 씨가 아빠랑 의논할 중대한 일이 있나 봐요. 꽤 오래 걸릴 것 같던데요. 예의 바른 여주인이 되고 싶으면 내일 아침까지 경청해야 한다며 농담 반 진담 반 위협하시던데요."

"그런 얘기까지 했단 말이지. 그럼 오늘 밤 여기서 묵겠다는 말이구만."

폴런더 씨가 큰 소리로 말했다. 결국 최악의 상황까지 왔다는 어조였다.

"지금 내 생각 같아서는 말이야."

폴런더 씨는 새로운 아이디어가 떠올랐는지 더 다정하게 말했다.

"진짜 내가 이 상황에서 하고 싶은 건, 자네를 다시 차에 태워 삼촌 집에 보내는 거라네. 오늘 저녁은 시작부터 방해를 받아버렸으니 말이야. 삼촌이 다음에 언제 다시 허락하실지는 아무도 모르지. 그렇긴 하지만 오늘 내가 자네를 데려가면 삼촌이 다음번엔 거절하지 못할 거야."

말이 끝나자마자 폴런더 씨는 계획대로 하려고 카를의 손을 잡았다. 카를은 꼼짝도 하지 않았다. 클라라는 자신과 카를만큼은 그린 씨에게 전혀 방해받지 않을 거라며 카를이 집에 있게 해달라고 부탁했다. 결국 폴런더 씨도 자기 결심이 그렇게 확고하지 않았다는 걸 깨달았다. 게다가 어쩌면 이게 결정적이었을지 모르지만, 그린 씨가 갑자기 계단 맨 위에서 정원을 향해 소리쳤다.

"어디들 계세요?"

"들어가자."

폴런더 씨가 말하며 계단 쪽으로 돌아섰다. 카를과 클라라도 뒤따라갔다. 두 사람은 불빛에 상대 모습을 살폈다. 카를은 여자 입술이 빨갛다고 생각하며 폴런더 씨의 입술을 떠올렸다. 아버지 입술 유전자가 딸로 넘어가면서 예쁘게 변했다는 생각이 들었다.

"저녁 식사하고 나서, 괜찮으면 바로 제 방으로 가죠. 아빠가 그린 씨와 사업 얘기에 몰두할 그 시간만이라도 그린 씨한테서 벗어나려면 말이에요. 그리고 피아노를 연주해주시면 정말 고맙겠는데. 피아노를 아주 잘 치신다고 아빠한테 얘길 들었거든요. 안타깝게도 저는 악기를 연주할 줄 몰라요. 음악을 좋아하긴 하는데 피아노엔 손도 대지 않거든요."

클라라가 말했다.

카를은 폴런더 씨와 친분을 쌓고 싶었지만 클라라의 제안을 받아들였다. 계단을 오르자 그린 씨의 거대한 체구가 서서히 드러났다. 카를은 폴런더 씨의 체구에 적응했는데도 그린 씨를 보자 오늘 저녁 폴런더 씨를 이 남자로부터 빼내겠다는 희망을 접었다.

그린 씨는 해야 할 게 많다는 듯 서둘러 그들을 맞이했다. 그는 폴런더 씨의 팔을 잡고 카를과 클라라를 떠밀 듯 식당 안으로 들여보냈다. 테이블 위에 싱싱한 이파리 사이로 절반쯤 드러난 꽃이 놓여서인지 식당이 축제 분위기를 자아냈다. 방해만 되는 그린 씨 존재가 두 배로 아쉬웠다. 카를은 다른 사람들이 앉을 때까지 식탁에서 기다렸다. 정원으로 나 있는 대형 유리문이 열려 있어 진한 꽃향기가 그대로 전달돼 카를은 기분이 좋았다. 정자 안에 있기라도 한 것처럼 향이 가깝게 느껴졌다. 바로 그때 그린 씨가 헐떡이며 유리문을 닫으러 다가왔다. 맨 아래 빗장으로 숙였다가 맨 위 빗장으로 손을 뻗었다. 젊은 사람처럼 어찌나 빠르게 해치우는지 급히 달려온 하인이 할 일이 없었다. 식탁에서 그린 씨가 처음으로 한 말은 카를이 폴런더 씨 집에 오는 걸 삼촌이 허락해서 놀랐다는 내용이었다. 수프를 가득 채운 숟가락을 입으로 가져가면서 그린 씨는 오른쪽에 있는 클라라와 왼쪽에 있는 폴런더 씨에게 말했다. 본인이 왜 그렇게 놀랐는지, 삼촌이 카를을 얼마나 주의 깊게 지켜보고 있는지, 조카를 향한 삼촌의 사랑이 얼마나 큰지 사람들이 삼촌의 사랑이라 믿기 힘들 정도라고 했다. 그린 씨란 사람이 여기서도 쓸데없이 끼어들더니 설상가상으로 외삼촌과 카를 사이까지 끼어든다는 생각이 들자 카를은 황금색 수프를 한 모금도 삼킬 수 없었다. 그러다 자신이 얼마나 불안해하는지 들키고 싶지 않아서 묵묵히 수프를 입에 넣었다. 고난의 시간처럼 식사 시간이 너무 느리게 지나갔다. 그린 씨 혼자, 거기다 굳이 더 꼽자면 클라라 정도만 활기차게 대화했다. 두 사람은 가끔 잠깐씩 웃기도 했다. 폴런더 씨는 그린 씨가 사업 얘기를 할 때만 몇 번 대화에 끼어들었다. 그때마다 폴런더 씨는 그런 대화에서 금세 빠져나왔다. 그린 씨가 예기치 않게 다시 사업 이야기를 꺼내서 폴런더 씨는 깜짝 놀랐다. 그린 씨가 강조해서 말하려는 건 그는 애초에 이렇게 예상치 못한 방문을 할 생각은 없었다는 것이었다. 바로 그때 뭔가 불길한 일이 닥치겠는데 하는 표정으로 심각하게 듣고 있던 카를에게 앞에 스테이크가 있고 지금은 저녁 식사 중이라고 상기시키며 클라라가 주의를 줬다. 그린 씨는 논의해야 할 일이 다급하기는 했지만 가장 중요한 내용은 오늘 시내에서 협상할 수 있었고 나머지 중요하지 않은 사항은 내일이나 나중에 해도 됐다고 했다. 그래서 사실 오늘 퇴근 전에 폴런더 씨 사무실에 갔는데 만나지 못했단다. 그러니 부득이하게 오늘 집에 못 간다고 전화하고 차를 몰고 왔다고 했다.

"그럼 제가 사과해야겠군요."

다른 사람이 뭘 말할 틈도 없이 카를이 큰 소리로 말했다.

"폴런더 씨가 오늘 평상시보다 일찍 퇴근하신 건 제 책임이거든요. 죄송합니다."

폴런더 씨는 냅킨으로 얼굴 대부분을 가렸고 클라라는 카를을 향해 미소 지었다. 공감하는 미소가 아니라 어떻게든 카를의 마음을 움직여보려는 미소였다.

"사과할 필요는 없네."

마침 비둘기 스테이크를 나이프로 날카롭게 조각내며 그린 씨가 말했다.

"정반대라네. 집에서 혼자 저녁 먹는 것보다 이렇게 즐거운 분위기에서 사람들과 어울려 저녁을 보내니 정말 좋구만. 집에 가면 늙은 가정부가 음식을 차려주거든. 가정부가 너무 늙어서 문에서 식탁까지 오는 것도 힘들어할 정도야. 내가 노파의 걸음걸이를 보고 있자면 의자에 기대 한없이 기다려야 한다네. 최근에서야 하인이 주방에서 식당 문까지 음식을 가져오도록 조치를 해놨지. 문에서 식탁까지 나르는 것만 가정부가 하도록 말이야. 가정부 상태를 봐서 그렇게 한 거라네."

"세상에" 하고 클라라가 소리쳤다.

"하녀를 그렇게 존중해주시다니. 신의를 저버리지 않으시네요!"

"이 세상에 아직은 그런 신의가 존재하지."

그린 씨는 이렇게 말하고 고기 한 점을 입에 넣었다. 그때 우연히 카를은 그린 씨 혀가 음식을 한방에 낚아채는 모습을 봤다. 카를은 구역질이 날 것 같아 일어났다. 거의 동시에 폴런더 씨와 클라라가 그의 손을 잡았다.

"좀 더 앉아 있어야 해요."

클라라가 말했다. 카를이 다시 자리에 앉자 클라라가 귀에 대고 속삭였다.

"조금만 기다렸다가 같이 나가요. 참을 수 있죠?"

그린 씨는 자신이 카를의 비위를 상하게 했다면 카를을 진정시키는 건 당연히 폴런더 씨와 클라라의 몫이라는 듯 잠자코 식사에만 열중했다. 그린 씨가 코스 요리 하나하나 꼼꼼히 음미하느라 식사 시간은 유난히 길어졌다. 새 요리가 나올 때마다 지치는 기색 없이 기다렸다는 듯 받아들일 준비가 되어 있었다. 자기 집 늙은 가정부한테 받지 못한 걸 제대로 보상받으려고 작심한 듯 먹어댔다. 간혹 집안 살림을 잘 꾸려간다며 클라라를 칭찬하기도 했다. 아부성 발언이 분명했다. 그가 클라라에게 손을 대려는 것 같아 카를은 저지하고 싶은 생각이 굴뚝같았다. 그린 씨는 그것만으로 부족한지 접시에서 고개를 들지 않은 채 카를이 식욕이 없어 유감이라고 여러 번 말했다. 폴런더 씨는 카를이 식욕이 없다는 걸 존중해줬다. 주인으로 카를에게 식사를 권해야 했는데도 말이다. 그리고 사실, 카를은 저녁 식사 내내 압박감으로 너무 예민해져서 평소라면 좋게 생각했을 텐데 이날만큼은 폴런더 씨의 말을 불친절하다고 해석했다. 카를이 심하게 많은 양을 급하게 먹고 지쳐서 한참 동안 포크와 나이프를 내려놓고 사람들 중 가장 움직임이 없어서 요리를 나르는 하인은 어찌해야 할지 몰라 난감한 적이 많았다. 이런 상황으로도 카를의 심정이 그대로 드러났다.

"내일 상원의원님께 말씀드려야겠어. 자네가 먹지 않아서 클라라 양이 얼마나 기분 상했는지 말이야."

그린 씨는 이렇게 말하면서 포크와 나이프를 만지작거려 자기 말이 농담이란 걸 드러냈다.

"얼마나 서운한 얼굴인지 이 숙녀 한번 보게나."

그는 말하면서 클라라의 턱을 손으로 만졌다. 클라라는 그린 씨가 하는 대로 그대로 내버려두고 눈을 감았다.

"끔찍한 것!"

그린 씨가 큰 소리로 말했다. 다시 의자에 등을 대고 배부르게 먹고 얻은 힘을 다해 얼굴이 새빨개지게 웃었다. 카를은 폴런더 씨의 태도를 이해해보려고 했으나 소용없었다. 폴런더 씨는 접시 앞에 앉아 자기 앞에 있는 접시만 들여다보고 있었다. 진짜 중요한 일은 그 안에 다 있다는 듯. 카를의 의자를 자기 쪽으로 가까이 끌어당기지도 않았고 한번 말을 시작하면 모두에게 말을 걸었지만 카를에게는 특별한 말이 없었다. 반면 이 늙고 교활한 독신자 뉴요커인 그린 씨가 분명한 의도로 클라라 몸에 손을 댄 사실과 자기 손님인 카를을 모욕했거나 적어도 어린애 취급한 사실을 용인했다. 그리고 앞으로도 어떤 행동으로 사태를 심각하게 만들고 그 행동을 밀어붙일지도 모르지만 가만 놔뒀다.

식탁 위 그릇이 다 치워지자 그린 씨가 전반적인 분위기를 알아채고 가장 먼저 자리에서 일어났고 다른 사람들도 덩달아 일어났다. 카를은 혼자 떨어져서 테라스로 이어지는 커다란 창문으로 갔다. 창문에는 흰색의 가는 창살이 달려 있었다. 가까이 가보니 창문이 아니라 출입문이었다. 폴런더 씨와 그의 딸이 처음에 그린 씨에게 느꼈던 반감은 도대체 어디로 갔단 말인가. 당시 카를은 그들의 반감을 이해하기 힘들 정도였는데 말이다. 지금 폴런더 부녀는 그린 씨 옆에 서서 그린 씨를 향해 고개를 끄덕이고 있다. 그린 씨는 폴런더 씨가 선물한 시가를 피우고 있었다. 고향 집에서 아버지가 가끔 얘기해주던 그런 굵기의 시가였다. 아버지는 그런 시가를 어쩌면 직접 본 적이 없는지도 모른다. 시가 연기가 넓은 홀 가득 퍼져서 그린 씨가 직접 가봤을 리 없는 구석구석까지 영향력을 행사했다. 카를은 멀찌감치 떨어져 있는데도 연기 때문에 콧속이 간질간질했다. 서 있는 자리에서 한번 슬쩍 쳐다봤는데 카를의 눈에 그린 씨는 비열해 보였다. 그 순간 카를은 외삼촌이 방문을 허락하기까지 그렇게 오래 주저한 이유를 알 것 같았다. 삼촌은 폴런더 씨가 우유부단한 사람이란 걸 알아서 정확히 예견까지는 아니라도 이번 방문에 카를이 모욕당할 가능성이 있다는 걸 간파한 것 같았다. 그리고 저 미국 여사의 실물이 더 예쁠 거라 상상한 건 절대 아니지만 어쨌든 마음에 들지 않았다. 그린 씨가 클라라와 대화할 때 그녀의 얼굴이 예뻐 보여서, 특히 그녀의 눈동자가 활발하게 움직이며 반짝일 때 깜짝 놀랐다. 클라라가 입고 있는 스커트처럼 그렇게 몸에 딱 붙는 스커트는 본 적이 없었다. 부드러우면서도 질긴 노란색 옷감의 작은 주름은 탄성이 얼마나 강한지 보여줬다. 그런데 카를은 그녀를 전혀 염두에 두고 있지 않아서 그녀의 방으로 끌려가는 건 기꺼이 포기하고 싶었다. 그 대신 혹시 몰라 손잡이에 손을 댔던 이 문을 열고 나가 차에 타거나 운전사가 잠들어 있으면 혼자서라도 뉴욕으로 산책 삼아 걸어가고 싶었다. 그를 향해 기운 보름달이 빛나는 청명한 밤은 누구에게나 열려 있고, 밖에서 두려워하는 건 무의미해 보였다. 카를은 이 넓은 홀에서 처음으로 기분이 좋아졌다. 걸어가면 아무리 빨리 가도 아침보다 더 일찍 도착하기는 힘드니 그는 내일 아침에 외삼촌을 얼마나 깜짝 놀라게 할지 상상해보았다. 외삼촌 침실에 가본 적은 없고 심지어 침실이 어디에 있는지도 몰랐지만,

이런 건 물어보면 바로 알 수 있을 터. 노크를 하고 "들어와요!"라는 형식적인 대답을 듣고 안으로 들어가면, 지금까지는 제대로 갖춰 입고 단추를 채운 모습밖에 모르는 사랑하는 삼촌이 잠옷 차림으로 침대에 앉아 있다가 문 쪽으로 시선을 돌리며 깜짝 놀라는 반응을 보이겠지. 그 자체로는 별것이 아닐 수도 있지만, 그 결과가 어떻게 될지 생각해야 한다. 어쩌면 그는 처음으로 외삼촌과 아침 식사를 하게 될지도 모른다. 두 사람 사이에 작은 테이블을 놓고 외삼촌은 침대에, 그는 의자에 앉아 아침을 먹겠지. 삼촌과 아침 식사를 같이하는 게 고정적인 루틴이 될 수도 있다. 이런 식으로 식사를 같이 하면, 이건 불가피한 일이 될 게 분명한데 낮에도 지금까지는 하루 한 번 만나던 것을 이전보다 더 자주 만나게 되지 않겠는가. 그러면 허심탄회하게 터놓고 얘기를 나누지 않겠는가. 오늘 외삼촌에게 좀 순종하지 못했던, 아니 더 정확히 표현하면 고집을 부렸던 것도 결국 이런 허물없는 대화가 부족해서 그랬을 터다. 오늘 여기서 하룻밤을 보내야 하더라도 유감스럽게도 그럴 수밖에 없을 것 같은데, 지금은 창가에 서서 혼자 마음대로 즐기라고 내버려두고 있기는 하지만 유쾌하지 않은 이번 방문이 삼촌과의 관계를 개선하는 전환점이 될 수도 있다. 오늘 저녁 삼촌도 침실에서 비슷한 생각을 할지도 모를 일이다.

조금은 안심이 되어 뒤돌아보았다. 클라라가 그 앞에 서 있었다.

"우리 집이 영 불편하신가요? 집처럼 편안하게 있고 싶지 않아요? 같이 가요. 최후의 방법이 있어요."

그녀는 홀을 가로질러 문 쪽으로 카를을 데려갔다. 두 남자가 사이드 테이블에 마주 앉아 있었다. 테이블 위에는 길쭉한 잔에 거품이 보글보글한 음료가 가득 담겨 있었다. 카를은 처음 보는 음료라 마셔보고 싶다는 생각이 들었다. 그린 씨는 한쪽 팔꿈치를 테이블에 괴고 얼굴을 폴런더 씨에게 최대한 가까이 대고 있었다. 폴런더 씨를 모르는 사람이 보면 이들이 사업상 대화를 하는 게 아니라 범죄를 모의하는 중이라고 착각할 만했다. 폴런더 씨는 문으로 가는 카를을 다정한 시선으로 바라봤지만 그린 씨는 카를을 전혀 쳐다보지 않았다. 일반적으로 사람들은 무의식적으로 다른 사람의 시선을 따르는데 그렇게 하지 않는 그린 씨 행동에는 그의 신념이 들어 있는 것 같았다. 카를은 카를대로 그린 씨는 그린 씨대로 각자 자기 능력껏 노력하며 살아가면 될 일이다. 두 사람 사이에 필요한 사회적 관계는 시간이 지나면서 그들 중 한 사람의 승리 또는 파멸로 자연스레 귀결될 것이다.

"그린 씨가 그렇게 생각하고 있다면 한심한 인간이지. 내가 자기한테 바라는 게 아무것도 없는데. 그러니 당신도 나를 가만 내버려 두시지."

카를은 혼잣말했다. 복도에 들어서자마자 카를은 자신이 무례하게 행동했을지도 모른다는 생각이 들었다. 눈을 부릅뜨고 그린 씨만 바라보느라 클라라에게 끌려 나오다시피 방에서 나왔으니 말이다. 이제 그는 미안한 마음만큼 기꺼이 클라라와 나란히 걸었다. 복도를 지나며 스무 걸음마다 화려한 제복을 입은 하인들이 양손에 두툼한 촛대를 들고 서 있는 것을 보고 그는 눈을 믿을 수 없었다.

"새로 바꾼 전기 배선은 식당에만 깔려 있어요."

클라라가 설명했다.

"최근에 이 집을 구입해서 새로 개조하고 있어요. 독특한 건축 양식으로 지은 아주 낡은 집이라 완전히 바꾸는 중이죠."

"미국에도 오래된 집이 있군요."

카를이 말했다.

"그럼요."

클라라가 웃으며 말했다. 그녀는 카를을 계속 끌고 갔다.

"미국에 대해 이상한 편견이 있으시네요."

"놀리지 말아요."

카를은 화난 어조로 말했다. 자신은 이미 유럽과 미국에 대해 알고 있지만 그녀는 미국밖에 모르니 화가 날 수밖에.

복도를 지나며 클라라는 손을 쓱 뻗어 문을 열더니 걸음을 멈추지 않고 말했다.

"이 방에서 주무시면 돼요."

카를은 당연히 방부터 둘러보려 했다. 클라라는 아직 시간은 충분히 있으니 일단 따라오기나 하라고 안달하며 소리치듯 말했다. 두 사람은 복도에서 조금씩 움직였다. 그러다 카를은 전부 다 클라라의 지시대로 할 필요는 없다는 생각이 들어 클라라를 홱 뿌리치고 방으로 들어갔다. 창밖이 놀랄 만큼 어두운 이유가 창문 가득 흔들거리는 나뭇가지 때문이었다. 새소리가 났다. 아직 달빛이 비치지 않는 방 안은 어떤 것도 알아볼 수 없었다. 카를은 삼촌이 선물로 준 손전등을 두고 온 걸 후회했다. 이 집에서는 손전등이 꼭 필요했다. 손전등 몇 개만 있으면 하인들을 자라고 보낼 수도 있었을 텐데. 그는 창턱에 앉아 밖을 보며 귀를 기울였다. 불안한 새 한 마리가 오래된 나무 잎사귀를 밀어내는 것 같았다. 뉴욕 교외 열차의 기적 소리가 들판 어디에선가 울렸다. 그것 말고는 조용했다.

고요는 오래가지 않았다. 클라라가 급히 들어와 정적을 깼다. 화가 잔뜩 난 얼굴로 그녀가 소리쳤다.

"뭐 하자는 거죠?"

그녀는 자신의 치마를 툭툭 쳤다. 카를은 그녀가 좀 더 예의 바른 태도를 보일 때까지 기다렸다 대답할 생각이었다. 그런데 그녀가 성큼성큼 다가와 소리쳤다.

"나랑 같이 갈래요, 말래요?"

소리치더니 고의인지 단순히 흥분해서인지 그의 가슴을 세게 밀쳤다. 창틀에서 미끄러지는 마지막 순간 방바닥에 발이 닿지 않았다면 창밖으로 추락했을 것이다.

"떨어질 뻔했잖아요."

카를이 책망하는 어조로 말했다.

"그런 일이 일어나지 않아 유감이군요. 왜 이렇게 무례하죠? 다시 밀어서 떨어뜨려줘야겠네요."

그러더니 진짜로 카를을 껴안고 운동으로 단련된 몸으로 거의 창가까지 끌고 갔다. 카를은 너무 황당해서 처음에는 저지해야 한다는 사실도 잊어버렸다. 그러다 창가에 가서야 정신이 들어 허리를 비틀어 빠져나온 뒤 클라라를 껴안았다.

"아, 아프다고요."

클라라가 말했다. 하지만 카를은 그녀를 놔주면 안 된다고 생각했다. 클라라가 원하는 대로 움직일 수 있는 자유를 주었지만 뒤에서 그녀를 놓아주지는 않았다. 타이트한 옷을 입은 그녀를 껴안고 있는 건 쉬운 일이었다.

"날 좀 놔줘요."

클라라는 상기된 얼굴을 카를에게 바짝 붙이고 속삭였다. 너무 가까이 있어서 클라라의 얼굴을 보는 게 쉽지 않았다.

"놔줘요. 내가 멋진 걸 줄 테니."

카를은 이 여자가 왜 그렇게 한숨을 쉬지, 하고 자문했다. 꽉 누르고 있는 게 아니라서 그렇게 아프지도 않을 텐데 말이다. 그는 그녀를 놓아주지 않았다. 그러다 잠시 방심하고 가만히 서 있는 틈을 타 갑자기 클라라가 힘을 줘 카를의 몸을 밀어내는 느낌이 들었다. 그녀는 몸을 비틀어 카를의 몸에서 떨어져 나와서 오버핸드그립으로 카를을 붙잡고 이상한 무술을 하는 듯한 발 자세로 그의 다리를 막아선 다음 일정한 호흡으로 숨을 고르며 그를 벽으로 몰아넣었다. 거기에는 긴 소파가 있었다. 그녀는 카를을 소파 위에 눕히고 그를 향해 몸을 별로 굽히지도 않은 채 말했다.

"자 움직일 수 있으면 움직여보시지."

"고양이, 미친 고양이 같은 년."

카를은 분노와 수치심으로 혼란스러워 겨우 소리쳤다.

"넌 미쳤어, 미친 고양이야!"

"말조심해!"

클라라는 한 손을 그의 목에 대더니 점점 세게 조르는 바람에 카를은 숨을 헐떡이며 쉬는 것 말고는 아무것도 할 수 없었다. 그녀는 다른 손으로 카를의 뺨을 만지다 손을 점점 더 높이 들어 언제라도 뺨을 때릴 태세였다.

"이러면 어떨까?"

클라라가 물었다.

"숙녀한테 무례하게 군 벌로, 뺨을 세게 날려주고 집으로 보내면 말이야? 어때? 좋은 추억은 아니더라도 미래의 네 삶에 도움이 될 거야. 나도 안타깝긴 해. 넌 그래도 봐줄 만한 괜찮은 사람인데 말이지. 네가 주짓수를 배웠다면 아마 나를 때려눕혔을 텐데. 그런데 말이야, 네가 지금 그렇게 누워 있으니 네 빰을 때리고 싶은 충동을 느끼거든. 후회할지도 모르지만. 근데 그렇게 한다 해도 그건 내 의지대로 하는 게 아니라는 걸 알아야 해. 그럼 난 빰을 한 대 때리는 걸론 만족 못 하고 네 빰이 부어터질 때까지 양쪽 빰을 마구 때릴 거야. 넌 아마도 명예를 중요시하는 사람일지도 모르는데 그렇다고 믿고 싶어. 넌 계속해서 빰을 맞으면 더는 살고 싶은 생각이 없어질 테고 세상에서 사라져버릴지도 모르지. 근데 왜 내 말대로 안 한 거니? 혹시 내가 마음에 안 들어? 내 방에 따라올 가치가 없다는 거니? 조심해! 지금도 귀싸대기를 날릴 뻔했어. 오늘은 이렇게 풀어주지만 다음엔 매너를 좀 지켜. 난 네가 멋대로 반항해도 되는 삼촌이 아니거든. 한 가지 더 알려줄게. 내가 빰을 때리지 않고 놔준다고 해서 지금 네 상황과 실제로 빰을 얻어맞는 게 명예의 관점에서 보면 똑같다고 생각할 필요는 없어. 그렇게 믿고 싶다면 진짜로 빰을 때려줄게. 내가 이 모든 걸 맥에게 말하면 맥은 뭐라고 할까?"

맥을 떠올리자 그녀는 카를을 놓아주었다. 카를의 혼란스러운 생각 속에서 맥은 자신을 구출해준 은인 같았다. 자기 몸에서 한동안 클라라의 손이 느껴져서 카를은 몸을 뒤척이다 가만히 누웠다.

클라라는 일어나라고 재촉했지만 그는 대꾸하지도 움직이지도 않았다. 그녀는 어딘가에 있는 촛불을 켰다. 방이 밝아지고 천장에 파란색 지그재그 무늬가 드러났다. 카를은 클라라가 눕힌 그대로 소파 쿠션에 머리를 대고 누워 고개를 1센티도 돌리지 않았다. 클라라가 방 안을 이리저리 돌아다니자 스커트가 다리에 스쳐 바스락거리는 소리가 났다. 그러다 한참을 창가에 서 있는 것 같았다.

"반항 다 했니?"

클라라가 묻는 소리가 들렸다. 카를은 폴런더 씨가 그날 밤 카를이 묵을 방이라고 준비해둔 이 방에서는 전혀 휴식을 취하지 못하리라는 느낌이 들었다. 클라라는 이리저리 돌아다니다 멈춰 서서 말을 걸었다. 카를은 이 여자가 이루 말할 수 없을 만큼 싫었다. 빨리 자고 일어나 여기서 나가기. 그게 유일한 소망이었다. 침대로 가고 싶지도 않았고, 그냥 여기 소파에 그대로 있고 싶었다. 클라라가 방에서 나가기만 기다렸다. 이 여자가 나가기만 하면 문으로 달려가 빗장을 잠그고 다시 소파에 몸을 던지면 된다. 스트레칭하고 하품도 하고 싶은데 클라라 앞에서는 그러고 싶지 않았다. 누워서 천장을 바라보니 얼굴이 점점 감각이 없어지는 것을 느꼈고, 파리 같은 벌레가 눈앞에서 아른거렸는데 그게 뭔지 알지 못했다.

클라라가 다시 와서 그의 시선이 닿는 쪽으로 몸을 굽혔다. 그가 쳐다보면 안 된다고 스스로 계속 단속하지 않았다면 분명히 그녀를 쳐다봤을 것이다.

"난 이제 간다."

그녀가 말했다.

"혹시 나중에라도 나한테 오고 싶을 수도 있을 거 같아서 말인데. 이 방에서 네 번째가 내 방이야. 복도 이쪽 편으로 네 번째. 그러니까 문 세 개를 지나서 그다음 문이 내 방이야. 난 이제 홀에 안 가고 내 방에 있을 거야. 네가 날 제대로 피곤하게 만들어줬어. 기다리지는 않겠지만 그래도 오고 싶으면 와. 피아노 연주를 해주겠다고 약속한 거 잊지 마. 어쩌면 나도 네 혼을 쏙 빼놨는지도 모르지. 꼼짝도 못 하겠으면 그대로 잠이나 푹 자. 당분간 아빠한테는 우리가 싸운 얘긴 한마디도 안 할게. 네가 걱정할까 봐 말해두는 거야."

클라라는 말이 끝나자마자 폴짝폴짝 점프 두 번 만에 나갔다. 본인 입으로 피곤하다고 말할 때는 언제고. 카를은 곧바로 일어나 앉았다. 계속 누워 있는 자세로 있자니 견디기 힘들었다. 몸을 좀 움직여보려고 문으로 가 복도를 봤다. 칠흑 같은 어둠뿐이었다. 문을 닫고 빗장을 잠그고 책상 옆의 촛불 빛 안에 서자 기분이 좋아졌다. 그가 내린 결론은, 이 집에 더는 머물지 말고 폴런더 씨에게 가서 클라라가 자기를 어떻게 대했는지 솔직하게 말하는 거였다. 자신의 패배를 고백하는 것 따윈 전혀 신경 쓰이지 않았다. 이 정도면 충분한 이유가 되니 차를 타거나 걸어서 집으로 갈 수 있게 허락해달라고 말하는 것이다. 폴런더 씨가 즉시 귀가하는 건 안 된다고 하면, 하인을 시켜 근처 호텔로 안내해달라고 부탁할 생각이었다. 카를이 계획한 대로 들어줄 친절한 주인을 만나는 것도 일반적으로 보기 드문 일이지만 클라라처럼 손님을 다루는 건 더욱더 드문 일이다. 그녀는 당분간 폴런더 씨에게 싸움 얘기를 하지 않겠다는 약속을 대단한 호의라도 베푸는 것처럼 생각하는 것 같은데 천인공노할 일이다. 아니, 카를이 레슬링 시합에 초대받아서 인생의 대부분을 레슬링 기술을 배우며 보냈을 여자에게 내동댕이쳐진 게 수치스러운 일이었을까? 그녀는 분명 맥에게 지도를 받았을 터. 그녀가 맥에게 다 얘기한들 어쩌겠는가. 자세히 알아볼 기회는 없었지만 맥은 그래도 분별력이 있는 사람이란 걸 카를은 알고 있다. 카를은 맥한테 수업을 받으면 자신이 클라라보다 훨씬 더 발전이 있으리란 것도 알았다. 초대받을 일은 없겠지만 그래도 만약 언젠가 다시 여기 오면, 먼저 집 안 구조부터 조사할 것이다. 내부 지리를 정확하게 파악하고 있던 게 클라라에게 큰 이점이었으니까. 곧바로 클라라를 붙잡아 오늘 그녀가 자신을 팽개친 바로 이 소파에서 먼지가 나도록 두들겨줄 테다.

이제 거실로 가는 길부터 찾아야 했다. 정신이 없어 모자를 거실 어딘가 엉뚱한 곳에 두고 온 것 같았다. 촛불을 들고 갈 생각이기는 한데, 불빛이 있다고 길을 쉽게 찾을 수 있는 것도 아니었다. 가령 그는 이 방이 거실과 같은 층에 있는지조차 몰랐다. 여기로 오는 길 내내 클라라에게 끌려와서 그는 주변을 살펴볼 경황이 없었다. 그린 씨와 촛대를 나르는 하인들도 생각할 거리를 주었다. 오는 길에 계단이 한 개였는지 두 개였는지 아니면 아예 계단이 없었는지조차 몰랐다. 전망으로 보면 이 방은 꽤 높은 곳이라 계단을 올라온 것으로 생각해보려 했는데 이미 현관으로 갈 때 계단을 올라갔으니 집의 이쪽 편이 높지 않을 이유가 없다. 집의 한쪽만 높을 수는 없지 않겠는가? 그래도 최소한 복도에 있는 아무 문에서라도 희미한 불빛이 새어 나오거나 희미하더라도 멀리서 작은 목소리라도 들을 수 있으면 얼마나 좋을까.

삼촌이 선물로 준 회중시계가 11시를 가리켰다. 카를은 촛불을 들고 복도로 나갔다. 문을 열어두었다. 거실로 가는 길을 못 찾으면 적어도 자기 방이라도 다시 찾고 극단적인 긴급 상황이 닥치면 클라라의 방문이라도 찾아야 했으니까. 문이 저절로 닫히지 않도록 안전을 위해 안락의자를 문에 옮겨놨다. 복도에 나가니 문제가 있었다. 당연히 카를은 클라라의 방문 쪽이 아닌 왼쪽으로 갔는데 그가 가는 방향으로 맞바람이 불었다. 바람 세기는 아주 미미했지만 그래도 촛불이 꺼질 것 같아서 불꽃을 손으로 보호해줘야 했다. 게다가 줄어드는 불꽃이 다시 일어나도록 몇 번이나 멈춰 섰다. 가는 속도가 더디니 길이 두 배나 길게 느껴졌다. 카를은 이미 문이 하나도 없는 벽을 따라 꽤 지나왔지만 벽 뒤에 뭐가 있는지 상상이 안 됐다. 그러다 문이 연달아 이어졌고 그중 몇 개를 열어보려 했는데 잠겨 있었다. 사람이 머무는 방이 아닌 것 같았다. 말도 안 되는 공간 낭비다. 삼촌이 보여주기로 약속한 뉴욕 동부 지역을 떠올렸다. 그곳에서는 여러 가족이 작은 방 하나에 산다고 했다. 한 가족의 거주지가 방 한쪽 구석이라 그 좁은 곳에 아이들이 부모 주위에 다닥다닥 모여 있다고 했다. 그런데 여기에는 이렇게 많은 방이 비어 있고 문을 두드렸을 때 텅 빈 소리만 들려주려고 존재할 뿐. 카를이 보기에, 폴런더 씨는 나쁜 친구들을 만나 길을 잘못 들었고 딸을 오냐오냐하며 잘못 키워서 딸의 버릇을 나쁘게 들인 것 같았다. 삼촌은 폴런더 씨를 제대로 봤다. 타인을 평가하는 데 카를에게 아무런 영향력을 미치지 않겠다는 삼촌의 원칙 탓에 지금 카를이 이렇게 복도를 헤매고 다니는 것이다. 카를은 이제 더는 고민하지 않고 내일 삼촌에게 말할 생각이다. 삼촌도 자기 원칙에 따라 조카의 판단을 차분하게 경청해줄 테니까. 카를이 삼촌한테 품었던 유일한 불만이 이런 원칙이었는지도 모른다. 그렇다고 이런 불만이 절대적인 것은 아니었다.

갑자기 복도 한쪽 벽이 끝나더니 얼음처럼 차가운 대리석 난간이 나왔다. 카를은 양초를 옆에 놓고 조심스럽게 몸을 숙였다. 어두운 적막이 엄습했다. 희미한 촛불 빛에 아치형 천장 일부가 드러났다.

여기가 이 집의 중앙 홀이라면 왜 이 홀로 들어오지 않았을까? 이렇게 넓고 높은 홀은 어떤 용도로 사용하는 공간일까? 이렇게 높은 곳에 있으니 교회 회랑에 있는 것 같았다. 내일까지 이 집에 머물 수 없어서 아쉬운 마음이 들 지경이었다. 해가 있는 낮시간에 폴린더 씨가 안내해주고 설명해주면 좋겠다는 생각이 들었다.

난간은 그리 길지 않았다. 카를은 곧 막힌 복도로 들어갔다. 복도가 갑자기 꺾이는 바람에 쿵 하고 벽에 부딪혔다. 경련이 일만큼 양초를 꽉 쥐고 끊임없이 주의를 기울인 덕분에 촛불이 떨어져서 꺼지는 사태는 막을 수 있었다. 복도는 끝이 없을 것 같고, 내다볼 수 있는 창문도 어디에도 없고, 위아래를 봐도 움직이는 것이 없어서 카를은 자기가 원으로 이어진 복도를 빙글빙글 계속 돌아다니고 있다고 생각했다. 자기 방문을 열어 다시 찾을 수 있을까 기대했지만 문도 난간도 나오지 않았다. 지금까지는 늦은 시간에 남의 집에서 큰 소리를 내고 싶지 않아 참았다. 그런데 이제 지금처럼 불도 안 켜진 집에서라면 소리쳐도 괜찮을 것 같아 복도 양쪽에서 큰 소리로 "여보세요!" 하고 막 외칠 참이었다. 그때 그가 왔던 방향으로 작은 빛이 다가왔다. 이제야 직선 복도의 길이를 가늠할 수 있었다. 이 집은 별장이 아니라 요새였다. 구원의 불빛이 너무 반가워서 조심해야 한다는 사실도 망각하고 불빛을 향해 달려갔다. 겅중겅중 몇 번의 점프 만에 촛불이 꺼졌다. 촛불이 필요 없어졌으니 신경 쓰지 않았다. 등불을 든 늙은 하인이 다가왔다. 저 사람이 길 안내를 해줄 테지.

"누구신가요?"

하인이 카를 얼굴 가까이 등불을 댔다. 동시에 하인의 얼굴도 불빛에 드러났다. 하인의 얼굴에 덥수룩한 흰 수염이 비단처럼 구불구불한 모양으로 가슴까지 내려와 인상이 딱딱해 보였다. 이런 수염을 기르도록 허락받은 사람이라면 충성스러운 하인이 틀림없다는 생각이 카를의 머리를 스쳤다. 상대도 자기를 관찰하고 있다는 사실은 아랑곳하지 않고 카를은 하인의 수염에 시선을 고정한 채 길이와 폭을 살펴보았다. 곧 카를은 자기가 폴런더 씨 손님이고 방에서 식당으로 가려는데 길을 못 찾았다고 말했다.

"아, 그러셨군요."

하인이 말했다.

"여긴 아직 전깃불이 들어오지 않아요."

"알고 있어요."

카를이 말했다.

"이 등불로 초에 불을 붙이시겠어요?"

하인이 물었다.

"네, 그렇게 할게요."

카를이 대답하고 초에 불을 붙였다.

"여기 복도는 외풍이 심해서 촛불이 쉽게 꺼지거든요. 그래서 등불을 가지고 다닙니다."

하인이 말했다.

"네, 등불이 더 실용적이죠."

카를이 말했다.

"벌써 옷에 촛농이 다 묻었네요."

하인이 말하고 나서 카를 양복에 촛불을 비추었다.

"전혀 몰랐어요."

카를이 소리쳤다. 삼촌이 가장 잘 어울린다고 한 검은 양복이어서 몹시 안타까웠다. 클라라와 벌인 몸싸움도 옷이 이렇게 되는데 일조했겠다는 생각이 이제야 들었다. 하인은 고맙게도 얼른 최선을 다해 양복을 닦아줬다. 카를은 하인 앞에서 몇 번이나 돌아서서 여기저기 촛농이 묻은 자리를 가리켰고 하인은 고분고분하게 떼어주었다.

"여기는 왜 이렇게 외풍이 심한가요?"

카를이 하인과 같이 걸어가다 물었다.

"아직 공사해야 할 곳이 많아요."

하인이 말했다.

"개축 공사가 시작됐지만 진행 속도가 아주 느려요. 아시다시피, 지금 건설 노동자들이 파업 중입니다. 이런 공사는 하기 싫어해요. 몇 곳에 균열이 생겼는데 아무도 막아주지 않으니 집 안 전체로 바람이 숭숭 들어오는 거죠. 귀를 솜으로 막지 않으면 견딜 수 없어요."

"제가 좀 더 큰 소리로 말할까요?"

카를이 물었다.

"아닙니다. 목소리는 또렷해서 잘 들려요."

하인이 말했다.

"다시 공사 얘기를 하자면 특히 예배실 근처는 바람이 견딜 수 없을 정도입니다. 나중에 예배실은 집하고 무조건 차단돼야 해요."

"그럼 이 복도를 지나는 난간이 예배실로 연결된다는 건가요?"

"맞습니다."

"저도 그러리라 생각했어요."

카를이 말했다.

"예배실은 꼭 한번 볼만한 가치가 있습니다. 예배실이 없었다면 맥 씨는 아마도 이 집을 사지 않았을걸요."

하인이 말했다.

"맥 씨라고요?"

카를이 물었다.

"저는 이 집이 폴런더 씨 소유인 줄 알았는데요."

"당연하죠."

하인이 말했다.

"하지만 이 집을 사기로 한 건 결정적으로 맥 씨였어요. 맥 씨 모르세요?"

"아, 알죠."

카를이 말했다.

"폴런더 씨와 어떤 관계인가요?"

"그분은 아가씨의 약혼자예요."

하인이 말했다.

"그 사실은 전혀 몰랐어요."

카를은 멈춰 섰다.

"그게 그렇게 놀랄 일인가요?"

하인이 물었다.

"잘 기억해두려고요. 그런 관계를 모르면 아주 큰 실수를 할 수 있으니까요."

카를이 대답했다.

"그분들이 그 얘기를 해주지 않았다니 이상하네요."

하인이 말했다.

"네, 그러니까요."

카를이 민망해했다.

"아마 당신이 알고 있다고 생각했을 겁니다."

하인이 말했다.

"최신 뉴스도 아닌걸요. 자, 다 왔어요."

하인이 말하며 문을 열자, 그 뒤로 계단이 나타났고 식당 뒷문으로 이어졌다. 도착했을 때와 마찬가지로 식당은 환하게 불이 켜졌다. 두 시간 전과 다름없이 폴런더 씨와 그린 씨의 목소리가 들렸다. 카를이 식당으로 들어가려는데 하인이 말했다.

"원하시면 여기서 기다리다가 방으로 안내해 드리겠습니다. 첫날 저녁이라 여기서 찾아가기 힘들 테니까요."

"방으로는 안 갈 겁니다."

카를이 말했다. 이 말을 하자 왜 그런지 모르겠지만 서글퍼졌다.

"그렇게 하시는 것도 나쁘진 않을 겁니다."

하인은 자기 생각이 맞는다는 확신의 미소를 지으며 그의 팔을 톡톡 두드렸다. 아마도 카를이 밤새 식당에 머물며 사람들과 이야기를 나누고 술을 마실 생각이라고 받아들인 것 같았다. 지금은 어떤 고백도 하고 싶지 않았다. 게다가 다른 하인들보다 더 마음에 든 이 하인이라면 뉴욕으로 가는 길을 알려줄 수 있으리라는 생각이 들어 이렇게 말했다.

"여기서 기다리겠다는 친절을 베풀어주시면 감사하겠습니다. 어쨌든, 잠시 후에 나와서 제가 어떻게 할지 말씀드리겠습니다. 분명 도움이 필요할 것 같다는 생각이 듭니다."

"좋아요, 그렇게 하시죠."

하인이 말했다. 그는 등불을 바닥에 놓고 낮은 받침대에 앉았다. 그 자리가 비어 있었던 건 개조 공사와 관련 있는 것 같았다.

"여기서 기다리겠습니다."

타고 있는 촛불을 들고 홀 안으로 들어가려는 카를에게 하인이 말했다.

"촛불은 여기 두고 가세요."

"제가 정신이 나가 있었나 봅니다."

카를이 말했다. 촛불을 건네자 하인은 고개만 끄덕였다. 의도적으로 그런 건지 수염을 쓰다듬느라 그랬는지 알 길이 없었다.

카를이 문을 열자 요란하게 삐걱거리는 소리가 났다. 그가 뭘 잘못 만진 것도 아니었다. 알고 보니 문은 유리판 한 장으로 되어 있어 손잡이만 잡고 급하게 문을 열면 문이 휘어질 정도였다. 조용히 들어갈 생각이었던 카를은 문소리에 깜짝 놀라 문을 놓아버렸다. 뒤돌아보지 않아도 하인이 받침대에서 내려와 소리 나지 않게 조심스럽게 문을 닫는 느낌이 들었다.

"방해해 죄송합니다."

크고 놀란 눈으로 바라보는 폴런더 씨와 그린 씨에게 말했다. 동시에 모자를 어디서 찾을 수 있을까 하고 얼른 홀 안을 살펴봤다. 모자는 보이지 않았다. 식탁은 깔끔하게 치워졌다. 모자는 어쩌면 부엌 어딘가로 딸려 갔는지도 모른다.

"클라라는 어디 두고 왔나?"

폴런더 씨는 방해받은 게 싫지 않은 기색이었다. 그는 카를을 정면으로 볼 수 있게 안락의자에서 자세를 고쳐 앉았다. 그린 씨는 무심한 척 크기와 두께가 굉장한 가방을 꺼내 들었다. 가방 안에서 뭘 찾는지 여기저기 주머니를 뒤지더니 마침 손에 잡힌 다른 서류들도 읽었다.

"부탁을 하나 드려도 될까요? 오해는 하지 않으셨으면 좋겠습니다."

카를은 재빨리 폴런더 씨에게 다가가 바짝 붙어 앉으려고 팔걸이에 손을 얹었다.

"무슨 부탁인데?"

폴런더 씨가 솔직하고 거리낌 없는 표정으로 카를을 바라보며 물었다.

"당연히 들어줘야지."

폴런더 씨는 카를을 팔로 감싸 그를 다리 사이로 끌어당겼다. 평상시 같으면 이런 취급을 받기에 자신이 너무 커버렸다고 느낄 테지만 오늘은 기꺼이 감수했다. 그런데 부탁을 꺼내기는 더 곤란해졌다.

"그나저나 우리 집이 마음에 드나?"

폴런더 씨가 물었다.

"도시를 떠나 시골로 가면 다들 해방감을 느끼는데 자네는 그렇지 않은가 보네. 그야 뭐 대체로 그렇다는 거고."

카를 때문에 시야가 가려지긴 했지만 분명히 그는 곁눈질로 그린 씨를 봤다.

"대체로 나는 그런 해방감을 수시로, 매일 저녁 느끼거든."

카를은 이 사람이 큰 저택, 끝없는 복도, 예배실, 텅 빈 방, 도처에 가득한 어둠에 대해서는 아무것도 모르는 것처럼 말한다는 생각이

들었다.

"자, 그럼!" 하고 폴런더 씨가 말했다.

"자네 부탁이 뭔지 말해보게."

그는 조용히 서 있던 카를을 다정하게 흔들었다.

"제 부탁은" 카를이 아무리 목소리를 낮추더라도 옆에 앉아 있던 그린 씨에게 다 들리는 건 피할 수 없었다. 폴런더 씨를 모욕하는 것처럼 들릴 수도 있는 이 부탁을 그린 씨 앞에서는 숨기고 싶었다.

"지금 바로 집에 가게 해달라는 겁니다. 부탁입니다."

가장 꺼내기 힘든 말을 하고 나니 이후로 다른 말은 술술 나왔다. 거짓말을 조금도 보태지 않고 이전에 생각하지 못한 말까지 다 나왔다.

"무조건 집에 가고 싶어요. 다시 올 겁니다. 폴런더 씨가 계신 곳이라면 저도 같이 있고 싶거든요. 오늘만큼은 여기 있을 수가 없어요. 아시다시피, 삼촌은 제가 여기 오는 걸 흔쾌히 승낙하지는 않으셨어요. 자신이 하는 일에 전부 그렇듯 삼촌은 이번에도 그럴 만한 이유가 있었을 겁니다. 그런데 제가 감히 삼촌의 뛰어난 분별력을 어기고 승낙해달라고 억지를 부린 겁니다. 조카에 대한 삼촌의 사랑을 남용한 거죠. 이번 방문에 삼촌이 어떤 염려를 했는지는 이제 중요하지 않아요. 제가 분명히 알고 있는 걸 말씀드리자면, 삼촌이 염려한 것 중에 가장 친한 친구인 폴런더 씨를 화나게 할 만한 건 하나도 없습니다. 폴런더 씨는 삼촌과 절친한, 아니 가장 친한 친구이시잖아요. 그 누구도 외삼촌과의 우정에서 폴런더 씨를 따라갈 수 없습니다. 이 점이 제가 외삼촌 말에 순종하지 않은 것에 대한 유일한 변명입니다. 충분한 변명은 안 되겠지만요. 폴런더 씨는 삼촌과 저의 관계에 대해 정확히 이해하지 못하실 수도 있으니 가장 분명한 사실만 말씀드리겠습니다. 저는 영어 공부를 마치고 무역에 대한 실무 경험을 충분히 할 때까지는 전적으로 삼촌이 베푸는 호의에 의지할 수밖에 없습니다. 물론 혈육이니 누려도 되긴 하겠지만요. 폴런더 씨는 제가 지금이라도 어떻게든 밥벌이를 할 수 있으리라 생각하시면 안 됩니다. 무엇보다도 하느님이 나를 보호해주셔야 하는 일이기도 하고요. 불행하게도, 제가 받은 교육은 그러기에 너무 비실용적이었습니다. 저는 유럽 중고등학교인 김나지움 4학년 과정을 중간 정도 성적으로 다녔는데 그게 돈벌이에 조금도 도움이 되지 않아요. 우리 김나지움 교과 과정은 상당히 뒤떨어져 있거든요. 제가 배운 걸 폴런더 씨에게 말하면 웃으실 겁니다. 공부를 계속해서 김나지움을 졸업하고 대학에 가면 어떻게든 모든 분야에서 격차가 해소되어 비슷하게 균형을 이룰 수도 있겠죠. 그러다 보면 결국 제대로 된 교양을 갖추고 그걸 토대로 뭔가 시작할 수 있고 돈을 벌겠다는 결심도 할 수 있겠고요. 불행하게도 저는 이런 학업에서 멀어졌습니다. 저는요, 제가 아무것도 모른다는 생각이 종종 들어요. 제가 아는 지식을 통틀어도 미국에서 생활하기엔 턱없이 부족하거든요. 요즘엔 고국 곳곳에 혁신 김나지움이 세워지고 있긴 해요. 현대 언어는 물론 무역학 같은 것도 배울 수 있나 봐요. 제가 초등학교를 졸업할 때만 해도 그런 학교가 없었어요. 아버지는 제가 영어를 배우길 바라셨지만, 우선, 저한테 어떤 불행이 닥칠지, 저한테 영어가 얼마나 필요할지 그 당시에는 예측할 수 없었어요. 둘째, 김나지움에선 공부할 게 많아 다른 활동을 할 시간을 내기 힘들었죠. 제가 이런 말씀을 구구절절이 전부 드리는 이유는 제가 삼촌에게 얼마나 의지하고 있는지, 따라서 제가 삼촌 말을 따라야 하는 의무감이 있다는 걸 보여주기 위해섭니다. 이런 상황에서 제가 삼촌 뜻에 어긋나는 행동은 아주 작은 것이라도 해서는 안 된다는 걸 폴런더 씨도 이해하실 테죠. 그래서 제가 삼촌에게 저지른 잘못을 조금이라도 만회하려면 당장 집에 가야 해요."

길게 이어졌던 카를의 말을 폴런더 씨는 내내 주의 깊게 들었다. 특히 삼촌이 언급될 때 슬쩍 카를을 가까이 안았고 진지하게 기대에 찬 표정으로 그린 씨를 바라봤다. 그린 씨는 여전히 자기 가방에 손을 대고 있었다. 카를은 말하는 중에 삼촌과의 관계를 더 명확하게 알게 될수록 점점 더 불안해졌고 무의식적으로 폴런더 씨의 팔에서 자신을 밀어내려 했다. 이곳에 있는 모든 게 그를 옥죄었다. 유리문을 지나 계단을 내려가 밤나무 사이 길을 지나, 국도에서 교외를 통과해 혼잡한 뉴욕 거리를 지나 삼촌 집까지 가는 길은 서로 밀접하게 연결되어 있는 것처럼 여겨졌다. 텅텅 비어 있는 평평한 이 길이 그를 맞이할 만반의 준비를 해놓고 큰 소리로 그를 부르는 것 같았다. 폴런더 씨가 보여준 호의와 그린 씨에 대한 혐오는 흐릿해졌고, 카를은 담배 연기가 자욱한 이 방을 떠나도록 허락받는 것 말고는 아무것도 바랄 게 없었다. 폴런더 씨와는 단절되었다는 느낌을 받았고 그린 씨에게는 적의가 느껴졌지만 그의 주변에 알 수 없는 두려움이 그의 마음을 가득 채워 그 충격으로 눈앞이 흐려졌다.

카를은 한 발 뒤로 물러나 폴런더 씨와 그린 씨와도 같은 거리에 있었다.

"이 친구에게 하실 말씀이 있지 않았나요?"

폴런더 씨가 그린 씨에게 묻고 애원하듯 그의 손을 잡았다.

"무슨 말을 해야 할지 모르겠네요."

그린 씨는 주머니에서 편지를 꺼내 앞 테이블 위에 올려놓았다.

"삼촌 집으로 가고 싶어 한다니 칭찬할 만한 일입니다. 추측건대 그렇게 하면 삼촌에게 특별한 기쁨을 줄 거라고 생각합니다. 조카가 말을 듣지 않아 삼촌이 화가 나 있을지도 모르니까요. 충분히 그럴 가능성이 있고요. 그럼 카를이 여기 머무르는 편이 더 나을 테지요. 구체적으로 말하기는 어렵네요. 우리 둘 다 삼촌 친구이고 나와 폴런더 씨 중 누가 더 친한지 순위를 정하기는 힘들 정도죠. 그런데도 우리가 삼촌의 속마음을 들여다볼 수는 없지 않습니까. 게다가 지금 여긴 뉴욕에서 수 킬로나 떨어져 있으니 말할 것도 없고."

"제발 부탁입니다, 그린 씨."

카를은 감정을 꾹 누르고 그린 씨에게 다가갔다.

"그린 씨도 제가 곧바로 삼촌 댁으로 가는 게 좋겠다고 생각하시나 봅니다."

"그런 말은 하지 않았네."

그린 씨는 편지를 바라보며 두 손가락으로 가장자리를 앞뒤로 움직이며 말했다. 그는 폴런더 씨의 질문에 대답한 것이지 카를과는 아무런 관련이 없다는 것을 보여주려는 것 같았다.

그러는 동안 폴런더 씨가 다가와 그린 씨 가까이 있던 카를을 큰 창문 쪽으로 슬그머니 끌고 갔다.

"이보게 자네."

그는 몸을 굽혀 카를 귀에 대고 말했다. 마음의 준비라도 하려는 듯 손수건으로 얼굴을 닦고 수건을 코로 가져가더니 코를 확 풀었다.

"내가 자네 의지를 거슬러 자네를 여기 붙잡아두려 한다는 생각은 말게. 그건 말도 안 되는 거니까. 우리 차가 여기서 한참 떨어진 공용 차고에 있어서 자네에게 차를 내줄 수가 없다네. 이제 개축을 시작해서 우리 전용 차고를 지을 시간이 없었거든. 운전사는 여기 집에서 자는 게 아니고 차고 근처에서 자는데, 난 그게 어딘지도 모른다네. 게다가 운전사가 지금 우리 집으로 와야 할 의무는 없어. 내일 아침 일찍 정시에 여기로 차를 몰고 오는 게 그 사람 임무지. 그렇다 해도 자네가 즉시 집으로 돌아가야 한다면 이런 것들이 가로막지는 못할 거야. 자네가 끝까지 가야겠다면 내가 바로 가장 가까운 경전철 역까지 데려다주겠네. 그런데 역이 너무 멀어서 내 차를 타고 삼촌 집에 가는 것보다 더 일찍 도착하지는 못할 거야. 우린 아침 7시에 내 차로 출발할 예정이었거든."

"폴런더 씨, 그렇더라도 저는 경전철을 타고 가는 게 좋겠습니다. 경전철은 생각도 못 했어요."

카를이 말했다.

"자동차로 가는 것보다 경전철을 타는 게 더 빠르다는 말씀이죠."

"그렇게 큰 차이는 아니고."

"그래도요. 그래도 그게 좋겠어요, 폴런더 씨."

카를이 말했다.

"폴런더 씨가 베풀어주신 호의를 기억하며 언제라도 다시 찾아뵙겠습니다. 물론 오늘 제 행동을 보시고도 저를 초대해주신다는 가정하에 말입니다. 다음에는 좀 더 구체적으로 설명해드릴 수 있을 겁니다. 제가 오늘 삼촌을 1분이라도 더 빨리 보려는 이유가 뭔지 매 순간순간이 왜 그렇게 중요한지를요."

카를은 가도 된다는 허락을 받기라도 한 듯 이렇게 덧붙였다.

"바래다주시지는 않아도 돼요. 그러실 필요 없습니다. 밖에서 기다리고 있는 하인이 역까지 바래다줄 테니까요. 이제 모자만 찾으면 됩니다."

마지막 말을 마치고 황급히 방을 가로질러 갔다. 모자를 찾을 수 있을지 가기 전 마지막으로 한번 둘러볼 참이었다.

"내가 모자 하나 주면 안 되겠나?"

그린 씨가 말하더니 가방에서 모자를 꺼냈다.

"자네한테 딱 맞을 거 같은데."

카를이 당황해 멈칫했다.

"그린 씨 모자를 빼앗으면 안 되죠. 모자 안 쓰고 다녀도 괜찮습니다. 필요 없어요."

"이건 내 모자가 아니야. 그냥 가져가게!"

"그럼 고맙게 받겠습니다."

카를은 모자를 받아 들었다. 여기서 더 지체하고 싶지 않았다. 모자를 써보니 안성맞춤이라 먼저 웃음부터 나왔다. 다시 손에 들고 특이한 건 없는지 살펴봤지만 흠이 없었다. 완전히 새 모자였다.

"저한테 딱 맞아요!"

카를이 말했다.

"그러네, 잘 어울려!"

그린 씨가 탁자를 두드리며 소리쳤다.

카를은 하인을 데려오려고 문 쪽으로 발길을 향하던 중이었다. 그린 씨가 자리에서 일어나 실컷 먹고 쉬었다는 여유 만만한 기지개를 하더니 자기 가슴을 세게 두드렸다.

"가기 전에, 클라라와 작별 인사라도 해야지."

조언인지 명령인지 그 중간쯤 어투로 말했다.

"그래야지."

그린 씨가 일어나자 덩달아 일어나 있던 폴런더 씨가 말했다. 폴런더 씨의 말은 잘 들어보면 진심이 아닌 걸 알 수 있었다. 그는 축 늘어뜨린 손을 바지 솔기에 대고 툭툭 치다가 줄곧 재킷 단추를 풀었다 채웠다 반복했다. 최신 유행을 따른 짧은 재킷이라 허리까지 닿지도 않을 정도이고 폴런더 씨처럼 뚱뚱한 사람한테는 영 어울리지 않았다. 그린 씨와 나란히 있으니 폴런더 씨는 건강한 뚱보 체질은 아니었다. 등은 전반적으로 좀 구부정한 데다, 축 늘어진 물컹한 뱃살은 글자 그대로 짐이었고 얼굴은 창백하고 찌들어 보였다. 반면 그린 씨는 폴런더 씨보다 조금 더 뚱뚱하기는 해도 유독 한두 군데만 비만이 아니라 전체적으로 살집이 일정하고 단단한 체구였다. 두 발을 군인처럼 뒤꿈치를 모은 자세로 머리를 꼿꼿이 세워 앞뒤로 흔들고 있었다. 그는 거구의 체조 선수, 아니 체조 시범을 보이는 리더 같았다.

"그럼 우선" 그린 씨가 말을 이었다.

"클라라에게 다녀오게나. 그럼 자네한테도 유익한 시간이 될 테고 내가 시간 배분하기에도 딱 맞네. 사실 자네가 떠나기 전에 흥미로운 말을 해주려 해. 자네가 귀가하려는 데 결정적인 영향을 미칠지도 모르는 이야기라네. 불행하게도 자정 이전에는 자네한테 아무것도 공개하지 말라는 명령을 받은 터라 지금은 말할 수가 없네. 자네도 알겠지만 한밤중까지 있으려면 수면에 방해받으니 나도 힘들긴 하지. 그래도 내 임무를 충실히 수행해야 하네. 이제 11시 15분이니 나도 폴런더 씨와 사업에 대한 논의를 끝낼 수 있을 것 같네. 자네가 여기 있으면 방해가 될 뿐이니 클라라와 즐거운 시간을 보내면 되겠지. 정각 12시에 여기로 오게나. 그때가 되면 자네에게 필요한 게 무엇인지 알게 될 테니까."

폴런더 씨에게 최소한의 예의를 지키고 고마움을 보여주라는 말인데 이 요구를 거부할 수 있을까? 게다가 전혀 관련도 없고 무례한 태도로 일관하던 이 남자의 말을? 정작 당사자인 폴런더 씨는 말도 시선도 절제하는데? 자정이 돼야 들을 수 있다는 흥미로운 일은 또 뭐지? 귀가가 45분이나 지체된다는 말인데 적어도 45분이 빨라지는 게 아니라면 사실 별로 관심도 없었다. 하지만 가장 큰 의문은 원숫덩어리 클라라에게 갈 수 있겠냔 말이다. 삼촌이 문진으로 쓰라고 선물해준 쇳덩이라도 있으면 모를까. 클라라의 방은 위험이 도사리고 있는 동굴 같은 곳일 텐데. 그런데 여기서 클라라 흉을 보는 얘기는 한마디도 하면 안 되는 상황이다. 클라라는 폴런더 씨의 딸이자 좀 전에 들은 대로라면 맥의 약혼녀이기도 하니 말이다. 그 여자가 맥과의 관계에 대해 조금이라도 힌트를 줬어야 하는 것 아니었나, 그러면 카를도 클라라와 맥의 관계를 생각해 공개적으로 존중해줬을 텐데. 그는 곰곰이 생각하다가 지금 생각에 빠져 있을 때가 아니라는 걸 깨달았다.

"이분을 클라라 양에게 모셔다드리게."

그린 씨가 문을 열고 하인에게 명령하자 하인이 받침대에서 벌떡 일어나 얼른 뛰어왔다.

하인이 쇠약한 몸으로 뛰다시피 하며 빠른 지름길로 클라라 방까지 데려다줬다. 카를은 '이렇게 명령을 수행하는구나'라는 생각이

들었다. 카를은 자신의 방 앞을 지나다 문이 열려 있는 걸 보고 잠시 휴식이라도 하려고 들어갈 생각이었다. 하지만 하인이 허락하지 않았다.

"안 됩니다."

하인이 말했다.

"클라라 양에게 가셔야 합니다. 직접 들으셨잖아요."

"잠깐만 여기 있고 싶어요."

카를이 말했다. 소파에 몸을 던지고 잠시 기분 전환을 하면 자정까지 시간이 더 빨리 가겠다는 생각이 들었다.

"저를 곤란하게 하지 마시고 제 임무를 하게 해주세요."

하인이 말했다.

'클라라에게 가야 하는 게 벌이라도 된다고 생각하나 보군.'

카를은 이런 생각을 하다 몇 걸음 만에 반항심이 들어 발걸음을 멈췄다.

"갑시다, 도련님!"

하인이 말했다.

"여기까지 오셨잖아요. 오늘 밤이라도 가시려는 거 알아요. 원하시는 대로 되진 않을 겁니다. 거의 불가능할 것 같다고 말씀드렸잖아요."

"네, 저는 갈 생각이고 가게 될 겁니다."

카를이 말했다.

"이제 클라라 양과 작별 인사만 하려는 건데요."

"그런가요."

하인이 말했다. 이 말을 듣고 카를은 하인이 자기 말을 한마디도 믿지 않는다는 걸 알았다.

"그렇다면 왜 작별 인사를 주저하시죠? 어서 가시죠."

"복도에 누구세요?"

클라라 목소리가 들렸고, 그녀가 근처 문밖으로 몸을 숙이고 빼꼼 쳐다봤다. 빨간색 갓이 달린 커다란 테이블 램프를 손에 들고 있었다. 하인이 급히 달려가 보고했다. 카를은 천천히 뒤따라갔다.

"늦으셨네요."

클라라가 말했다. 카를은 그녀에게 대꾸하지 않았다. 그는 하인의 성품을 파악했기에 조용하지만 엄격한 명령조로 하인에게 말했다.

"이 문 바로 앞에서 기다리세요!"

"자려던 참이었어요."

클라라는 말하고 스탠드를 책상에 올려놓았다. 아래층 식당에서처럼 하인은 밖에서 조심스럽게 문을 닫았다.

"11시 반이 지났다고요?"

카를은 시간을 듣고 깜짝 놀라 질문하듯 클라라 말을 되풀이했다.

"그럼 바로 작별 인사를 해야겠군요."

카를이 말했다.

"정각 12시에 식당에 내려가야 하거든요."

카를이 말했다.

"뭐가 그리 급한 일이 있다고."

클라라는 말하면서 헐렁한 잠옷 주름을 펴느라 부산을 떨었다. 발그스름하게 상기된 클라라 얼굴에는 미소가 가시지 않았다. 카를은 클라라와 다시 싸울 위험은 없겠다는 생각이 들었다.

"피아노 좀 쳐주시면 안 될까요? 아빠가 어제 약속했고 오늘 당신도 연주해주겠다고 약속했잖아요."

"너무 늦지 않았나요?"

카를이 물었다. 그는 클라라가 원하는 대로 해주고 싶었다. 그녀가 이전과 완전히 다른 사람이 되어 있었다. 어찌 된 영문인지 폴런더 씨와 같은, 더불어 맥과도 같은 계층으로 신분이 상승하기라도 한 것 같았다.

"네, 늦긴 늦었어요."

클라라가 말했다. 음악을 듣고 싶은 생각은 이미 사라진 듯했다.

"피아노 치면 소리가 집 전체에 울려 퍼질 테고 다락방에 있는 하인들이 깨겠죠."

"그럼 피아노는 안 칠게요. 다음에 꼭 다시 오고 싶어요. 크게 힘들지 않으면, 삼촌 댁에 한번 오셔서 내 방도 둘러보세요. 멋진 피아노가 있거든요. 삼촌이 사주셨어요. 괜찮으시면 제가 칠 수 있는 곡을 다 연주해드릴게요. 아쉽게도 칠 줄 아는 곡이 많지도 않고 그렇게 좋은 피아노에 어울리지도 않지만요. 대가가 연주해야 빛을 발하는 악기죠. 언제 오실지 미리 말씀만 해주시면 당신도 대가의 연주를 듣는 기쁨을 누릴 수 있을 거예요. 삼촌이 머지않아 유명한 피아노 선생님을 고용해서 교습받게 해주실 생각이거든요. 제가 얼마나 기대하고 있는지 아시겠죠. 교습받는 시간에 맞춰 오시면 그분 연주도 있을 거예요. 솔직히 말해 시간이 늦어 피아노를 치기 곤란한 게 다행이에요. 아예 못 친다고 보면 됩니다. 얼마나 못 치는지 들어보면 깜짝 놀라실 거예요. 이제 작별 인사를 해도 되겠죠? 주무실 시간이에요."

클라라가 그를 다정하게 바라보았고 싸운 일로 원한을 품은 것 같지도 않아 그는 손을 내밀며 미소를 지었다.

"고향에선 '잘 자요, 좋은 꿈 꾸시고요'라고 인사해요."

"잠깐만요."

클라라는 그의 손을 받아들이지 않은 채 말했다.

"그래도 그냥 지금 피아노 쳐주시는 게 좋을 것 같아요, 그냥 쳐주세요."

그녀는 피아노 옆에 있는 작은 문으로 사라졌다. 이게 무슨 일인지? 카를은 영문을 몰랐다. 클라라가 좋아해도 마냥 기다릴 순 없는 노릇이다. 복도 문을 두드리는 소리가 났다. 문을 완전히 열지 못한 채 하인은 문틈으로 속삭였다.

"죄송합니다. 방금 부름을 받아서 가봐야 해요."

"얼른 가보세요."

이제 카를은 식당까지 혼자서도 찾아갈 자신이 생겼다.

"등불만 문 앞에 놔두세요. 그나저나 지금 몇 시죠?"

"11시 45분 다 돼가요."

하인이 말했다.

"시간은 왜 이렇게 더디게 가는지!"

카를이 말했다. 하인이 문을 닫으려는 순간 카를은 아직 팁을 주지 않았다는 생각이 났다. 이제 그는 미국 풍습대로 동전은 짤랑거리며 바지 주머니에, 지폐는 양복 조끼 주머니에 넣고 다니기에, 바지 주머니에서 1실링을 꺼내 하인에게 건넸다.

"수고 많으셨습니다."

카를은 인사했다.

클라라가 머리에 손을 대며 방으로 들어왔다. 그 순간 카를은 하인을 보내지 말았어야 했다는 생각이 퍼뜩 떠올랐다. 이제 누가 경전철 정류장으로 데려다주지? 아니 뭐 폴런더 씨가 다른 하인을 불러줄 수도 있고 아니면 아까 그 하인이 식당으로 불려 가서 나중에 다시 도움을 줄 수 있을지도 모르지.

"자, 이제 연주 부탁드려요. 여기서는 여간해서 음악 듣기 힘드니 이런 기회를 놓치고 싶지 않아요."

"그럼 지금이 절호의 기회군요."

카를은 생각할 것 없이 곧바로 피아노 앞에 앉았다.

"악보 드릴까요?"

클라라가 물었다.

"괜찮아요, 악보 제대로 볼 줄도 몰라요."

카를은 대답하면서 이미 연주를 시작했다. 연주한 곡은 짧은 가곡으로, 이 노래는 외국인이 이해하려면 아주 느리게 연주해야 하는 곡이었다. 카를 자신도 느리게 연주해야 하는 걸 알았지만 정작 그는 빠른 행진곡 템포로 도망가듯 아무렇게나 쳐내려갔다. 연주가 끝난 뒤, 한동안 거슬릴 정도였던 집 안의 정적이 엄청난 규모로 다시 제자리로 돌아왔다. 그녀는 넋이 나간 듯 자리에 그대로 앉아 움직이지 않았다.

"정말 멋져요."

클라라가 말했다. 연주를 끝낸 카를을 칭찬하는 인사치레는 아니었다.

"지금 몇 시죠?"

그가 물었다.

"11시 45분이요."

"그럼 시간이 좀 남네요."

그는 말하고 나서 잠시 생각했다. 둘 중 하나다. 연주할 줄 아는 열 곡을 다 연주할 필요는 없다. 그중 한 곡 정도는 잘할 수 있을 것 같았다. 그는 자신이 좋아하는 군가를 시작했다. 이번에는 템포가 너무 느렸다. 듣는 사람이 불안해서 얼른 다음 음을 듣고 싶은 욕구가 앞서갔지만, 카를은 꽉 붙잡고 있다 어렵게 내놓았다. 연주할 때 눌러야 할 건반을 우선 눈으로 하나하나 찾아야 했으니. 더욱이 그는 노래가 끝난 뒤에도 또 한 번 피날레를 장식해보려 했지만 안 되자 울컥 슬픔이 몰려들었다.

"못 하겠어요."

노래가 끝나고 카를은 이렇게 말하고 클라라를 보며 눈물을 글썽였다. 그때 옆방에서 큰 박수 소리가 들렸다.

"누가 또 듣고 있었나 봐요!"

카를은 소스라쳤다.

"맥이에요."

클라라가 나직하게 말했다.

"카를 로스만, 카를 로스만!"

맥이 외치는 소리가 들렸다. 동시에 카를은 두 발로 피아노 의자 위로 뛰어넘어 몸을 틀고 문을 열었다. 맥은 커다란 캐노피 침대에 등을 기대고 반쯤 누운 자세로 다리에 담요를 대충 걸치고 있었다. 묵직한 나무로 만든 단순한 사각 침대에 걸린 푸른 실크 캐노피는 침대에서 유일하게 여성스러운 화려함이 느껴졌다. 침대 옆 탁자 위에 촛불 한 개만 타고 있었는데, 침대 시트와 맥의 셔츠가 워낙 하얘서 촛불 빛이 눈이 부실 정도로 반사되었다. 실크 캐노피 가장자리에는 팽팽하지 않았고 물결 모양 주름이 잡혀 빛났다. 맥 바로 뒤 침대와 모든 것이 완전한 어둠 속에 묻혀 있었다. 클라라는 침대 기둥에 기대 맥만 바라봤다.

"안녕하세요."

맥이 카를에게 악수를 청했다.

"피아노 잘 치시네요. 지금까진 카를 씨 승마 기술만 알고 있었는데 말이에요."

"전 피아노, 승마 둘 다 서툴러요."

카를이 말했다.

"맥 씨가 듣고 있다는 걸 알았더라면 절대 피아노를 치지 않았을 텐데요. 당신 아가씨가" 하다가 말을 잠시 중단하고, 맥과 클라라가 함께 잔 게 분명하니 '신부'라고 하려다가 주저했다.

"그럴 줄 알았어요."

맥이 말했다.

"그래서 클라라가 당신을 뉴욕에서 이곳으로 오게 했나 봐요. 그러지 않았다면 내가 카를 씨 연주를 듣지 못했을 겁니다. 아직은 초보 단계더군요. 연습을 꽤 하셨을 이런 곡들도 아주 기초적인 곡인데도 몇 번 실수를 하긴 했지만, 그래도 즐겁게 잘 들었어요. 제가 어떤 사람의 연주라도 경멸하지 않는다는 점은 제쳐두고라도 말이에요. 잠시 여기 앉아 우리랑 같이 계시겠어요? 클라라, 의자 좀 가져다드려."

"고마워요."

카를이 머뭇거리며 말했다.

"저도 더 있고 싶긴 한데 그럴 수 없는 상황이라. 이 집에 이렇게 편안한 방이 있다는 걸 너무 늦게 알았어요."

"이런 식으로 개조하고 있어요."

맥이 말했다.

그 순간 12시를 알리는 종소리가 열두 번 빠르게 연속해서 울려 퍼졌고, 먼저 울린 종소리는 다음 종소리와 소리가 겹쳐 울렸다. 카를은 종의 진동이 뺨으로 전달되는 느낌이었다. 이런 종소리가 울리는 마을은 어떤 곳일지 궁금했다.

"이제 가야 해요."

카를은 맥과 클라라에게 손을 내밀기만 하고 악수도 하지 않은 채 복도로 달려 나갔다. 문밖에 등불이 없어서 하인에게 팁을 너무 빨리 준 게 후회막심했다. 벽을 따라 자기 방의 열려 있는 문까지 가는 길을 더듬어서 갈 생각이었다. 그런데 절반도 가지 못한 시점에서 그린 씨가 촛불을 들고 뒤뚱거리며 급히 다가왔다. 촛불을 들고 있는 손에 편지도 있었다.

"카를 로스만, 왜 안 왔나? 왜 나를 기다리게 하지? 클라라 방에서 대체 뭘 하느라고 그랬나?"

'뭔 질문이 이리 많은지.'

카를은 생각했다.

'이제 나를 벽으로 몰아붙이기까지.'

그린 씨는 등을 벽에 기대고 카를 바짝 옆에 붙어 있었다. 복도에서 본 그린 씨는 터무니없이 크게 보였고, 카를은 이 사람이 순한 폴런더 씨를 잡아먹은 건 아닌가란 엉뚱한 생각이 들기도 했다.

"자네는 약속을 지킬 줄 모르는 사람이군. 정각 12시에 아래층으로 내려오겠다고 약속해놓고 클라라 방문 주위에서 슬금슬금 배회하고 있나. 자정에 흥미로운 걸 주겠다고 약속한 대로 그걸 가지고 왔다네."

그는 편지를 건넸다. 봉투에는 '카를 로스만에게, 카를을 어디서 만나든 자정에 직접 전달 바람'이라고 적혀 있었다. 카를이 편지를 열자 "어쨌든" 하고 그린 씨가 말했다.

"내가 자네 때문에 뉴욕에서 여기까지 온 것 하나만으로도 가상하다 생각하는데 내가 자네를 찾아 복도까지 오게 해서야 되겠나."

"삼촌한테 온 편지네요!"

카를은 편지를 보자마자 말했다.

"그럴 줄 알았어요."

그는 그린 씨를 돌아보며 말했다.

"자네가 기대했는지 여부는 나랑 상관없는 문제야. 어서 읽어보기나 하지."

그는 카를에게 촛불을 내밀며 말했다.

카를은 초에서 나오는 불빛으로 편지를 읽었다.

사랑하는 조카에게! 우리가 함께 지낸, 안타깝게도 너무 짧은 시간 동안 너도 이미 깨달았겠지만 나는 철저하게 원칙을 지키는 사람이다. 내 주변 사람들뿐만 아니라 나에게도 매우 불쾌하고 슬픈 일이지. 하지만 지금의 내가 있게 해준 건 전부 원칙 덕분이란다. 나중에 언제라도 나에 대한 공격이 허용되는 일이 일어나더라도 지구상의 그 누구도 내게 그 사실을 부인하라고 요구할 수 없단다. 사랑하는 조카 네가 그 대열의 선봉에 있더라도 마찬가지고. 그런 일이 일어난다면 나는 지금 편지를 쓰는 이 두 손으로 너를 붙잡아 들어 올릴 생각이다. 현재로서는 그런 일이 일어나리라 암시하는 바가 없지만 오늘 사건 이후로 너를 쫓아내지 않을 수 없다. 직접 나를 찾아오거나 편지나 중개인을 통해 연락할 생각은 추호도 하지 말라고 당부한다. 너는 오늘 저녁 내 뜻을 거스르고 나를 떠나기로 결정했으니 남은 생애 동안 네 결심을 고수해라. 그래야 사나이다운 결심이 될 테니. 이 편지를 전할 사람으로 나의 가장 친한 친구인 그린 씨를 선택했다. 그린 씨는 너에게 좋은 말을 잘 해줄 거다. 지금의 나는 그런 말을 해줄 처지가 안 되지만 말이다. 그 사람은 영향력 있는 사람이니 네가 독립이란 첫 계단을 오를 때 조언과 도움을 아끼지 않고 지원해줄 거다. 이 편지를 마무리하면서 지금은 이해할 수 없는 이 이별을 이해하기 위해 나는 계속 나 자신에게 말할 수밖에 없단다. 카를 네 가족에게는 좋은 일이 생기지 않는다고 말이다. 그린 씨가 네 여행 가방과 우산을 건네주는 걸 잊어버리면 꼭 얘기해라. 앞으로 펼쳐질 네 삶에 행복이 가득하길 진심으로 바란다.

삼촌 야코프가

"다 읽었나?"

그린 씨가 물었다.

"네."

카를이 말했다.

"여행 가방과 우산 가져오셨나요?"

카를이 물었다.

"여기 있네."

그린 씨가 왼손에 들고 등 뒤에 숨겨두었던 낡은 여행 가방을 카를 옆에 놓았다.

"우산은요?"

카를이 물었다.

"여기 다 있네."

그린 씨가 주머니에 걸어두었던 우산을 꺼내며 말했다.

"함부르크-아메리카 라인의 일등기관사 슈발이란 사람이 가져왔는데, 배에서 발견했다고 했네. 기회가 되면 그 사람한테 고맙단 인사라도 하게나."

"그나마 예전 물건은 돌려받았네요."

카를이 말하며 우산을 여행 가방 위에 올려놓았다.

"앞으로는 물건을 주의해서 관리해야 한다는 말을 상원의원이 꼭 전하라 하더군."

그린 씨가 말했다. 그러더니 순전히 호기심으로 물었다.

"저 이상한 가방은 뭔가?"

"고향에서 군인들이 입대할 때 가져가는 가방이요."

카를이 대답했다.

"아버지가 쓰시던 오래된 군용 가방이에요. 그래도 실용적이죠."

그는 씩 웃으며 덧붙였다.

"어디 두고 오지만 않는다면요."

"그래도 산 교훈을 얻었네."

그린 씨가 말했다.

“미국에 다른 삼촌은 안 계시겠지. 여기 샌프란시스코로 가는 삼등석 차표를 주겠네. 자네를 위해 샌프란시스코로 결정했어. 첫째, 동부*에서 취업 기회가 더 많기 때문이고 둘째, 여기에서는 자네가 생각하는 모든 분야에 외삼촌의 영향력이 뻗어 있으니 서로 만나는 일은 피해야 하기 때문이지. 샌프란시스코에선 어떤 것에도 구애받지 않고 일할 수 있을 걸세. 마음 편하게 밑바닥부터 시작해서 한 계단씩 점차 올라가보게나.”

카를은 이 말에서 악의라고는 전혀 느끼지 못했다. 저녁 내내 그린 씨 가슴속에 품고 있던 나쁜 소식을 전달한 거라 이제부터 그린 씨는 위험하지 않은 인물로 보였다. 다른 누구보다 더 터놓고 이야기할 수 있는 사람인지도 모른다. 그렇게 비밀스럽고 고통스러운 결의를 전달해줄 사람으로 선택되었다면 잘못이 없어도 그 결의를 품고 있는 한 의심스러워 보였을 것이다.

“저는 곧” 하고 카를이 입을 열었다. 경험 많은 어른의 승인을 기다리면서.

“이 집에서 나가겠습니다. 저는 삼촌의 조카로 초대받았을 뿐이고 이제 이방인으로 여기 있을 이유가 없으니까요. 출구로 안내해주시면 고맙겠습니다. 그리고 여기서 가장 가까운 여인숙으로 가는 길도요.”

“참 성급하네.”

그린 씨가 말했다.

---

* 샌프란시스코는 미국 서부에 있는 도시이지만 원서에는 ‘Osten(동부)’라고 되어 있다.

"여간 성가신 일이 아닌데."

그린 씨가 성큼 한 발짝 내딛자 카를은 멈칫했다. 바쁘게 서두르는 게 의심스러웠다. 그는 그린 씨의 재킷 자락을 잡고 불현듯 상황을 깨달은 듯 말했다.

"한 가지 해명해주셔야겠는데요. 제게 주신 편지에 절 어디서 보든 자정에 전달해주라고만 적혀 있습니다. 그런데 제가 11시 15분에 집에서 나가려 할 때 왜 편지 얘기를 하면서 저를 여기 붙잡아두셨나요? 그린 씨는 부탁받은 임무를 넘어 월권하셨습니다."

그린 씨는 대답 대신 카를의 발언이 쓸데없다는 점을 과장해서 손을 흔들었다. 그러다 말을 꺼냈다.

"혹시 봉투에 내가 자네 때문에 죽어라 뛰어서 쫓아가야 한다고 적혀 있던가? 편지의 내용으로 미루어 봉투에 적힌 말이 그렇게 해석될 수 있나? 내가 자네를 잡아두지 않았으면 자정에 국도에서라도 전해줘야 했을 걸세."

"아닙니다."

카를은 단호하게 말했다.

"꼭 그런 건 아닙니다. 봉투에는 '자정이 지나서 전달할 것'이라고 적혀 있습니다. 그린 씨가 너무 피곤하면 저를 따라오지 못했을 거예요. 폴런더 씨는 안 된다 하셨지만 자정에 제가 이미 삼촌 집에 도착했을 수도 있고요. 결국 그린 씨의 차를 타고 저를 삼촌 집으로 데려다주는 게 그린 씨의 의무였을지도 모르죠. 제가 그렇게 집에 가고 싶다고 했으니까요. 그린 씨 차에 대해선 언급하지 않았잖아요. 자정이 제 최종 기한이라고 봉투에 명확하게 명시되어 있지 않나요? 제가 기한을 넘긴 책임은 바로 그린 씨한테 있어요."

카를은 날카로운 시선으로 그린 씨를 노려봤다. 가면이 벗겨져 노출된 데 대한 당혹감과 의도대로 작전에 성공했다는 기쁨이 그린 씨 마음속에서 엎치락뒤치락 싸우고 있는 게 분명히 보였다. 그린 씨는 정신을 차리고 카를의 말을 가로막는 듯한 어조로 말했다. 사실 카를은 말을 안 한 지 오래였는데도.

"이제 그만하지!"

그린 씨는 자기 앞에 있는 작은 문을 열더니 여행 가방과 우산을 집어 든 카를을 문밖으로 밀어 쫓아냈다.

카를은 어안이 벙벙해서 밖에 그대로 서 있었다. 발밑에는 건물에 붙어 있는 난간 없는 내리막 계단이 있었다. 계단을 내려가 살짝 오른쪽으로 꺾어 가로수 길로 가면 국도로 이어진다. 달빛이 밝아 길을 잃을 일은 없었다. 아래 정원에서 개 짖는 소리가 연이어 들렸다. 목줄에서 풀린 개들이 어둠에 잠긴 나무 주변을 이리저리 뛰어다녔다. 주변이 고요해서 개들이 풀밭으로 펄쩍 뛰어 착지하는 소리까지 또렷하게 들렸다.

노느라 정신없는 개들에게 시달리지 않아도 되어 맘 편히 정원을 나왔다. 뉴욕이 어느 방향인지 확실히 알 수 없었다. 여기 올 때는 주변 환경에 꼼꼼하게 주의를 기울이지 않았다. 신경 썼더라면 지금 큰 도움이 되었을 텐데. 뉴욕으로 꼭 가야 할 필요는 없다는 결론을 내리고 혼잣말을 했다. 기다리는 사람도 없고 심지어 한 사람은 확실하게 그가 오지 않길 바라는데 뉴욕에 갈 이유가 없었다. 그는 아무 방향이나 골라 길을 떠났다.

Ⅳ. 걸어서 람세스로

조금 걷다가 작은 여인숙으로 들어갔다. 뉴욕 운수 회사의 작은 종점이라 하룻밤 묵는 사람이 숙박하는 일은 거의 없었다. 카를은 가장 저렴한 방을 달라고 했다. 지금부터 돈을 아껴야 했다. 여인숙 주인은 카를의 말을 듣고 종업원한테 하듯 계단으로 올라가라고 눈짓했다. 올라가니 머리가 헝클어질 대로 헝클어진 노파가 잠에서 깨 잔뜩 화가 난 얼굴로 맞이했다. 노파는 카를의 말은 들은 척도 안 하고 조용히 걸으라고 줄곧 잔소리를 해대며 방으로 안내했다. 노파는 "쉿!" 하고 조용히 하라더니 방문을 닫았다.

처음에는 창문에 커튼이 쳐진 건지, 아니면 방에 창문이 없는 건지 분간이 안 됐다. 방 안이 그 정도로 깜깜했다. 그러다 덮개가 있는 작은 채광창을 보고 천을 걷으니 희미한 빛이 들어왔다. 방에는 침대가 두 개, 각 침대에는 사람이 있었다. 젊은 남자 두 명이 곤히 자고 있었다. 둘 다 무슨 영문인지 옷을 입은 채 자고 있어서 미덥지 않았다. 한 사람은 부츠까지 신고 있었다.

카를이 채광창을 열었을 때 잠자던 사람 하나가 팔다리를 들썩했다. 그 모습을 본 순간 카를은 불안감도 잊은 채 슬그머니 웃음이 나왔다. 방 안에는 다른 침대나 긴 소파 등 누워서 잘 만한 가구가 하나도 없었다. 가구가 없다는 건 제쳐두고라도 여기서는 도저히 잠을 잘 수 없는 걸 곧 깨달았다. 겨우 찾은 여행 가방과 들고 있던 돈을 위험에 노출할 수는 없었으니 말이다. 그렇다고 여기서 나갈 생각도 없었다. 노파와 여관 주인을 또다시 마주칠 엄두가 나지 않았다. 그래도 여기가 국도보다는 안전하지 않을까. 희미한 빛이라 확실하진 않지만 그래도 방 전체에 짐이 하나도 보이지 않는다는 게 특이했다. 아마도 두 남자는 손님이 오면 곧 일어나야 하는, 그래서 옷을 입고 자는 여관집 하인인지도 모른다. 아니 그럴 가능성이 매우 높아 보였다. 이 사람들하고 같은 방에서 자면 영광스러운 일이야 아니겠지만, 그래도 덜 위험할 것 같기는 했다. 아주 작은 의심의 여지라도 남아 있으면 이 방에 누워서 잠을 자면 안 될 일이다.

침대 밑에 양초와 성냥이 있었다. 카를은 살금살금 다가가 둘 다 손에 들었다. 주저하지 않고 불을 켰다. 여관 주인이 정한 대로 이 방은 두 사람의 방이기도 했지만 그의 방이기도 했으니 거리낄 필요는 없었다. 두 사람은 이미 밤시간 절반가량을 푹 잤고 침대를 차지했으니 그와 비교할 수 없이 이득을 보고 있지 않은가. 그뿐인가, 방 안을 돌아다니거나 물건을 다룰 때도 두 사람을 깨우지 않으려고 이만저만 조심하는 게 아닌데.

우선 여행 가방 안에 있는 소지품부터 확인해볼 생각이었다. 가방 안에 뭐가 들어 있는지 기억도 가물가물하고 값나가는 물건은 남아 있지 않을 터였다. 슈발이 물건에 손을 댔다면, 온전히 돌려받을 가능성이 거의 없을 테니까. 물건이 없어져도 처음부터 가방을 맡았던 부터바움 핑계를 댈 수 있으니, 슈발은 삼촌에게 두둑한 사례금을 바랐을지도 모른다. 여행 가방을 열어본 카를은 깜짝 놀랐다. 항해하는 동안 여행 가방을 정리하느라 그렇게 많은 시간을 쏟았는데 지금 보니 내용물이 전부 뒤죽박죽 꽉 차서 자물쇠를 열자 가방 뚜껑이 저절로 확 젖혀질 정도였다. 그러다 곧 이렇게 가방이 엉망인 이유가 항해 중에 입었던 옷을 누군가 나중에 쑤셔 넣었기 때문이란 걸 알고 안심이 되었다. 가방 안에 옷을 넣을 공간을 미리 계산하지 않았으니. 단 한 개도 없어지지 않았나. 상의 비밀 주머니에 여권뿐 아니라 집에서 가져온 돈도 그대로 있었다. 지금 가지고 있는 돈까지 합하면 당분간 지내기에는 충분했다. 도착했을 때 입었던 옷도 세탁과 다림질까지 되어 있었다. 그는 비밀 주머니에 시계와 돈을 넣었다. 유일하게 아쉬운 점은 가방 안에 있던 베로나산 살라미 냄새가 물건에 다 배었다는 것이다. 어떤 방법으로든 이 냄새를 없애지 못하면 앞으로 몇 달 내내 냄새를 달고 다닐 것 같았다.

가방 바닥에 있던 휴대용 성경책과 편지지, 부모님 사진 등을 꺼내는데 쓰고 있던 모자가 벗겨져 가방 안으로 툭 떨어졌다. 친숙한 물건 틈에 있는 모자를 보자 이 모자는 어머니가 그에게 선물한 자기 모자라는 걸 깨달았다. 미국 사람들은 일반적으로 중절모자 대신 차양 없는 모자를 쓴다는 것을 알았기에 미국에 도착하기 전에 닳을까 봐 배에서는 아끼느라 쓰지 않았다. 그렇다면 그린 씨가 카를을 놀리는 수단으로 모자를 이용했단 말 아닌가. 삼촌이 그린 씨에게 그런 지시를 했을까? 생각지도 못한 카를은 분노가 치밀어 가방 뚜껑을 잡고 확 내리쳐 가방을 닫아버렸다.

큰 소리에 달리 방법이 없었다. 잠자던 두 남자가 깼다. 먼저 한 사람이 기지개를 켜고 하품하니, 다른 한 사람도 그대로 했다. 여행 가방의 내용물이 테이블 위에 쏟아졌다. 그들이 도둑이라면 다가와 물건을 고르기만 하면 되는 순간이다. 이런 일을 미연에 방지하고 상황을 분명하게 짚고 넘어가야 했다. 카를은 양초를 손에 들고 침대로 가서 자신이 이 방에 있어야 할 이러이러한 권리가 있다는 걸 설명했다. 두 사람은 금시초문이란 반응이었다. 뭐라 말을 꺼낼 수도 없을 만큼 잠이 덜 깨서, 놀라지도 않고 멀뚱멀뚱 카를을 바라보기만 했다. 둘 다 아주 젊었지만, 중노동이나 다른 일로 고생해서 그런지 광대뼈가 툭 튀어나와 나이 들어 보였다. 면도를 하지 않아 아무렇게나 자란 수염이 턱을 덮고 이발을 언제 했는지도 모를 만큼 자란 머리카락이 헝클어져 있었고, 여전히 졸린지 움푹 꺼진 눈을 비비다 손가락 마디로 꾹 눌렀다.

카를은 그들의 현재 약점을 최대한 이용할 작정이라 이렇게 말했다.

"카를 로스만이라 합니다. 독일 사람이고요. 같은 방을 쓰게 됐으니 두 분의 이름과 국적도 말씀해주시죠. 제가 너무 늦게 도착한 데다 잠을 잘 생각도 없으니 침대를 비워달라는 말은 하지 않겠습니다. 제가 좋은 옷을 입고 있다고 기분 나쁘게 생각하실 필요는 없습니다. 완전히 빈털터리에 전망이라곤 티끌만큼도 없는 인간입니다."

둘 중 키가 작은, 부츠를 신고 있는 사람이 팔다리, 표정까지 동원해 자기는 아무런 관심이 없는 데다 지금은 그런 이야기를 할 시간이 아니라는 뜻을 표시하더니 눕자마자 곧바로 잠이 들었다. 피부가 가무잡잡한 다른 남자도 다시 누웠다가 잠들기 전 손을 무심하게 훅 뻗으며 말했다.

"저 사람은 로빈슨이라고 아일랜드 사람이고 내 이름은 들라마르슈. 프랑스 사람입니다만, 이제 조용히 해주면 좋겠는데."

그는 말하자마자 훅하고 숨을 크게 불어 촛불을 끄고 베개 위로 벌러덩 쓰러졌다.

"당분간 위험은 없겠군."

카를은 혼잣말을 하고 테이블로 갔다. 졸린다는 말이 핑계가 아니라면 오히려 잘됐다. 한 가지 걸리는 점은 그들 중 한 명이 아일랜드 사람이라는 것이다. 책 제목은 정확히 기억나지 않지만 예전에 집에서 읽은 책에, 미국에서는 아일랜드 사람을 조심해야 한다는 내용이 있었다. 삼촌 집에 있는 동안 아일랜드인들이 얼마나 위험한지에 대한 문제를 제대로 규명해볼 수 있는 절호의 기회가 있었을 텐데 자신이 영원히 좋은 환경에서 귀한 대접을 받으며 살 거라 믿었기 때문에 그런 기회를 놓쳤다. 다시 켜놨던 촛불로 아일랜드 남자 얼굴이라도 좀 더 자세히 봐둬야 할 것 같았다. 다시 보니 이 사람이 프랑스 사람보다 인상이 더 좋아 보였다. 까치발을 하고 좀 떨어져서 바라보니 이 사람은 아직도 볼이 동글동글했고 아주 다정한 미소까지 지으며 자고 있었다.

잠을 안 자겠다고 결심한 카를은 방에 하나밖에 없는 의자에 앉았다. 여행 가방 정리는 밤새도록 걸릴 수도 있으니 미뤄놨다. 성경책을 읽은 건 아니고 잠시 뒤적거려보기도 했다. 그러다 부모님 사진을 집어 들었다. 왜소한 아버지는 꼿꼿이 서 있었고, 어머니는 아버지 앞에 있는 안락의자에 기대어 앉아 있었다. 아버지는 의자 등받이에 한 손을 얹고, 다른 손은 주먹을 쥔 채 허름한 장식 테이블 위에 펼쳐진 일러스트가 들어간 책 위에 대고 있었다. 부모님과 함께 찍은 사진도 있었는데 사진사가 하라는 대로 카를은 꼼짝하지 않고 카메라에 시선을 고정했고 아버지와 어머니는 카를을 노려보는 사진이었다. 그 사진은 이번에 올 때 가져오지 못했다.

앞에 놓인 사진을 더 자세히 들여다보며 아버지의 시선을 여러 각도에서 잡아보려 했다. 촛불 위치를 이리저리 바꿔봐도 아버지 얼굴은 생기를 찾기 힘들었고, 수평을 유지하고 있는 두둑한 콧수염도 실제 모습과 전혀 달랐다. 잘 나온 사진이 아니었다. 어머니는 확실히 실물보다 잘 나왔는데 슬픈데도 억지로 미소를 짓는 것처럼 입 모양이 일그러져 있었다. 카를이 보기에 누가 이 사진을 보더라도 이런 점이 눈에 확 들어와서, 다시 봐도 처음 본 인상의 또렷함이 너무 강하고 불합리하게 느껴졌다. 어떻게 사진 한 장에서 그 사람의 내면에 숨겨진 감정에 대해 이렇게 확고부동한 확신이 들 수 있는지.

그는 잠시 사진에서 눈을 뗐다. 다시 사진으로 시선을 돌리자, 의자 팔걸이 앞으로 내려뜨린 어머니의 손이 입맞춤을 해도 될 만큼 가깝게 눈에 들어왔다. 부모님께 편지를 쓰는 게 나을지 생각해봤다. 두 분 다 편지를 받고 싶어 했고 아버지는 함부르크에서 헤어질 때, 편지를 쓰라고 강력하게 말씀하셨다. 끔찍했던 그날 저녁, 창가에서 어머니가 그를 미국으로 보내겠다고 통보한 그때 앞으로 편지 따위는 절대 쓰지 않겠다고 속으로 굳게 다짐했다. 하지만 철부지 때 한 그런 맹세가 지금 새로운 상황에서 무슨 가치가 있을까. 그 당시라면 미국에서 두 달 뒤에는 미군 장교가 되어 있을 거라는 맹세인들 못 하겠는가. 현실은 뉴욕 근교 여인숙 다락방에서 부랑자들과 같은 방에 있는데. 사실은 여기가 본인 주제에 맞는 자리라는 사실을 인정해야 했다. 그리고 그는 씩 웃으며 부모님 얼굴을 보았다. 아들의 편지를 받고 싶은 마음이 아직 남아 있는지 확인해보기라도 하듯.

사진을 보다 그는 자신이 매우 피곤해서 밤을 새우기는 힘들겠다는 사실을 바로 깨달았다. 사진이 손에서 툭 떨어졌다. 사진에 얼굴을 대니 뺨에 시원한 촉감이 기분 좋았고 이 느낌 그대로 잠이 들었다.

겨드랑이가 간지러워서 일찍 깼다. 넉살 좋게 이런 장난을 한 건 프랑스 남자였다. 아일랜드 남자도 어느새 카를의 테이블 앞에 서 있었다. 두 사람은 카를을 내려다봤다. 지난밤 자신들을 대했을 때 카를이 보였던 관심보다 더하면 더했지 덜하지 않았다. 그들이 일어나도 자신이 잠에서 깨지 않은 건 놀랍지도 않았다. 그들이 악의적인 의도를 품고 까치발로 조용히 다가온 건 아닐 게 분명했다. 자신이 그만큼 곤하게 잠들어 있었으니 말이다. 옷을 입고 하는 세수가 대단한 소음을 내는 일도 아니었을 테고.

이제 그들은 어느 정도 격식을 갖추고 정식으로 인사를 나누었다. 두 사람은 금속공인데 뉴욕에서 오랫동안 일을 구하지 못해 경제적으로 궁핍한 상황이라고 했다. 이를 증명하려고 로빈슨은 재킷을 열어 그 안에 셔츠를 입지 않은 걸 보여줬다. 그뿐 아니라 재킷 뒤쪽 칼라가 힘없이 푹 꺼져 있는 것만 봐도 알 만했다. 두 사람은 뉴욕에서 도보로 이틀 걸리는 곳에 있는 버터포드라는 작은 도시로 갈 계획이었다. 그곳에 일자리가 있다는 소리를 들었다고 했다. 카를이 동행하는 데 반대하지 않았고, 카를 여행 가방을 가끔 들어주겠다고 약속하며 또 자기들이 일자리를 구하면 카를에게 수습공 자리를 알아봐주겠다고 했다. 그런 것쯤 아무것도 아니라면서. 카를이 동의하기도 전에 그들은 일자리를 지원할 때 방해만 될 테니 좋은 옷은 벗어버리라고 친절하게 조언까지 했다. 마침 객실 담당 노파가 옷 장사를 하니 이 여관이 옷을 팔아치울 좋은 기회라고 했다. 그들은 옷을 어떻게 할지 결정을 못 내리고 있는 카를을 도와 옷을 벗기더니 그 옷을 들고 나가버렸다. 혼자 남은 카를은 아직 잠에서 깨어나지 않아 멍한 상태로 느릿느릿 옷을 입으면서 옷을 팔도록 내버려둔 자신을 자책했다. 수습생 일자리를 구할 때는 그 옷이 불리할지 모르지만 더 좋은 일자리에 지원할 때는 도움이 될 수도 있었는데 말이다. 두 사람을 다시 오라고 불러야겠다 싶어 문을 열자마자 그들과 부딪혔다. 옷을 팔고 받은 돈 50센트를 테이블에 놓으며 너무 기뻐하는 표정이라 의심스럽기까지 했다. 옷을 판 돈을 둘이서 슬쩍하지 않았을까, 그것도 화가 날 정도의 큰 금액이 아니었을까 하고.

그런 얘기를 꺼낼 시간이 없었다. 하필 그때 객실 담당 노파가 어젯밤이랑 똑같이 잠에 취한 얼굴로 들어왔다. 새로 투숙객이 올 예정이니 방 정리를 해야 한다며 세 사람을 복도로 내쫓았다. 노파가 심술을 부렸을 뿐, 당연히 말도 안 되는 소리였다. 가방 정리를 하려던 카를은 노파가 자기 물건을 양손으로 움켜쥐고 동물을 가둬놓듯 여행 가방에 휙 하고 던지는 걸 바라볼 수밖에 없었다. 두 남자가 노파의 스커트를 잡아당기고 등을 두드리며 부산을 떨기는 했지만,

카를을 도우려는 의도였다면 완전히 오산이었다. 노파는 여행 가방을 닫더니 손잡이를 카를 손에 쥐여주고 금속공의 손을 뿌리쳤다. 자기 말을 듣지 않으면 아침 커피는 아예 생각도 하지 말라고 위협하며 세 사람을 모두 방 밖으로 쫓아냈다. 노파는 카를이 처음부터 금속공들과 동행이 아니었다는 사실을 완전히 잊었는지 그들을 한 패거리로 대했다. 금속공이 카를의 옷을 노파에게 팔았기에 어느 정도 유대 관계가 있다는 걸 보여준 셈이다.

그들은 복도에서 이리저리 서성거릴 수밖에 없었고, 프랑스 남자는 카를의 팔짱을 낀 채 끊임없이 욕설을 퍼붓고, 여관 주인이 오기만 하면 주먹질로 녹다운시켜버리겠다고 으르렁댔다. 실전을 준비한다는 걸 보여주려는 듯 꽉 쥔 주먹을 비비기도 했다. 드디어 나타난 사람은 주인이 아닌 순진해 보이는 왜소한 소년이었다. 소년은 프랑스 남자에게 커피 주전자를 건넬 때 팔을 뻗어야 할 정도로 키가 작았다. 달랑 커피 주전자 하나뿐이니 커피잔도 있었으면 좋겠다고 그들을 이해시키기도 곤란했다. 할 수 없이 한 사람이 마시면 나머지 두 사람은 그 앞에 서서 기다렸다. 카를은 마시고 싶지 않았지만 다른 사람들을 기분 나쁘게 하고 싶지 않아서 자기 차례가 되자 주전자를 입에 대기만 하고 마시지는 않았다.

작별 인사로 아일랜드 남자는 주전자를 돌로 된 타일 바닥에 냅다 던졌다. 세 사람은 다른 사람 눈에 띄지 않게 여관에서 나와 짙은 황색 아침 안개 속으로 발을 내디뎠다. 별말 없이 도로를 따라 나란히 걸었다. 여행 가방은 카를이 들고 갈 수밖에. 다른 사람들은 그가 들어달라고 부탁하면 들어주기는 하겠지만 그전에는 어림없었다. 가끔 자동차가 안개 속에서 튀어나왔다. 거대한 차량이 지나갈 때면 다들 그쪽으로 고개를 돌렸다. 자동차 구조가 눈에 확 띄었지만 금방 사라져버려 차 안에 사람이 탔는지 볼 시간도 없었다. 한참 지나 뉴욕으로 식료품을 운반하는 화물차 행렬이 시작되었다. 횡렬로 다섯 대가 도로 전체를 덮고 연이어 와서 길을 건널 수 없었다. 때론 도로가 넓어져 광장을 형성하기도 했다. 광장 한가운데 경찰관이 탑처럼 높은 지휘대 위에서 이리저리 움직이며 사방을 내려다보고 교통 정리를 했다. 손에 경찰봉을 들고 대로와 이면도로에서 들어오는 차량 흐름을 조정했다. 이 광장에서 경찰이 있는 다음 광장 사이에는 교통 통제하는 경찰이 없어도 조용히 조심스럽게 운전하는 마부들과 차량 운전자들이 자발적으로 교통질서를 유지했다. 카를은 전반적으로 고요한 분위기에 꽤 놀랐다. 아무것도 모르는 순진한 도축용 가축들의 울음소리가 아니었다면 말발굽 소리와 미끄럼 방지 타이어에서 나는 쉭쉭 소리 말고는 아무 소리도 들리지 않았을 것이다. 물론 차량 운행 속도가 줄곧 같지는 않았다. 이면도로에서 들어오는 차량이 너무 많아서 광장에 정리가 되어야 할 때는 차량 행렬이 오도 가도 못하고 꽉 막혀 있다가 아주 느릿느릿 기어가는 속도로 움직였다. 그러다 또 한동안 다시 속도를 내 씽씽 달리다 모든 차가 브레이크 한 개로 제동되기라도 한 듯 일제히 다시 속도를 늦추기도 했다. 도로에는 먼지라곤 볼 수 없었고, 모두 맑은 공기 속에서 움직였다. 보행자는 없었다. 길거리에는 카를의 고향처럼 도시로 돌아다니며 물건을 파는 행상들도 없었다. 크고 납작한 자동차가 가끔 눈에 띄었다. 차 뒤편에 스무 명가량 여자들이 등에 광주리를 짊어진 걸로 봐서 이들이 행상 아닐까 싶었다. 이 사람들은 고개를 쑥 내밀고 빨리 가고 싶다는 눈초리로 초조하게 도로 상황을 바라봤다. 비슷하게 생긴 차에서는 남자들이 주머니에 손을 넣고 서성이기도 했다. 이런 차들은 다양한 문구를 써 붙이고 다녔는데 그중 어떤 차의 글귀를 읽고 카를은 나지막이 탄성을 질렀다.

'야코프 해운 회사에서 근무할 항만 노동자 구함.'

이 차는 마침 아주 저속으로 달리고 있었다. 왜소한 체구에 등이 구부정한, 쾌활해 보이는 남자가 차 발판에 서서 세 사람에게 차에 타라고 권했다. 카를은 삼촌이 차 안에 있어 자신을 볼 수 있을지도 모른다는 생각에 금속공 뒤로 숨었다. 두 사람이 거만한 표정으로 거절해서 좀 거슬리기는 했지만 카를은 천만다행이라 생각했다. 그렇다고 자기들이 삼촌 회사 같은 곳에서 일하기 과분한 사람들이라 생각하는 것도 좀 아니지 싶었다. 곧바로 카를은 이 부분을 노골적으로 말하지는 않고 에둘러 일러줬다. 들라마르슈는 모르는 일에 참견하지 말라고 했다. 이런 방식의 채용은 파렴치한 사기 행각이고 야코프 회사는 미국 전역에서 악명이 높다고 부연했다. 카를은 대답하지 않았다. 이제부터 아일랜드 남자를 더 의지하기로 하고 그에게 여행 가방을 잠시 들어달라 부탁했다. 그는 카를이 여러 번 요청한 뒤에야 가방을 들어줬다. 그는 가방이 무겁다며 계속 투덜댔다. 여관에 있을 때부터 베로나산 살라미에 눈독을 들였고, 살라미 무게를 덜어 가방을 가볍게 하려는 속셈이라는 게 곧 드러났다. 살라미를 꺼낼 수밖에 없었다. 내놓자마자 프랑스 남자가 살라미를 가져가 단검 같은 칼로 잘라 혼자서 거의 다 먹었다. 로빈슨은 그래도 가끔 한 점씩 얻어먹었다. 정작 여행 가방을 시골길에 두고 갈 생각이 아니라면 다시 들고 다녀야할 사람은 카를인데 한 점도 못 먹었다. 이미 자기 몫을 다 먹지 않았겠느냐는 생각에서 나온 발상 같은데 한 조각이라도 달라고 구걸하자니 옹졸한 것 같고 속에서는 부글부글 부아가 치밀었다.

안개는 싹 걷혔다. 멀리 높은 산이 아침 해를 받아 빛났고 산등성은 물결 모양으로 더 먼 곳에 있는 해 주변 실안개 속으로 이어졌다. 길가에 있는 밭에는 농작물이 거의 없었고 시커먼 연기에 휩싸인 대규모 공장이 들판에 우뚝 솟아 있었다. 아무렇게나 배치된 공동주택 창문이 다양한 움직임과 조명 속에서 흔들렸다. 작고 허술한 발코니에서 여자들과 아이들이 분주하게 움직였다. 걸려 있는 이불과 빨래가 아침 바람에 펄럭여 불룩 부풀어서 그들의 모습이 가려졌다 보였다 했다. 집에서 눈을 돌리자 종달새가 하늘 높이 날아가고, 제비가 아래로 내려와 행인들 머리 바로 위까지 닿을 정도로 낮게 날아갔다.

카를에게 고향 생각을 불러일으키는 것들이 많았다. 그는 뉴욕을 떠나 내륙 안쪽으로 가는 것이 과연 옳은 일인지 알 수 없었다. 뉴욕에는 바다가 있어서 언제든지 집으로 돌아갈 가능성이 있었다. 그는 멈춰 서서 자신은 뉴욕에 그대로 남아 있고 싶다고 두 남자에게 말했다. 들라마르슈가 카를을 밀어붙이려 하자, 그는 떠밀리지 않으려고 버티면서 자기 일은 스스로 결정할 권리가 있다고 말했다. 아일랜드 남자가 중재할 수밖에 없는 상황이 되자 그는 그제야 버터포드가 뉴욕보다 훨씬 더 좋다며 설명했다. 두 사람이 애원하고 나서야 카를은 다시 발걸음을 뗐다. 고향으로 돌아가기 쉽지 않은 곳으로 가는 게 더 나을지도 모른다고 스스로 타이르지 않았다면 따라가지 않았을지도 모른다. 거기 가면 쓸데없는 생각에 방해받지 않을 테니 분명 일도 더 잘할 테고 성공할 수도 있을 것 같았다.

이제 나머지 두 사람을 끌고 가는 사람이 카를이 됐다. 두 사람은 카를의 열정에 기뻐서 카를이 요청하지도 않았는데 교대로 여행 가방을 들어주었다. 카를은 자신이 어떻게 했길래 그들이 저리 기뻐하는지 영문을 몰랐다. 그들은 오르막길로 들어섰다. 이따금 멈춰서 뒤를 돌아보면 뉴욕 시내와 항구까지 점점 더 넓게 파노라마가 펼쳐졌다. 뉴욕과 보스턴*을 연결하는 다리가 허드슨강 위에 여리여리하게 걸려 있어 눈을 가늘게 뜨면 다리가 파르르 떨리게 보였다. 다리 위에는 교통량이 전혀 없는 것 같았고, 다리 아래는 물결 없이 고요하고 매끄러운 물줄기가 펼쳐졌다. 대도시 두 곳에는 모든 것이 공허하고 쓸모없는 것같이 보였다. 건물도 크고 작은 차이 없이 고만고만했다. 보이지 않는 길 저 너머에도 저마다의 삶이 나름대로 이어지겠지만 시내 위를 덮고 있는 옅은 안개뿐, 다른 건 보이지 않았다. 안개는 지금은 정체되어 있지만 쉽게 걷힐 것도 같았다. 세상에서 가장 큰 항구에도 평온이 감돌았다. 전에 가까이 봤던 기억에 영향을 받아서인지 짧은 구간을 이동하는 배를 본 것 같은 생각이 들었다. 하지만 끝까지 눈으로 따라가지도 못하고 배는 시야에서 벗어나 어디 있는지 찾을 길이 없었다.

들라마르슈와 로빈슨은 더 많은 걸 보았는지 좌우를 가리키기도 하면서 광장과 공원 이름을 대며 손으로 아치 모양을 만들기도 했다. 두 사람은 카를이 두 달 넘게 뉴욕에서 지내면서 거리 외에 다른 곳에 가본 적이 없다는 사실을 이해하지 못했다. 버터포드에서 돈

---

* 원서에는 뉴욕에서 꽤 멀리 떨어진 도시 보스턴(Boston)으로 되어 있으나 막스 브로트가 출간한 브로트판과 영문판에는 브루클린(Brooklyn)으로 돼 있다.

을 두둑이 벌면 카를와 함께 뉴욕으로 가서 볼 만한 가치가 있는 곳은 다 보여주겠다 했고 천국으로 가는 기쁨을 경험할 수 있는 곳도 데려가겠다고 약속했다. 로빈슨은 말을 마치자 크게 노래를 불렀다. 들라마르슈는 손뼉을 치며 노래를 따라 불렀다. 카를이 고국에서도 알던 오페레타 멜로디였는데 영어 가사로 들으니 고국에서 들었던 것보다 훨씬 더 좋았다. 이렇게 야외에서 모두가 참여하는 작은 공연이 열렸다. 이런 멜로디를 좋아한다는 저 아래 도시만 아무것도 모르는 것 같았다.

언젠가 카를이 야코프 운송 회사가 어디에 있는지 물은 적이 있었다. 그러자 들라마르슈와 로빈슨은 곧장 집게손가락으로 같은 지점, 아니면 몇 마일 정도 떨어진 두 지점을 가리켰다. 계속 걸어가면서 카를은 돈을 넉넉하게 벌어 뉴욕으로 돌아올 수 있는 때가 빠르면 언제쯤인지 물었다. 들라마르슈는 버터포드에 근로자가 부족하고 임금이 높으니 한 달이면 된다고 했다. 물론, 자기들은 동지니까 수입 차이가 있어도 균등하게 나눌 수 있도록 모든 돈을 공동 기금에 넣을 것이라 했다. 카를은 수습생이니 훈련받은 두 사람보다 수입이 적을 게 분명한데도 공동 기금이라는 게 마음에 들지 않았다. 로빈슨은 버터포드에 일자리가 없으면 계속 돌아다녀야 하고 시골에서 농장 일꾼으로 일하거나 캘리포니아로 가서 금 세광소(洗鑛所)에라도 취업해야 할 거라고 했다. 로빈슨의 상세한 설명으로 미루어 보면 그가 가장 원하는 계획은 후자 같았다. 이렇게 길고 불확실한 여행의 필요성에 대해 더는 듣고 싶지 않았던 카를은 로빈슨에게 물었다.

"금 세광소에 취업할 거면 왜 금속공이 되었지?"

"내가 왜 금속공이 되었냐고?"

로빈슨이 말했다.

"우리 어머니 아들이 굶어 죽으려고 배운 건 아니지. 그래도 금 세광소에선 벌이가 꽤 괜찮아."

"옛날 옛적 얘기지."

들라마르슈가 말했다.

"지금도 그래."

로빈슨이 말하며 거기서 부자가 된 지인들이 많다고 말했다. 아직 거기 있는 지인들은 이제는 손가락 하나 까딱하지 않고도 오랜 우정을 생각해서 로빈슨 자신은 물론이고 동료들까지도 부자가 되도록 도울 거라고 했다.

"무슨 일이 있어도 버터포드에서 일자리를 구해봐야지."

들라마르슈가 말했다. 카를이 속으로 품고 있던 말을 대신해주었지만 어딘지 영 자신이 없는 말투였다.

낮 동안 그들은 딱 한 번 식당에 들러 야외에서 식사를 했다. 카를 눈에 철제 테이블로 보이는 곳에서 거의 생고기라고 해도 될 것 같은 고기를 먹었다. 나이프와 포크로 자를 수 없어 찢어 먹었다. 원통형 빵 덩어리에 나이프가 꽂혀 있었다. 식사에 곁들여 나온 검은색 음료는 마셔보니 목이 탈 것 같았다. 들라마르슈와 로빈슨은 맛있는 모양이었다. 이런저런 소원이 이루어지길 기원하며 잔을 치켜들고 여러 번 건배했다. 옆자리에는 석회가 흩뿌려진 작업복을 입은 노동자들이 똑같은 검은색 음료를 마시고 있었다. 떼 지어 지나가는 자동차들이 테이블 위에 먼지를 뿌렸다. 커다란 신문을 돌려보며 건설 노동자 파업을 두고 열띤 이야기가 오가는 중에 맥이라는 이름이 자주 거론됐다. 카를은 이들이 말하는 맥이 누구인지 물어봤다. 자신이 아는 맥의 아버지이자 뉴욕에서 가장 큰 건축업자라는 것을 알게 되었다. 파업으로 맥의 아버지는 수백만 달러의 손실을 보았고 사업상 지위도 위협받았을 거라고 했다. 무지하고 악의를 품은 이들의 이야기를 카를은 한 마디도 믿지 않았다.

식사 비용을 어떻게 지불할지 매우 의심스러웠기에 카를은 입이 씁쓸했다. 모두 각자 식사 비용을 지불하는 게 당연했지만 들라마르슈와 로빈슨은 어젯밤 숙박비로 마지막 돈을 다 썼다는 얘기를 툭툭 던졌다. 시계나 반지, 값나가는 물건은 아무것도 보이지 않았다. 그렇다고 두 사람에게 자기 옷을 팔고 남긴 돈이 있지 않느냐고 말할 수도 없는 노릇이다. 그런 말을 하면 모욕이고 영원히 작별하게 될 테니까. 그런데 놀라운 건 들라마르슈와 로빈슨 둘 다 계산을 어떻게 할지 전혀 걱정하지 않았다는 점이다. 오히려 그들은 신이 나서 테이블 사이를 무거운 걸음걸이로 자신만만하게 오가는 웨이트리스에게 접근하려고 호시탐탐 기회를 노렸다. 웨이트리스는 머리카락이 이마와 뺨으로 흘러 내려와 머리를 계속 뒤로 넘겼다. 그러다 그녀가 처음으로 다정한 말을 할 수도 있겠다 싶을 때쯤 다가와 테이블 위에 두 손을 얹고 물었다.

"계산은 누가 하시나요?"

들라마르슈와 로빈슨의 손이 그 어느 때보다 빨리 카를을 가리켰다. 이미 예견했기에 카를은 놀라지 않았다. 카를 역시 두 사람에게 혜택을 받으리라 기대했던 터라 그들이 소소한 비용을 카를에게 지불하게 한다고 그렇게 해도 불리한 일은 아니라고 생각했다. 결정적인 순간이 오기 전에 확실하게 상의했다면 더 좋았겠지만 말이다. 한 가지 곤란한 점은 비밀 주머니에서 돈을 꺼내야 한다는 것이다. 원래 의도는 급박한 상황에 대비해 돈을 남겨두고 당분간은 동료들과 어느 정도 비슷하게 맞출 생각이었다. 그들이 어린 시절부터 미국에서 살았으며 돈벌이를 할 수 있을 만큼 충분한 지식과 경험이 있다는 사실, 마지막으로 현재보다 더 나은 생활환경에 익숙하지 않다는 사실은 그가 이 돈을 갖고 있다는 이점과 돈이 있다는 걸 동료들에게 숨겨서 얻는 이점을 상쇄하고도 남았다. 카를이 소지하고 있는 돈에 대해 품고 있던 의도가 이번에 음식값을 지불했다고 크게 손상될 건 없었다. 25센트 정도 없어도 지내는 데 문제없을 것 같았다. 그는 25센트를 테이블 위에 놓고 이 돈이 유일한 재산이며 함께 버터포드로 여행하기 위해 기꺼이 내놓겠다고 선언하면 될 터였다. 도보 여행에 이 돈이면 충분했다. 하지만 잔돈이 충분한지 알 수 없었고, 게다가 이 돈은 꾸깃꾸깃 접어놓은 지폐와 호주머니 어딘가 깊이 들어 있었다. 비밀 주머니에서 무엇인가를 찾는 가장 좋은 방법은 내용물을 전부 테이블 위에 쏟아붓는 것이다. 비밀 주머니를 동료들이 알게 할 필요는 전혀 없다. 다행히 동료들은 카를이 지불할 돈을 어떤 식으로 마련할지보다 웨이트리스에게 더 관심이 많아 보였다.

들라마르슈는 웨이트리스에서 계산서를 달라고 하면서 자신과 로빈슨 사이로 웨이트리스를 유인하려 했지만 그녀는 둘 중 한 사람 얼굴을 손바닥으로 밀어버리면서 집적거리는 걸 한 방에 날려버렸다. 그러는 동안 카를은 한 손으로 비밀 주머니를 뒤적거리며 동전을 하나하나 꺼내 다른 손으로 테이블 밑에서 돈을 모으는 데 온 신경을 집중했다. 아직 미국 돈을 잘 몰랐지만 동전 개수가 이 정도면 충분하지 않겠나 싶어 테이블 위에 돈을 올려놓았다. 짤랑거리는 돈 소리가 나자마자 단박에 농담 소리가 멈췄다. 테이블 위에 놓인 돈이 거의 1달러가 되는 걸 보고 다들 놀랐다. 카를은 짜증이 났다. 카를이 버터포드까지 편안하게 기차 여행을 할 수 있을 만한 돈이 있다는 말을 그전에 왜 안 했는지 아무도 묻지 않았지만 카를은 굉장히 당황스러웠다. 식사비를 지불하고 카를이 나릿나릿 돈을 쓸어 모으는데 들라마르슈가 웨이트리스에게 팁을 줘야 한다며 카를 손에서 돈을 낚아채 그녀를 끌어안고 다른 손으로 그녀에게 돈을 건네주려고 더 꽉 안았다.

다시 길을 걷는 동안 그들이 돈에 대해 아무 말도 하지 않아 카를은 고맙기까지 했다. 잠깐은 그들에게 전 재산 얘기를 털어놓을까 생각도 했지만 적당한 기회가 없어 그만뒀다. 저녁 무렵 한층 시골스럽고 비옥한 지역에 도착했다. 완만한 언덕을 따라 푸릇푸릇한 밭이 경계 없이 펼쳐져 있었고, 윤택한 경작지가 도로에 접해 있었다. 황금빛으로 도금한 격자 울타리 사이를 따라 몇 시간을 걸었다. 느긋하게 졸졸 흐르는 개울을 몇 번 건넜고, 높이 달린 고가 철교 위에서 굉음을 내며 달리는 기차 소리를 여러 번 들었다.

고단한 몸을 쉬려고 언덕 위에 있는 작은 나무들이 모여 있는 풀밭에 몸을 던졌다. 마침 해가 막 멀리 숲의 언저리에서 지고 있었다. 들라마르슈와 로빈슨은 풀밭에 누워서 있는 힘을 다해 스트레칭했고 카를은 똑바로 앉아 몇 미터 아래 도로를 내려다봤다. 도로에는 하루 종일 그랬듯 자동차가 계속 서로 스치며 달리고 있었다. 마치 어딘가 먼 곳에서 정확한 대수만큼 차를 보내고 반대편에서도 똑같은 수의 차가 보내지리라 예상한 것 같았다. 이른 아침부터 하루 종일 카를은 멈추는 차 한 대, 내리는 승객 한 명도 못 봤다.

로빈슨은 여기서 밤을 보내자고 제안했다. 다들 너무 피곤하니 여기서 자고 나면 내일 아침 일찍 나갈 수 있을 테고, 완전히 어두워지기 전에는 더 싸고 위치가 좋은 숙소를 찾기 힘들지 않겠냐면서. 들라마르슈는 찬성이었다. 카를은 호텔에서 모두 숙박해도 비용을 지불할 만큼 돈이 있다는 말은 해야 할 것 같았다. 들라마르슈는 자기들이 앞으로 돈이 필요할 테니 잘 보관하라고 말했다. 들라마르슈는 자기들이 카를의 돈을 어떻게 사용할지 이미 계산해뒀다는 사실을 조금도 숨기지 않았다. 들라마르슈의 첫 번째 제안을 받아들이자 로빈슨은 내일 힘을 내려면 잠들기 전에 뭔가 든든한 음식을 먹어야 한다며 그들 중 한 사람이 국도변에 있는 '옥시덴털 호텔'이란 불빛이 켜진 곳에서 음식을 사 와야 한다고 쉬지 않고 말했다. 셋 중 카를이 제일 어리기도 했고 아무도 나서지 않자 그는 주저하지 않고 심부름하기로 자원해 베이컨, 빵, 맥주를 주문받아 호텔로 향했다.

카를이 들어간 호텔의 첫 번째 홀이 시끌벅적한 인파로 가득 찬 걸 보면 근처에 대도시가 있는 게 분명해 보였다. 기다랗게 이어진 벽과 양쪽의 측면 벽을 따라 뷔페 테이블이 뻗어 있는 홀에는 가슴에 흰 앞치마를 두른 웨이터 여럿이 끊임없이 뛰어다녔지만 성미 급한 손님들을 만족시키지는 못했다. 여기저기 욕설과 주먹으로 테이블을 내리치는 소리가 연신 들려왔다. 카를에게 눈길을 주는 사람은 아무도 없었다. 홀에는 서빙하는 직원도 없었고, 주변 테이블에 앉아 있는 사람들에 가려 보이지도 않는 작은 테이블에 있던 손님들이 뷔페에서 원하는 것을 가져왔다. 테이블마다 오일, 식초 같은 것들이 담긴 큰 병이 있어서, 뷔페에서 가져온 음식을 먹기 전에 병에 있는 것을 부어 먹었다. 카를이 일단 뷔페로 가려면 수많은 테이블 사이를 통과해야 했다. 특히 그는 주문량도 많고 주문 자체도 힘들어 보였다. 아무리 주의해서 지나간다 해도 손님들에게 민폐가 될 수밖에 없는 상황이었다. 손님들은 그래도 다들 무심하게 받아들였고 카를이 어떤 손님 때문에 작은 테이블로 밀쳐져 넘어질 뻔했는데 그때도 별 반응이 없었다. 카를은 사과했지만 상대는 알아듣지 못했고 카를 역시 상대가 뭐라고 소리쳤는지 전혀 이해하지 못했다.

뷔페 테이블 주변에 겨우 빈자리 하나를 찾았다. 그 자리는 주변 손님들이 팔꿈치를 괴고 있어서 시야가 가려졌다. 이곳에서는 팔꿈치를 괴고 주먹으로 관자놀이를 누르는 것이 관습 같았다. 라틴어 교수였던 크룸팔 박사가 이런 자세를 끔찍이 싫어해서 늘 살금살금 불시에 다가와 갑자기 자를 꺼내 확 밀쳐서 팔꿈치를 책상에서 떨어뜨리게 했던 기억이 떠올랐다.

카를은 밀려나 뷔페 테이블에 바짝 붙어 서 있었다. 그가 줄을 서자마자 그 뒤에 테이블이 놓였고, 거기 앉은 손님 한 명이 이야기하며 몸을 뒤로 조금만 젖혀도 큰 모자가 카를의 등에 닿았기 때문이다. 가까이 있던 매너 없는 손님 둘이 만족하며 나갈 때까지도 카를은 웨이터한테 뭔가를 받으리란 희망이 거의 없었다. 테이블 건너편에 있는 웨이터의 앞치마를 몇 번 붙잡았지만, 웨이터는 매번 인상을 쓰며 뿌리쳤다. 웨이터 누구 하나 붙잡을 수 없었다. 모두 분주하게 뛰어다니기만 했다. 근처에 적당한 음식과 음료수가 있었다면 카를은 그걸 들고 가서 가격을 묻고 돈을 지불하고 흔쾌히 떠났을 것이다. 그런데 카를 바로 앞에는 거뭇거뭇한 비늘 끄트머리가 금빛으로 빛나는 청어처럼 생긴 생선이 담긴 접시뿐이었다. 비쌀지 모르겠지만 누구 하나 배불리 먹지 못할 것 같았다. 럼주가 담긴 작은 통이 있었지만 카를은 동료들에게 럼주를 가져가고 싶지는 않았다. 기회만 있으면 가장 도수 높은 술을 마시려고 혈안이 된 그들을 이런 걸로 도와주고 싶지는 않았다.

그래서 카를은 다른 자리를 찾아 처음부터 다시 시작하는 것 말고는 할 수 있는 게 없었다. 시간이 꽤 흘러갔다. 홀 반대편에는 시계가 있는데 자욱한 연기 사이로 실눈을 뜨고 봐야 겨우 바늘이 보였다. 벌써 9시를 지나고 있었다. 그런데도 이곳 뷔페 테이블은 좀 전에 간 익진 곳에 있던 뷔페 테이블보다 훨씬 더 혼잡했다. 게다가 시간이 지날수록 홀은 꽉 찼다. 중앙 출입문으로 새로운 손님들이 큰 소리로 인사하며 계속 들어왔다. 곳곳에서 손님들이 마음대로 뷔페 테이블 위를 치우고 그 위에 걸터앉아 서로 건배하며 술을 마시기도 했다. 그 자리가 홀 전체를 볼 수 있어 가장 좋은 좌석이었다.

카를은 계속 헤쳐 나갔지만 뭔가를 얻어내겠다는 원래의 희망은 이미 사라졌다. 그는 호텔 사정을 알지도 못하면서 이런 심부름을 하겠다고 나선 걸 자책했다. 동료들은 당연히 그를 나무랄 테고 그가 돈을 아끼려고 아무것도 가져오지 않았다고 생각할지도 모른다. 지금 서 있는 곳 주변 테이블에서는 사람들이 동글동글 예쁘게 생긴 노란색 감자를 곁들인 따뜻한 고기 요리를 먹고 있었다. 이 사람들은 어떻게 이런 요리를 구했는지 알 길이 없었다.

그때 몇 걸음 앞에 호텔 직원으로 보이는 중년 여성이 웃으며 손님과 대화하는 모습을 봤다. 대화하면서 그녀는 머리핀을 들고 연신 머리 손질을 했다. 곧바로 카를은 이 사람에게 주문해야겠다고 결정했다. 모두 소란 떨고 정신없이 뛰어다니는데 이 홀에 있는 유일한 여자인 이 사람만 예외이기도 했고 그나마 접근할 수 있는, 유일한 호텔 직원이라는 단순한 이유 때문이었다. 단, 카를이 그녀에게 건네는 첫 마디에 바쁘다고 가버리지 않는다는 전제조건하에 말이다. 그런데 정반대 상황이 벌어졌다. 카를이 말을 걸지 않고 눈치만 보고 있는데 그녀가 대화 중에 가끔 흘깃 옆으로 시선을 돌리다 카를을 보더니 대화를 중단하고 친절하게, 문법 교과서같이 정확한 영어로 필요한 게 있는지 물었다.

"그렇긴 한데요."

카를이 대답했다.

"여기선 아무것도 살 수가 없어서요."

"그럼 나랑 같이 가요."

그녀는 대화하던 상대에게 작별 인사를 했다. 그 사람은 모자를 벗어 인사했다. 이곳에서는 믿기 힘들 만큼 정중해 보였다. 그녀는 카를 손을 잡고 뷔페로 가서 손님 한 명을 옆으로 제치고 접이식 문을 연 후 테이블 뒤로 난 통로를 가로질렀다. 지칠 줄 모르고 달려오는 웨이터들과 부딪히지 않게 조심해야 했다. 이중문을 열자 넓고 서늘한 식료품 저장실이 있었다.

"이런 구조를 알아둬야겠네."

카를은 혼잣말했다.

"자, 뭘 드릴까요?"

그녀가 물으며 준비됐다는 듯 카를을 향해 꾸벅 몸을 숙였다. 그녀는 상당히 뚱뚱해서 배가 출렁거렸지만 얼굴은, 비교적 그렇다는 건데, 여리여리해 보였다. 선반과 테이블에 꼼꼼하게 정돈된 갖가지 음식을 보자 얼른 근사한 야식을 주문하고 싶은 충동을 느꼈다. 특히 이렇게 영향력 있는 직원이라면 더 저렴하게 구입할 수 있으리라는 기대도 있었다. 그런데 마땅한 음식이 생각나지 않아 베이컨과 빵, 맥주만 주문했다.

"더 필요한 건 없나요?"

여자가 물었다.

"네, 그 정도면 된 거 같아요."

카를이 말했다.

"아, 그런데 3인분으로요."

여자가 다른 두 사람에 관해 물어서 카를은 간단하게 동료 얘기를 했다. 질문이 길어지지 않아 다행이었다.

"이런 건 죄수들이나 먹는 음식인데요."

그녀는 카를이 추가로 주문하기를 바란다는 내색을 그대로 드러내며 말했다. 카를은 그녀가 음식을 내주고 돈을 받지 않을까 두려워서 아무 말도 안 했다.

"바로 챙겨드릴게요."

여자가 그 큰 몸집으로 감탄스러울 만큼 민첩하게 테이블로 갔다. 길고 얇은 톱니 모양 칼로 살이 두툼한 베이컨을 잘라내고, 선반에서 빵 한 덩어리를 꺼내고 바닥에서 맥주 세 병을 집어 들어 가벼운 라탄 바구니에 담아 카를에게 건넸다. 그사이에 그녀는 바깥에 있는 뷔페 음식은 회전은 빠르지만 담배 연기와 수많은 사람이 내쉬는 숨 때문에 신선도가 떨어져서 그를 여기로 데려왔다고 했다. 바깥에 있는 사람들에게는 그 정도도 아주 좋다고 했다. 카를은 자신이 뭣 때문에 이런 특별 대우를 받는지 몰라서 더는 아무 말도 하지 않았다. 동료들 생각이 났다. 그들이 미국을 아무리 잘 알아도 이런 식료품 저장실에까지 와보지는 않았을 테고 뷔페에서 상한 음식 먹는 걸로도 만족했을 터였다. 여기서는 홀에서 나는 소리가 조금도 들리지 않았다. 아치형 식료품 저장실을 서늘하게 유지하려면 벽이 두꺼워야 할 것 같았다. 카를은 라탄 바구니를 손에 쥐고서 계산할 생각도 않고 한동안 그대로 서 있었다. 여자가 추가로 바깥 테이블에 있는 것과 비슷한 병을 바구니에 넣으려고 하자 그제야 소스라치면서 감사 인사를 했다.

"아직 갈 길이 먼가요?"

여자가 물었다.

"버터포드까지 갑니다."

카를이 대답했다.

"아직 멀었네요."

여자가 말했다.

"하루 더 가야 해요."

카를이 말했다.

"더 걸리지 않을까요?"

여자가 물었다.

"아니, 더 걸리진 않을 겁니다."

카를이 말했다. 여자가 테이블 위에 있는 물건을 정리하고 있는데 웨이터가 들어와 주위를 둘러보더니 여자가 파슬리 가루를 뿌린 정어리가 가득 담긴 큰 접시를 가리키자 두 손으로 번쩍 들고 홀로 가져갔다.

"왜 노숙을 하려 하죠?"

그 여자가 물었다.

"잘 만한 곳 많아요. 우리 호텔에서 자고 가요."

전날 밤에 잠을 못 잔 카를에게는 솔깃한 얘기였다.

"짐이 밖에 있어요."

카를은 머뭇거리며 말했지만 들뜬 마음을 완전히 감추지는 못했다.

"여기로 가져와요."

여자가 말했다.

"전혀 방해가 안 돼요."

"그런데 동료들도 있어서요."

이렇게 말하고 그들이 확실히 방해가 된다는 걸 알아차렸다.

"그분들도 여기서 자면 되죠."

여자가 말했다.

"그냥 같이 오세요. 다른 말 하지 말고요."

"제 동료들은 착하긴 한데……."

카를이 말했다.

"깔끔하진 않아서요."

"홀이 지저분한 거 못 봤어요?"

여자가 얼굴을 찡그리며 물었다.

"사실 역겨운 사람도 호텔에 오긴 해요. 그러니 침대 세 개를 준비하라 할게요. 호텔이 꽉 차서 다락방에만 자리가 있어요. 나도 다락방으로 옮겼거든요. 노숙하는 것보다야 훨씬 낫죠."

"동료들을 데리고 올 순 없어요."

카를이 말했다. 그는 이 좋은 호텔 복도에서 두 사람이 어떤 소란을 피울지 상상해봤다. 로빈슨은 뭐든 더럽힐 테고 들라마르슈는 이 여자한테도 추근거릴 게 분명했다.

"왜 안 되는지 모르겠지만."

여자가 말했다.

"정 그렇다면 동료들을 밖에 두고 혼자라도 오세요."

"그건 안 됩니다. 절대 안 돼요."

카를이 말했다.

"그 사람들은 제 동료이니 제가 같이 있어야죠."

"고집이 세군요."

여자가 말하고 시선을 돌렸다.

"당신한테 호의를 갖고 도우려는데 기를 쓰고 거절하네요."

카를은 다 이해했지만 달리 방법이 없어 이렇게 말하는 수밖에 없었다.

"호의를 베풀어주셔서 진심으로 감사드립니다."

그러다 자신이 아직 계산을 하지 않았다는 생각이 나서 얼마를 지불해야 하는지 물었다.

"라탄 바구니를 가져오면 그때 계산하세요."

여자가 말했다.

"늦어도 내일 아침까지는 가져오셔야 해요."

"알겠습니다."

카를이 대답했다. 그녀는 바로 밖으로 통하는 문을 열었다. 그가 꾸벅 인사하고 나가자 그녀가 말했다.

"잘 가요. 노숙은 좀 아닌 것 같아요."

이미 그가 몇 걸음 더 나아갔는데 그녀가 등 뒤에 대고 외쳤다.

"내일 만나요!"

밖으로 나오자마자 홀에서 요란한 소리가 줄어들지 않고 그대로 들렸다. 이제 브라스밴드 소리까지 뒤섞여 있었다. 홀을 지나치지 않고 밖으로 나와서 다행이었다. 호텔은 5층 전체에 조명이 켜져 호텔 앞 거리 전체를 비추고 있었다. 자동차가 꼬리를 물 정도로 이어지는 건 아니었지만 여전히 많았다. 낮보다 더 속도를 내며 달려와 전조등 빛으로 도로 바닥을 쓸고, 호텔 조명이 비치는 밝은 구역에서는 희미해진 불빛으로 지나가다가 그 구역을 지나면 다시 밝아진 불빛으로 어둠 속을 계속 달려갔다.

동료들은 이미 깊은 잠에 빠져 있었다. 카를이 너무 오래 걸리기는 했다. 준비해놓고 동료들을 깨우려고 바구니에서 찾은 종이에 음식을 보기 좋게 막 펼쳐놓으려는 순간 여행 가방을 보고 깜짝 놀랐다. 자물쇠를 채우고 열쇠는 호주머니에 넣고 두고 간 여행 가방이 활짝 열려 있었고, 내용물 절반이 풀밭 곳곳에 흩어져 있었다.

"일어나!"

카를이 소리쳤다.

"너희들이 자는 동안 도둑이 들었어."

"뭐 없어지기라도 했어?"

들라마르슈가 물었다. 로빈슨은 잠에서 완전히 깨어나지도 않았는데 벌써 맥주병에 손을 댔다.

"모르겠어."

카를이 소리쳤다.

"그런데 여행 가방이 열려 있어. 가방을 아무렇게나 두고 자다니 너무 무관심한 거 아니냐고.”

들라마르슈와 로빈슨은 웃었고, 들라마르슈가 말했다.

“다음에도 이렇게 오래 걸리면 곤란해. 호텔은 열 걸음이면 가는데 넌 왕복 세 시간이나 걸렸잖아. 배가 고파서 가방에 먹을 게 있을까 하고 자물쇠를 요리조리 만져보니 열리더라고. 안에 아무것도 없더군. 다시 집어넣으면 돼.”

“그랬군.”

카를이 말했다. 눈 깜짝할 사이에 비어가는 바구니를 빤히 바라보고 있는데 로빈슨이 맥주를 마시다 독특한 소리를 냈다. 맥주를 처음에는 목 안쪽 깊숙이 들이켰다가 휘파람 같은 소리를 내며 다시 입안으로 내보냈다가 전부 꿀꺽꿀꺽 깊이 삼켰다.

“다 먹었어?”

두 사람이 잠시 쉬자 카를이 물었다.

“넌 호텔에서 먹지 않았어?”

들라마르슈는 카를이 자기 몫으로 음식을 달라는 거라고 생각하고 물었다.

“더 먹고 싶으면 어서 먹어.”

카를은 이렇게 말하고 여행 가방 쪽으로 갔다.

“저 친구 심술부리는 거 같아.”

들라마르슈가 로빈슨에게 말했다.

“심술부리는 거 아니야.”

카를이 말했다.

“그럼 내가 없는 동안 내 가방을 열고 물건을 꺼내는 게 옳은 일이야? 동료 사이에 참아야 하는 하는 게 많은 건 나도 알아. 그 정도는 각오하고 있었는데 이건 너무 심하잖아. 난 호텔 가서 잘 거고 버터포드에는 가지 않겠어. 얼른 먹기나 해. 바구니를 돌려줘야 하니까.”

“이봐, 로빈슨, 말하는 것 좀 봐.”

들라마르슈가 말했다.

“말은 잘하네. 독일 사람 맞나 봐. 오늘 아침에 나한테 저 친구 조심하라 경고했는데 멍청하게도 내가 데리고 왔으니. 저 친구를 믿고 하루 종일 데리고 다녔지 뭐야. 적어도 반나절은 손해 봤지. 그런데 이제 와서 호텔의 누군가가 꾀어내니까 헤어지자네. 깨끗하게 헤어지자는 거지. 근데 저 친구는 표리부동한 독일인이라 솔직하게 말하지 않고 여행 가방 핑계를 내는군. 무례한 독일인이라서 우리가 자기 여행 가방으로 장난 좀 쳤다는 이유로 우리 명예를 모욕하고 우리를 도둑으로 몰아세워 떠나겠다는 거야.”

짐을 챙기던 카를은 뒤돌아보지 않고 말했다.

“계속해봐. 그래야 나도 마음 편하게 떠날 테니. 동료 간에 우애가 있어야 한다는 건 나도 잘 알아. 유럽에서도 친구가 있었는데, 아무도 나한테 잘못하거나 비열하게 행동한다고 비난한 적 없어. 지금은 물론 연락이 끊겼지만, 유럽에 다시 가면 모두가 날 반갑게 맞아주고 즉시 친구로 받아줄 거야. 너희들, 들라마르슈 그리고 로빈슨, 숨길 생각 없어. 너희들은 친절하게도 나를 돌보고 버터포드에서 수습생 자리를 알아봐준다고 했잖아. 그런 너희를 배신했다고? 그건 다른 얘기야. 너희들은 아무것도 가진 게 없어. 그래도 내 눈에는 그게 너희들 사기를 떨어뜨리는 것 같지는 않아. 가진 것도 얼마 없는 나를 시기하고 모욕하려는데 그건 참을 수 없어. 게다가 내 가방 자물쇠를 부수고 나서 사과 한마디 없이 계속해서 나를 비방하고 우리나라 사람들까지 조롱하다니. 그걸로 내가 너희들과 같이할 여지를 완전히 없애버렸어. 이 말은 선부 다 사실 로빈슨 너한테 하는 건 아니야. 들라마르슈한테 너무 의존하는 너의 성격은 마음에 안 들긴 하지만 말이야."

"만천하가 다 알게 됐네."

들라마르슈는 카를에게 다가가 주의를 주려는 듯 그를 쿡 찌르며 말했다.

"자, 이제 네 본색을 다 드러내고 있어. 하루 종일 내 뒤를 졸졸 따라다니면서 내 옷에 매달려 모든 행동을 고대로 따라 하고, 그러지 않을 땐 생쥐처럼 조용히 있더니. 이제 와 호텔에서 든든한 뒷배라도 생겼는지 큰소리치시네. 교활하기 짝이 없군. 이걸 조용히 넘겨야 할지 모르겠네. 오늘 우리한테 배운 내용에 대해 수업료를 받아내야 하는 건 아닌지. 이봐, 로빈슨. 저 친구 말로는 우리가 자기 물건을 시샘해서 탐내고 있다네. 버터포드에서, 캘리포니아는 물론이고 하루만 일하면 우리는 네가 보여준 것보다, 재킷 안에 숨겨둔 것보다 열 배는 더 많이 벌 수 있거든. 그러니 입 닥쳐!"

카를이 가방 앞에 있다 일어나니 잠이 덜 깬 로빈슨이 맥주를 마셔 기운이 났는지 다가오고 있었다.

"여기에 더 오래 있다간 얼마나 더 놀라운 꼴을 당할지 모르지. 너희들이 나를 두드려 패고 싶으신가 본데."

카를이 말했다.

"참는 것도 한계가 있지."

로빈슨이 말했다.

"로빈슨, 넌 잠자코 있는 게 좋을 것 같은데."

카를이 들라마르슈에게 눈을 떼지 않고 말했다.

"속으로는 내 말에 동의하지만, 겉으로는 들라마르슈 편을 들고 있는 게 분명하잖아!"

"혹시 저 친구 매수하려는 거 아니야?"

들라마르슈가 물었다.

"전혀 아닌데?"

카를이 말했다.

"떠난다니 신이 날 뿐. 더는 너희 둘 중 누구와도 엮이고 싶지 않아. 한 가지 더 말하고 싶은 건 너희들은 내가 돈을 갖고 있으면서 숨겼다고 비난했어. 그게 사실이라 해도, 겨우 몇 시간 전에 알게 된 사람들인데 그렇게 하는 게 옳은 일 아니야? 게다가 너희들 태도로 봐도 그 행동이 옳았다는 걸 스스로 증명한 거 아냐?"

"넌 가만히 있어."

들라마르슈는 로빈슨이 꿈쩍도 안 하고 있는데도 그렇게 말했다. 그는 카를에게 물었다.

"네가 그렇게 엄청나게 솔직하다면, 우리가 이렇게 편안하게 같이 있으니, 너의 솔직함으로 왜 호텔로 가려는지 자백해보시지."

들라마르슈가 너무 가까이 다가와서 카를은 여행 가방 위로 한 발짝 넘어가야 했다. 들라마르슈는 카를이 어떻게 하든 전혀 개의치 않고 여행 가방을 옆으로 밀어놓더니 한 걸음 나아가 풀밭 위에 있던 흰색 디키*에 발을 올려놓고 질문을 반복했다.

* 붙이고 뗄 수 있게 턱받이나 앞치마처럼 만든 셔츠 앞판 장식

질문에 대답이라도 하듯 강한 불빛을 비추는 손전등을 든 남자가 도로에서 이들이 있는 쪽으로 다가왔다. 호텔 웨이터였다. 그는 카를을 보자마자 말했다.

"거의 30분 동안 찾아 헤맸어요. 도로 양쪽 비탈을 다 뒤졌다니까요. 수석 셰프님이 당신에게 빌려준 바구니가 급히 필요하다고 전하라 하셨어요."

"여기 있습니다."

카를이 흥분해서 불안정한 목소리로 말했다. 들라마르슈와 로빈슨은 지위가 괜찮은 사람을 처음 만나면 항상 그랬듯이 겉으로는 겸손하게 옆으로 물러섰다. 웨이터는 바구니를 들며 이렇게 말했다.

"그리고 생각해보셨는지, 호텔에서 주무실 생각이 있는지 물어보라 하셨어요. 친구 두 분도 같이 올 생각이라면 환영한다고요. 침대도 준비되어 있습니다. 오늘 밤 날씨가 푸근하긴 하지만 이렇게 경사진 곳에서 자는 건 위험할 수도 있어요. 뱀이 나오기도 해요."

"수석 셰프님이 그렇게 친절을 베풀어주시니 초대에 응하겠습니다."

카를은 이렇게 말하고 동료들이 뭐라고 할지 기다렸다. 그런데 로빈슨은 멍하니 서 있었고 들라마르슈는 주머니에 손을 넣고 별을 바라보고 있었다. 두 사람 모두 카를이 순순히 그들을 데리고 갈 거라 믿고 있는 것 같았다.

"호텔로 가실 거면" 웨이터가 말했다.

"당신을 호텔까지 안내하고 짐을 들어드리라는 지시를 받았어요."

"그럼 잠시만 기다려주세요."

바닥에 흩어져 있던 몇 가지 물건을 가방에 담으려고 카를은 몸을 굽혔다.

그러다 갑자기 카를이 자리에서 일어났다. 사진이 없었다. 여행 가방 맨 위에 있었는데 어디에서도 찾을 수 없었다. 다른 건 다 있는데 사진만 없었다.

"사진을 못 찾겠어."

그는 들라마르슈에게 애원하며 말했다.

"무슨 사진인데?"

들라마르슈가 물었다.

"부모님 사진."

카를이 말했다.

"우린 못 봤는데."

들라마르슈가 말했다.

"가방 안에 사진은 없었어, 로스만."

로빈슨도 그의 옆에서 맞장구쳤다.

"그럴 리가 없어."

카를이 말했다. 도움을 구하는 그의 눈초리에 웨이터가 다가왔다.

"가방 맨 위에 있었는데 지금 보이질 않아. 너희들이 가방 가지고 장난만 안 쳤더라도 이런 일은 없었을 거 아냐."

들라마르슈는 "잘못 봤을 리가 없어. 가방에는 사진이 없었어"라고 말했다.

"그 사진은 내 가방에 들어 있는 그 어떤 것보다 더 중요한 거예요."

카를이 풀밭 이곳지곳을 찾아 돌아다니는 웨이터에게 말했다.

"어떤 것으로도 대체할 수 없으니까요. 똑같은 걸 절대 구할 수 없어요."

웨이터가 더는 가망 없어 보이는 수색을 그만두자 카를은 말을 이었다.

"그 사진은 제가 갖고 있는 부모님의 유일한 사진이었어요."

그러자 웨이터는 노골적으로 말했다.

"아무래도 저분들 주머니를 확인해볼 수밖에요."

"맞아요."

카를이 곧바로 답했다.

"내 사진을 찾아야 해. 하지만 주머니를 수색하기 전에 말해둘 게 있어. 누구든 자진해서 사진을 내놓으면 여행 가방을 통째로 줄게."

잠시 침묵이 흐른 후 카를은 웨이터에게 이렇게 말했다.

"자, 그럼 이 친구들은 주머니를 뒤지길 바란다는 거겠죠. 하지만 지금이라도 저는 주머니에 사진을 갖고 있는 사람에게 여행 가방을 내용물까지 주겠다고 약속합니다. 그것 말고 할 수 있는 게 없어요."

웨이터는 즉시 상대하기가 더 까다로워 보이는 들라마르슈를 조사하기 시작했고 로빈슨은 카를에게 맡겼다. 웨이터는 카를에게 두 사람을 동시에 검사해야 한다고 강조했다. 그러지 않으면 둘 중 하나가 사진을 몰래 버릴 수도 있다면서. 카를은 로빈슨 주머니에 손을 넣자마자 자기 넥타이를 찾아냈지만 그대로 놔두고 웨이터에게 소리쳤다.

"들라마르슈 품에서 나온 물건은 무엇이든 가지라고 돌려주세요. 저는 사진 말고는 아무것도 원하지 않아요. 사진만 있으면 됩니다."

가슴 쪽 주머니를 뒤지다 카를은 로빈슨의 뜨끈하고 물컹한 가슴에 손이 닿았다. 순간 자신이 동료들에게 몹쓸 짓을 하고 있다는 생각이 들었다. 그는 최대한 서둘렀다. 그런데도 결국 허사로 돌아갔다. 로빈슨이나 들라마르슈 품에 사진은 없었다.

"헛수고만 했네요."

웨이터가 말했다.

"저 사람들이 아마도 사진을 갈기갈기 찢어서 버렸나 봅니다."

카를이 말했다.

"저는 두 사람을 친구라 생각했는데, 저들은 몰래 제게 해를 입히려 했네요. 사실 로빈슨 얘기는 아니고요. 아마 로빈슨은 사진이 저한테 그렇게 중요한 의미가 있으리라곤 생각조차 못 했을 겁니다. 들라마르슈는 해를 입힐 정도가 아니라 그 이상이고요."

카를 눈에는 손전등으로 작은 동그라미를 그리며 비추는 웨이터만 보였고 다른 건 모두, 들라마르슈와 로빈슨도 깊은 어둠 속에 있었다.

두 사람을 호텔로 데려간다는 발상은 이제 더는 말할 가치도 없었다. 웨이터는 여행 가방을 어깨에 메고 카를은 밀짚 바구니를 들고 그 자리를 떠났다. 카를은 도로에 들어서자 생각을 멈추고 서서 어둠 속으로 외쳤다.

"잘 들어! 두 사람 중 누구라도 사진을 갖고 있는 사람이 호텔로 가져다주면 이 가방을 준다는 말은 여전히 유효해. 내가 맹세컨대 고발하지도 않을 거고."

대답이라 할 만한 소리는 들리지 않았고 말이 끊어지는 소리만 들렸다. 로빈슨이 말하려 하자 들라마르슈가 로빈슨의 입을 막은 게 분명했다. 혹시라도 마음을 달리 먹을까 싶어 카를은 위에서 꽤 오래 기다렸다. 그는 간격을 두고 두 번 외쳤다.

"나 아직 여기 있어!"

그러나 아무 소리도 들리지 않았다. 딱 한 번, 돌이 경사면 아래로 굴러떨어졌을 뿐이다. 우연인지 누가 잘못 던졌는지 모르겠지만.

V. 옥시덴털 호텔에서

호텔에서 카를은 곧바로 사무실 같은 곳으로 안내받았다. 수석 셰프가 수첩을 들고 젊은 타이피스트에게 편지를 구술하고 있었다. 매우 정확한 구술이었다. 경쾌하고 능숙한 자판 두드리는 소리가 이따금 들려오는 벽시계의 똑딱대는 소리를 뒤따라갔다. 시계는 벌써 11시 반이 다 됐음을 알려줬다.

"그럼 이만!"

수석 셰프는 이렇게 말하고 수첩을 덮었다. 타이피스트는 벌떡 일어나 타자기 위에 나무 덮개를 씌우는 작업을 자동적으로 하는 동안에도 카를에게서 눈을 떼지 않았다. 그녀는 아직 학생 같은 어린 외모였다. 매우 꼼꼼하게 다림질한 앞치마는 어깨에 물결 모양의 주름이 있었다. 헤어스타일은 높게 띄웠다. 이러한 세부 사항을 확인하고 나서 그녀의 진지한 얼굴을 보면 좀 놀랍다. 그녀는 먼저 수석 셰프에게, 그다음에 카를에게 고개 숙여 인사하고 나갔다. 카를은 자기도 모르게 수석 셰프를 궁금한 표정으로 바라봤다.

"와주셔서 정말 다행이에요."

수석 셰프가 말했다.

"그런데 동료들은요?"

"데려오지 않았어요."

카를이 말했다.

"그 친구들은 아주 일찍 떠나겠네요."

자신에게 상황을 설명하기라도 하듯 수석 셰프가 말했다.

'이 여자는 내가 그들과 같이 출발한다고 생각하는 건 아닐까?'

카를은 마음속으로 생각했다가 의혹의 여지를 없애려고 이렇게 말했다.

"싸우고 헤어졌어요."

수석 셰프는 이를 기분 좋은 소식으로 받아들이는 것 같았다.

"그럼 자유의 몸인가요?"

그녀가 물었다.

"네, 저 혼잡니다."

카를이 말했다. 이보다 더 하찮은 말은 없을 것 같다는 느낌이 피식 들었다.

"여기 호텔에서 일하고 싶지 않아요?"

수석 셰프가 물었다.

"당연히 하고 싶죠."

카를이 말했다.

"그렇긴 한데요. 할 줄 아는 게 거의 없어서요. 하다못해 타자도 못 치는데요."

"그건 그렇게 중요하지 않아요."

수석 셰프가 말했다.

"당분간 단순한 업무를 맡을 거예요. 일에 관심을 두고 열심히 노력해서 차츰 올라가야죠. 어쨌든 세상 곳곳을 떠돌아다니는 것보다 어디라도 정착하는 게 카를 씨에게도 더 좋을 테고 더 어울린다고 생각해요. 내가 보니 당신은 떠돌이 생활이 어울리지도 않아요."

'삼촌도 이렇게 하는 데 동의하실 거야.'

카를은 이렇게 속으로 말하고 고개를 끄덕였다. 순간 그는 이 사람이 자신을 이렇게 걱정해주는데 아직 자기소개를 하지 않았다는 생각이 들었다.

"죄송합니다. 아직 소개도 못 드렸네요. 카를 로스만입니다."

"독일 사람인가 봐요, 그렇죠?"

"네."

카를이 말했다.

"미국에 온 지 얼마 안 됐어요."

"고향이 어디예요?"

"보헤미아의 프라하요."

카를이 말했다.

"거봐요."

수석 셰프는 영어 악센트가 강한 독일어로 외치며 두 팔을 치켜들었다.

"그럼 우린 동향 사람이네요. 내 이름은 그레테 미첼바흐이고 비엔나 출신이에요. 프라하는 잘 알다마다요. 바츨라프 광장*에 있는 '골데네 간스'란 식당에서 6개월 동안 근무했거든요. 혹시 알아요?

잘 생각해봐요."

"언제쯤이었나요?"

카를이 물었다.

"아주 오래전이죠."

"그전에 있던 골데네 간스는 2년 전에 철거됐어요."

카를이 말했다.

"그랬겠죠."

수석 셰프가 말한 뒤 한동안 추억에 잠겼다.

그러다 불현듯 정신을 차린 듯 큰 소리로 외치며 카를의 두 손을 잡았다.

"이제 당신이 나랑 동향 사람이란 사실도 알게 됐으니 여기서 나가면 절대 안 돼요. 나한테 그러면 안 되죠. 엘리베이터 보이는 어때요? '네'라고만 하면 엘리베이터 보이가 되는 거예요. 세상 물정을 조금만 알아도 이런 자리 구하는 게 그리 쉬운 일이 아니라는 걸 알 거예요. 아무리 생각해봐도 첫 일자리로는 최고예요. 호텔에 오는 손님을 다 만나고 사람들이 언제나 당신을 보거든요. 이런저런 부탁을 하기도 하고요. 간단히 말해서, 당신은 매일 더 나은 자리에 오를 가능성이 생기는 거죠. 나머지는 나한테 맡기고요."

"엘리베이터 보이가 되고 싶습니다."

잠시 숨을 고르고 카를이 말했다. 5년간 김나지움에 다녔다고 엘리베이터 보이가 되는 걸 주저한다면 정말 바보 같은 짓이다. 오히

---

* 프라하 신시가지에 있는 1918년 체코 독립이 선언된 광장으로, 1968년 민주화 운동 '프라하의 봄'이 일어난 곳이기도 하다.

려 5년간의 김나지움 교육이 이곳 미국에서는 부끄러워할 이유가 될는지도 모른다. 그건 그렇고, 카를은 엘리베이터 보이가 예전부터 좋았다. 카를 눈에 엘리베이터 보이는 호텔의 보석 같았다.

"외국어 실력이 있어야 하지 않을까요?"

카를이 물었다.

"독일어도 하고 영어도 잘하니, 그 정도면 충분해요."

"미국에 온 지 두 달 반밖에 안 돼서 영어도 겨우 이만큼만 배운 겁니다."

카를이 말했다. 자신의 유일한 장점을 숨길 필요는 없다고 생각했다.

"그 정도만 해도 충분해요."

수석 셰프가 말했다.

"영어 때문에 얼마나 고생했는지 생각만 해도……. 30년 전 얘기긴 하지만요. 안 그래도 어제 그 얘기를 했답니다. 어제가 내 쉰 살 생일이었거든요."

그녀는 씩 웃으며 50세란 나이의 위엄이 카를에게는 어떤 인상을 주었는지 그의 표정에서 읽어내려 했다.

"행운을 기원합니다."

카를이 말했다.

"행운은 언제라도 필요하죠."

그녀가 말하고 카를의 손을 잡고 흔들었다. 독일어를 하며 고향에서 쓰던 말이 떠올라 다시 뭉클해졌다.

"아이고, 당신을 여기 붙들어두다니!"

그녀가 외쳤다.

"얼마나 피곤하겠어요. 낮에 의논하면 훨씬 좋을 걸 그랬어요. 고향 사람 만났다고 기쁜 나머지 아무 생각 없이 그만. 자, 갑시다. 방으로 안내해줄게요."

"수석 셰프님, 부탁이 하나 있는데요."

카를이 테이블에 놓인 전화기를 보며 말했다.

"내일이요, 아침 일찍이 될 수도 있는데, 예전 동료들이 사진 한 장을 가지고 올 수도 있어요. 저한테 꼭 필요한 사진이거든요. 죄송하지만 포터에게 전화해서 그 친구를 제게 보내주든지, 아니면 그리로 저를 불러달라고 해주시면 안 될까요?"

"알았어요."

수석 셰프가 말했다.

"포터가 사진을 받아놓으면 되는 거 아닌가요? 실례가 안 된다면 무슨 사진인지 물어봐도 될까요?"

"부모님 사진이요."

카를이 말했다.

"아닙니다, 그 친구들과 직접 얘기할 게 있어요."

수석 셰프는 더는 묻지 않고 컨시어지 사무실에 전화해 그 내용을 지시했다. 카를의 방 번호가 536호라는 것도 대화 중에 언급됐다.

수석 셰프와 카를은 출입문 맞은편에 있는 문을 지나 좁은 복도로 나갔다. 앳된 엘리베이터 보이가 승강기 난간에 기대 졸고 있었다.

"우리가 작동시키면 돼요."

수석 셰프가 속삭이며 카를에게 승강기 안으로 들어오라 했다.

"열 시간에서 열두 시간씩 근무하는 게 저렇게 어린 소년에겐 좀 무리죠."

승강기가 올라가는 동안 그녀가 말했다.

"그래도 미국에선 대체로 이렇게 해요. 아까 그 소년도 겨우 반년 전에 부모와 이리로 왔어요. 이탈리아인이에요. 이제 이 일을 더는 해내지 못할 것 같아요. 벌써 얼굴이 해쓱해지고, 근무 중에도 꾸벅꾸벅 졸아요. 원래는 일에 의욕이 넘쳤던 아이였거든요. 그래도 앞으로 여기서나 미국의 다른 곳 어디서라도 반년 정도 일하고 나면 어떤 일이라도 손쉽게 견뎌낼 수 있게 되고 5년 뒤엔 골격이 튼튼하고 강인한 남자가 되어 있을 겁니다. 그런 예는 몇 시간이라도 얘기해줄 수 있어요. 당신이 그렇다는 생각은 안 해요. 당신은 강건한 젊은이니까요. 열일곱 살이죠?"

"다음 달에 열여섯 살*이 됩니다."

카를이 대답했다.

"겨우 열여섯이라니요!"

수석 셰프가 말했다.

"자, 용기를 내요!"

위로 올라가 그녀는 카를을 방으로 안내했다. 다락방이라 한쪽 벽이 비스듬하게 기울긴 했지만 백열등 두 개가 환하게 빛나는 아늑한 방이었다.

"이 방에 있는 가구를 보고 놀라지 말아요."

* 이 책의 첫 문장에서는 카를 로스만이 열일곱 살이라고 했다.

수석 셰프가 말했다.

"호텔 객실이 아니고 내가 지내는 방이에요. 여기는 방이 세 개라 당신이 있어도 전혀 방해되지 않아요. 각 방 사이에 있는 중문을 잠그면 방해받지 않고 편안하게 머물 수 있을 거예요. 내일은 호텔 신입 직원 자격으로 혼자 쓰는 방을 배정받을 겁니다. 동료들과 같이 왔으면 직원 숙소에 세 사람 자리를 준비하라고 했을 텐데, 내 생각엔 혼자니까 소파에서 자야 한다 해도 여기가 더 나을 거예요. 그럼 잘 자요. 푹 자야 근무 시간에 기운 내죠. 내일 근무는 그렇게 힘들진 않을 거예요."

"호의를 베풀어주셔서 거듭 감사드립니다."

"잠깐만요."

그녀는 나가다 걸음을 멈추고 말했다.

"자다가 바로 깰 수도 있으니까."

그녀는 옆문으로 가서 노크하고 큰 소리로 말했다.

"테레제!"

"네, 수석 셰프님!"

어린 타이피스트 목소리가 들렸다.

"내일 아침 깨우러 올 때는 복도로 와야 해. 이 방에 손님이 주무시거든. 손님이 아주 피곤하니까."

그녀는 말하면서 카를을 보며 싱긋 웃었다.

"알겠지?"

"네, 수석 셰프님."

"그럼 잘 자!"

"안녕히 주무세요."

"내가 사실은" 수석 셰프가 말했다.

"몇 년 전부터 잠을 잘 못 자요. 이제 내 위치에 만족하고 별로 걱정할 것도 없는데도요. 그런데도 이렇게 불면증이 생긴 건 과거에 내가 너무 걱정을 많이 해서 그런 것 같아요. 새벽 3시에 잠들면 다행이에요. 5시에, 늦어도 5시 반에는 출근해서 자리를 지켜야 해서 누군가 깨워줘야 해요. 그렇지 않아도 신경이 예민해져 있는데 더 날카로워지지 않게 특별히 조심해서 깨워야 하죠. 그렇게 나를 깨워주는 사람이 바로 테레제랍니다. 아이고, 이제 당신이 알아야 할 건 다 아는데도 내가 안 나가고 뭐 하는 건지. 잘 자요!"

거대한 몸집인데도 민첩하게 방에서 후다닥 나갔다.

카를은 너무 고단한 하루를 보냈던 터라 자고 싶은 생각이 굴뚝 같았다. 오랫동안 방해받지 않고 숙면하기에 이보다 편안한 환경은 상상도 못 할 것 같았다. 이 방은 침실이라기보다 거실, 더 정확하게는 수석 셰프의 응접실이었고 세면대는 오늘 밤 카를이 사용할 수 있게 급조했다. 그래도 카를은 자신이 불청객이라는 생각은 들지 않았고 더 환대받는 느낌이었다. 여행 가방은 제대로 세워져 있어 지금처럼 안전하게 보관된 적이 있었나 싶었다. 서랍이 달린 낮은 수납장 위에는 양모 실로 성기게 짠 덮개가 깔려 있었고 그 위에 유리가 끼워진 액자 안에 사진이 여러 개 있었다. 방 안을 둘러보던 카를은 그 앞에 서서 사진을 감상했다. 대부분 오래된 사진들이었고 소녀들 사진이 압도적으로 많았다. 유행에 뒤떨어진 불편해 보이는 옷을 입고 작지만 높은 모자를 헐렁하게 쓰고 오른손을 양산에 얹고 앞을 향했지만 시선은 돌리고 있었다. 남자들 사진 중에는 젊은 병사의 사진이 특히 눈에 띄었다. 병사는 군모를 작은 테이블에 놓은 채 부스스한 머리는 검은색 산발에 자랑스러우면서도 억눌린 웃음을 가득 머금고 부동자세로 서 있었다. 군복 단추는 사진 촬영 후 사진 위에 금박을 입혔다. 모두 유럽에서 온 사진 같았다. 사진 뒷면을 보면 확인할 수 있겠지만, 카를은 사진을 손에 잡고 싶지 않았다. 이 사진이 여기 있는 것처럼 부모님 사진을 미래의 자기 방에도 놓고 싶었다.

옆방에 사람이 있으니 가급적 소리를 내지 않으려 신경 쓰면서 온몸을 깨끗이 씻고, 잠을 자려고 소파에 몸을 쭉 뻗으려는데, 희미하게 문을 두드리는 소리가 들리는 것 같았다. 어느 문인지 판단이 안 섰다. 우연히 들린 소리인지도 모른다. 소리가 다시 나지 않아서 막 잠들려는데 노크 소리가 났다. 이번에는 문을 두드리는 소리이고 타이피스트 방문에서 난다는 데 의심의 여지가 없었다. 카를은 까치발로 문까지 갔다. 옆방에서 자고 있는 사람이 있어도 깨우지 않을 정도로 아주 작은 소리로 물었다.

"누구세요?"

곧바로 카를 소리처럼 작은 소리로 대답이 돌아왔다.

"문 좀 열어주시겠어요? 열쇠가 그쪽에 꽂혀 있어서요."

"네."

카를이 말했다.

"일단 제가 옷을 입어야 해요."

잠시 후 응답이 들렸다.

"그럴 필요 없어요. 문 열고 바로 침대로 가세요. 잠시 기다릴게요."

"좋습니다."

카를이 말했다. 그는 그녀가 시키는 대로 했고 거기에 전등 켜는 것만 추가했다.

"이제 침대에 누웠어요."

카를은 좀 더 큰 소리로 말했다. 어린 타이피스트가 어두운 방에서 걸어 나왔다. 아래 사무실에서 입었던 차림 그대로였다. 지금까지는 잘 생각을 아예 안 한 것 같았다.

"정말 미안해요."

그녀는 카를이 누워 있는 소파 앞에서 몸을 살짝 구부리고 말했다.

"절대로 이 얘기는 다른 사람에게 하지 말아주세요. 오래 방해하지는 않을게요. 당신이 얼마나 피곤한지 알거든요."

"이대로도 상관은 없지만 옷을 입었으면 더 좋았을 걸 그랬어요."

카를이 말했다.

그는 잠옷이 없었으니 담요로 목까지 덮어 똑바로 누워 있어야 했다.

"잠깐만 있을게요."

그녀가 말하고 소파에 손을 뻗었다.

"소파에 앉아도 될까요?"

카를이 고개를 끄덕였다. 그녀가 너무 바짝 붙어 앉는 바람에 여자 얼굴을 올려보려면 카를이 벽 쪽으로 이동해야 했다. 여자는 둥글고 균형 잡힌 얼굴이었는데, 이마가 유독 넓어 보였다. 어울리지 않는 헤어스타일 때문에 그렇게 보이는 것 같기도 했다. 옷은 깨끗하고 잘 손질되어 있었다. 왼손에 손수건을 쥐고 있었다.

"여기 오래 계실 생각인가요?"

그녀가 물었다.

"아직 확실하진 않은데 계속 있을 거 같긴 해요."

카를이 말했다.

"그럼 좋죠."

그녀가 말하고 손수건으로 얼굴을 쓱 닦았다.

"여긴 나 혼자라 외로워서요."

"의외네요."

카를이 말했다.

"수석 셰프님이 잘해주시던데. 전혀 일반 직원처럼 대하지 않으시던데요. 난 당신이 친척인 줄 알았어요."

"아니에요."

그녀가 말했다.

"난 테레제 베르히톨트이고, 포메라니아 출신이에요."

카를도 자신을 소개했다. 그러자 그녀는 처음으로 그를 똑바로 바라봤다. 카를이 이름을 말하니 그가 새삼 낯설게 느껴지기라도 했나 보다. 두 사람은 잠시 침묵했다. 그녀가 입을 열었다.

"내가 은혜도 모르는 사람이라 생각하지는 마세요. 수석 셰프님 아니었다면 제 상황은 훨씬 더 끔찍했을 거예요. 전에 이 호텔에서 주방 직원으로 일했는데, 고된 일을 감당 못 해서 해고될 처지였어요. 이 호텔은 직원들에게 요구하는 게 많아요. 한 달 전에도 주방 직원이 과로로 쓰러져서 2주 동안 병원에 입원하기도 했어요. 나도 그렇게 체력이 강한 편이 아니라 아픈 적도 많았고 발육이 좀 느린 편이에요. 열여덟 살인데 당신 눈에 그렇게 보이진 않을 거예요. 하지만 이제 건강해졌어요."

"여기서 일하는 게 굉장히 힘든가 봐요."

카를이 말했다.

"밑에서 엘리베이터 보이가 서서 졸고 있는 걸 봤어요."

"그래도 엘리베이터 보이가 최고인걸요."

그녀가 말했다.

"팁을 받아서 버는 돈이 짭짤해요. 주방 직원들처럼 그렇게 힘들게 일하지 않아도 되니까요. 그래도 난 운이 좋았어요. 수석 셰프님이 연회용 냅킨을 접을 직원이 필요하다고 사람을 보냈어요. 주방 직원이 50명 정도 있거든요. 내가 바로 그 일을 맡아서 하게 됐죠. 냅킨 접는 일이라면 눈감고도 할 만큼 자신 있었고 수석 셰프님은 아주 만족하셨어요. 그때 이후로 수석 셰프님이 저를 옆에 두고 비서로 교육하셨지요. 그렇게 해서 일을 많이 배웠어요."

"쓸 게 그렇게 많은가요?"

카를이 물었다.

"네. 아주 많아요."

그녀가 대답했다.

"상상도 못 할 거예요. 내가 오늘 11시 반까지 일한 걸 보셨죠? 오늘은 특별한 날도 아니거든요. 그렇다고 항상 타자만 치는 건 아니고, 시내에 나가 심부름할 때도 많아요."

"이 도시 이름이 뭐죠?"

카를이 물었다.

"모르세요?"

그녀가 말했다.

"람세스."

"큰 도시인가요?"

카를이 물었다.

"아주 커요."

그녀가 대답했다.

"시내 가는 거 별로 좋아하지 않아요. 그나저나 이제 자야 하는 거 아닌가요?"

"아니, 아니에요."

카를이 말했다.

"당신이 이 방에 왜 왔는지 아직 모르겠어요."

"얘기할 상대가 없어서요. 내가 징징대는 사람은 아니에요. 하지만 정말로 아무도 없다가 누군가 얘기를 들어줄 상대가 있다는 건 행복한 일이죠. 밑에 홀에서 당신을 봤어요. 수석 셰프님을 부르러 갔는데 마침 그때 당신을 식료품 저장실로 안내하고 계셨어요."

"홀이 대단하던데요."

카를이 말했다.

"난 이제 그런 느낌도 안 들어요."

그녀가 대답했다.

"내가 하려던 얘기는, 수석 셰프님은 돌아가신 어머니처럼 나한테 친절하게 대해주신다는 겁니다. 그래도 그분과 터놓고 자유롭게 얘기를 나누기엔 우리 신분 차이가 너무 크죠. 예전엔 주방 메이드 중에 친한 친구들이 있었는데, 그 친구들은 다 떠났고 새로 온 애들은 잘 알지도 못해요. 지금 하는 일이 옛날에 하던 일보다 더 힘든 건 아닐까, 지금은 예전만큼 잘하지도 못하니 수석 셰프님이 단순히 동정심에서 그냥 두는 건 아닐까 하는 생각도 들어요. 비서가 되려면 사실 상급 학교 교육을 받아야 하거든요. 이렇게 말하면 죄를 범하는 짓이지만 미쳐버릴까 봐 두렵다는 생각이 수시로 들어요. 세상에나!"

그녀는 갑자기 말이 빨라지면서 카를의 손이 담요 밑에 들어가 있으니 그의 어깨에 손을 얹었다.

"이 얘기는 수석 셰프님한테 한마디도 하면 안 돼요. 그럼 난 정말 끝장이에요. 안 그래도 내 업무로 신경 쓰게 만드는데 걱정거리까지 안겨주면 그야말로 최악의 상황이 될 테니까요."

"당연하죠. 아무 얘기도 안 할게요."

카를이 대답했다.

"그럼 됐어요."

그녀가 말했다.

"그리고 여기 계속 있어주세요. 당신이 여기 있어준다면 행복할 거예요. 당신만 괜찮다면 우리 둘이 똘똘 뭉쳐 친하게 지낼 수 있을 거예요. 당신을 처음 보자마자 신뢰가 갔어요. 근데 내가 얼마나 나쁜 사람인지 들어보실래요? 수석 셰프님이 당신을 내 자리에 비서로 임명하고 나를 해고할까 봐 두려웠단 말이죠. 당신이 사무실에 있는 동안 나는 내 방에 혼자 우두커니 앉아 있다가 당신이 내 일을 대신하면 좋겠다는 생각이 들었어요. 당신이 나보다 일에 대한 이해력이 더 좋을 테니까요. 시내로 가서 심부름하는 일이 싫으면 내가 할 수도 있어요. 그 일 말고는 내가 주방에서 일하는 게 훨씬 나을 거예요. 나도 체력이 더 좋아졌으니까요."

그녀가 말했다.

"그 일은 다 결정됐어요."

카를이 말했다.

"나는 엘리베이터 보이가 되고 당신은 그대로 비서로 일하면 돼요. 당신이 수석 셰프님에게 그런 계획을 조금이라도 누설하면 나도 당신이 말한 내용을 다 말할 겁니다. 나도 그러고 싶지는 않지만요."

이 말에 테레자는 너무 격앙돼서 소파에 엎드려 이불에 얼굴을 묻고 흐느꼈다.

"아무 말 안 할게요."

카를이 말했다.

"당신도 말하면 안 돼요."

카를은 이제 더는 담요 아래 숨어 있을 수만은 없어서 테레자의 팔을 가볍게 쓰다듬었으나 무슨 말을 해야 할지 딱히 떠오르지 않았다. 이곳의 삶도 씁쓸하다는 생각이 들었을 뿐. 그러다 테레제가 눈물을 부끄러워할 만큼은 진정되었다. 고맙다는 표정으로 카를을 바라보며 내일 아침까지 푹 자라고 하면서 시간이 되면 8시경에 깨워주겠다고 약속했다.

"잘 깨우는 재주가 있나 봐요."

카를이 말했다.

"네, 잘할 줄 아는 게 몇 가지는 있죠."

그녀는 작별 인사로 담요 위로 손을 가볍게 얹더니 자기 방으로 갔다.

다음 날 수석 셰프가 람세스 시내를 구경하라며 시간을 주겠다 했는데도, 카를은 곧바로 일을 시작하겠다고 고집했다. 시내를 구경할 기회는 나중에도 있을 테고 지금 본인에게 가장 중요한 건 일을 시작하는 것이라고 솔직하게 말했다. 이전에 다른 목적으로 유럽에서 일을 시작했다가 포기한 적이 있었고, 어느 정도 능력 있는 청년이라면 엘리베이터 보이보다는 수준 높은 일을 맡을 나이인데도 이제야 엘리베이터 보이로 일을 시작하니 말이다. 엘리베이터 보이로 시작하는 것도 맞지만, 서둘러야 한다는 것도 맞는다고 했다. 이런 상황에서 시내 구경을 한들 조금도 즐겁지 않을 것 같았다. 그는 테레제가 얘기해준 빠른 길로 다녀오는 것도 내키지 않았다. 부지런히 일하지 않으면 결국 들라마르슈나 로빈슨 같은 비참한 신세가 될지도 모른다는 생각이 계속 눈앞에 맴돌았다.

카를은 호텔 수선실에서 엘리베이터 보이 유니폼을 입어봤다. 금단추와 금실이 달려 있어 겉보기에는 무척 화려했지만, 입어보고 몸서리를 쳤다. 상의 겨드랑이 부분이 차갑고 뻣뻣한 데다 먼저 입었던 엘리베이터 보이의 땀으로 흠뻑 젖어 있어서였다. 열 벌 중 얼추라도 맞는 옷은 한 벌도 없어서 카를의 체구에 맞게 가슴 품을 넓혀야 했다. 바느질을 다시 해야 했고 재단사가 꽤 꼼꼼한 사람처럼 보였는데 수선한 유니폼을 두 번이나 재단실로 다시 보냈다. 수선은 5분도 안 돼 끝났고 카를은 꽉 끼는 바지와 재단사가 절대 작지 않다고 확신을 거듭했지만 아주 갑갑한 상의를 입고 엘리베이터 보이가 되어 수선실을 나왔다. 이 재킷을 입고 과연 호흡이 가능한지 확인차 숨쉬기 연습을 하고 싶은 충동이 계속 일었다.

카를은 이제 자기에게 명령을 내리는 수석 웨이터에게 신고했다. 수석 웨이터는 코가 크고 훤칠한 미남형으로 40대로 보였다. 그는 잠시 대화를 나눌 틈도 없을 정도로 바빠 엘리베이터 보이를 전화로 불렀다. 마침 어제 만났던 보이였다. 수석 웨이터는 그를 자코모라는 세례명으로 불렀다. 이것도 영어식 발음으로 알아듣지 못해서 카를은 나중에야 그의 이름을 알게 되었다. 그 소년이 엘리베이터에서 근무할 때 주의할 사항을 알려주는 임무를 맡았다. 가르쳐줄 내용이 사실 별로 없기도 했지만 소년이 워낙 수줍어하고 서두르기까지 해서, 카를은 거의 배우지 못했다. 자코모는 카를이 자기 일자리를 빼앗아 본인이 엘리베이터 보이 일을 못하고 메이드들을 돕는 일을 맡게 되어 분명 화가 나 있을 터였다. 그가 말하지 않았지만 어떤 특정한 일을 겪고 나서 이런 일은 불명예스럽다고 생각하는 것 같았다. 엘리베이터 보이는 단순히 버튼을 눌러 엘리베이터를 작동시키는 정도만 엘리베이터와 관계가 있었다. 카를은 이 사실에 특히 실망했다. 엘리베이터 모터 수리는 호텔 기계공이 전담하고 있었다. 그러니 자코모는 엘리베이터 보이로 반년이나 근무했는데도 지하실의 모터나 내부의 기계 장치를 자기 눈으로 본 적이 없었다. 자코모가 힘주어 강조해 말했듯이 이런 장치를 직접 봤더라면 얼마나 기뻤겠는가. 엘리베이터 보이 일은 단조로웠고, 주야 교대로 열두 시간씩 근무하기 때문에 몹시 힘들어서 자코모 말로는 몇 분이라도 잠깐씩 서서 잠을 자지 못하면 견딜 수 없다고 했다. 카를은 이에 대해 아무 말도 하지 않았지만 자코모가 그 일자리를 잃은 건 바로 서서 조는 요령 때문이었으리라 짐작했다.

카를이 맡은 승강기는 꼭대기 층만 운행해서 까다로운 부자들을 상대할 필요가 없다는 사실은 아주 다행이었다. 여기서는 다른 곳보다 배울 게 별로 없었지만 일 시작으로는 괜찮았다.

첫 일주일 근무를 하고 나니 카를은 이 일을 완벽하게 해낼 수 있다는 걸 깨달았다. 카를의 승강기에 있는 황동 부분이 서른 대의 다른 어떤 승강기보다도 잘 닦여 있었다. 같은 엘리베이터에서 근무하는 보이가 카를처럼 열심히 했다면, 그의 태만이 카를의 노고로 보완된다고 여기지 않았다면, 황동 부분은 더욱더 반짝였을 것이다. 르넬이라는 이름의 보이는 미국에서 태어났다. 검은 눈에 볼이 매끄럽고 살짝 꺼진, 허영심 많은 청년이었다. 그는 근사한 사복이 있어서 비번 날 저녁이면 그 옷을 입고는 가볍게 향수를 뿌리고 서둘러 시내로 나갔다. 가끔 집안일이 있다며 카를에게 대신 근무를 서달라고 부탁했다. 옷차림이 둘러대는 핑계와 전혀 맞지 않았지만 카를은 신경 쓰지 않았다. 그래도 카를은 르넬이 마음에 들었다. 그런 날 저녁 외출하기 전 르넬이 사복 차림으로 아래층 엘리베이터 옆 카를 앞에 서서 장갑을 끼면서 이런저런 변명을 더 늘어놓고 복도로 걸어가는 것도 좋았다. 처음에 나이 많은 동료에게 그 정도 해주는 건 당연하다 생각했고 계속 이어지는 습관처럼 될 일은 아니었기에 카를은 대리 근무를 해줘 호의를 베풀고 싶을 뿐이었다. 계속 엘리베이터를 타는 일만으로도 이미 아주 피곤하고 특히 저녁 시간에는 엘리베이터가 거의 끊임없이 가동되니 습관처럼 도와줄 일은 아니었다.

엘리베이터 보이라면 해야 하는, 허리를 굽혀 인사하는 법을 카를은 곧 배웠다. 손님들이 주는 팁은 얼른 챙겼다. 팁은 조끼 주머니 속으로 사라졌고 아무도 카를의 표정을 보고서는 팁이 많은지 적은지 알 수 없었다. 여자 손님들이 탈 때는 앞에서 문을 정중하게 열고 그들을 뒤따라 천천히 엘리베이터에 탔다. 여자 손님들은 대개 스커트나 모자, 장신구에 신경 쓰느라 남자들보다 더 머뭇거리며 들어갔다. 운행 중에는 가능하면 눈에 띄지 않도록 승객들에게 등을 돌린 채 문 가까이 서 있었고 도착하는 순간 재빨리 그래도 놀라게 하지는 않으면서 엘리베이터 문을 열 수 있도록 문손잡이를 잡았다. 운행 중에 드물기는 했지만 승객이 간단한 정보를 물어보려고 그의 어깨를 툭툭 두드리면, 그는 예상했다는 듯 재빨리 돌아서서 큰 소리로 대답하곤 했다. 엘리베이터가 여러 대 있었는데도, 극장이 끝나는 시간이나 특급열차가 도착한 후에는 손님이 너무 많아서 위층에 손님들이 내리자마자 아래층에서 기다리고 있는 사람들을 태우기 위해 서둘러 다시 내려와야 했다. 그는 엘리베이터 박스를 관통하는 와이어로프를 잡아당겨 평소보다 속도를 높일 수도 있었지만 이는 엘리베이터 규정상 금지되었고 위험할 수도 있었다. 카를은 승객들과 함께 있을 때는 절대 그러지 않았지만 승객들을 위층에 내려주고 다른 승객이 아래에서 기다리고 있을 때는 망설이지 않고 선원처럼 강하고 리드미컬하게 로프를 잡아당겼다. 다른 엘리베이터 보이들도 이런 일을 한다는 걸 알고 있었고, 자기 승객을 다른 보이들에게 빼앗기고 싶지 않았다. 이 호텔에서 흔히 보이는 장기 투숙객들 몇 명은 카를에게 미소 지으며 그를 자기들의 엘리베이터 보이로 인정한다는 내색을 했다. 카를은 이런 호의를 진지한 얼굴로 기꺼이 받아들이기는 했지만 썩 좋아하지는 않았다. 때로는 운행이 뜸할 때 사소한 부탁을 받기도 했다. 예를 들어 손님이 방에 두고 온 물건을 가지러 가기 귀찮으면 카를이 가져다주는 심부름을 했다. 그런 부탁을 받으면 친숙한 엘리베이터에 혼자 타고 위로 날아가듯 올라가 낯선 방에 발을 들여놓는다. 방 안에는 대부분 카를이 한 번도 본 적 없는 희한한 물건들이 널브러져 있거나 옷걸이에 걸려 있었다. 처음 보는 비누나 향수, 구강 세정제 등의 특이한 냄새를 맡으며 부탁받은 품목이 확실치 않아도 대체로 어떻게든 찾아내고 나면 조금도 지체하지 않고 쏜살같이 내려왔다. 비중이 좀 더 큰 부탁을 받을 수 없는 게 아쉽기도 했다. 좀 더 비중이 큰 일은 전담하는 하인과 사환이 있어서 그 친구들이 자전거나 오토바이를 타고 임무를 수행했다. 그래도 가끔 기회가 되면 객실에서 식당이나 도박장으로 가는 심부름을 카를이 맡기도 했다.

열두 시간 근무하고 사흘은 저녁 6시, 다음 사흘은 새벽 6시에 퇴근하면, 카를은 너무 피곤해서 다른 누구도 신경 쓰지 않고 곧장 잠자리에 들었다. 그의 침대는 엘리베이터 보이 직원 숙소에 있었다. 수석 셰프는 카를이 첫날 저녁에 짐작했던 것만큼 영향력이 그지는 않은 모양이었다. 그녀는 카를에게 1인실을 구해주려 팔방으로 힘을 썼고 그게 가능했을 수도 있었던 것 같다. 그런데 수석 셰프가 그렇게 바쁜 수석 웨이터와 이 문제로 수시로 통화하는 모습을 보고 카를은 1인실을 포기했다. 직접 일해서 얻은 게 아닌 특혜로 1인실을 갖게 되면 다른 사람이 얼마나 질투하겠냐며 자기는 1인실을 포기하겠고, 이는 진심이라며 수석 셰프를 설득했다.

직원 숙소는 조용한 침실은 절대 아니었다. 열두 시간이라는 자유 시간을 먹고, 자고, 놀고, 부업을 하는 등 각자 다르게 배분했기 때문에 침실에서는 부산한 움직임이 멈출 새가 없었다. 소리를 듣지 않으려고 몇몇은 이불로 귀를 덮고 자기도 했다. 그러다 누군가 깨어나 시끄럽다고 화를 버럭 내면 그 소리에 잘 자고 있던 사람들도 더는 견딜 수 없는 상황이 된다. 이들은 거의 다 담배 파이프를 갖고 있었다. 이들이 누리는 일종의 사치였다. 카를도 파이프를 구입해서 곧 푹 빠졌다. 근무 중 흡연이 허용되지 않으니 다들 직원 숙소에서 잠을 자는 시간만 빼고 담배를 피워댔다. 그러니 각자 침대는 자기가 뿜어낸 연기로 구름 속에 싸여 있었고 방 전체가 뿌연 연무로 가득했다. 밤에는 방 한쪽 끝에만 조명을 켜자고 대다수가 동의했지만 시행은 불가능했다. 이 제안이 받아들여졌다면, 자고 싶은 사람은 침대가 40개나 있는 큰 직원 숙소 방의 절반 정도 차지하는 어두운 곳에서 조용히 잠들고, 나머지는 조명이 켜진 쪽에서 주사위나 카드놀이를 하거나 조명이 필요한 볼일을 보면 될 것이다. 직원 숙소 방 안 조명이 켜진 쪽에 자기 침대가 있는 사람도 자고 싶으면 어두운 쪽 비어 있는 침대에 누울 수 있었다. 빈 침대는 항상 넉넉했고 다른 사람이 임시로 침대를 쓴다고 뭐라 하는 사람은 없었기 때문이다. 하지만 이 구분이 지켜지는 밤은 단 한 번도 없었다. 예를 들어, 두 사람이 어두운 곳에서 잠깐 자고 일어나 침대 사이에 놓인 판 위에서 카드놀이를 하고 싶은 생각이 드는 경우도 심심치 않게 있다. 그러면 카드놀이에 적당한 전등을 켜게 되고, 전등에서 나오는 강렬한 불빛을 마주하고 자던 사람들이 깜짝 놀라 벌떡 일어나게 된다. 그렇게 깨어난 사람은 몸을 뒤척이다 결국 똑같이 잠에서 깬 옆 사람과 새로 불을 켜놓고 카드놀이 하는 것보다 더 좋은 방법은 찾지 못한다. 당연히 모든 파이프에서 다시 연기가 나기 시작했다. 그래도 무슨 수를 써서라도 자고 싶어 하는 사람들도 있었다. 카를은 대개 그런 사람 중 한 명이었다. 그중에는 베개에 머리를 올려놓는 게 아니라 베개를 얼굴 위에 올려놓거나 베개에 얼굴을 파묻는 사람도 있었다. 그런데 바로 옆 사람이 근무 전에 시내에서 놀다 오려고 한밤중에 일어나 자기 침대 머리맡 세면대에서 부산스럽게 물을 튀며 세수하는데 어떻게 잘 수 있겠는가. 이들은 거의 다 미국식 부츠인데도 너무 꽉 끼는 부츠를 신어서인지 부츠가 잘 안 들어간다면서 부츠에 발이 잘 들어가라고 발을 쿵쿵 구르고 그렇게 나갈 채비를 하다 빠진 물건이 있다고 자는 사람 베개를 들치기까지 하는데 말이다. 베개 밑에서 한참 전부터 잠이 깨어 있던 사람은 공격할 틈만 노리고 있었다. 그래도 다들 스포츠맨이었고 몸을 풀 기회가 있으면 놓치지 않는 젊고 건장한 청년들이었다. 밤중에 시끌벅적해서 눈을 번쩍 뜨고 일어나보면 침대 옆 바닥에서 두 사람이 레슬링 시합을 벌이고 있었다. 환한 조명 아래 러닝셔츠와 팬티 바람의 심사위원들이 침대에 올라서서 빙 둘러 구경하기도 했다. 언젠가 야간 복싱 경기가 있던 날 시합에 참여한 선수가 지고 있던 카를 위로 넘어졌다. 눈을 떠보니 젊은이 코에서 피가 콸콸 흐르고 있었다. 처치를 해볼 겨를도 없이 침구가 피로 흥건히 젖었다. 종종 카를은 몇 시간이라도 자보려고 애만 쓰다가 열두 시간을 다 보낸 적도 있었다. 다른 사람들이 하는 놀이에 참여하고 싶은 유혹을 느꼈지만 그는 다른 사람들이 모두 자신보다 앞서 있는 것처럼 보였고, 더 열심히 일하고 일정 부분 포기도 해야 균형을 맞출 수 있다고 생각했다. 일 때문에라도 수면이 특히 중요했지만, 카를은 직원 숙소 상황에 대해 수석 셰프나 테레제에게 불평하지 않았다. 대부분의 엘리베이터 보이가 잠 문제로 힘들지만 진지하게 불평을 토로하는 사람이 없었고, 직원 숙소의 문제는 엘리베이터 보이라는 임무에 꼭 필요한 일부이고, 감사하게도 수석 셰프가 알선해준 이 임무를 그는 고맙게 받았기 때문이다.

일주일에 한 번은 교대할 때 스물네 시간을 꼬박 자유 시간으로 쓸 수 있었다. 그 시간 중 일부는 수석 셰프와 테레제를 한두 번 방문하는 데 사용했고, 테레제의 빡빡한 자유 시간에 맞춰 그녀와 구석진 곳이나 복도, 가끔 그녀의 방에서만 대화를 나누기도 했다. 그녀가 시내에 심부름 갈 때 동행하기도 했는데, 그때는 다들 서둘러야 했다. 카를은 그녀의 가방을 들고 가까운 지하철역으로 달려갔다. 열차가 저항 없이 끌려가듯 순식간에 도착했고 그들은 열차에서 내려 너무 느린 엘리베이터를 기다리지 않고 계단을 또각또각 올라갔다. 거리가 별 모양으로 뻗은 큰 광장이 나타났다. 사방에서 일직선으로 흘러오는 차량으로 혼잡했지만, 카를과 테레제는 붙어 다니며 여러 사무실과 세탁소, 창고, 상점에 들러 전화로 처리하기 힘들거나 특별히 책임지지 않아도 되는 주문이나 불만 사항을 전달했다. 테레제는 카를의 도움이 무시할 수 없을 정도일 뿐 아니라 여러 가지 일을 처리하는데 효율을 높여줬다는 걸 깨달았다. 카를과 동행하면 예전에 혼자 다닐 때처럼 정신없이 바쁜 상인들이 그녀의 말을 들어줄 때까지 기다릴 필요가 없었다. 카를은 진열대로 가서 반응이 있을 때까지 주먹 쥐듯 손가락을 모아 마디로 두들겼고, 벽처럼 빽빽하게 늘어선 사람들 머리 너머로 소리쳤다. 웅변조의 과장된 목소리로 백 명이 말하고 있어도 쉽게 식별할 수 있는 영어로 말이다. 그는 상점 안쪽 깊숙한 곳으로 거만하게 들어가 있는 사람들에게도 주저하지 않고 다가갔다. 오만해서 그런 일을 한 건 아니었다. 어떤 저지도 감수했다. 그는 자신이 그렇게 해도 될 만한 확실한 위치에 있다고 느꼈다. 옥시덴털 호텔은 무시 못 할 단골 거래처였으니 말이다. 테레제는 업무 경험은 많았지만 이런 도움은 꼭 필요했다.

"나랑 계속 같이 와야 해요."

일을 순조롭게 끝내고 돌아오는 길이면 종종 그녀는 이렇게 말하며 행복한 표정으로 미소를 지었다.

카를이 람세스에 머물렀던 한 달 반 동안 테레제의 작은 방에서 몇 시간 이상 있었던 건 세 번뿐이었다. 그녀의 방은 수석 셰프의 숙소에 있는 어떤 방보다도 작았고, 그 안에 있는 몇 가지 안 되는 물건도 창문 주변에 모여 있었다. 공용 침실을 경험해본 카를은 상대적으로 조용한 자기만의 방이 있다는 게 얼마나 가치 있는지 알았다. 카를이 내색하지 않아도 테레제는 그가 이 방을 얼마나 좋아하는지 알아차렸다. 테레제는 카를에게 비밀이 없었다. 첫날 저녁 그녀가 카를의 방에 들른 이후 그 앞에서 뭘가 숨길 수도 없었다. 케레제는 사생아였다. 아버지는 건설 현장 감독이었고, 아내와 아이를 포메라니아로 불러들였다. 그런데 가족을 부른 일로 자기 의무를 다했다는 듯, 아니면 도착지에서 만난 지친 아내와 허약한 아이가 아닌 다른 사람을 기대했다는 듯 모녀가 도착하자마자 아무런 설명도 없이 캐나다로 떠나버렸다. 남은 모녀는 편지나 어떤 소식도 받지 못했다. 어찌 보면 이상한 일은 아니었다. 모녀가 뉴욕 동부에 있는 집단 숙소로 들어가서 찾을 수도 없었으니 말이다.

카를이 테레제와 창가에 나란히 서서 거리를 내다보고 있던 어느 날 테레제는 자기 어머니가 돌아가신 이야기를 해주었다. 테레제가 다섯 살쯤이던 어느 겨울날 저녁이었다. 그녀와 어머니는 잠잘 곳을 찾으려고 각자 보따리를 들고 애타게 거리를 헤매고 있었다. 어머니가 처음에는 테레제의 손을 잡고 이끌어줬지만, 눈보라가 휘몰아쳐서 앞으로 나아가기도 쉽지 않게 되자 손에 감각을 잃은 어머니는 테레제를 뒤돌아보지 않고 손을 놓아버렸다. 그러니 테레제는 기를 쓰고 어머니 옷자락에 매달릴 수밖에 없었다. 어린 테레제는 빈번히 휘청거리고 넘어지기도 했다. 그런데 어머니는 망상에 사로잡혀 정신이 나간 사람처럼 걸음을 멈추지 않았다. 직선으로 길게 뻗은 뉴욕 거리에 휘몰아치는 엄청난 눈보라라니! 카를은 뉴욕에서 겨울을 지내본 적이 없었다. 맞바람을 맞으며 걷다가 소용돌이라도 치면 한순간도 눈을 뜰 수 없었다. 바람이 쉬지 않고 얼굴에 눈을 퍼부어댔다. 달려도 앞으로 나아가지 못하는 절망의 순간이었다. 이럴 때 아이는 어른과 비교하면 유리했다. 바람 아래로 뚫고 달리는 재미라도 느끼니 말이다. 그 당시 테레제도 아직 어린아이여서 어머니를 온전히 이해하지 못했기에 그날 저녁 그녀가 어머니 앞에서 좀 더 야무지게 행동했더라면, 어머니가 그렇게 비참한 죽음을 맞는 일은 없었을 거라 확신했다. 그 시기에 어머니는 이틀이나 일을 못 해 돈이 한 푼도 없었다. 하루 종일 아무것도 못 먹고 밖에서 지내며, 입을 수도 없는 너덜너덜한 옷가지밖에 없는 보따리를 미신 때문에 버리지도 못하고 들고 다녔다.

어머니는 다음 날 아침 건설 현장에서 일할 기회가 생겼는데도 자신이 피곤해 죽을 지경이라 이 기회를 놓칠 수도 있다는 걸 테레제에게 어떻게 설명할지 하루 종일 걱정했다. 그날 아침에도 기침하다 울컥하고 피를 콸콸 토해 거리의 행인들도 깜짝 놀랐다. 어디든 따뜻한 곳에 가서 휴식을 취하기만 간절히 바랐다. 하필 그날 저녁에는 협소한 자리마저도 구하지 못했다. 추위를 피해 잠시라도 쉴 수 있는, 건물 관리인이 쫓아내지 않을 그런 곳을 찾아 모녀는 좁고 얼어붙은 복도를 급하게 지나 높은 층으로 올라가 안뜰의 좁은 테라스를 빙 돌아 아무 문이나 닥치는 대로 두드렸다. 처음에는 누구에게도 말을 걸 엄두를 못 내다가 나중에는 마주하는 사람마다 사정했다. 한두 번 어머니는 호흡이 가빠져 한적한 계단에 앉아 거부하는 테레제를 끌어안고 입술이 아플 정도로 누르며 입맞춤했다. 나중에 알고 보니 마지막 입맞춤이었다. 아무리 어린아이였다 해도 어떻게 그렇게 눈치를 못 챘는지 이해가 안 됐다. 그들이 지나간 몇몇 방에서는 숨 막히는 실내 공기를 환기하려고 문이 열려 있었다. 불이 난 것처럼 방 안을 가득 채운 연기 속에서 누군가 출입문으로 와서 말없이 아니면 딱 한 마디로 방에서 숙박이 불가능하다고 전했다. 돌이켜보면 테레제는 어머니가 처음 몇 시간 동안만 진지하게 잠자리를 찾고 있었던 것 같다는 생각이 들었다. 잠깐씩 휴식을 취하면서 여명이 틀 때까지 계속 서두르며 돌아다녔고, 대문도 현관문도 잠겨 있지 않은 건물 곳곳에서 사람들을 마주쳤는데 자정이 지나면서는 어머니가 더는 누구와도 말을 하지 않았으니 말이다. 물론 쉬지 않고 돌아다녔다는 의미가 달려갔다는 게 아니라 어머니가 할 수 있는 최선의 노력을 다했을 뿐이고 실제로는 기어간 것일 수도 있다. 테레제는 어머니와 자정부터 새벽 5시까지 다닌 집이 스무 곳인지 두 군데였는지 아니 한 군데였는지도 몰랐다. 이런 아파트의 복도는 공간 활용을 우선하여 정교하게 설계되었으나 쉽게 찾을 수 있도록 방향성은 고려하지 않았다. 모녀는 같은 복도를 몇 번이나 지나갔는지 모른다. 테레제는 그들이 계속 찾아다녔던 어느 집 문을 나왔던 어렴풋한 기억이 있는데 골목으로 들어서자마자 다시 그 집으로 달려간 듯한 느낌도 들었다.

때론 어머니에게 붙잡힌 채 때론 어머니를 꽉 붙잡은 채 어떤 위로의 말 한마디도 없이 끌려다니는 상황이 어린아이에게는 이해할 수 없는 고통이었다. 분별할 능력이 없었던 어린 테레제는 이 모든 행동이 어머니가 아이를 버리고 도망가려 한다는 의미로 해석했다. 어머니가 한 손을 잡고 있는데도 안심하려면 다른 손으로 어머니 치맛자락을 꽉 움켜잡고 이따금 엉엉 울음보를 터뜨렸다. 테레제는 이런 곳에 혼자 버려진 채 남아 있고 싶지 않았다. 눈앞에서 쿵쿵 바닥을 짓밟는 소리를 내며 올라가는 사람들, 보이지는 않지만 그들 뒤 계단 모퉁이에서 올라오는 사람들, 문 앞 복도에서 싸우며 서로를 방 안으로 밀치는 사람들 사이에 남아 있고 싶지도 않았다. 술에 취한 사람들이 흥얼흥얼 가사가 불분명한 노래를 부르며 건물 안을 돌아다녔다. 다행히 어머니와 테레제는 막 몰려들기 시작하는 무리 사이로 무사히 빠져나갔다. 늦은 밤이라 사람들이 그렇게 신경 쓰지도 않고 자기 권리를 주장하지도 않을 테니 임대업자가 세놓은 그런 공동 숙소 중 한 곳으로 비집고 들어갈 수도 있었을 텐데 모녀는 그런 숙소를 그냥 지나쳤다. 테레제는 상황을 이해하지 못했다. 어머니는 쉴 생각이 없었다. 화창한 겨울의 하루가 시작되는 아침 모녀는 어느 집 담벼락에 기대어 서 있었는데, 거기서 잠깐 잠이 들었는지 뜬눈으로 주변을 바라보고 있었는지 헷갈렸다. 알고 보니 테레제가 보따리를 잃어버렸다. 물건을 챙기지 못한 벌로 어머니는 테레제를 때리기 시작했지만 테레제는 때리는 소리를 듣지도, 맞았다는 감각을 느끼지도 못했다. 그러고 난 뒤 두 사람은 오가는 사람이 많은 골목길을 계속 걸었다. 어머니는 벽에 기대어 걸었고 다리를 건널 때는 난간에 있는 서리를 손으로 털어내기도 했다. 그렇게 가다 도착한 곳은 어머니가 그날 아침 일을 하기로 한 바로 그 공사 현장이었다. 당시 테레제는 그런가 보다 생각했는데 지금 생각하면 이해가 안 됐다. 어머니는 테레제가 기다려야 하는지 가야 하는지 말해주지 않았다. 테레제는 본인이 하고 싶었던 대로 기다리라는 말로 이해했다. 테레제는 벽돌 더미 위에 앉아 어머니가 보따리를 풀고 알록달록한 천을 꺼내 밤새도록 쓰고 다녔던 두건에 두르는 모습을 지켜봤다. 테레제는 너무 피곤해서 어머니를 도울 생각도 못 했다. 어머니는 그날 아침 여느 때와 달리 공사장에 보고도 하지 않고, 누구에게도 묻지 않고 자신에게 할당된 일이 어떤 일인지 이미 알고 있다는 듯 사다리 위로 올라갔다. 테레제는 어머니를 보고 의아했다. 공사장에서 일하는 인부 중 여자들은 대개 아래층에서 석회를 반죽하거나 벽돌을 건네거나 기타 단순한 잡일을 하니 말이다. 테레제는 어머니가 오늘은 일당을 더 많이 받는 일을 하는 거겠거니 생각하고 졸린 얼굴로 어머니를 보며 씩 웃었다. 층을 올리는 공사에 쓰는 높은 비계기둥이 아직 수평틀 등 목재를 연결하지 않은 채 하늘 높이 솟아 있었다. 공사는 이미 진행 중이었지만 건물은 아직 높지 않았고 1층도 채 올라가기 전이었다. 위층에서 어머니는 벽돌을 쌓는 벽돌공들을 교묘히 피했고 그들은 어처구니없게도 아무 말도 하지 않았다. 어머니는 난간 역할을 하는 나무 선반을 연약한 손으로 조심스럽게 붙잡고 있었다. 아래층에 있던 테레제는 졸다가 어머니의 능숙한 동작을 보고 깜짝 놀라 어머니가 다정한 눈빛을 보냈다고 생각했다. 그런데 어머니는 그대로 걸어가 작은 벽돌 더미로 다가갔다. 벽돌 더미에서 난간은 끝났고 길도 끝났을 테지만 어머니는 난간을 붙잡지 않고 벽돌 더미를 향해 계속 갔다. 어머니의 능숙함도 거기서 멈춘 것 같았다. 어머니는 벽돌 더미를 넘어뜨리면서 추락하고 말았다. 어머니를 따라 수많은 벽돌이 굴러

갔고, 시간이 흐른 뒤 어딘가에서 무거운 판자가 떨어져 나와 어머니 위로 쿵 하고 떨어졌다. 테레제의 기억 속에 남아 있는 어머니의 마지막 모습은 포메라니아에서 가져온 체크무늬 스커트를 입고 다리를 쭉 뻗은 채 누워 있는 모습, 어머니 위에 떨어진 판자가 거의 몸 전체를 덮은 모습, 사람들이 사방에서 달려오는 모습, 공사장 위에서 어떤 남자가 화를 내며 뭐라고 소리치던 모습이었다.

테레제가 이야기를 끝냈을 때는 시간이 꽤 지났다. 평소 습관과 달리 그날은 세세하게 이야기했다. 비계기둥 하나하나가 하늘 높이 솟아 있는 모습을 묘사할 때 그렇게 중요하지 않은 대목에서 눈물이 그렁그렁해서 말을 멈출 수밖에 없었다. 10년이 지난 지금도 테레제는 그때 일들을 사소한 것까지 모두 정확히 기억하고 있었고, 반쯤 완성된 1층 그 위에 있던 어머니의 모습이 어머니에 대한 마지막 기억이었고 그 이야기를 카를에게 명확하게 전달할 수 없어서 이야기가 끝난 뒤에도 그 이야기로 돌아갈 생각이었다. 그러다 말을 멈추고 두 손으로 얼굴을 가린 채 한 마디도 꺼내지 못했다.

그래도 테레제 방에서 재미있게 보낸 시간도 있었다. 처음 그 방에 갔을 때 상업 통신 교재가 있는 걸 보고 카를은 책을 빌려달라고 했다. 테레제는 이미 자기 업무에 필요한 만큼 이 책을 처음부터 끝까지 다 공부했으니 카를이 책에 있는 연습 문제를 풀면 테레제가 검토하기로 약속했다. 카를은 솜으로 귀를 막고 직원 숙소 침대에 누워, 온갖 다양한 자세로 분위기를 바꿔가며 밤새도록 책을 읽고 만년필로 공책에 연습 문제를 풀었다. 만년필은 수석 셰프가 부탁한 많은 분량의 재고 목록을 실용적이고 깔끔하게 작성했다고 수석 셰프가 카를에게 선물해준 것이다. 카를은 동료들이 공부를 방해하면 그들이 대답에 지쳐 자신을 가만 내버려둘 때까지 영어에 관한 질문을 계속 던지는 방법을 썼다. 스무 살이 넘으면 엘리베이터 보이로 일하지 못하는데, 동료들은 현재 상황에 만족해 지금 자리가 임시직이라는 것을 인식하지 못하고 장래에 다른 직업을 선택해야 한다는 필요성도 느끼지 못했고 카를은 그 모습을 보고 놀랄 때가 많았다. 카를처럼 공부하는 방법도 하나의 예가 될 텐데 그들은 너덜너덜해진 탐정소설을 침대에서 침대로 돌려가며 읽는 것 말고는 하는 게 없었다.

두 사람이 만나면 테레제는 카를이 공부한 내용을 지나칠 정도로 꼼꼼하게 고쳐주었다. 논란의 여지가 있을 때면 카를은 자신이 수업받은 뛰어난 뉴욕의 교수를 내세웠지만, 그 교수도 테레제에게는 문법에 관한 엘리베이터 보이들의 견해만큼이나 설득력이 없었다. 테레제는 카를 손에서 만년필을 빼앗아 본인이 틀렸다고 확신하는 부분에 줄을 쫙 그어 지웠다. 그렇게 의심스러운 경우에는 테레제보다 더 높은 사람이 문제를 보는 것도 아닌데 카를은 테레제가 지운 곳을 다시 지웠다. 가끔 수석 셰프가 오면 어떤 게 맞는지 채 확인도 하기 전에 그녀는 항상 테레제에게 유리한 판단을 내렸다. 테레제가 그녀의 비서였으니 그랬겠지만. 동시에 그녀는 차를 끓이고 쿠키를 내놓으면서 자연스레 화해하는 분위기로 만들었다. 그럴 때면 카를은 유럽 이야기를 해야 했고 수석 셰프가 계속 묻고 궁금해하는 통에 얘기는 여러 번 중단되었다. 그러면서 카를은 비교적 짧은 시간 동안 유럽의 많은 것이 근본적으로 바뀌었고, 그가 유럽을 떠난 이후로도 얼마나 많은 변화가 있었는지, 앞으로도 끊임없이 변하게 되리라는 사실을 깨달았다.

카를이 람세스에 온 지 한 달쯤 되던 어느 날 저녁이었다. 르넬이 지나가며, 호텔 앞에서 들라마르슈라는 남자가 카를에 관해 자세히 물어보더라는 얘기를 했다. 르넬은 아무것도 숨길 이유가 없어서 카를이 엘리베이터 보이지만 수석 셰프의 비호를 받고 있으니 전혀 다른 일자리를 얻을 가능성도 있노라고 사실대로 말했단다. 카를은 그날 저녁 들라마르슈가 르넬을 저녁 식사에 초대한 걸 보고 르넬을 얼마나 정중하게 대했는지 눈치챘다.

"난 들라마르슈와 이제 아무런 관계가 없어."

카를이 말했다.

"너도 그 친구 조심해!"

"나 말이야?"

르넬은 이렇게 말하고 기지개를 켜더니 서둘러 자리를 떠났다. 그는 호텔에서 가장 귀엽게 생겼다. 누구 입에서 나온 말인지는 모르지만 그 호텔에 장기 투숙했던 귀부인에게 엘리베이터 안에서 적어도 키스 정도는 당했다는 소문이 다른 보이들 사이에서 돌았다. 그 소문을 알고 있는 사람에게는, 얼핏 보기에 절대 그럴 것 같지 않은 당당한 부인이 하늘하늘한 베일을 쓰고, 허리를 잘록하게 동여맨 채 얌전히 사뿐사뿐 걸어가는 모습을 보는 일보다 기막힌 즐거움은 없을 터였다. 그 부인은 2층에 투숙하고 있어서 르넬이 맡은 엘리베이터는 그녀가 이용하는 엘리베이터가 아니었다. 물론 다른 엘리베이터가 모두 만원이라면 손님이 다른 엘리베이터를 타는 걸 막을 수는 없었다. 이 부인도 간혹 카를과 르넬이 근무하는 엘리베이터를 탈 때가 있었는데 사실은 르넬이 근무할 때만 탔다. 우연일 수도 있지만, 아무도 그렇게 생각하지 않았다. 부인과 르넬 두 사람이 탄 엘리베이터가 출발하면 엘리베이터 보이 사이의 웅성웅성한 소란을 잠재우기 힘들어서 수석 웨이터가 개입한 적도 있었다. 그 부인 때문인지 소문 때문인지 르넬은 완전히 달라졌다. 자신감이 충만했고, 청소는 카를에게 전적으로 맡겨버린 데다 직원 숙소에는 코빼기도 안 보였다. 카를은 조만간 청소 문제를 얘기할 기회가 오기를 벼르고 있었다. 그 누구도 르넬처럼 그렇게 엘리베이터 보이 공동생활에서 완전히 이탈한 사람은 없었다. 대체로 다들 적어도 근무 문제에서만큼은 서로 뭉쳤는데 호텔 경영진이 인정하는 하나의 조직이었기 때문이다.

카를은 이런저런 일을 되새기다 들라마르슈 생각도 하면서 평소처럼 근무하고 있었다. 자정 무렵, 평소에도 종종 소소한 깜짝선물을 들고 왔던 테레제가 커다란 사과와 초콜릿을 가져와서 기분 전환이 되었다. 두 사람은 엘리베이터가 운행하는 동안 몇 번 대화가 중단됐지만 방해받지 않고 대화를 나눴다. 어쩌다 대화에 들라마르슈가 등장했는데 카를은 자신이 얼마 전부터 들라마르슈를 위험인물로 생각하게 된 계기가 테레제의 영향이라는 것을 깨달았다. 카를 얘기를 듣고 나서 테레제 눈에는 들라마르슈가 위험인물로 보였다. 카를은 기본적으로 그를 행운이 따르지 않아 타락하기는 했지만 그럭저럭 같이 지낼 수 있는 건달로 생각했다. 테레제는 카를 생각에 격렬하게 반대했다. 그녀는 장황하게 설명하면서 들라마르슈와 한마디도 하지 않겠다고 약속해달라고 카를에게 요구했다. 카를은 약속은 하지 않고 이미 자정이 지났으니 자러 가라고 재촉했다. 테레제가 거절하자 그는 근무지를 이탈해서라도 그녀를 방으로 데려가겠다고 위협했다. 그러다 마침내 테레제가 갈 준비가 되자 카를이 말했다.

"테레제, 왜 그런 쓸데없는 걱정을 하는 거야? 그렇게 해야 네가 편히 잘 수 있다면 들라마르슈와는 부득이한 경우에만 말하겠다고 약속할게."

그러고 나서 곧바로 엘리베이터 운행이 바빠졌다. 옆 엘리베이터 보이가 다른 일에 불려 가는 바람에 카를이 엘리베이터 두 대를 혼자 맡아야 했다. 무질서하다고 투덜대는 손님도 있었고 부인을 동반한 어떤 신사는 서두르라며 지팡이로 카를을 툭 치기도 했지만 쓸데없는 재촉이었다. 손님들이 엘리베이터 보이가 없는 것을 보면 곧바로 카를 담당 엘리베이터로 와야 하는데 그러지 않고 옆 엘리베이터 손잡이를 손으로 잡고 있거나 안에 들어가기까지 했다. 이런 행동은 근무 규정에서 가장 엄격히 제한하는 조항이라 엘리베이터 보이가 무조건 막아야 하는 일이다. 양쪽 엘리베이터를 피곤하게 왔다 갔다 하느라 자기 의무를 제대로 수행하고 있는지도 알 수 없었다. 새벽 3시경에는 알고 지내는 나이 많은 포터까지 와서 도와달라고 했는데 부탁을 들어줄 상황이 아니었다. 손님들이 양쪽 엘리베이터 앞에 서 있기도 했고 큰 발걸음으로 성큼성큼 가서 어느 쪽 그룹을 먼저 태울지 신속하게 결정하려면 침착하고 냉정한 순발력도 있어야 했다. 그래서 옆 엘리베이터 보이가 근무를 재개하자 카를은 안도의 한숨을 쉬었다. 그 보이의 책임이 아닐 수도 있지만 그래도 오래 자리를 비운 터라 카를은 그를 향해 비난을 쏟아냈다. 새벽 4시가 지나니 평화가 찾아왔다. 간절히 기다려온, 카를에게 꼭 필요한 휴식 시간이었다. 그는 엘리베이터 옆 난간에 기대 천천히 사과를 먹었다. 한 입 베어 물자마자 진한 사과 향이 가득 퍼졌다.

그는 식료품 저장실 커다란 창문으로 둘러싸인 채광창을 내려다보았다. 창 뒤에는 매달린 바나나 송이가 어둠 속에서 희미하게 빛나고 있었다.

VI. 로빈슨 사건

그때 누군가 그의 어깨를 두드렸다. 당연히 손님이 왔다고 생각한 카를은 얼른 사과를 주머니에 넣고, 그 남자를 보자마자 서둘러 엘리베이터를 향해 달려갔다.

"안녕, 로스만!"

남자가 말했다.

"나야, 로빈슨."

"완전히 달라졌네!"

카를이 고개를 저으며 말했다.

"그래, 난 잘 지내."

로빈슨이 자기 옷을 내려다보며 말했다. 소재는 꽤 괜찮은 옷 같은데 너무 정신없이 섞여 있어서 천박해 보였다. 가장 눈에 띄는 것은 오늘 처음 입은 것 같이 보이는 조끼였다. 검은색 테두리를 두른 작은 주머니가 네 개 달린 흰색 조끼로, 로빈슨도 눈길을 끌려고 가슴을 쭉 내밀었다.

"비싼 옷 입었네."

카를이 말했다. 불현듯 이들 둘이 팔아버린 멋지고 깔끔한 디자인의 자기 옷이 생각 났다. 그 옷을 입으면 르넬 옆에 있어도 존재감을 드러낼 수 있었을 텐데.

"맞아, 비싼 거야."

로빈슨이 말했다.

"난 거의 매일 뭐라도 사. 이 조끼 어때?"

"아주 멋있어."

카를이 말했다.

"이건 진짜 주머니가 아니고 그냥 주머니처럼 보이게 만든 거야."

로빈슨은 카를이 직접 볼 수 있도록 카를의 손을 잡았다. 그런데 카를은 로빈슨 입에서 참을 수 없을 만큼 심한 브랜디 냄새가 나서 한 걸음 물러섰다. 카를이 다시 난간에 기대섰다.

"술 많이 마셨구나."

카를이 말했다.

"아닌데."

로빈슨이 말했다.

"그렇게 많이 마시진 않았어."

그는 좀 전까지 만족스러웠던 표정과는 달리 이렇게 덧붙였다.

"이 세상에 술 마시는 재미 빼면 무슨 낙으로 살겠어?"

엘리베이터를 운행해야 해서 잠시 대화가 중단되었다. 카를이 다시 아래층으로 내려가자마자 전화를 받았다. 8층에 투숙 중인 어떤 부인이 실신했으니 호텔 의사를 불러오라는 내용이었다. 그러는 동안 카를은 로빈슨이 제발 나가주기를 바랐다. 로빈슨과 함께 있는 모습을 보이고 싶지는 않았다. 테레제의 충고를 생각해서라도 들라마르슈의 소식을 듣고 싶지도 않았다. 와보니 로빈슨은 만취한 사람 특유의 뻔대는 자세로 기다리고 있었다. 그때 마침 호텔 간부가 검은색 프록코트*에 톱해트** 차림으로 지나갔지만 다행히 로빈슨을 특별히 신경 쓰는 것 같지는 않았다.

"로스만, 우리 집에 한번 놀러 오지 않을래? 우린 아주 잘 지내고 있는데."

로빈슨은 유혹의 시선을 던졌다.

"네가 초대하는 거야? 아니면 들라마르슈가?"

카를이 물었다.

"나하고 들라마르슈 둘 다. 그 부분에 대해선 우린 생각이 같아."

로빈슨이 말했다.

"너한테 말할 테니 들라마르슈에게 그대로 전해줘. 우리가 헤어질 때 명확하게 해두지 않은 점이 있지만 어쨌든 우리 관계는 영원히 끝났어. 너희 둘은 누구보다도 날 못살게 굴었어. 혹시 날 계속 괴롭힐 생각은 아니고?"

"우린 네 동료야."

로빈슨이 말했다. 취기에서 나오는 역겨운 눈물이 눈에 그렁그렁했다.

---

* 남자용 서양식 예복. 보통 검은색이며 길이가 무릎까지 내려온다.

** 실크 해트라고도 하며 원통형의 높은 크라운과 좁은 챙이 특징인 최고급 예장용 모자로 모피를 대신해 실크가 쓰인 것이 이 모자의 시초다.

"들라마르슈가 이전에 있었던 일은 전부 보상하고 싶다고 전해 달래. 지금 브루넬다라는 여자랑 같이 살고 있어. 아주 멋있는 가수야."

말이 끝나자마자 큰 소리로 노래를 부르려는 걸 카를이 "쉿!" 하고 제지했다.

"조용히 해, 여기가 어딘지 몰라?"

로빈슨은 노래를 제지당하고 난 뒤 소심해졌다.

"로스만, 나는 네 동료니까 네 말대로 할게. 여기서 아주 잘 나가나 본데 돈 좀 빌려줄 수 있어?"

"또 술 마시려고?"

카를이 말했다.

"주머니에 브랜디 술병이 보여. 내가 다녀오는 동안에도 마셨나 보네. 그래도 처음엔 지금보단 멀쩡했는데."

"밖에서 다닐 때 기운 내려고 마시는 거야."

로빈슨이 변명조로 말했다.

"네 인생에 개입해서 널 뜯어고칠 생각은 없어."

카를이 말했다.

"그렇다 해도 돈은!"

로빈슨이 눈을 동그랗게 뜨며 말했다.

"들라마르슈가 돈을 가져오라고 했겠지. 좋아, 돈은 줄게. 그런데 조건이 있어. 당장 여기서 나가서 앞으로 절대 나를 찾아오지 마. 나한테 할 말이 있으면 편지를 보내. 카를 로스만, 엘리베이터 보이, 옥시덴털 호텔, 주소는 이렇게 쓰면 돼. 다시 말하지만, 앞으로 여기 오지 마. 여기는 내 직장이고 누가 온다 해도 만날 시간이 없어. 이

조건에 돈을 받을래?"

카를은 조끼 주머니에 손을 넣었다. 오늘 밤 받은 팁을 줄 생각이었다. 로빈슨은 질문에 고개만 끄덕이고 숨을 거칠게 쉬었다. 카를은 로빈슨의 반응을 어떻게 해석해야 할지 몰라서 재차 물었다.

"그렇게 할래, 안 할래?"

그때 로빈슨이 다가오라고 손짓했다. 분명 뭔가 삼키는 동작을 하면서 속삭였다.

"로스만, 속이 너무 안 좋아."

"젠장."

카를 입에서 불쑥 튀어나왔다. 그는 양손으로 로빈슨을 난간 쪽으로 끌고 갔다. 이미 로빈슨 입에서 웩하고 구토물이 쏟아져 나왔다. 그는 속수무책이던 구역질이 잠시 멎으면 카를을 쓰다듬었다.

"넌 정말 착한 애야"라고 말하더니 "이제 멈췄어"라고 했다. 그런데 구역질은 멈추지 않았다.

"개자식들, 이것들이 뭔 술을 먹였기에!"

카를은 불안하고 메스꺼워 도저히 로빈슨 옆에 있을 수 없었다. 좌불안석이 되어 이리저리 서성이기 시작했다. 로빈슨이 엘리베이터 옆 구석으로 가면 급한 대로 좀 숨길 수는 있겠지만, 그래도 누군가 구석에 사람이 있는 걸 발견하면 어쩔 것인가. 지나가는 호텔 직원에게 불만 사항을 신고하려고 기회를 호시탐탐 노리는 까칠한 부자 손님이 볼 수도 있을 텐데. 불만 사항을 들은 직원은 분노해서 분풀이하지 않겠는가. 아니면 계속 교대 근무하는 호텔 담당 형사가 지나가면 어떻게 될까. 형사들을 알고 있는 사람은 호텔 간부밖에 없어서, 그냥 눈이 나빠서 그럴 뿐인데 눈을 반쯤 뜨고 확인하는 듯

한 시선을 보내는 사람이 있으면 다들 저 사람 혹시 형사 아니겠냐고 의심하곤 했다. 아래층 레스토랑이 밤새워 영업하니 누군가 식료품 저장실로 들어가면 채광구에 구역질 나는 구토물을 보고 화들짝 놀라 무슨 일인지 카를에게 전화 문의가 올 것이다. 그러면 카를이 로빈슨을 모르는 사람이라고 발뺌할 수 있을까? 설사 그런다 해도 멍청한 로빈슨은 좌절한 나머지 사과는커녕 오히려 카를을 자기가 아는 사람이라며 참고인으로 끌어내려 할 것이다. 그렇게 되면 카를은 곧바로 해고될 수밖에 없을 것이다. 이 호텔의 거대한 종업원 계급 사다리에서 맨 아래인, 하찮은 엘리베이터 보이가 친구를 들여보내 호텔을 더럽히고 손님을 경악하게 하거나 쫓아내기까지 했다는 전대미문의 사건이 일어났으니 말이다. 그런 친구가 있고, 근무 시간에 친구 방문까지 허락하는 엘리베이터 보이를 사람들이 계속 눈감아줄 수 있을까? 엘리베이터 보이를 술주정뱅이로 보는 건 아닌지? 이렇게 깔끔한 호텔에서 로빈슨처럼 아무 데서나 구토를 했다는 건 엘리베이터 보이가 호텔 식료품 저장실에서 친구들을 배 터지게 먹였기 때문이라는 추측보다 설득력 있는 게 있을까? 그리고 그런 보이라면 식품만 훔칠 거라고 생각할 리가 없을 것이다. 도처에 열려 있는 옷장, 테이블 위에 흩어져 있는 귀중품, 활짝 벌어진 보석상자, 무심코 던진 열쇠 등 손님들이 흔히 보이는 이런 부주의한 상황에서 마음만 먹으면 훔칠 기회는 셀 수 없이 많지 않겠는가?

그때 카를은 버라이어티 쇼가 막 끝난 지하 바에서 손님들이 나오는 모습을 보았다. 카를은 자기 담당 엘리베이터 옆에 서서 무슨 꼴을 보게 될지 두려워 감히 뒤돌아서 로빈슨을 쳐다볼 엄두를 못 냈다. 로빈슨이 있는 쪽에서 아무 소리도, 한숨 소리조차도 들리지 않았지만 카를은 그것만으로는 안심이 되지 않았다. 그는 손님 시중을 들며 손님을 태우고 오르락내리락했는데도 정신이 산만해지는 걸 숨길 수 없었다. 내려갈 때마다 아래층에서 얼마나 민망한 광경을 마주할지 마음의 준비를 단단히 했다.

그러다 겨우 로빈슨을 쳐다볼 시간이 났다. 로빈슨은 구석에 몸을 최대한으로 동그랗게 웅크리고 앉아 무릎에 얼굴을 대고 있었다. 둥근 모자를 이마 위로 밀어 올려놨다.

"이제 가야지."

카를이 목소리를 낮추고 단호하게 말했다.

"돈 여기 있어. 급하면 지름길을 가르쳐줄게."

"못 가겠어."

로빈슨이 말하며 작은 손수건으로 이마를 닦았다.

"여기서 죽을 거야. 몸이 얼마나 안 좋은지 넌 상상도 못 할걸. 들라마르슈가 여기저기 고급 식당에 데리고 다니는데 고급스러운 것들은 나하곤 안 맞아. 들라마르슈한테 맨날 얘기하거든."

"이제 여기에 있으면 안 돼."

카를이 말했다.

"네가 있는 곳이 어디인지 생각해봐. 여기 있다가 들키면 넌 처벌받을 테고 난 직장을 잃을 거야. 그렇게 되면 좋겠어?"

"지금은 못 가."

로빈슨이 말했다.

"저 아래로 뛰어내릴까 봐."

로빈슨은 난간 기둥 사이로 채광구를 가리켰다.

"여기 앉아 있는 건 그래도 참을 만한데, 일어서진 못하겠어. 네가 없을 때 일어서려고 해봤거든."

"그럼 차를 불러줄 테니 병원에 가봐."

카를은 말하고 나서 당장이라도 완전히 마비될 것 같은 로빈슨의 다리를 살살 흔들었다. 로빈슨은 병원이라는 말을 듣자마자 악몽이 떠올랐는지 크게 울음을 터뜨렸다. 제발 부탁한다고 빌면서 카를을 향해 두 손을 뻗었다.

"쉿. 조용히 해!"

카를은 로빈슨의 손을 내리치고 자신이 밤에 근무를 대신 해줬던 엘리베이터 보이에게 달려가 잠시만 봐달라고 똑같은 부탁을 했다. 곧바로 로빈슨 있는 곳으로 달려가 여전히 흐느껴 울고 있는 그를 온 힘을 다해 일으키며 속삭였다.

"로빈슨, 내가 돌봐주기를 바라면 조금만 가면 되니까 똑바로 걷도록 힘써봐. 내 침대로 데려갈 테니 몸이 좋아질 때까지 좀 쉬어. 놀랄 정도로 빨리 회복될 거야. 그러니 이제 정신 좀 차려봐, 복도 곳곳에 사람들이 있고 내 침대도 직원 숙소에 있거든. 누구든 너한테 조금이라도 관심을 보이면 내가 너를 위해 해줄 수 있는 게 아무것도 없어. 자, 눈을 똑바로 뜨고 있어. 내가 너를 중증 환자처럼 끌고 다닐 수 없잖아."

"네가 옳다고 생각하는 건 뭐든 할게."

로빈슨이 말했다.

"그런데 너 혼자선 나를 데려가기 힘들 텐데. 르넬을 부르면 안 될까?"

"르넬은 여기 없어."

카를이 말했다.

"아, 맞다."

로빈슨이 말했다.

"르넬은 들라마르슈랑 같이 있지. 두 사람이 널 데려오라고 나를 보낸 건데. 내 정신 좀 봐."

카를은 로빈슨이 알아듣기 힘든 혼잣말을 늘어놓는 틈을 이용해 그를 앞으로 밀다시피 하면서 다행히 모퉁이까지 갔다. 흐릿한 조명이 있는 복도를 따라가면 엘리베이터 보이 직원 숙소가 나온다. 그때 엘리베이터 보이 한 명이 달려와 그들 옆을 휙 지나갔다. 지금까지는 그래도 위험인물을 마주치지는 않았다. 새벽 4시에서 5시 사이는 가장 조용한 시간이니까. 그러니 지금 로빈슨을 데려가지 못하면 해가 뜨고 오가는 사람들이 많아진 다음에는 옮기는 일은 엄두도 못 낸다는 것을 카를은 잘 알고 있었다.

직원 숙소 안에 들어가보니 반대쪽 끝에서 큰 싸움이나 시합이 벌어지고 있는지 박자에 맞춘 박수 소리와 흥이 나서 발 구르는 소리, 운동 경기에서 지르는 함성이 들렸다. 방문을 기준으로 방의 절반에는 침대에 누워 자고 있는 사람이 몇 안 됐다. 대부분은 등을 대고 누워 허공을 바라보고 있었고, 가끔 누군가 자던 그대로 옷을 입거나 벗은 채 침대에서 일어나 방 반대편에서 벌어지고 있는 일이 어떻게 되어가는지 확인하러 가기도 했다.

카를은 이제 걷는 데 조금 익숙해진 로빈슨을 그래도 다른 사람 눈에 띄지 않게 르넬의 침대로 데려갔다. 르넬 침대는 문에서 아주 가까웠고 다행히 비어 있었다. 멀리서 보니 카를 침대에는 카를이 전혀 모르는 사람이 편안히 자고 있었다. 로빈슨은 침대에 닿는 느낌이 들자마자 한쪽 다리는 침대 밖에 늘어뜨린 채 바로 잠이 들었다. 카를은 로빈슨 얼굴을 완전히 가리게 이불을 덮어주고 나서 이제 당분간은 걱정할 필요가 없겠다고 생각했다. 로빈슨은 아침 6시까지는 깨어나지 않을 테니 말이다. 그때쯤이면 카를이 와서 르넬과 로빈슨을 데려갈 방법을 찾으면 될 것이다. 상급 부서에서 직원 숙소를 점검하는 일은 아주 특별한 경우에만 있었다. 과거에는 흔하게 시행됐던 일반 점검은 엘리베이터 보이들의 주장으로 수년 전에 폐지되었다. 그러니 점검 문제는 걱정할 필요 없었다.

엘리베이터로 와보니 카를 담당 엘리베이터와 옆 엘리베이터가 모두 올라가고 있었다. 어떻게 된 일인지 초조하게 기다렸다. 카를 담당 엘리베이터가 먼저 내려왔고 조금 전 복도를 달려갔던 보이가 그 안에서 나왔다.

"로스만, 너 대체 어디 갔다 온 거야?"

보이가 물었다.

"왜 자리를 비웠어? 보고는 또 왜 안 했고?"

"저 애한테 잠깐만 봐달라고 말하고 간 건데."

카를은 대답하면서 막 도착한 옆 엘리베이터 보이를 가리켰다.

"나도 제일 바쁜 시간에 두 시간 동안 대신 봐준 적이 있어."

"아주 잘했어."

다가온 옆 엘리베이터 보이가 말했다.

"다 좋은데 그걸로는 부족해. 근무 중 잠깐이라도 자릴 비우면 수석 웨이터 사무실에 보고해야 한다는 거 몰라? 바로 그럴 때 쓰라고 저기 전화기가 있는 거야. 나도 당연히 널 대신해서 일해주고 싶었지. 그런데 너도 알다시피 그게 쉽지 않아. 마침 양쪽 엘리베이터 앞에 4시 30분 급행열차를 타고 온 손님들이 몰려왔어. 내가 네 엘리베이터를 먼저 타고 내 손님을 기다리게 할 수 없잖아. 그러니 먼저 내 엘리베이터를 탄 거지."

"그래서?"

보이 둘 다 아무 말도 없어서 카를이 궁금해서 물었다.

"그런데" 옆 엘리베이터 보이가 말했다.

"하필 그때 수석 웨이터가 지나가다 손님들이 서비스도 못 받고 네 엘리베이터 앞에 있는 걸 봤고 화가 나서 그때 막 달려온 나한테 네가 어디 있는지 물었지. 네가 어디로 간다고 말을 안 해줬으니 내가 알 턱이 없었지. 그래서 수석 웨이터가 직원 숙소에 전화해서 다른 보이를 당장 오라고 했어."

"그렇게 뛰어오다 복도에서 너랑 마주친 거야."

카를 대신 일해준 보이가 말했다. 카를이 고개를 끄덕였다.

"당연히 난," 다른 보이가 힘주어 말했다.

"네가 나한테 대리 근무를 부탁해놓고 갔다고 말했지. 그런데 그 사람이 그런 변명을 들어주겠어? 넌 수석 웨이터가 어떤 사람인지 아직 잘 모르는 것 같아. 우리한테 널 만나면 전달하라 했어. 즉시 사무실로 오라고 말이야. 그러니 꾸물거리지 말고 얼른 가봐. 용서해줄지도 모르지. 사실 넌 고작 2분간 자릴 비웠을 뿐이야. 나한테 대리 근무를 부탁했다고 나를 증인으로 끌어들여봐. 충고하는데, 네가 나한테 대리 근무를 해준 적이 있다는 사실은 말하지 않는 게 좋을 거야. 나한테 무슨 일이야 없겠지만 말이야. 난 허락을 받았거든. 그래도 그 말을 꺼내서 아무 상관도 없는 이 일에 개입시키는 건 좋지 않아."

"내 자리를 비운 건 이번이 처음이야."

카를이 말했다.

"원래 항상 그런 식인데, 사람들이 믿지 않을 뿐이야."

옆 엘리베이터 보이가 말했다. 손님들이 다가오자 그는 자신의 엘리베이터로 갔다. 카를 대신 근무를 해줬던 보이는 열네 살 정도로 보였다. 그는 카를을 동정하는 듯 안타까운 기색으로 말했다.

"수없이 많은 사건이 있었는데 이런 일은 용서를 받았어. 대개는 다른 일을 하게 돼. 그런 일로 해고된 사람은 내가 아는 한 딱 한 명밖에 없어. 그럴듯한 변명거리를 생각해둬야 할 거야. 갑자기 몸 상태가 나빠졌다는 말은 절대 하지 마. 널 비웃을 거야. 그냥 이렇게 말하는 게 좋을 거야. 어떤 손님이 너한테 다른 손님에게 전해주라고 급한 부탁을 했는데 부탁한 손님이 누구인지 기억나지 않고 전달해야 할 손님도 찾을 수 없다고 말이야."

"글쎄."

카를이 말했다.

"그렇게까지 상황이 나빠지지는 않겠지."

지금까지 들은 내용으로 미루어 카를은 좋은 결과가 있으리라는 생각은 버렸다. 설사 직무 태만을 용서받는다 해도 직원 숙소에 로빈슨이 여전히 산 증인으로 누워 있었고, 수석 웨이터의 음흉한 성격을 고려해보면 피상적인 조사로는 절대 만족하지 않을 가능성이 높고 결국에는 로빈슨을 찾아낼 게 분명했다. 낯선 사람을 직원 숙소에 들여보내지 말라는 명확한 금지 조항은 없지만, 상상조차 할 수 없는 일을 금지할 필요가 없기 때문에 이런 조항도 없을 뿐이다.

카를은 수석 웨이터의 사무실에 들어갔다. 그는 모닝커피를 마시며 앉아 있었다. 커피를 한 모금 마시고 이 자리에 와 있는 수석 포터가 건네준 게 분명해 보이는 명세서를 살펴보았다. 키가 큰 포터는 팔에 금빛 사슬과 끈이 감겨 있는, 장식이 많이 달린 호화로운 유니폼을 입고 있어서 어깨가 더 넓어 보였다. 반짝반짝 윤기 나는 검은 콧수염은 헝가리 사람이 기르는 모양처럼 뾰족하게 뻗어나갔다. 고개를 아무리 빠르게 흔들어도 꿈쩍도 하지 않았다. 게다가 옷 무게 때문에 움직임이 둔하고 체중을 올바르게 분산시키기 위해 다리를 벌려 지탱하며 서 있어야 했다.

카를은 호텔에서 일하며 몸에 밴 대로 거침없이 서둘러 들어갔다. 사적인 관계에서 예의를 나타내는 느릿느릿하고 조심스러운 행동은 엘리베이터 보이 세계에서는 게으름으로 간주하기 때문이다. 게다가 들어가자마자 죄책감을 눈치채게 할 필요도 없었다. 수석 웨이터는 문이 열리자 문을 힐끗 바라봤지만 곧바로 다시 커피를 마시며 명세서를 읽어 내려갔다. 카를은 안중에도 없는 것 같았다. 하지만 수석 포터는 카를이 신경 쓰이는 눈치였다. 카를의 존재에 불안함을 느꼈을 수도 있고, 비밀 정보나 부탁을 전하러 온 것 같기도 했다. 그는 고개를 뻣뻣하게 기울인 채 줄곧 화난 눈초리로 카를을 바라봤다. 그러다 자기가 의도한 대로 카를과 시선이 마주치면 다시 수석 웨이터에게 시선을 돌렸다. 하지만 카를은 이미 사무실에 들어온 이상 수석 웨이터의 명령을 받지 않은 채 다시 나가면 좋아 보이지 않을 거라고 생각했다. 수석 웨이터는 명세서에 계속 열중하면서 사이사이에 케이크 한 조각을 조금씩 먹기도 했고 가끔 설탕을 털어낼 때도 명세서에서 눈을 떼지 않았다. 명세서 한 장이 바닥에 떨어졌는데 수석 포터는 집어들 생각도 하지 않았다. 자신이 할 수 없다는 사실도 알고 있었다. 카를이 그 자리에 와서 종이를 주워 수석 웨이터에게 건넸으니 수석 포터가 주울 필요도 없었다. 수석 웨이터는 종이가 바닥에서 저절로 날아오르기라도 한 듯 손동작으로 종이를 낚아챘다. 수석 포터가 화난 시선을 멈추지 않은 걸 보면 이런 소소한 친절도 소용이 없었다. 그럼에도 카를은 전보다 더 침착해졌다. 카를 사건이 수석 웨이터에게 별로 중요하지 않아 보인다는 건 좋은 징조이기도 했다. 사실 납득할 만한 일이기도 했다. 엘리베이터 보이는 별 의미 없는 존재이기에 어떤 행동도 마음대로 해서는 안 되지만, 정확히 말하면 별 의미가 없기 때문에 특별한 돌출 행동도 하면 안 된다. 사실 수석 웨이터도 젊었을 때 엘리베이터 보이였고, 그 세대 엘리베이터 보이들의 자부심이었는데 엘리베이터 보이 조직을 처음으로 만든 사람이었다. 그 자신도 허락받지 않고 자리를 비운 적이 분명히 있었을 것이다. 이제 와서 누구도 그에게 그 일을 떠올려보라고 강요할 수 없고, 자신이 전직 엘리베이터 보이였기에 때론 가차 없이 엄격하게 엘리베이터 보이의 기강을 잡는 것이 자신의 의무라고 여긴다는 사실을 간과해서도 안 될 일이었다. 카를은 이제 시간이 꽤 흘렀다는 데도 희망을 걸었다. 사무실 시계는 이미 5시 15분을 지나고 있으니 르넬은 언제든 돌아올 수 있다. 로빈슨이 나가서 들어오지 않았다는 것을 분명 알았을 테니 어쩌면 르넬이 이미 직원 숙소에 와 있는지도 모른다. 들라마르슈와 르넬이 옥시덴털 호텔에서 멀지 않은 곳에 있겠구나, 하는 생각이 카를의 머리를 스쳤다. 먼 곳에 있었다면 로빈슨이 그런 비참한 꼴로 여기까지 올 수 없었을 것이다. 르넬이 자기 침대에 누워 있는 로빈슨을 발견하기만 하면, 분명 그랬을 테고, 모든 일이 술술 풀릴 것이다. 르넬처럼 수완이 좋은 사람은 특히 자신의 이해관계에 연관된 일이면 로빈슨을 호텔에서 당장 내보낼 테니 말이다. 그동안 로빈슨은 기운이 좀 났을 테고 들라마르슈가 호텔 앞에서 로빈슨을 기다리고 있을 테니 이번 일은 카를이 했던 것보다 훨씬 더 쉬울 것이다. 일단 로빈슨이 호텔에서 나가면 카를은 훨씬 차분하게 수석 웨이터를 대할 수 있을 테고, 이번에는 심한 질책만 받고 피해 갈 수 있을지도 모른다. 그렇게 되면 카를은 거리낄 이유가 없으니 수석 셰프에게 진실을 말해도 될지 테레제와 상의할 것이다. 이대로만 되면 이번 사건은 별다른 불이익 조치 없이 해결될 것이다.

그런 생각을 하니 카를은 마음이 편해졌고, 그날 밤 받은 팁이 많은 것 같은 느낌이 들어 슬쩍 세어봤다. 그때 수석 웨이터가 "잠깐만 기다려주세요. 페오도어 씨"라고 말하더니 명세서를 테이블 위에 놓고 튕기듯 벌떡 일어나 카를에게 소리를 질렀다. 깜짝 놀란 카를은 충격에 휩싸여 수석 웨이터의 크게 벌린 시커먼 입안만 바라봤다.

"너는 허락도 받지 않고 자리를 이탈했어. 그게 무슨 의미인지 알아? 그건 바로 해고를 뜻하지. 어떤 변명도 들을 생각 없어. 네가 꾸며낸 핑계 따위 할 거면 입 다물고 있어. 네가 자리에 없었다는 사실만으로도 충분해. 한번 참아주고 용서하면 엘리베이터 보이 40명 모두 근무 시간에 도망가서 고객 5,000명을 나 혼자서 계단까지 업고 올라가야 할걸."

카를은 아무 말도 하지 않았다. 수석 포터는 가까이 다가가 주름이 몇 군데 있는 카를의 상의를 잡아당겼다. 의심할 여지 없이 카를이 제복 관리에 사소한 실수를 했다는 것을 수석 웨이터에게 알려주려는 행동이었다.

"갑자기 어디 아팠나?"

수석 웨이터가 교활하게 물었다.

"아닙니다."

카를은 그를 주의 깊게 바라보며 대답했다.

"그럼 몸이 아픈 것도 아니었다고?"

수석 웨이터가 더욱 크게 소리쳤다.

"그렇다면 넌 굉장한 거짓말을 한 게 틀림없어. 말해봐. 무슨 변명이 있는지 한번 볼까?"

"전화로 허락을 구해야 한다는 걸 몰랐어요."

카를이 말했다.

"멋진 변명이군."

수석 웨이터가 카를 옷깃을 잡고 번쩍 들어 올려 벽에 걸려 있는 엘리베이터 규정 목록 앞으로 카를을 데려갔다. 수석 포터도 뒤따라 벽으로 갔다.

"자! 읽어봐!"

수석 웨이터가 조항 한 곳을 가리키며 말했다. 카를은 조용히 읽어보라는 얘기라 생각했다.

"큰 소리로!"

수석 웨이터가 명령했다. 카를은 소리 내 읽지 않고 수석 웨이터를 진정시키겠다는 희망으로 이렇게 말했다.

"이 조항은 저도 알고 있습니다. 근무 규정도 받아서 주의 깊게 읽었습니다. 그런데 전혀 필요하지 않은 그런 규칙은 쉽게 잊어버립니다. 저는 두 달 동안 근무했지만 한 번도 자리를 떠난 적이 없습니다."

"그 대가로 이제 네가 자리를 떠나게 될 거야."

말을 마친 수석 웨이터가 테이블로 가서 계속 읽겠다는 듯 명세서를 다시 집어 들었지만 쓸모없는 종이 쪼가리라는 듯 테이블에 쾅쾅 내리쳤다.

"저런 무례한 자식 때문에 규정이 필요한 거야. 야간 근무 중에 이렇게 소란을 피우다니!"

그는 이 말을 여러 차례 반복했다.

"이 자식이 자리를 비웠을 때 누가 엘리베이터에 타려 했는지 아세요?"

수석 웨이터가 수석 포터 쪽을 보고 말했다. 그가 손님 이름을 말했다. 모든 손님을 아는 데다 평가할 수도 있는 수석 포터가 소스라치더니 잽싸게 카를을 바라봤다. 마치 카를 존재 자체가, 그 이름의 주인이 보이가 없는 엘리베이터에서 쓸데없이 한참 동안 기다려야 했다는 사실을 확인이라도 해주는 듯한 눈초리였다.

"끔찍하네요!"

수석 포터가 말하고는 끝없이 경악하며 천천히 고개를 저었다. 카를은 참담한 표정으로 그를 바라보며 이제 이 사람의 우둔함에 대한 대가를 자신이 톡톡히 치르게 되리라 생각했다.

"내가 널 잘 알지."

수석 포터가 말했다. 통통하고 큼직한 검지를 빳빳하게 내밀었다.

"통상적으로 나한테 인사하지 않는 보이는 너뿐이야. 대체 뭔 생각으로 그 모양인지! 포터 사무실을 지나갈 땐 누구나 나한테 인사해야 해. 다른 포터한테는 네 마음대로 해도 되는데 난 인사를 받아야겠어. 가끔 내가 신경 안 쓰는 척하니 너야 속 편하겠지만 누가 나한테 인사하는지 안 하는지 난 분명하게 알아, 뻔뻔한 놈아!"

그는 뒤돌아서서 수석 웨이터를 향해 꼿꼿하게 걸어갔다. 수석 웨이터는 포터 말에 따로 덧붙이지 않고 아침 식사를 마친 뒤 하인이 방금 방으로 가져온 조간신문을 훑었다.

"수석 포터님."

카를이 말했다. 수석 웨이터가 집중하지 않는 동안 최소한 수석 포터와의 문제라도 해결하고 싶었다. 카를은 자신에게 해를 끼치는 건 수석 포터의 비난이 아니라 그의 적대감이라는 걸 파악했기 때문이다.

"저는 분명히 인사 잘하는데요. 저는 미국에 온 지 오래되지 않았습니다. 필요 이상으로 인사를 많이 하는 유럽에서 왔습니다. 아직 그 습관을 완전히 버리진 못했습니다. 불과 두 달 전만 해도 뉴욕에서 어쩌다 상류층과 교류했는데, 그때 사람들은 기회가 있을 때마다 저한테 지나치게 예의 바르게 행동하지 말라고 충고했습니다. 그런 제가 수석 포터님께 인사를 하지 않았다니요. 저는 매일 여러 차례 인사했어요. 물론 볼 때마다 매번 인사한 건 아닙니다. 하루에도 수백 번을 마주치니까요."

"매번 나에게 인사해야 하고, 매번 예외 없이 모자를 손에 쥐고 있어야 하고, 나에게 말하는 내내 나를 '당신'이 아닌 '수석 포터'라고 불러야 해. 이 모든 걸 매번, 매번 해야 해."

"매번요?"

카를은 차분하게 질문하듯 반복했다. 카를은 이 호텔에 근무한 내내 포터가 항상 자신을 엄격하고 나무라는 듯한 눈빛으로 바라봤다는 생각이 문득 들었다. 첫날 아침에도 그랬다. 그날 카를이 아직 자신의 업무에 완전히 적응하지 못했고 다소 대담하기도 했던 터라 혹시 남자 두 명이 자신에 관해 물었는지, 그에게 전달해주라고 사진을 맡기고 가지는 않았는지 앞뒤 사정 가리지 않고 무작정 다급하게 질문을 퍼부었다.

"이제 그런 행동이 어떻게 흘러가는지 잘 알겠지."

카를 가까이에 다가온 수석 포터가 말했다. 포터는 책을 읽고 있는 수석 웨이터를 가리켰다. 수석 웨이터가 자신의 복수를 대신해줄 대리인이라도 된다는 듯한 눈초리였다.

"다음 직장에서는 수석 포터에게 인사하는 방법을 알게 되겠지. 그 직장이 초라한 싸구려 술집이 되더라도 말이야."

카를은 자신이 직장을 잃었다는 사실을 깨달았다. 수석 웨이터가 이미 그렇게 말했고, 수석 포터가 다 끝난 사실이라고 반복했으며, 엘리베이터 보이 한 명 때문에 호텔 경영진이 해고를 확인해줄 필요는 없을 테니 말이다. 이 사건은 생각했던 것보다 더 빨리 진행되었다. 사실 카를은 두 달 동안 최선을 다해 근무했고 확실히 다른 보이들보다 일을 잘했다. 하지만 그런 일은 유럽이나 미국 등 세계 어느 곳에서도 결정적인 순간에는 참작해주지 않는다. 처음 분노하는 사람 입에서 나오는 판결대로 결정될 뿐이다. 바로 작별 인사를 하고 떠나는 게 지금으로서는 최선의 방법 같았다. 수석 셰프와 테레제는 아직 자고 있을 테니 직접 만나서 작별 인사를 하면 자기 행동으로 실망과 슬픔을 안겨줄 수 있어서, 차라리 편지로 작별 인사를 하는 편이 나을 수도 있다. 그러면 얼른 여행 가방을 챙기고 조용히 떠날 수 있을 터였다. 하루 더 머무른다면 잠을 더 잘 수는 있겠지만, 그를 기다리고 있는 건 이 문제가 과장되어 스캔들이 되고, 사방에서 비난받고, 테레제가 눈물을 흘리는, 아니 어쩌면 수석 셰프까지도 눈물을 흘리는 견디기 힘든 광경이 벌어지고 결국은 처벌받는 것밖에 더 있겠는가.

반면 여기서 지금 두 명의 적과 마주하고 있고, 카를이 어떤 말을 하더라도 이 사람 아니면 다른 사람이 무언가 꼬투리를 잡아 더 나쁜 쪽으로 해석하리라는 생각에 불안했다. 그래서 그는 침묵을 지켰고 방 안에 흐르는 일시적인 평화를 잠시 즐겼다. 수석 웨이터가 여전히 신문을 읽고 수석 포터가 테이블 위에 흩어져 있는 영세서를 페이지 순서대로 정리하고 있는 틈을 타서. 포터는 심한 근시 때문에 정리하는 일이 녹록지 않아 보였다.

마침내 수석 웨이터는 하품을 하며 신문을 내려놓았다. 카를 쪽을 흘깃 보며 그가 아직 거기 있는지 확인하고 탁상전화기의 벨을 울렸다.

"여보세요!"라고 여러 번 외쳤지만 아무도 받지 않았다.

"전화 안 받네요."

그가 수석 포터에게 말했다. 카를 눈에는 수석 포터가 전화에 굉장히 관심이 있어 보였다.

"벌써 6시 15분인걸요. 그녀는 지금쯤이면 분명 일어났을 거예요. 벨을 더 크게 울리세요."

포터가 말했다. 그 순간, 벨을 더 울리지 않았는데 전화 답신이 왔다.

"여보세요? 수석 웨이터 이즈베리입니다."

수석 웨이터가 말했다.

"안녕하세요, 수석 셰프님. 주무시는 걸 깨운 건 아닌가 모르겠네요. 미안합니다. 네, 네, 벌써 5시 45분이죠. 그래도 놀라게 해서 정말 죄송해요. 주무시는 동안 전화기를 꺼놓으시죠. 아니, 아닙니다. 어떻게 사과를 드려야 할지 모르겠네요. 사소한 문제를 말씀드리려 한 건데. 그럼요, 시간 있죠. 그렇게 하세요. 괜찮으시면 전화 끊지 않고 기다릴게요."

"잠옷 바람으로 전화 받으러 뛰어왔나 봅니다."

수석 웨이터가 씩 웃으며 수석 포터에게 말했다. 수석 포터는 내내 긴장된 표정으로 전화기 쪽으로 몸을 숙이고 있었다.

"자는 걸 내가 깨웠네요. 평상시엔 타자 치는 사원이 깨우는데, 오늘은 어쩐 일인지 놓쳤나 봅니다. 수석 셰프를 놀라게 해서 미안하네요. 안 그래도 굉장히 예민한 사람인데."

"왜 전화를 끊었죠?"

"타자 치는 사원한테 무슨 일이 있는지 보러 갔어요."

그때 벨이 다시 울려서 수석 웨이터가 전화기를 귀에 대고 대답했다.

"사원이 곧 오겠죠."

그는 말을 이었다.

"매번 그렇게 놀라면 안 됩니다. 제대로 휴식하셔야 해요. 네, 뭐 좀 여쭤보려고요. 엘리베이터 보이가 있는데, 이름은."

그는 질문하는 눈빛으로 카를 쪽으로 돌아봤다. 카를은 예의주시하고 있었기에 얼른 이름을 말해 협조했다.

"이름은 카를 로스만이에요. 제 기억이 맞는다면 수석 셰프님이 그에게 마음을 써줬던 것 같은데요. 배은망덕하게도 그가 수석 셰프님의 친절을 배반했습니다. 무단으로 자리를 이탈해서 중대한 불편을 끼쳤고, 피해 상황이 어느 정도인지 아직 가늠하기도 힘들 정도라 좀 전에 보이를 해고했습니다. 이 문제를 심각하게 받아들이지 않으시길 바랍니다. 무슨 말씀이죠? 해고했습니다. 네, 해고된 거 맞아요. 그가 자리를 이탈했다고 말씀드렸잖아요. 아니에요, 그 부분에 대해서는 정말 동의할 수 없습니다, 수석 셰프님. 이건 제 권위에 관한 문제입니다. 심각한 문제가 많아요, 저런 보이가 조직 전체를 망치고 있는 겁니다. 특히 엘리베이터 보이는 특별히 신경 써야 합니다. 아니, 아니에요. 이 일은 제가 수석 세프님의 부탁을 들어드릴 수 없습니다. 저는 항상 당신에게 호의를 베풀려고 애쓰지만 이번엔 곤란합니다. 이런 모든 일을 겪고도 그를 여기 그대로 남겨둔다면, 내 속이 뒤집어질 정도의 분노로 치를 떨게 하려는 거면 모를까, 그것 말고는 아무 도움도 안 됩니다.

당신 때문에, 네 수석 셰프님 당신 때문에라도 그가 여기에 있으면 안 됩니다. 당신은 그 자식한테 동정심을 갖고 있지만 그는 절대 동정을 받을 자격이 없습니다. 그리고 저는 그뿐 아니라 당신도 알고 있기에 그렇게 되면 당신이 굉장히 실망하게 되리란 걸 알고 있습니다. 무슨 일이 있어도 당신을 실망시키고 싶지 않습니다. 고집 센 보이가 제 앞 몇 걸음 거리에 있는데 저는 공개적으로 얘기하겠습니다. 해고입니다, 아니, 아닙니다. 수석 셰프님, 무조건 해고입니다, 아니, 아니에요. 다른 자리로 옮기지 않을 겁니다. 전혀 쓸모없습니다. 그것뿐 아니고, 그에 대한 다른 불만도 제 귀에 들려오고 있어요. 포터 같은 경우, 뭐라고요, 페오도어 씨? 네, 이 보이가 무례하고 뻔뻔하다고 합니다. 네? 그걸로 충분하지 않다니요? 네, 수석 셰프님, 당신은 이 보이 때문에 당신의 본분을 벗어나고 있어요. 안 됩니다. 자꾸 그런 부탁하지 마세요."

그 순간 수석 포터가 수석 웨이터의 귀 가까이 몸을 숙이고 귓속말했다. 수석 웨이터는 놀란 표정으로 그를 바라보다 전화에 대고 너무 빨리 말해서 카를은 처음에는 그의 말을 잘 이해하지 못하고 까치발로 두 걸음 더 다가갔다.

"수석 셰프님."

수석 웨이터가 말했다.

"솔직히 말해서 당신이 그렇게 사람 보는 눈이 없는 분일 거라곤 생각도 못 했어요. 방금 저는 당신의 천사 같은 젊은이에 대해 새로운 사실을 알게 되었는데, 이 얘기를 들으시면 당신의 생각이 완전히 바뀔 겁니다. 이런 얘기를 제가 해야 한다니 유감입니다. 당신이 예의 바른 청년의 모범이라 부르는 멋진 보이는 비번 날 밤마다 시내로 달려가서 아침이 돼서야 온답니다. 네, 네, 수석 셰프님, 여러 명의 증인, 그러니까 의심의 여지가 없는 증인들이 입증한 사실입니다. 그럼요. 이 보이가 유흥비를 어디서 구하는지 말씀해주실 수 있나요? 근무할 때 집중력을 어떻게 유지하는지도 아시나요? 이 보이가 시내에서 무슨 짓을 하고 다니는지 제가 설명해주길 바라시나요? 이런 보이를 내보내는 일이라면 특별히 더 서두를 생각입니다. 이번 일로 우리가 떠돌이 건달을 얼마나 조심해야 하는지를 상기해줬다고 생각하세요."

"하지만 수석 웨이터님."

카를이 소리쳤다. 이 상황에 엄청난 착오가 있어서 카를은 오히려 안도감을 느꼈다. 이런 오해는 오히려 모든 상황을 예상외로 가장 빠르게 호전시킬 수도 있다.

"분명히 오해를 하고 계신 것 같은데요. 제가 매일 밤 외출한다고 수석 포터가 말씀하셨나 봅니다. 전혀 사실이 아닙니다. 저는 매일 밤 직원 숙소에 있어요. 이건 다른 보이들이 전부 확인해줄 수 있습니다. 잠이 오지 않을 때는 상업통신문 공부를 합니다. 밤에 직원 숙소 밖을 나간 적은 한 번도 없습니다. 어렵지 않게 증명해드릴 수 있어요. 수석 포터가 저를 다른 사람과 혼동한 것 같은데 그분이 왜 제가 인사를 안 한다고 생각하는지 이제 이해가 됩니다."

"닥장 입 다물어!"

수석 포터가 소리를 꽥 지르고 주먹을 휘둘렀다. 다른 사람들 같으면 손가락 하나만 움직였을 터.

"내가 너를 다른 사람이랑 혼동한다니. 참 나, 내가 사람들을 혼동하면 그러면 난 수석 수석 포터 자격이 없는 건데. 들어보세요, 이즈베리 씨. 그러면 저는 이제 수석 포터를 할 수 없습니다. 그러니까 제가 사람들을 혼동했다면 말입니다. 30년 동안 근무하면서 저는 혼동한 적이 한 번도 없습니다. 그때부터 같이 근무한 수백 명의 수석 웨이터들이 이 사실을 확인해줄 겁니다. 그런데 너같이 보잘것없는 놈을 다른 사람이랑 혼동했다고? 번들번들한 면상으로 눈에 띄는 너 같은 놈을? 혼동할 게 뭐가 있지? 넌 매일 밤 나 몰래 시내로 나갔을 텐데. 네 얼굴은 딱 봐도 건달이라는 걸 내가 보장해."

"그만하세요, 페오도어 씨!"

수석 웨이터가 말했다. 수석 셰프와 통화가 갑자기 중단된 듯했다.

"이 문제는 아주 간단합니다. 이 보이가 밤에 놀러 다니는 건 그렇게 중요하지 않아요. 이 보이는 해고되기 전에 자신의 밤 문화생활에 대해 대대적인 조사라도 해주길 바라는 것 같은데요. 얼마나 좋아할지 상상이 되네요. 아마도 엘리베이터 보이 40명이 모두 소환되어 증인으로 심문을 받게 될 겁니다. 엘리베이터 보이들도 착각했을지도 모르니 점차 전 직원이 증인이 되어야 할걸요. 호텔 영업은 당연히 잠시 중단되겠죠. 쫓겨난다 해도 적어도 이 보이는 재미는 보고 나가게 되겠죠. 그러니 우리는 그렇게 하지 않는 게 좋겠습니다. 그는 이미 수석 셰프, 그 착한 여자를 웃음거리로 만들었고, 그것만으로도 충분해요. 이젠 아무 얘기도 듣지 않겠어. 넌 직무 태만으로 즉시 해고된 거야. 지급 전표를 줄 테니 경리실에 제출하면 오늘까지 급여가 지급될 거야. 우리끼리 하는 말인데, 네 처신으로 보면 이건 그냥 선물이야. 수석 셰프님을 생각해서 봐준 거야."

수석 웨이터가 지급 전표에 막 서명하려는데 전화가 왔다.

"엘리베이터 보이들이 오늘 여러 가지로 속 썩이는군!"

그는 첫마디를 듣자마자 수화기에 대고 소리쳤다.

"들어본 적도 없는 일이야!"

그는 잠시 후 또 큰 소리로 말했다. 그는 수화기를 떼고 수석 포터에게 말했다.

"페오도어 씨, 이 녀석 좀 잠시 잡아두세요. 아직 할 얘기가 있어서요."

그러더니 전화에 대고 명령했다.

"당장 올라와!"

이제 수석 포터는 말로는 할 수 없었던 화풀이를 실컷 할 수 있었다. 그는 카를의 팔뚝을 꽉 잡았다. 견딜 수 있을 만큼 꾸준히 느슨하게 잡은 게 아니라 가끔 힘을 풀었다가 점점 세게 잡았다. 수석 포터의 엄청난 체력으로 볼 때 쉽사리 멈출 것 같지 않아 카를은 눈앞이 캄캄해졌다. 수석 포터는 카를을 붙잡기만 한 게 아니었다. 카를의 몸을 잡음과 동시에 쓰러뜨리라는 명령이라도 받은 것처럼 그를 끌어당겨 이리저리 흔들었다. 반쯤은 질문 조로 수석 웨이터에게 반복해서 말했다.

"내가 지금 이 자식을 다른 사람으로 혼동하고 있나요? 내가 지금 이 자식을 다른 사람으로 혼동하고 있나요?"

카를에게는 구원의 순간이었다. 마침 엘리베이터 보이 우두머리인, 항상 쉭쉭 소리를 내는 뚱뚱한 베스가 들어와 수석 포터의 관심이 그쪽으로 쏠렸다. 놀랍게도 베스 뒤로 테레제가 미끄러지듯 들어오는 것을 보고도 카를은 인사도 제대로 못 할 정도로 지쳐 있었다. 테레제 얼굴은 백지장처럼 창백했고 자다가 급하게 뛰어나온 옷차림에 머리를 느슨하게 묶고 있었다. 테레제는 카를에게 다가가 속삭였다.

"수석 셰프님이 알고 있어?"

"수석 웨이터가 수석 셰프님에게 전화했어."

카를이 대답했다.

"그럼 괜찮을 거야. 그럼 괜찮을 거야."

그녀는 생기 넘치는 눈빛으로 빠르게 말했다.

"아니야, 넌 저들이 나에 대해 얼마나 악의를 품고 있는지 몰라. 난 가야 해. 수석 셰프도 납득했어. 여기 있지 말고 어서 방으로 올라가. 내가 가서 작별 인사할게."

카를이 말했다.

"로스만, 무슨 생각하는 거야? 너만 좋다면 넌 우리랑 같이 여기 있을 거야. 수석 웨이터는 수석 셰프가 원하는 거라면 다 들어줄 거야. 수석 웨이터가 그녀를 좋아한다는 걸 얼마 전에 알게 됐어. 그러니 그냥 편안히 있어."

"제발, 테레제, 얼른 가. 네가 여기 있으면 내가 변호를 잘하기 힘들어. 나에 대한 거짓말이 들리니 꼼꼼하게 변호해야 해. 내가 정신 차리고 제대로 변호할수록, 여기 계속 머물 수 있다는 희망이 더 커지거든. 그러니, 테레제."

순간 마음이 찢어질 것 같아 억누르지 못하고 속삭였다.

"수석 포터가 나를 놔주면 좋을 텐데! 그 사람이 나의 적이라는 사실조차 몰랐어. 그 사람이 얼마나 나를 들었다 놨다 하는지!"

이 말과 동시에 카를은 퍼뜩 생각이 들었다. 자신이 왜 이런 말을 했는지, 어떤 여자도 이런 말을 침착하게 들을 수는 없을 텐데라고. 아니나 다를까 테레제는 카를이 말릴 틈도 없이 수석 포터 쪽으로 몸을 돌렸다.

"수석 포터님, 로스만을 제발 놓아주세요. 로스만을 힘들게 하지 말아주세요. 수석 셰프가 곧 오실 테고, 그러면 로스만이 모든 분야에서 부당한 대우를 받고 있다는 걸 알게 될 거예요. 이 사람을 놓아주세요. 로스만을 괴롭힌다고 무슨 득이 된다고 그러세요!"

그녀는 수석 포터의 손을 잡기까지 했다.

"이봐, 명령이야. 명령이라고!"

수석 포터가 말했다. 그는 한 손으로 테레제를 부드럽게 끌어당겼다. 다른 한 손으로는 카를을 힘껏 눌렀다. 카를에게 고통을 주려는 것뿐 아니라, 자기 손에 들어온 이 팔로 오래전부터 하고 싶었으나 이루지 못한 특별한 목표라도 있다는 듯 말이다.

테레제가 수석 포터의 품에서 빠져나오는 데 시간이 좀 걸렸다. 그녀는 카를을 어떻게라도 구해보려고 했다. 수석 포터는 여전히 장황하게 떠들어대는 베스의 말을 귀담아듣고 있었다. 바로 그때 수석 셰프가 잰걸음으로 헐레벌떡 들어왔다.

"휴, 다행이다!"

테레제가 소리쳤고 한순간 방 안에는 이 소리 외에는 아무 소리도 들리지 않았다. 수석 웨이터가 벌떡 일어나 베스를 옆으로 밀었다

"직접 오시다니요. 이런 시답잖은 일로 오신 거예요? 전화로 통화하고 나서 오실지도 모르겠다고 예상은 했지만 그래도 정말 오시리라곤 믿지 않았죠. 그나저나 당신이 돌봐주시는 이 보이의 상황은 점점 더 나빠지고 있습니다. 해고가 아니라 붙들어둬야 할 것 같아서 걱정입니다. 직접 들어보세요."

그는 베스에게 손짓했다.

"우선 로스만과 몇 마디 얘기 좀 해볼게요."

수석 셰프는 웨이터가 앉으라고 하는 안락의자에 앉았다.

"카를, 이리 와봐."

그녀가 말했다. 카를은 그녀 말대로 했다. 아니 수석 포터에게 끌려갔다는 표현이 더 정확했다.

"그 애를 놔주세요."

수석 셰프는 화를 내며 말했다.

"그 앤 강도 살인범이 아니잖아요!"

수석 포터는 그를 놓아주었지만 그전에 한 번 더 너무 세게 눌러

카를의 눈에 피눈물이 날 지경이었다.

"카를" 하고 수석 셰프가 불렀다. 그녀는 차분하게 무릎에 손을 얹고 고개를 기울여 카를을 지그시 바라봤다. 전혀 심문 같은 느낌은 아니었다.

"무엇보다도 내가 아직은 너를 전적으로 신뢰한다고 말하고 싶어. 수석 웨이터도 공정한 사람이야. 내가 보증해. 우리 둘 다 기본적으로 너를 여기 데리고 있고 싶어."

그녀는 말을 가로막지 말라고 부탁하는 듯 수석 웨이터를 흘깃 쳐다봤다. 수석 포터가 말을 가로막는 일은 일어나지 않았다.

"그러니 여기서 지금까지 들은 말은 다 잊어버려. 특히 수석 포터가 한 말을 심각하게 받아들일 필요는 없어. 흥분을 잘하는 분이고 그의 업무상 그건 당연해. 아내와 자녀도 있는 분이고 자기 자신밖에 의지할 곳 없는 소년을 공연히 괴롭혀선 안 된다는 것과 세상에서도 이미 그런 걸 충분히 배려한다는 걸 잘 알고 있어."

방 안에 적막이 감돌았다. 수석 포터는 해명을 요구하는 시선으로 수석 웨이터를 바라봤고 웨이터는 수석 셰프를 보며 고개를 저었다. 엘리베이터 보이 베스는 수석 웨이터의 등 뒤에서 의미 없이 히죽히죽 웃었다. 테레제는 기쁘면서도 마음이 아파 울컥 울음이 터졌지만 소리 내지 않으려고 안간힘을 다했다.

나쁜 징조로 받아들여질지도 모르는데도 카를은 자신과 눈 맞추기를 기대하는 수석 셰프가 아닌, 자기 앞 바닥에 시선을 고정했다. 욱신거리는 팔의 통증이 온몸으로 퍼졌다. 부풀어 오른 상처에 옷이 들러붙어서 당장 옷을 벗고 상태를 확인하고 싶은 마음이 굴뚝같았다. 물론 수석 셰프가 한 말은 호의적이었지만, 불행하게도 바로 수석 셰프의 그런 태도 때문에 카를은 자신이 어떠한 친절도 받을 자격이 없고, 두 달 동안 수석 셰프의 은혜를 부당하게 누렸기에 수석 포터 손에 넘어갈 수 밖에 없다고, 이것 외에는 아무것도 받을 자격이 없다는 사실이 분명히 밝혀진 것 같았다.

"내가 이 말을 하는 이유는" 하고 수석 셰프가 말을 이었다.

"네가 지금 당황하지 않고 대답했으면 해서야. 내가 아는 한 넌 그렇게 하지 않았을 거야."

"그동안 의사를 부르러 가도 될까요? 그 남자가 출혈이 계속되어 죽을지도 모르는 상황이라서요."

엘리베이터 보이 베스가 갑자기 끼어들어 정중하지만 분위기 파악을 못 하며 물었다.

"가봐" 하고 수석 웨이터가 말하자마자 베스는 곧장 뛰어갔다. 수석 웨이터는 수석 셰프에게 말했다.

"문제는 바로 이겁니다. 수석 포터가 재미로 그 소년을 잡은 게 아닙니다. 아래층 엘리베이터 보이 직원 숙소에 누군지 모르는 술 취한 남자가 침대에 이불까지 덮고 있었답니다. 취객을 깨워서 내쫓으려 했죠. 그러자 그가 난동을 부렸다네요. 자기가 누워 있는 방은 로스만 것이고 자기는 로스만의 손님이라면서, 로스만이 자기를 방으로 데려왔고 자기 몸에 손을 대는 사람에겐 로스만이 혼내줄 거라면서 바락바락 악을 썼답니다. 게다가 로스만이 돈을 주겠다고 약속해서 돈을 가지러 갔으니 자기는 카를 로스만을 기다려야 한다고 했답니다. 수석 셰프님, 지금 이 부분에 주목해주세요. 수석 셰프님, 돈을 주겠다고 약속하고 가지러 갔다는 말에요. 로스만, 너도 잘 들어."

수석 웨이터가 카를에게 말했다. 마침 카를은 테레제 쪽으로 고개를 돌리고 있었다. 그녀는 홀린 듯 수석 웨이터를 뚫어지게 바라보며 이마 위로 흘러내린 머리카락을 쓸어 올렸다가 손동작만 취하기도 했다.

"어쩌면 내가 너에게 몇 가지 의무를 상기해주는지도 모르지. 그 남자가 네가 오면 둘이 밤에 어떤 가수를 만나러 갈 거라고 했는데, 그 여자의 이름을 알아들은 사람이 아무도 없었다고 하던데. 그 취객이 노래를 부르면서 가수 이름을 말해서 말이야."

이때 수석 웨이터가 말을 멈췄다. 눈에 띄게 얼굴이 창백해진 수석 셰프가 일어나 의자를 뒤로 살짝 밀었기 때문이다.

"이런 이야기로 당신을 괴롭히지 않을게요."

수석 웨이터가 말했다.

"아니에요, 진짜 아닙니다."

수석 셰프가 그의 손을 잡으며 말했다.

"계속 말씀해주세요. 전부 다 듣고 싶어요. 그 얘기 들으러 여기 왔는데요."

수석 포터는 앞으로 나와서 자신이 처음부터 모든 걸 꿰뚫어 봤다는 표시로 큰 소리로 가슴을 쳤다. 수석 웨이터는 "그래요, 당신 말이 옳았어요, 페오도어!"라는 말로 수석 포터를 진정시키면서 원래 자리로 되돌아가게 했다.

"할 얘기가 많진 않습니다."

수석 웨이터가 말했다.

"남자애들이 그렇듯이 처음에는 그 취객을 놀리다가 그와 싸움이 벌어졌나 봅니다. 방 안엔 언제라도 시합에 뛰어들 수 있는 기량이 뛰어난 복서들이 있어서 그 남자는 그냥 녹다운되었죠. 그가 어느 부위에 얼마나 많은 부위에서 출혈이 있는지 물어볼 엄두가 안 났습니다. 이들은 사나운 권투 선수들이니 취객 한 사람 정도는 아무것도 아니죠."

"그랬군요."

수석 셰프는 의자 등받이를 잡고 자신이 방금 일어난 자리를 바라봤다.

"그럼 한마디라도 해봐, 로스만!"

수석 셰프가 말했다. 테레제는 지금까지 있던 자리에서 수석 셰프 쪽으로 자리를 옮겼다. 그녀는 수석 셰프에게 달려가 팔짱을 꼈다. 카를은 지금까지 그런 모습을 한 번도 본 적이 없었다. 수석 웨이터는 수석 셰프 바로 뒤에 서서 살짝 감겨 있던 수석 셰프의 소박하고 아기자기한 레이스 칼라를 천천히 펴주었다. 카를 옆에 있던 수석 포터가 말했다.

"자, 그래서?"

그가 이 말을 한 건 카를의 등 뒤에서 한 대 치려고 그랬을 뿐이었다.

"사실입니다."

카를은 등 뒤를 가격당해서 말하려 했던 것보다 확신이 덜한 목소리로 말했다.

"제가 그 남자를 침실로 데려갔습니다."

"우린 더는 알고 싶지 않아."

수석 포터가 모든 사람을 대신해 말했다. 수석 셰프는 아무 말 없이 수석 웨이터를 보더니 테레제 쪽으로 시선을 돌렸다.

"어떻게 할 도리가 없었어요."

카를이 말을 이었다.

"제 옛 동료예요. 마지막으로 본 지 두 달 됐는데 저를 만나러 호텔로 왔어요. 그런데 술에 취해서 혼자 갈 수 없을 정도였습니다."

수석 웨이터가 수석 셰프 옆에 서서 들릴 듯 말 듯한 소리로 혼잣말했다.

"그러니까 그 남자가 널 보러 왔고 그러고 나서 술에 취해 갈 수 없었다."

수석 셰프는 어깨 너머로 수석 웨이터에게 뭐라고 속삭였다. 수석 웨이터는 이 문제와는 무관한 어색한 미소를 지어 보이며 반박하는 것 같았다. 카를은 테레제만 쳐다보고 있었고, 테레제는 어쩔 줄 몰라 얼굴을 수석 셰프에게 기댄 채 아무것도 보고 싶지 않은 것 같았다. 카를의 말에 유일하게 만족한 사람은 수석 포터였다.

"그래야지. 술고래 친구를 당연히 도와야지."

그는 여러 차례 반복했다. 그 자리에 있는 사람들 모두에게 눈빛과 손짓으로 이 말을 각인시키려 했다.

"그러니까 순전히 제 잘못이에요."

이 말을 하고 나서 카를은 잠시 말을 멈췄다. 재판관이 자신을 계속 변호해보라고 용기를 주는 친절한 말을 해주기를 기다리기라도 하듯. 그런 말은 없었다.

"그의 이름은 로빈슨이고 아일랜드 사람인데, 제 잘못은 제가 로빈슨을 직원 숙소로 데려왔다는 사실뿐입니다. 그것 말고 그가 술에 취해서 한 말은 모두 사실이 아닙니다."

"그럼 그 사람에게 돈을 준다는 약속은 안 했다고?"

수석 웨이터가 물었다.

"네"라고 대답하고 나서 카를은 그 사실을 깜빡 잊었다는 걸 깨닫고 안타까워했다. 별생각 없었거나 부주의해서 지나치게 단호한 말로 성급하게 자신이 결백하다고 해버렸으니 말이다.

"그가 돈을 달라고 해서 돈을 주겠다 약속했습니다. 하지만 전 돈을 가지러 간 건 아니고 저녁에 받은 팁을 줄 생각이었습니다."

증명하기 위해 카를은 주머니에서 돈을 꺼내 손바닥에 있는 작은 동전 몇 개를 보여주었다.

"너는 점점 더 나쁜 길로 들어가고 있어."

수석 웨이터가 말했다.

"우리가 네 말을 믿으려면 네가 이전에 한 말을 잊어야 할 거야. 그러니 처음엔 네가 그 남자를, 직원 숙소로 데려갔을 뿐이라고 했어. 로빈슨이라는 이름조차 믿지 못하겠어. 아일랜드가 존재한 이래로 그런 이름의 아일랜드 사람은 없었으니까. 어쨌든 남자를 데려간 그 사실 하나만으로도 넌 당장 해고야. 그런데 처음에는 돈을 주겠냐고 약속하지 않았다고 했다가, 갑자기 질문을 받으니 돈을 준다고 약속했다 했지. 여기서 우린 지금 퀴즈 게임을 하는 게 아니고 네 해명을 듣고 싶거든. 처음에 넌 돈을 가지러 간 게 아니라 팁을 주려 했다지만 그 돈이 여전히 네 품에 있다는 것도 밝혀졌어. 그러니 넌 분명히 또 다른 돈을 가지러 갈 생각이었던 거야. 그러려고 오랫동안 자리를 비웠을 테고. 그에게 줄 돈을 여행 가방에서 꺼낼 생각이었다면 별일 아닐 테지만 네가 그렇게 극구 부인하는 건 좀 이상해. 네가 여기 호텔에서 그 남자를 술에 취하게 했다는 사실을 숨기는 것도 마찬가지로 이상하고. 그건 의심의 여지가 없어. 그 남자가 혼자 왔지만 스스로 나갈 수 없다는 걸 너도 인정했고, 직원 숙소에서 자기가 네 손님이라고 고래고래 소리쳤으니 말이야. 이제 남아 있는 의문은 두 가지. 이 사건을 간단히 처리하고 싶으면 네가 직접 대답할 수 있겠지. 아니 사실 네 도움 없이도 이 두 가지는 확인할 수 있긴 하지. 첫째, 어떻게 식료품 저장실에 들어갈 수 있었는지? 둘째, 남에게 줄 수 있는 만큼의 돈을 어떻게 모았는지?"

카를은 속으로 '선의가 없는 사람 앞에서 자신을 변호하는 건 불가능해'라고 말하고 수석 웨이터에게 아무런 대답도 하지 않았다. 테레제가 속상해하겠지만 어쩔 수 없었다. 그는 자신이 어떤 말을 해도 나중에는 의도한 것과 완전히 다른 의미로 왜곡되리라는 것과 그게 좋은지 나쁜지를 결정하는 것도 어떻게 판단하는가에 달려 있다는 걸 알고 있었다.

"대답을 안 하네요."

수석 셰프가 말했다.

"그가 할 수 있는 가장 현명한 일이에요."

수석 웨이터가 말했다.

"뭔가 다른 걸 생각해내겠죠."

수석 포터가 이전에 그토록 잔인한 행동을 했던 그 손으로 자기 수염을 부드럽게 쓰다듬으며 말했다.

"조용히 해."

테레제가 옆에서 흐느껴 울기 시작하자 수석 셰프가 말했다.

"카를이 대답도 안 하는 걸 너도 보고 있잖니. 내가 그를 위해 뭘 해줄 수 있겠냐고. 결국, 수석 웨이터 앞에서 틀린 말을 한 사람은 나야. 말해봐 테레제. 네 생각에는 내가 카를을 위해 해야 할 일을 제대로 하지 못했다고 생각하니?"

테레제가 그걸 어떻게 알 수 있겠으며 수석 셰프가 어린 소녀에게 공개적으로 건넨 질문과 요청으로 두 남자 앞에서 체면이 손상된다 해도 무슨 소용이 있겠는가.

"수석 셰프님" 하며 카를이 마음을 가다듬고 입을 열었다. 그는 테레제가 대답하는 걸 피하게 해주려 했을 뿐 다른 목적은 없었다.

"저는 수석 셰프님 이름에 먹칠을 할 만한 행동은 하지 않았다고 생각합니다. 자세히 조사해보면 다른 사람들 모두 알게 될 겁니다."

"사람들 모두라니."

수석 포터는 수석 웨이터를 손가락으로 가리키며 말했다.

"이건 당신에게 최고로 불리한 말인데요, 이스베리 씨."

"수석 셰프님, 6시 반이군요. 이제 더는 지체할 수 없습니다. 이미 지나치게 관대하게 대처한 이 문제에 대해 제가 최종 결정을 내리도록 해주시는 게 최선이라 생각합니다."

수석 웨이터가 말했다. 그때 어린 지코모가 들어와서 카를에게 다가가려다 방 안을 가득 압도하고 있는 침묵에 놀라 걸음을 멈추고 기다렸다.

수석 셰프는 카를이 마지막으로 말한 이후 그에게 눈을 떼지 않았다. 그녀는 수석 웨이터의 말을 들었다는 어떤 조짐도 보이지 않았다. 그녀의 시선은 온전히 카를만 향하고 있었다. 큼지막한 푸른 눈은 나이가 들고 고생을 해서인지 좀 침침해 보였다. 그녀가 자기 앞에 놓인 의자를 살살 흔드니 다음 순간 그녀가 이렇게 말할 거라고 짐작이 갔다.

'자, 카를. 생각해보면 이 문제는 아직 명확하게 정리되지 않았고,

네 말대로 정확한 조사가 필요할 것 같아. 다른 사람이 동의하든 안 하든 이제 조사를 실행할 생각이야. 정의가 실현돼야 하지 않겠니.'

수석 셰프는 그렇게 말하지 않았고 누구도 깨뜨릴 엄두를 못 내는 잠깐의 침묵이 지나고 나서 입을 열었다. 수석 웨이터의 말을 확인이라도 하듯 시계가 6시 30분을 울렸고, 다들 알고 있는 대로 호텔 전체의 모든 시계가 동시에 울렸다. 시간이 지나면서 하나의 거대한 초조함이 두 번 경련하는 것처럼 귓속에서 울리고 마음에 울렸다.

"안 돼, 카를, 안 돼, 안 돼! 우린 믿고 싶지 않아. 정당한 일에는 특별한 모습이 있어. 그런데 네 문제는 그렇지 않고 난 그걸 인정할 수밖에 없어. 난 그렇게 말할 수 있고 그렇게 말해야 해. 왜냐하면 너에 대한 최고의 선입견을 갖고 여기에 온 사람이 바로 나잖아. 테레제도 침묵하고 있는 거 보이지?"

하지만 그녀는 침묵하지 않고 울고 있었다. 셰프는 갑작스레 결심이 떠올랐는지 멈칫했다가 말했다.

"카를, 이리 와봐."

수석 웨이터와 수석 포터는 카를 등 뒤에서 활기찬 대화를 나누기 시작했고, 카를이 다가오자 수석 셰프는 왼손으로 카를을 끌어안았다. 시키는 대로 따라가는 테레제와 카를을 데리고 방 안쪽으로 가서 여기저기 몇 번을 서성이다 말했다.

"그럴 수도 있어, 카를. 조사를 통해 세부 사항까지 네가 옳았다는 것이 입증될 수 있고 너도 그렇게 믿고 있는 것 같아. 그렇지 않으면 내가 너를 전혀 이해하지 못한 거야. 왜 아니겠어? 너는 수석 포터에게 정말로 인사를 했을걸. 나는 인사했으리라고 확실히 믿어.

나는 수석 포터에게 어떻게 대해야 하는지 알고 있어. 너도 알다시피, 나는 지금 너한테 터놓고 말하고 있잖아. 그런 사소한 변명은 전혀 도움이 되지 않아. 수년간 같이 지내면서 나는 수석 웨이터의 사람 보는 눈을 높이 평가하게 되었어. 내가 아는 가장 신뢰할 수 있는 사람인 수석 웨이터가 너의 잘못을 분명히 밝혔고, 네 잘못에 대해 내가 반박할 수는 없을 것 같아. 어쩌면 네가 그냥 경솔하게 행동했을 수도 있고, 너는 내가 생각했던 그런 사람이 아닐 수도 있어. 그래도," 하며 그녀는 말을 멈추고 두 남자를 힐끗 바라봤다.

"네가 본래 행실이 바른 청년이란 생각은 여전히 버리지 못하겠어."

"수석 셰프님! 셰프님!"

그녀의 눈길을 붙잡고 있던 수석 웨이터가 주의를 줬다.

"곧 끝나요."

말하고 나서 수석 셰프는 말의 속도를 빨리하며 카를을 설득했다.

"들어봐, 카를. 내 관점으로 이 사건을 보면, 수석 웨이터가 조사에 착수할 생각이 없다는 걸 다행이라고 생각해. 조사를 시작하면 내가 너를 위해 그걸 막아야 할 테니까 말이야. 네가 그 사내에게 어떤 식으로 뭘 대접했는지 누구도 알지 못해. 그건 그렇고, 네가 말하는 것처럼 그 사내가 너의 옛 동료 중 하나가 될 순 없어. 헤어질 때 그들과 심하게 싸웠기 때문에 지금은 그들 중 어느 한 명도 동료로 대하지 않을 텐데. 그 사내는 네가 밤중에 시내 술집에서 어쩌다 친분을 쌓은 지인일 뿐일 테지. 카를, 네가 어떻게 나한테 이 모든 걸 숨길 수 있니? 혹시 직원 숙소 생활이 참을 수 없어서 처음에 이런 단순한 이유로 밤 나들이를 시작했다면 그런 얘기를 왜 한마디도 안 했지? 너도 알다시피 내가 너 혼자 쓰는 방을 주고 싶었는데 네 요청 때문에 포기했잖아. 이제 보니 너는 여러 명이 같이 쓰는 직원 숙소를 선호한 것 같아. 속박 없는 자유를 느낄 수 있을 테니까. 그리고 너는 돈을 내 금고에 보관하고 매주 받은 팁을 나한테 가져왔잖아. 그런데 대체 유흥비를 어디서 구했니? 친구한테 줄 돈은 또 어디서 가져오려고 했지? 물론 이런 얘기는 적어도 지금은 수석 웨이터에게 슬쩍 암시하는 것조차도 안 될 일이야. 그렇게 되면 조사가 불가피해질 수도 있으니까. 그러니 가능한 한 빨리 호텔에서 나가야 해. 바로 브레너 게스트 하우스로 가. 테레제와 여러 번 거기에 가본 적이 있잖아. 이 추천서를 가져가면 무료로 받아줄 거야."

그러고 나서 수석 셰프는 금색 펜으로 명함에 몇 줄 적었다. 그러는 중에도 그녀는 말을 중단하지 않았다.

"내가 여행 가방을 곧바로 보낼게. 테레제, 얼른 엘리베이터 보이 옷장에 가서 여행 가방을 챙겨!"

그러나 테레제는 움직이지 않았다. 지금까지 모든 고통을 견뎌냈던 것처럼 이제 그녀는 수석 셰프의 호의 덕분에 카를의 문제가 더 나은 방향으로 전환되는 순간을 함께하고 싶었다.

누군가 모습을 드러내지 않고 문을 살짝 열었다가 곧바로 다시 닫았다. 안 봐도 자코모였을 게다. 그가 다시 들어와 "로스만, 할 말이 있어"라고 말했기 때문이다.

"잠깐만 기다려."

셰프가 말하며 고개를 숙인 채 그녀의 말에 경청하고 있던 카를의 주머니에 명함을 꽂아 넣었다.

"네 돈은 당분간 내가 보관할게. 믿고 맡겨도 돼. 오늘은 게스트 하우스에 머물면서 이번 일에 대해 곰곰이 생각해봐. 오늘은 내가 시간이 없고 여기에 너무 오래 있었으니 내일 브레너 게스트 하우스로 갈게. 우리가 널 위해 할 수 있는 일이 뭔지 더 알아볼게. 내가 널 두고 가버리는 일은 없을 거야. 너도 오늘 지켜봐서 알았을 테지. 네 미래는 걱정하지 않아도 돼. 오히려 최근 일이나 신경 써."

그런 다음 그녀는 그의 어깨를 가볍게 두드리며 수석 웨이터에게 다가갔다. 카를은 고개를 들어 크고 당당한 그녀의 뒷모습을 지켜봤다. 조용한 발걸음과 거리낌 없이 자유로운 자세로 멀어져갔다.

"어째 기쁘지 않은가 봐?"

카를 곁에 남아 있던 테레제가 말했다.

"모든 일이 이렇게 잘 풀렸는데?"

"어, 기쁘지."

카를은 그녀에게 미소 지으며 말했다. 그런데 도둑으로 쫓겨나는 상황을 자신이 왜 기뻐해야 하는지 이해가 안 됐다. 테레제의 눈에서 기쁨이 환하게 빛을 발했다. 카를이 도망갈 수 있게만 해주면 그 일이 수치든 명예든, 그가 무슨 잘못을 했든 안 했든, 그가 공정하게 판정을 받았든 안 받았든 그런 것들은 그녀에게 전혀 중요하지 않다는 얼굴이었다. 본인 일에 대해서는 극도로 꼼꼼해서 셰프가 한 확실치도 않은 말 한마디를 몇 주 동안 생각을 굴려보며 분석하던 그녀였다. 카를은 의도적으로 물었다.

"내 여행 가방을 바로 싸서 보내줄 거야?"

얼마나 놀랐는지 자기 의지와 상관없이 저절로 고개가 저어졌다. 그렇게나 빨리 테레제가 그 질문에 반응했다. 모든 사람에게 비밀로 유지해야 할 물건이 가방 안에 있다는 확신 때문에 테레제는 카를을 쳐다보지 못하고, 손을 건네지도 않고 속삭였다.

"당연하지. 카를, 지금 당장 가방을 챙길게."

말을 마치자마자 테레제는 쏜살같이 자리를 떴다.

이제 더는 참지 못한 자코모가 오래 기다리다 흥분해 소리쳤다.

"로스만, 그 남자가 복도에서 뒹굴고 있는데 끌어낼 수가 없어. 병원으로 데려가려 했지만, 완강하게 거부하면서 병원에 가는 건 네가 절대 용인하지 않을 거래. 자동차를 불러서 자기를 집으로 보내달래. 차비는 네가 지불할 거라며. 그렇게 할까?"

"그 사내가 너를 믿고 있나 보네."

수석 웨이터가 말했다. 카를은 어깨를 으쓱하고 돈을 세어 자코모의 손에 건넸다.

"더는 없어."

카를이 말했다.

"네가 같이 갈 건지 물어보라던데."

자코모가 돈을 짤랑거리며 물었다.

"카를은 같이 가지 않을 거야."

수석 셰프가 말했다.

"자, 로스만."

수석 웨이터는 자코모가 밖으로 나갈 때까지 기다리지 않고 재빨리 말했다.

"넌 당장 해고야."

수석 포터는 여러 차례 고개를 끄덕였다. 마치 그게 자기 말이고 수석 웨이터가 자기 말을 똑같이 따라 했다는 듯.

"해고 사유는 큰 소리로 말할 순 없어. 소리 냈다간 너를 가둬야 하니까."

수석 포터는 눈에 드러나게 엄격한 시선으로 수석 셰프를 쳐다봤다. 이 사건을 이렇게 솜방망이 처벌로 끝나게 한 장본인이 바로 그녀라는 걸 분명히 인식하고 있었기 때문이다.

"이제 베스에게 가. 옷을 갈아입고 제복을 베스한테 주고 곧바로 나가. 즉시 호텔에서 나가라고!"

수석 셰프는 눈을 감았다. 카를을 진정시킬 의도로 그렇게 했다. 카를이 고개를 숙이고 작별 인사하며 힐끗 보니 수석 웨이터가 수석 셰프의 손을 몰래 잡더니 쓰다듬고 있었다. 수석 포터는 둔한 발걸음으로 카를을 문까지 배웅했다. 그는 문을 닫지 못하게 열어둔 채 카를 등 뒤에 대고 소리 질렀다.

"15초 후에 네가 호텔 정문을 나가는 걸 그 자리에서 똑똑히 지켜볼 거야. 명심해."

카를은 정문에서 트집잡히지 않으려고 서둘렀지만 마음먹은 대로 후딱 갈 상황이 안 되고 자꾸 지체됐다. 일단 베스가 보이지 않았고, 지금은 아침 식사 시간이라 사람들로 북적거렸다. 그러다 어떤 보이가 카를의 낡은 바지를 가져갔다는 걸 알았고 그걸 찾으려고 거의 모든 침대 옆 옷걸이를 다 뒤졌다. 그러다 보니 5분 정도 지났고, 그렇게 정문 쪽으로 갔다.

카를 바로 앞에 신사 네 명 사이로 부인이 걸어가고 있었다. 그들 모두 대기하고 있는 대형 자동차 쪽으로 갔다. 제복을 입은 하인이 자동차 문을 열어두고 있었다. 왼팔을 옆으로 뻗어 수평으로 꼿꼿하게 들고 있는 모습이 대단히 엄숙해 보였다. 카를은 품위 있는 이 사람들 뒤로 숨어 몰래 빠져나가기를 바랐지만 어림없었다. 어느새 수석 포터가 그의 손을 움켜쥐었다. 죄송하다고 양해를 구하면서 두 신사 사이에서 카를을 끌어당겼다.

"15초라고 했지."

그는 마치 잘못 가고 있는 시계를 보듯 카를을 옆에서 바라보며 말했다.

"이리 와."

그런 다음 그는 카를을 컨시어지 사무실로 데려갔다. 그는 한참 전부터 내부를 보고 싶었는데 이제 수석 포터에게 떠밀려 의구심을 품고 안으로 들어갔다. 몸을 돌려 수석 포터를 밀어내고 도망가려 했지만 그는 이미 문 안에 있었다.

"아니, 안 돼. 여기로 들어가."

수석 포터가 말하며 카를을 돌려세웠다.

"저는 이미 해고됐어요."

카를이 말했다. 이 말은 호텔에 있는 누구도 이제 더는 그에게 명령할 수 없다는 의미였다.

"내가 붙잡고 있는 한 너는 해고된 게 아니야."

수석 포터가 말했다. 이 말도 맞기는 했다.

생각해봐도 카를이 수석 포터에 맞서 저항해야 할 이유를 찾지 못했다. 여기서 무슨 일이 더 생기겠는가? 포터 사무실 벽은 거대한 통유리로 돼 있어서 로비를 지나가는 사람들 무리가 자신이 그들 사이에 있는 것처럼 훤히 보였다. 그렇다, 이 사무실에는 사람들의 눈을 피할 수 있는 구석은 어디에도 없는 것 같았다. 밖에 있는 사람들이 팔을 뻗고 고개를 숙이고, 도움을 청하는 눈빛으로 바라보고,

짐을 들고 서둘러 길을 찾아가는 것 같았지만, 그래도 이 사무실에 시선을 던지지 않고 지나는 사람은 거의 없었다. 호텔 손님과 호텔 직원 모두에게 중요한 공지 사항과 안내문이 유리벽에 항상 게시되어 있기 때문이다. 커다란 미닫이창에 말단 포터 두 명이 앉아 다양한 사항에 대한 안내를 해주는 등 컨시어지 사무실과 로비 사이에 직접적인 소통이 이루어졌다. 바로 이들이야말로 과중한 업무에 시달리는 사람들이었다. 카를이 알기로는 수석 포터도 이런 자리를 거쳐 경력을 쌓아왔을 텐데, 그 말을 해주고 싶었다.

정보를 제공하는 포터 두 사람은, 밖에서는 상상도 못 할 일이지만 열린 창문을 통해 늘 적어도 열 명 정도 그들에게 질문하는 얼굴을 상대하고 있었다. 끊임없이 바뀌는 열 명의 질문자가 마치 각각 다른 나라에서 파견된 것처럼 여러 언어가 혼란스럽게 오가는 상황이 종종 있었다. 몇 사람이 동시에 질문하는 일은 늘 있었고, 몇몇 사람은 자기들끼리 이야기했다. 대부분 이곳에서 무언가를 받아가거나 맡기려는 사람이라 항상 초조하게 흔드는 손이 무리 위로 솟아 있는 광경도 보였다. 갑자기 위에서 떨어져 순간 모든 사람의 얼굴을 덮은 신문을 찾겠다고 온 사람도 있었다. 말단 포터 두 명이 이런 모든 일을 감당해야 했다. 이들의 임무는 단순히 말만 하는 수준이 아니었다. 쉬지 않고 떠들어야 했고 특히 둘 중 얼굴 전체를 덮는 검은 수염이 있는 우울해 보이는 남자는 조금도 쉬지 않고 안내했다. 그는 테이블 위에서 끊임없이 도움 주는 일을 했다. 힘을 아끼고 모으기 위해서 그런지 그는 테이블 상판도, 누가 질문하든 질문자의 얼굴도 보지 않고, 앞만 바라봤다. 게다가 수염 때문에 그의 말을 이해하기가 좀 어려웠다. 카를이 잠깐 그 옆에 있는 동안 그가 말하는 내용을 거의 이해할 수 없었다. 그가 사용하는 언어는 영어이기는 했지만 외국어 같아서였다. 더욱이 안내가 다른 안내로 계속 이어져서 문의한 손님이 잔뜩 긴장한 얼굴로 그 답변이 여전히 자기 일이라고 철석같이 믿고 경청하다가 잠시 후에야 자기 용무가 끝났다는 걸 깨닫게 되는 일이 종종 있어 혼란스럽기도 했다. 손님들은 말단 포터 직원이 질문을 대략적으로만 이해하고 확실치 않은 경우 절대 질문을 되묻지 않는다는 사실에도 익숙해져야 했다. 이럴 때 그는 눈에 띄지 않게 고개를 좌우로 흔드는데 이 행동은 본인이 이 질문에 대답할 의향이 없다는 의미였다. 그러니 자신의 오류를 인식하고 질문을 더 분명하게 표현하는 것은 질문자의 몫이었다. 특히 이 문제로 많은 사람이 포터 데스크 앞에서 오랜 시간을 보냈다. 말단 포터 업무 지원을 위해 각각 사환이 한 명씩 배정되어 있었다. 사환은 상황에 따라 말단 포터가 필요로 하는 물건을 책장이나 각종 박스에서 가져다주는 일을 했다. 이 일은 굉장히 고되지만 호텔에서 젊은이들이 가장 높은 보수를 받는 자리였다. 어떤 의미에서 사환은 포터보다 더 힘들었다. 왜냐하면 포터들은 생각하고 말하기만 하면 되지만, 사환들은 동시에 생각하고 움직여야 했기 때문이다. 사환들이 물건을 잘못 가져오면, 말단 포터들은 바빠서 사환들에게 잔소리를 길게 할 수도 없는 터라 사환들이 테이블 위에 올려놓은 물건을 단숨에 획 던져버렸다. 포터 근무 교대가 마침 카를이 사무실 안에 들어온 직후에 있었는데 근무 교대는 꽤 흥미로웠다. 근무 교대는 낮 동안에는 훨씬 자주 있을 터다. 데스크 뒤에서 한 시간 이상 근무할 사람은 없을 테니 말이다. 교대 시간을 알리는 종이 울리자 동시에 옆문에서 이제 근무하게 될 두 명의 말단 포터가 각각 사환을 데리고 들어왔다. 그들은 일단 일하지 않고 데스크에 가만히 서서 밖에 있는 사람들을 관찰하며 현재의 질의응답 과정이 어느 단계에 있는지 파악했다. 교대할 때가 됐다고 생각되면 그들은 교대할 포터의 어깨를 두드렸다. 앉아 있던 포터는 지금까지는 등 뒤에서 일어나는 일에 전혀 관심을 두지 않았지만 즉시 알아차리고 자리를 비워주었다. 이 모든 과정이 얼마나 신속하게 일어나는지 창구 밖에 있던 사람들을 놀라게 할 때가 자주 있었다. 그들은 갑자기 자기 앞에 나타난 새로운 얼굴을 보고 깜짝 놀라 거의 뒷걸음질할 뻔했다. 교대 근무를 시작한 두 사람은 기지개를 켜고 준비된 두 개의 세면대에서 뜨끈뜨끈해진 머리에 물을 끼얹었다. 반면 교대한 사환들은 아직 기지개를 켜서는 안 되었고 근무 시간에 바닥에 던져진 물건들을 주워서 제자리에 놓아두어야 했다.

이 모든 것을 카를은 고도의 집중력으로 몇 분 만에 파악했다. 살짝 두통을 느끼며 자신을 이끄는 수석 포터를 조용히 따라갔다. 분명 수석 포터도 이런 안내 방법이 카를에게 큰 인상을 주었다는 것을 눈치채고 예의주시했다. 갑자기 수석 포터가 카를의 손을 잡아당기며 말했다.

"이봐, 여기선 이렇게 일해."

카를은 여기 호텔에서 게으름을 피우지는 않았지만 이런 일에 대해서는 전혀 몰랐다. 수석 포터가 자신의 큰 적이라는 사실도 깜빡 잊고 그를 보며 말없이 고개를 끄덕였다. 이런 카를의 태도는 수석 포터 눈에 말단 포터를 과대평가하는, 어쩌면 수석 포터 자신에 대한 무례한 행동처럼 보였다. 수석 포터는 사람들이 자기 소리를 듣거나 말거나 개의치 않고 카를을 비웃듯이 큰 소리로 말했다.

"물론 이 일은 호텔에서 가장 멍청한 일이야. 한 시간만 잘 들으면 흔히 받는 질문을 거의 다 파악할 수 있으니까. 나머지 문의에는 대답할 필요도 없고. 네가 건방지고 무례하지만 않았어도, 거짓말하거나 방탕하고 폭음하고 훔치는 짓만 하지 않았어도, 내가 너를 저런 창구에 배치할 수도 있었을 텐데. 저런 자리에는 머리가 둔한 놈만 채용할 수 있거든."

자신을 향한 모욕은 다 흘려들었지만 말단 포터들의 충실하고 고된 노동이 인정받기는커녕 조롱당하자 카를은 격분했다. 더욱이 수석 포터는 감히 그럴 엄두도 못 내겠지만 혹여 그런 창구에 앉으면 모든 질문자의 웃음거리가 되어 몇 분도 안 돼 물러나야 했을 그런 인물에게 조롱을 당하다니 말이다.

"가게 해주세요."

카를이 말했다. 컨시어지 사무실에 관한 호기심은 이제 넘치도록 충족되었다.

"당신과는 이제 더 엮이고 싶지 않습니다."

"나가려면 그 정도로는 부족하지."

수석 포터가 말하고 나서 카를의 두 팔을 얼마나 꽉 쥐었는지 카를은 팔을 조금도 움직일 수 없었다. 포터는 그 상태로 포터 사무실 반대쪽 끝으로 카를을 끌고 갔다. 밖에 있는 사람들은 수석 포터의 폭력을 못 봤단 말인가? 아니 봤다면 이런 폭력 행위를 어떻게 받아들였기에 저지하는 사람이 아무도 없으며 유리창 두드리는 사람조차 한 명도 없단 말인가. 다른 사람들이 다 보고 있으며 수석 포터가 카를을 그렇게 함부로 다루면 안 된다는 것을 지적해줘야 하는 것 아닌가?

카를은 로비에서 누군가의 도움을 받을 수 있으리라는 희망은 곧바로 버렸다. 수석 포터가 커튼 줄을 잡아당겨서 순식간에 검은색 커튼이 컨시어지 사무실 유리창 절반을 가려버렸기 때문이다. 사무실 한쪽에도 사람들이 있었지만 모두 일하느라 바빠서 자신들과 관련되지 않은 일에는 귀를 막고 눈도 가렸다. 게다가 전적으로 수석 포터 휘하에 있는 직원들이라 카를을 돕기는커녕 오히려 수석 포터가 뭘 해도 숨기기 급급했을 것이다. 예를 들어, 그곳에는 말단 포터 여섯 명이 여섯 대의 전화기를 두고 근무했다. 금세 알아차릴 수 있는데, 한 사람은 계속 통화 내용을 메모하고, 같은 조원은 첫 번째 사람에게 받은 메모대로 지시 내용을 전화로 전달하는 방식으로 일했다. 이 전화기는 전화 부스가 필요하지 않은 최신 전화기였다. 벨소리는 찌륵찌륵 지저귀는 소리보다 크지 않아서 전화기에 속삭이듯 말해도 특수 증폭 장치 덕분에 상대 전화기에는 우렁찬 목소리로 전달되었다. 그러니 통화하는 세 사람이 각자 전화기에 대고 말하는 소리는 거의 들리지 않아 그들이 중얼거리며 수화기에 대고 무슨 일이 벌어지고 있는지 관찰하는 중이라고 생각될 정도였다. 반면 다른 세 사람은 주변에는 들리지 않고 자신들에게만 밀려드는 소음에 귀가 먹먹해져서 종이에 머리를 박고 기록하고 있었는데, 그게 그들의 임무였다. 이곳에도 전화 통화하는 세 사람 옆에 각각 사환 한 명씩이 서서 도움을 주었다. 사환 세 명은 번갈아 가며 자기 상사 쪽으로 고개를 들어 귀를 기울인 뒤, 뭔가에 찔린 듯 급하게 서두르며 커다란 노란색 책에서 전화번호를 찾아봤다. 여러 장씩 뭉텅이로 책장을 넘기는 소리가 전화 소리보다 훨씬 더 컸다.

수석 포터가 앉아서 카를을 자기 앞에 붙잡다시피 세워두었는데도 카를은 이 모든 과정을 면밀히 추적하지 않을 수 없었다.

"내 임무가 바로 이거야."

수석 포터는 카를의 얼굴을 자기 쪽으로 향하게 하려는 듯 카를을 흔들었다.

"수석 웨이터가 어떤 이유에서든 놓친 것을 호텔 경영진을 대신해서 조금이라도 회복하는 거지. 우리 호텔에선 항상 서로 다른 사람을 대신해서 도와주거든. 그렇게 하지 않았다면 이토록 큰 규모의 호텔 경영은 상상도 못 했을걸. 너는 내가 직속 상사가 아니라고 말하고 싶을지도 모르겠다만. 내가 방치되었던 이 문제를 맡게 된 건 더 잘된 일이야. 어떻게 보면 나는 수석 포터로서 다른 누구보다 높은 자리에 있는 거야. 호텔의 문은 전부 다, 그러니까 이 정문하고 중간 문 세 개, 옆문 열 개. 거기다 셀 수 없이 많은 문과 문이 없는 출구까지 책임지고 있으니 말이야. 물론 내 밑에 있는 직원들도 모두 내 말에 무조건 복종해야지. 한편으론 호텔 경영진이 나한테 부여한 이런 큰 영예에 부응하려면 조금이라도 수상한 사람은 잡아둬야 할 의무가 있어. 그런데 바로 네가 어떤지 알아? 난 이게 참 좋은데 말이야, 네가 아주 수상하단 느낌이 든다는 거야."

그는 너무 신이 나서 두 손을 번쩍 들었다가 다시 힘껏 내리며 아플 정도로 세게 손뼉을 쳤다.

"뭐 그럴 수도 있을 거야."

그는 근엄하게 말하며 덧붙였다.

"네가 다른 출구로 나갔다면 들키지 않았겠지. 너는 내가 특별한 지시를 내릴 만한 사람이 아니었으니까. 어쨌든 지금 네가 여기 있으니까 너랑 있는 걸 즐겨볼 생각이야. 그건 그렇고 우리가 정문에서 만나기로 한 약속을 꼭 지킬 거라고 믿어 의심치 않았어. 왜냐하면 뻔뻔스럽고 제멋대로인 놈은 자신에게 불리한 장소와 시기를 정확하게 파악해서 불리할 땐 나쁜 짓거리를 그만두기 마련이거든. 너도 분명 너 자신한테서 그런 걸 자주 보게 될 거야."

"그런 생각은 버리세요."

카를이 말했다. 수석 포터 몸에서 독특한 곰팡내 같은 냄새가 났다. 수석 포터 옆에 그렇게 오래 서 있었는데도 이제야 냄새를 느꼈다.

"내가 전적으로 당신 손아귀에 있나는 생각은 하지 마시라고요."

카를이 말했다.

"내가 소리 지를 수도 있어요."

"그럼 네 입을 틀어막으면 되지."

수석 포터는 부득이하면 그렇게 하겠다는 듯 침착하면서도 빠르게 말했다.

"너 때문에 누가 여기 들어온들, 수석 포터인 내 앞에서 너한테 동조해줄 사람이 있다고 생각하냐? 그렇다면 네 희망은 쓸데없는 짓이었다는 걸 알게 될 거야. 그나마 제복을 입었을 땐 그래도 좀 봐줄 만했지만, 유럽에서나 입을 만한 이런 옷으론 어림도 없는 소리."

수석 포터는 카를의 옷을 이리저리 잡아당겼다. 다섯 달 전만 해도 거의 새것 같았는데 지금은 닳고 구깃구깃한 데다 심하게 얼룩까지 있었다. 엘리베이터 보이들이 함부로 다뤄서 생긴 얼룩이었다. 직원 숙소 규정에 따르면 엘리베이터 보이들은 매일 바닥을 반들반들하게 먼지 한 톨 없이 유지해야 하는데, 꾀가 나서 제대로 청소하지 않고 바닥에 기름 같은 걸 뿌려서 옷걸이에 걸려 있는 옷에까지 보기 싫게 기름이 튀게 만들었다. 자기 옷을 본인이 원하는 데 보관하면 되는데 당장 눈앞에 자기 옷이 안 보이면 다른 사람이 숨겨둔 옷을 찾아내 빌려 입는 누군가가 항상 있다. 그런 누군가가 그날 청소 당번이면 빌린 옷에 기름이 튀는 정도가 아니라 옷 위에서 아래까지 기름에 흠뻑 젖을 수도 있다. 르넬만이 비싼 자기 옷을 비밀장소에 숨겨놓았다. 지금까지 그걸 찾아 꺼내 입은 사람은 거의 없었다. 그 누구도 악의가 있거나 자기 옷을 아끼느라 남의 옷을 빌리는 건 아니고 그냥 바쁘게 서두르다 아무거나 보이는 대로 집어 들었다. 심지어 르넬 옷에도 등 한가운데 불그스레한 둥근 얼룩이 있어서 시내에서 알 만한 사람이 보면 얼룩만 보고도 말끔한 그가 엘리베이터 보이라는 걸 알아차릴 것이다.

카를은 이런 기억을 떠올리면서 자신이 엘리베이터 보이로 충분히 고생했지만 모든 게 허사였다고 혼잣말했다. 엘리베이터 보이라는 직업은 그가 희망했던 것처럼 더 나은 직장으로 가는 첫 단계에 오른 게 아니라 오히려 훨씬 더 추락했고 감옥에 갈 뻔하기까지 했으니 말이다. 게다가 여전히 수석 포터에게 붙잡혀 있는 신세였다. 수석 포터는 어떻게 하면 카를에게 더 망신을 줄지 고심하고 있는 듯했다. 수석 포터가 절대로 설득당할 사람이 아니라는 걸 깜빡하고 카를은 잡혀 있지 않은 손으로 이마를 딱딱 여러 차례 치면서 말했다.

"설사 내가 진짜로 인사를 안 했다 해도 어른이 되어서 인사를 못 받았다고 어떻게 이렇게 복수할 수 있냐고요!"

"복수 같은 소리하네!"

수석 포터가 말했다.

"난 그냥 네 주머니를 뒤질 생각이야. 아무것도 못 찾으리란 확신이 들기는 해. 네가 좀 조심스럽게 했겠냐. 친구한테 매일 조금씩 야금야금 훔쳤겠지. 그래도 안 뒤질 수야 없지."

어느새 재킷 주머니에 손이 들어갔다. 손길이 얼마나 거칠었던지 솔기가 터져버렸다.

"여긴 뭐 별거 없네."

그는 주머니에서 꺼낸 내용물을 자기 손에서 일일이 확인했다. 호텔 홍보용 달력, 상업통신문 문제가 적힌 종이 한 장, 재킷 단추 몇 개, 수석 셰프 명함, 손님이 짐을 싸는 중에 그에게 던져 준 손톱 정리용 줄, 르넬이 열 번 정도 대신 근무를 해줬다고 고맙다며 선물해준 낡은 손거울, 그 밖에 몇 가지 소소한 물건이 더 있었다.

"여긴 진짜 별거 없네."

수석 포터가 되풀이해서 말하더니 물건들은 전부 의자 밑으로 던졌다. 카를의 소유물은 도난당하지 않는 한 의자 밑으로 들어가야 하는 게 당연한 것처럼 말이다.

'너무 나갔어. 이건 아니지.'

카를이 속으로 말했다. 얼굴이 벌겋게 달아올랐다. 과욕으로 부주의해진 수석 포터가 두 번째 주머니를 헤집는 틈을 타, 카를은 소매를 홱 뿌리치고 누구도 제어할 수 없이 단숨에 펄쩍 뛰어오르면서 포터를 전화기 쪽으로 밀치고 뛰어나왔다. 공기가 후텁지근해서 의도했던 것보다는 느린 속도로 문을 향해 달려갔지만 무거운 외투를 입은 수석 포터가 자리에서 일어나기 전에 다행히 밖으로 나왔다. 포터 근무 조직은 그렇게 완벽하지는 않은 게 분명했다. 몇 군데에서 알람이 울렸지만 어떤 일로 울렸는지는 누구도 알 턱이 없었다. 호텔 직원들이 정문 통로에서 왔다 갔다 하기는 했지만 손님들이 호텔 밖으로 나가는 것을 눈에 띄지 않게 막는 목적이 아니라면 다른 의미는 없어 보였다. 아무튼 카를은 곧 밖으로 나가게 되었지만, 여전히 호텔 전용 보도를 따라가야 했다. 왜냐하면 끝없이 이어지는 차량 행렬이 호텔 앞까지 계속 늘어서서 도로에 접근할 수 없었기 때문이다. 가능한 한 빨리 도로에 진입하려는 자동차들이 뒤엉켜 있었다. 모든 차가 뒤에 따라오는 차에 밀려 앞으로 가는 중이었다. 유난히 서둘러 거리로 나가려던 보행자들은 그곳이 통로라도 되는 것처럼 차량 사이를 뚫고 지나가며 차 안에 운전사와 하인만 타고 있는지, 높은 사람이 타고 있는지 개의치 않았다. 하지만 그런 행동이 카를 눈에는 과도해 보였고, 본인도 그렇게 시도하려면 상황을 잘 알고 있어야 했다. 그가 따라 했다가는 차에 부딪히기 십상일 터였다. 그러면 차 안에 있던 승객이 그를 내려치고 한바탕 소란이 벌어지지 않겠는가. 그렇게 되면 셔츠 차림의 수상한 호텔 직원은 도망치는 수밖에 없을 테고 이 순간 그보다 더 두려울 건 없었다. 자동차 행렬이 영원히 계속되지는 않을 테니 말이다. 이렇게 호텔에 바짝 붙어 걸어가는 동안은 의심받을 가능성이 가장 적을 듯했다. 그렇게 가다 보니 자동차 행렬은 멈추지 않았지만 그래도 도로를 향해 방향을 트는 곳에 이르자 차량 흐름이 느슨해졌다. 본인보다 더 수상해 보이는 사람들이 거리를 활보하고 있어서 바로 그 시점에 카를은 그 틈으로 슬쩍 들어가려 했다. 바로 그때 가까이에서 누가 그의 이름을 부르는 소리를 들었다. 돌아보니 잘 아는 엘리베이터 보이 두 명이 지하 납골당 입구같이 보이는 작은 문에서 낑낑대며 들것을 끌어내고 있었다. 카를은 들것 위에 누워 있는 사람이 로빈슨이라는 걸 알아봤다. 로빈슨의 머리와 얼굴, 팔이 붕대로 칭칭 감겨 있었다. 통증 때문인지 또 다른 슬픔 때문인지 아니면 카를과 재회했다는 기쁨 때문인지 로빈슨이 눈물을 닦으려 팔을 눈에 대었는데 그 모습이 추잡해 보였다.

"로스만."

로빈슨이 원망스럽게 소리쳤다.

"왜 그렇게 오래 기다리게 하는 거야? 네가 오기 전에 실려 가지 않으려고 한 시간이나 기다렸어. 이 자식들."

로빈슨은 이렇게 말하고 엘리베이터 보이의 머리를 한 대 툭 때렸다. 자신은 붕대로 감겨 있으니 맞는 게 두렵지 않다는 생각인 듯했다.

"진짜 악질이야. 아 진짜, 로스만, 너 한번 보려고 왔다가 이런 비싼 대가를 치르다니."

"너한테 무슨 짓을 했는데?"

카를이 들것에 다가가며 말했다. 마침 엘리베이터 보이들이 쉬려고 씩 웃으며 들것을 내려놓았다.

"그걸 질문이라고 해?"

로빈슨이 한숨을 쉬며 말했다.

"내 꼴을 좀 보라고. 잘 생각해봐! 아무래도 난 영원히 불구가 될 거 같아. 여기서부터 여기까지 끔찍하게 아프다고."

그는 머리를 가리키더니 발가락도 가리켰다.

"코피가 나는 걸 봤어야 해. 조끼는 완전히 망가져서 거기 두고 왔어. 바지는 다 찢어져서 지금 속옷만 입고 있다니까."

그는 담요를 조금 들어 올려 카를이 담요 속을 들여다보게 했다.

"난 이제 어떻게 되는 건지! 적어도 몇 달은 누워 있어야 할 것 같은데. 너한테 해둘 말이 있어, 날 간호해줄 수 있는 사람은 너 말고는 아무도 없어. 들라마르슈는 끈기가 너무 없어. 로스만, 로스만!"

카를을 어루만지며 자기편으로 회유하려고 로빈슨은 살짝 뒤로 물러나는 카를에게 손을 뻗었다.

"난 왜 널 찾아가야만 했을까!"

자신의 불행에 대한 공동책임이 카를에게 있다는 걸 잊지 않도록 로빈슨은 이 말을 여러 번 반복했다. 카를은 로빈슨이 징징대는 게 상처 때문이 아니라 과음이 만든 숙취 증상이라는 걸 곧바로 알아차렸다. 로빈슨은 만취 상태로 곯아떨어지자마자 잠에서 깨 영문도 모른 채 피투성이가 되도록 두들겨 맞고 정신을 차리고 나니 상황 파악이 안 됐다. 상처가 별거 아니라는 건 엘리베이터 보이들이 장난으로 둘둘 감싸놓은 누더기로 된 붕대만 봐도 그대로 드러났다. 들것 양쪽에 있는 엘리베이터 보이 두 명도 가끔 웃음을 터뜨리기도 했다. 행인들이 들것 옆의 사람들을 신경 쓰지 않고 휙휙 지나다녀서 로빈슨이 정신을 차리고 일어날 만한 장소로는 적합하지 않았다. 체조 선수처럼 로빈슨 위를 훌쩍 뛰어넘는 사람도 가끔 있었다. 카를에게 돈을 받은 운전사가 "앞으로, 앞으로!" 하고 소리쳤다. 엘리베이터 보이들은 있는 힘을 다해 들것을 들어 올렸다. 로빈슨은 카를의 손을 잡고 비위를 맞추며 다정하게 말했다.

"자, 이리 와. 얼른 타."

카를의 이런 초라한 행색으로는 자동차 안 어두운 곳에 있을 때가 가장 안전하지 않을까? 그는 로빈슨 옆에 앉았고, 로빈슨은 그에게 머리를 기댔다. 차에 타지 않은 엘리베이터 보이들은 쿠페형 자동차* 창문으로 이전 동료였던 카를과 다정하게 악수했고, 자동차는 급커브를 틀어 차도로 들어갔다. 사고라도 일어날 것같이 급커브로 들어갔지만 모든 걸 아우르는 도로의 차량 행렬은 이 차의 직진 또한 차분히 받아들였다.

---

* 2인승 자동차로 천장의 높이가 뒷자리로 갈수록 낮아지는 자동차. 문이 두 개인 자동차를 가리키기도 한다.

자동차가 멈춘 곳은 교외의 한적한 도로 같았다. 주변이 조용했고 보도 언저리에서 어린아이들이 쪼그리고 앉아 놀고 있었다. 어깨에 낡은 옷가지를 한 짐 걸친 남자가 주택가 창문을 올려보며 소리쳤다. 차에서 내려 아스팔트에 발을 디디는 순간 카를은 피로가 몰려와 몸이 무거웠다. 밝은 아침 햇살이 따뜻하게 아스팔트를 비추고 있었다. 그는 차 안을 향해 외쳤다.

"너 정말 여기 사는 거야?"

오는 동안 차 안에서 계속 곤히 자던 로빈슨은 뭐라 중얼거리며 맞는다고 대답하는 것 같았다. 카를이 자기를 내려주기를 기다리는 눈치였다.

"자, 여기서 이제 내가 할 일은 없어. 잘 지내."

카를이 말하며 약간 내리막 경사가 있는 길로 발길을 옮겼다.

"카를, 잠깐만. 무슨 말이야?"

로빈슨이 소리쳤다. 로빈슨은 걱정이 되어 몸을 똑바로 일으켰지만 무릎이 아직은 불안정했다.

"난 가야 해."

로빈슨이 빠르게 회복된 것을 지켜본 카를이 말했다.

"셔츠 차림으로?"

로빈슨이 물었다.

"겉옷 하나 마련해야지."

카를은 로빈슨을 향해 자신 있게 고개를 끄덕이며 손을 들어 인사했나.

"잠깐만요, 손님" 하고 운전사가 소리치지 않았다면 카를은 정말로 출발했을 것이다. 언짢게도 운전사는 추가 요금을 요구했다. 호텔 앞에서 대기한 시간에 대한 요금도 지불하라는 것이다.

"아 그렇죠."

로빈슨이 운전사의 요구가 타당함을 확인해주며 차 밖으로 외쳤다.

"거기서 너를 너무 오랫동안 기다렸어. 기사님께 돈을 좀 더 드려야 할 거야."

"당연히 그래야죠."

운전사가 말했다.

"수중에 조금이라도 있으면 드려야죠."

말이 끝나자 카를은 소용없다는 걸 알면서도 바지 주머니에 손을 넣었다.

"당신만 바라볼 수밖에요."

운전사가 말하고 난 뒤 다리를 벌리고 섰다.

"저 환자한데 요금을 달라고 할 순 없잖아요."

코에 움푹 파인 자국이 있는 젊은 남자가 대문 쪽에서 다가와 몇 걸음 떨어진 곳에서 엿듣고 있었다. 바로 그때 거리를 순찰하던 경찰이 셔츠 차림의 남자를 턱이 목에 닿을 정도로 고개를 살짝 숙이고 심각한 얼굴로 바라보다가 멈춰 섰다. 경찰을 알아본 로빈슨은 경찰을 파리처럼 쫓아낼 수 있다는 듯 어처구니없게 다른 쪽 창문 밖으로 그를 향해 소리쳤다.

"아무것도 아니에요. 아무 일 없어요."

경찰을 지켜보던 아이들은 경찰이 걸음을 멈추자, 카를과 운전사에게 관심이 쏠려 우르르 몰려왔다. 맞은편 대문에 있던 나이 든 여자가 이쪽을 뚫어지게 바라봤다.

"로스만!"

위에서 소리가 들렸다. 맨 꼭대기 층 발코니에서 외친 사람은 들라마르슈였다. 정작 그의 모습은 희고 푸른 맑은 하늘을 등지고 있어 희미하게 보였다. 잠옷 바람에 쌍안경으로 거리를 내려다보는 듯했다. 그 옆에는 빨간색 파라솔이 있고 그 아래 여자가 앉아 있는 것 같았다.

"헤이" 하며 로빈슨이 자기 말을 제대로 전달하려 애쓰며 소리쳤다.

"로빈슨도 거기 있어?"

"응" 하고 카를이 대답했다. 로빈슨이 차 안에서 "응" 하고 더 큰 소리로 외쳐서 카를의 말을 힘차게 지지했다.

"오케이" 하고 들라마르슈가 소리치며 화답했다.

"바로 내려갈게."

로빈슨이 창밖으로 몸을 내밀었다.

"저 친구 진짜 사내대장부야."

로빈슨이 말했다. 들라마르슈에 대한 칭찬을 카를뿐 아니라 운전기사, 경찰관 등 모든 사람이 들으라는 의도였다. 들라마르슈가 자리를 떴는데도 사람들이 계속 넋을 잃고 바라보고 있는 발코니에는 빨간색 드레스 차림의 건장한 여자가 파라솔 아래에서 쌍안경을 들고 내려다보고 있었다. 사람들은 그녀로 향했던 시선을 다른 곳으로 돌렸다. 카를은 들라마르슈가 나오기를 기다리며 집의 대문과 대문 너머 마당을 두루 보았다. 마당에는 하인들이 작지만 꽤 무거워 보이는 상자를 어깨에 메고 거의 쉬지 않고 계속 나르고 있었다. 운전사는 그 틈을 이용해서 자기 차로 가서 천으로 자동차 헤드라이트를 닦았다. 자기 팔다리를 만져본 로빈슨은 관심 있게 지켜봐도 통증이 그리 심하지 않아서 놀란 듯했다. 그는 고개를 숙인 채 다리에 감겨 있던 두꺼운 붕대 하나를 조심스럽게 풀기 시작했다. 경찰은 검은 경찰봉을 가로로 들고 일상 근무 중이건 잠복근무 중이건 경찰이라면 갖춰야 할 인내심을 갖고 조용히 기다렸다. 코에 움푹 파인 자국이 있는 청년이 대문 입구에 있는 돌 위에 앉아 다리를 앞으로 쭉 뻗었다. 아이들은 총총걸음으로 조금씩 카를 쪽으로 다가왔다. 카를이 아이들에게 관심을 보이지 않았지만 파란색 셔츠 소매 때문에 아이들에게는 카를이 그 자리에 있는 사람 중 가장 중요해 보였기 때문이다.

들라마르슈가 도착할 때까지 꽤 시간이 걸린 걸 보면 집이 얼마나 높은지 짐작할 수 있었다. 들라마르슈가 후딱 나이트가운만 걸치고 서둘러왔는데도 그랬다.

"둘 다 왔네!"

그가 반가워하면서도 근엄하게 외쳤다. 그가 성큼성큼 큰 걸음을 내디딜 때마다 색깔 있는 속옷이 잠깐씩 드러났다. 카를은 들라마르슈가 왜 여기 이 도시에서 대규모 임대아파트 단지와 탁 트인 길거리를 자기 개인 별장처럼 편안한 옷차림으로 활보하고 다니는지 이해가 안 됐다. 로빈슨이 그렇듯 들라마르슈도 많이 변했다. 가무잡잡한 그의 얼굴은 매끄럽게 면도해서 깔끔해 보였다. 근육이 발달한 얼굴에는 자부심과 존경심마저 보였다. 항상 집중하는 듯한 그의 눈에서 나오는 광채는 놀라웠다. 보라색 나이트가운은 낡고 얼룩진 데다 그에게 너무 컸다. 볼품없는 옷 위로 짙은 색 실크 넥타이가 불룩 튀어나와 있었다.

"자, 어떻게 된 거야?"

들라마르슈가 모두에게 물었다. 경찰은 더 가까이 다가와 자동차 보닛에 기댔다. 카를이 짤막하게 설명했다.

"로빈슨 몸이 좀 안 좋아. 그래도 조금만 힘을 쓰면 계단을 올라갈 수는 있을 거야. 내가 요금을 이미 지불했는데 여기 운전사가 추가 요금을 달라네. 그럼 난 이제 가볼게. 잘 있어."

"넌 못 가."

들라마르슈가 말했다.

"나도 그렇게 얘기했어."

차 안에서 로빈슨이 말했다.

"난 갈 거야."

카를이 말하고 몇 걸음을 뗐다. 하지만 들라마르슈가 어느새 뒤따라와 이미 카를 뒤에서 그를 강제로 밀어 다시 돌아오게 했다.

"여기 있으라 했잖아!"

그가 소리쳤다.

"날 보내줘."

카를은 들라마르슈 같은 사람을 상대로 성공할 가능성이 아무리 희박하더라도 필요하다면 주먹을 써서라도 자유를 얻어내겠다고 각오했다. 하지만 거기에는 경찰관도 운전기사도 있었고 여기저기 노동자들 무리가 평상시라면 한가했을 이 거리를 걷고 있었다. 들라마르슈가 카를에게 부당한 짓을 하면 사람들이 가만 놔둘까? 들라마르슈와 방에 단둘이 있으면 모르지만 지금 여기서라면? 들라마르슈는 따지지 않고 말없이 운전사에게 돈을 지불했고, 운전사는 굽실거리며 여러 번 인사했다. 과분하게 많은 돈을 챙겨 감사한 마음으로 로빈슨에게 다가가 어떻게 차에서 내리게 할지 가장 좋은 방법에 관해 이야기를 나누는 것 같았다. 카를은 자신을 주목하는 사람이 없다는 생각이 들었고, 들라마르슈는 아마도 카를이 조용히 떠나는 걸 더 쉽게 받아들일 것 같았다. 싸움을 피할 수 있다면 당연히 그게 최선이니 카를은 최대한 빨리 도망치기 위해 차도로 뛰어들어갔다. 아이들이 들라마르슈에게 몰려가 카를이 달아난다고 알려주었지만, 들라마르슈가 개입할 필요는 없었다. 경찰이 지휘봉을 뻗으며 "거기 서!"라고 말했기 때문이다.

"이름은?"

경찰이 물었다. 경찰은 경찰봉을 겨드랑이에 끼고 천천히 수첩을 꺼냈다. 카를은 처음으로 경찰을 자세히 봤다. 체구는 건장했지만 머리는 거의 다 하얗게 셌다.

"카를 로스만입니다."

카를이 말했다.

"로스만."

경찰관이 카를의 대답을 되풀이했다. 이름을 다시 따라 말한 건 분명 경찰관이 차분하고 철저한 사람이라 그랬을 것이다. 처음으로 미국 관리를 상대하는 카를은 경찰이 자기 이름을 반복하는 건 뭔가 혐의가 있다는 표현으로 봤다. 사실 그의 상황은 좋지 않았다. 자기 걱정거리에 몰두해 있던 로빈슨조차도 차에서 창문 밖으로 열심히 손짓하며 들라마르슈에게 카를을 도와달라고 무언의 요청을 했기 때문이다. 하지만 들라마르슈는 머리를 좌우로 강하게 저으며 거절하고, 주머니에 손을 넣은 채 아무 행동도 취하지 않고 지켜보기만 했다. 대문 입구 돌에 앉아 있던 청년은 이제 막 문밖으로 나온 여자에게 전체 상황을 처음부터 설명했다. 아이들은 카를 뒤에 반원으로 서서 조용히 경찰관을 쳐다봤다.

"신분증 좀 보여줘봐!"

경찰이 말했다. 재킷을 입지 않으면 신분증을 두고 다니는 경우가 많으니 그냥 형식적으로 물어본 것 같았다. 카를은 차라리 다음 질문에 자세히 답하는 게 나을듯해서 아무 말도 하지 않았다. 신분증이 없다는 사실을 될 수 있으면 감추고 싶었다. 그런데 다음 질문은 이랬다.

"신분증이 없나?"

카를은 대답을 안 할 수 없었다.

"두고 왔어요."

"곤란한데."

경찰은 말하고 나서 한참 생각에 잠겨 주변을 둘러보더니 두 손가락으로 수첩 표지를 톡톡 두드렸다.

"하는 일은? 벌이는 있나?"

경찰이 물었다.

"엘리베이터 보이였습니다."

카를이 대답했다.

"전에 엘리베이터 보이였고 지금은 아니란 말이네. 그럼 무슨 돈으로 살아?"

"이제 새로운 일을 찾아보려고요."

"그럼 이제 막 해고당한 건가?"

"네, 한 시간 전에요."

"갑자기?"

"네."

카를은 변명하려는 듯 손을 들며 말했다. 여기서 모든 이야기를 다 할 수는 없고 설령 가능하다 해도 자신이 겪은 부당함을 토로해서 코앞에 닥친 부당함을 막을 가능성은 희박해 보였다. 수석 셰프의 호의와 수석 웨이터의 통찰로도 자신의 정당함이 받아들여지지 못했는데, 여기 길거리 사람들한테 그걸 기대할 수는 없는 노릇이었다.

"재킷도 못 입고 쫓겨났단 말인가?"

경찰이 물었다.

"그러게 말이에요."

카를이 말했다. 눈으로 보면서도 기어코 재차 질문하는 건 미국 관공서도 예외는 아니었다. 그의 아버지가 여권을 만들 때 관공서의 쓸데없는 질문 때문에 얼마나 분통이 터졌는지 모른다. 카를은 그냥 도망쳐서 어딘가에 숨어 어떤 질문도 받지 않았으면 좋겠다는 생각이 간절했다. 그런데 이제 경찰관은 카를이 가장 두려워한 질문을 던졌다. 불안한 예감 때문에 평상시보다 신중하게 행동하지 못한 바로 그 질문을 말이다.

"어느 호텔에서 근무했는데?"

카를은 고개를 숙이고 대답하지 않았다. 그 질문만큼은 절대 대답하고 싶지 않았다. 경찰관의 호위를 받으며 옥시덴털 호텔로 되돌아가 거기서 심문이 벌어지고 그 과정에 친구와 적이 연루되면 안 될 일이다. 그러면 수석 셰프는 브레너 게스트 하우스에 있으리라 생각한 카를이 경찰에 붙잡혀 셔츠 바람으로 명함도 없이 돌아온 것을 보게 될 테고 이미 상당히 약해진 카를에 대한 호감을 완전히 버리게 될까 봐 더 그랬다. 수석 웨이터는 이해한다며 고개를 끄덕일 테고 반면 수석 포터는 이 부랑자를 찾아낸 건 신의 손길이라 말할 것이다.

"저 친구 옥시덴털 호텔에서 근무했습니다."

들라마르슈가 말하고 경찰 쪽으로 다가갔다.

"아니에요."

카를이 발을 구르며 외쳤다.

"저 친구가 한 말 사실이 아닙니다."

들라마르슈는 입을 삐죽 내밀며 조롱의 눈초리로 그를 바라봤다. 이것 말고도 완전히 다른 사실도 폭로할 수 있다는 표정이었다. 예상치 않게 카를이 흥분하자 덩달아 흥분한 아이들은 카를을 좀 더 가까이 보려고 들라마르슈 쪽으로 몰려갔다. 로빈슨은 차창 밖으로 머리를 완전히 내밀고 잔뜩 긴장해서 잠자코 있었다. 가끔 눈을 깜빡이는 것만이 유일한 움직임이었다. 대문에 있던 청년은 재미있는지 손뼉을 쳤고, 그 옆에 있던 여자가 조용히 하라고 팔꿈치로 쿡쿡 찔렀다. 짐꾼들은 마침 아침 식사를 끝내고 블랙커피가 담긴 모카포트를 들고나와 기다란 빵으로 휘저었다. 몇 명은 보도에 앉아 있었고, 모두가 후루룩 큰 소리를 내며 커피를 마셨다.

"이 사람을 잘 아시나요?"

경찰이 들라마르슈에게 물었다.

"경찰관님이 기대하는 이상으로 더 잘 알죠."

들라마르슈가 말했다.

"전에 내가 여러 가지로 많이 베풀어줬지만 은혜를 원수로 갚는 배은망덕한 놈입니다. 잠깐만 심문해봐도 쉽게 이해하실 수 있을걸요."

"그렇군요. 고집 센 청년인가 봅니다."

경찰관이 말했다.

"네, 맞습니다."

들라마르슈가 말했다.

"그건 아무것도 아닙니다. 아직 최악의 못된 성품은 시작도 안 했는데요."

"그래요?"

경찰관이 말했다.

"네."

들라마르슈는 손을 주머니에 넣고 나이트가운을 흔들면서 말했다.

"정말 약은 놈이에요. 저와 차에 앉아 있는 내 친구, 우리 둘이 우연히 불행한 처지에 있던 저 녀석을 만나 구해줬어요. 그 당시에 저 녀석은 미국 상황에 대해 전혀 몰랐거든요. 유럽에서 온 지 얼마 안 된 시기였고 유럽에서도 아무짝에도 쓸모없는 신세였죠. 그런 녀석을 데리고 다니며 우리랑 같이 살 수 있게 해줬죠. 이것저것 다 설명해줬고, 일자리도 구해주려 했어요. 그렇게 해줄 필요가 없다는 징후가 있었지만 우린 녀석을 쓸모 있는 사람으로 만들 수 있다고 생각했어요. 그러다 어느 날 밤 사라졌어요. 갑자기 그냥 사라져버린 거죠. 그때 일은 말하고 싶지도 않아요. 그래, 안 그래?"

들라마르슈가 묻고 나서 카를의 소매를 잡아당겼다.

"애들아, 뒤로 물러나."

경찰관이 소리쳤다. 아이들이 너무 가까이 다가와서 들라마르슈가 아이에게 걸려 넘어질 뻔했기 때문이다. 그동안 이 심문에 관심을 보이지 않았던 짐꾼들이 흥미를 느끼며 모여들어 카를 뒤로 빽빽하게 에워싸서 카를은 한 걸음도 물러설 수 없었다. 짐꾼들의 웅성이는 소리가 귀에 계속 울렸다. 그들은 전혀 이해할 수 없는, 슬라브어가 섞인 영어로 말한다기보다는 시끄러운 소리를 낸다는 표현이 맞을 것 같았다.

"알려주셔서 감사합니다."

경찰이 말하고 들라마르슈에게 경례했다.

"어쨌든 그를 옥시덴털 호텔로 되돌려 보내겠습니다."

그러자 들라마르슈가 이렇게 말했다.

"일단 저 녀석을 제가 잠시 맡아 데리고 있어도 될까요? 그와 해야 할 일이 좀 있어서요. 나중에 제가 책임지고 직접 호텔로 데려가겠습니다."

"그건 곤란합니다."

경찰관이 말했다. 들라마르슈는 "제 명함입니다"라고 말하며 작은 명함을 내밀었다. 경찰은 긍정적으로 보는 것 같았지만 미소를 지으며 이렇게 말했다.

"안 됩니다. 부탁해도 소용없는 일입니다."

지금까지 카를은 들라마르슈를 경계했지만 이제는 그가 자신을 구해줄 수 있는 유일한 구원자라는 생각이 들었다. 카를 문제로 경찰관에게 접근한 방식은 의심스러웠지만, 어쨌든 자기를 호텔로 데려가지 말라고 설득하기는 경찰관보다 들라마르슈가 더 수월할 것이다. 그리고 다시 호텔로 돌아간다 해도 들라마르슈 손에 끌려가는 편이 경찰관과 동행하는 것보다는 훨씬 나을 테니까. 물론 지금은 카를이 들라마르슈와 가고 싶어 한다는 내색을 하면 안 된다. 그렇게 했다가는 모든 게 허사로 돌아갈 테니까. 언제라도 자신을 붙잡을 수 있는 경찰관의 손을 카를은 불안한 표정으로 바라봤다.

"적어도 갑자기 해고된 이유는 알아야겠어요."

경찰관이 말을 꺼냈다. 반면 들라마르슈는 불쾌한 얼굴로 시선을 돌리며 손끝으로 명함을 찌그러뜨렸다.

"그런데 저 친구는 해고당하지 않았습니다."

로빈슨이 소리쳐 다들 깜짝 놀랐다. 그는 운전사에 기대 최대한 차 밖으로 몸을 내밀었다.

"정반대로 호텔에서 꽤 좋은 위치에 있습니다. 직원 숙소에서 최고참이라 누구든지 들여보낼 수 있어요. 정말 바쁜 몸이라 저 친구에게 뭐라도 부탁하려면 오래 기다려야 해요. 저 친구는 늘 수석 웨이터와 수석 셰프와 함께하며 신뢰받는 사람입니다. 해고라니 얼토당토않은 소리입니다. 왜 저 친구가 그런 말을 했는지 모르겠어요.

어떻게 해고를 당할 수 있겠어요? 저는 호텔에서 크게 다쳤고, 그때 저 친구가 저를 집으로 데려다주라는 명령을 받았어요. 저 친구가 재킷을 입고 있지 않아서 할 수 없이 안 입은 채로 저랑 같이 차를 타고 왔거든요. 저는 친구가 재킷을 가지고 올 때까지 기다릴 수 없었어요."

"자, 그럼" 하고 들라마르슈가 두 팔을 벌리고 말했다. 경찰관이 사람 보는 눈이 부족하다는 불만의 어투였다. 들라마르슈가 말한 이 두 단어는 로빈슨이 진술한 내용에 남아 있던 불확실한 부분에 의심의 여지 없는 명백함을 더해주는 느낌이었다.

"그게 사실이라고요?"

경찰은 한풀 꺾인 목소리로 물었다.

"그게 사실이라면, 저 청년은 왜 자기가 해고됐다고 주장하죠?"

"네가 대답해."

들라마르슈가 말했다. 카를은 경찰관을 바라보았다. 각자 자기만 생각하는 낯선 사람들 사이에서 질서를 바로잡아야 하는 전형적인 경찰의 고민 중 일부가 카를에게 감지됐다. 카를은 거짓말을 하고 싶지 않았고 두 손을 등 뒤로 꽉 쥐고 있었다.

그때 감독관이 대문 앞에 나타나 손뼉을 치며 짐꾼들이 일하러 돌아가야 한다는 신호를 보냈다. 그들은 모카 포트 안에 있던 찌꺼기를 쏟아내고 말없이 비틀거리며 건물 안으로 들어갔다.

"이런 식으로는 끝낼 수 없습니다."

경찰관은 이렇게 말하며 카를의 팔을 잡을 생각이었다. 카를은 무의식적으로 약간 뒤로 물러났고, 짐꾼들이 가고 난 뒤 뻥 뚫린 공간이 있다는 걸 느꼈다. 그는 잽싸게 돌아서서 몇 걸음 점프하듯 뛰어가다 냅다 달려갔다. 아이들은 비명을 지르며 작은 팔을 벌린 채 몇 걸음 같이 뛰었다.

"저놈 잡아라!"

인적이 없는 길쭉한 골목길을 향해 경찰관이 소리쳤다. 일정 간격으로 반복해 고함을 외치면서 그는 대단한 힘과 연습량을 보여주며 카를을 뒤쫓아 달렸다. 추격이 노동자 거주 지역에서 일어난 건 카를에게 행운이었다. 노동자들은 관료 편이 아니다. 카를은 차도 한가운데로 달려갔다. 그나마 장애물이 가장 적은 곳이 차도였다. 보도 곳곳에 노동자들이 멈춰 서서 사신을 조용히 바라보는 모습이 카를 눈에 들어왔다. 경찰관은 그들에게 "저놈 잡아라!" 하며 소리쳤다. 영리하게 바닥이 매끄러운 보도를 선택한 경찰은 달리면서 계속 카를 쪽으로 경찰봉을 휘둘렀다. 카를은 이제 희망이 거의 없었다. 보나 마나 경찰 순찰대가 지키고 있을 교차로에 다가가는 순간, 경찰관이 귀청이 터질 듯 호루라기를 불테고 그때는 희망을 완전히 잃을 것이다. 카를에게 유리한 점이라곤 입고 있는 옷이 가볍다는 것 딱 한 가지였다. 그는 점점 경사가 심해지는 내리막길을 날아가듯 아니 고꾸라지듯 달렸다. 잠에 취한 듯 멍해져서 시간만 빼앗기는, 쓸데없이 높이 뛰어오르는 점프를 여러 차례 했다. 경찰관은 생각할 필요 없이 자기 목표물을 눈앞에 두었지만 카를에게 달리는 일은 사실 부차적인 문제였다. 그는 생각해야 했고 다양한 선택지 중에서 선택도 해야 했고 새로운 결정도 내려야 했다. 당장 절박한 계획은 일단 교차로를 피해가는 것이다. 교차로에 뭐가 숨어 있는지 알 수 없을뿐더러 자칫하면 곧장 순찰대로 들어가게 될지도 모를 일이니 말이다. 그 길은 한참을 내려가서야 다리로 이어졌고 다리는 시작되는 곳부터 물안개와 연부 속으로 사라져 보이지 않았다. 결심하고, 서둘러 첫 번째 교차로를 빠르게 통과하려고 정신을 차리려던 참이었다. 그 순간, 멀지 않은 전방 그늘진 집 컴컴한 벽에 몸을 바짝 붙이고 잠복해 있는 경찰관을 발견했다. 적절한 순간에 카를을 덮칠 태세였다. 이제는 교차로 말고는 선택의 여지가 없었다. 이 거리에서 누군가 그의 이름을 자연스레 부르는 소리가 들렸지만, 귀에서 내내 윙윙거리는 소리 때문에 처음에는 잘못 들은 줄 알았다. 그는 지체하지 않고 경찰을 최대한 놀라게 하려고 한 발을 홱 돌려 수직으로 꺾어지는 골목으로 들어섰다.

겨우 두 걸음 겅중 뛰는 와중에 누가 자신의 이름을 불렀다는 사실을 또 잊어버렸는데, 이제 두 번째 경찰관도 호루라기를 불었다. 이 경찰은 아직 소진되지 않은 힘이 남아 있다는 게 다른 사람 눈에도 그대로 느껴질 정도였다. 멀리 교차로의 행인들은 더 빨리 걷는 것같이 보였다. 그때 어떤 집의 작은 문에서 누군가 손을 뻗어 카를 손을 덥석 붙잡고 "쉿, 조용!" 하고 말하더니 그를 컴컴한 복도로 끌어당겼다. 들라마르슈였다. 그는 숨이 턱까지 차서 두 뺨이 벌겋게 되었고 머리카락이 머리 주위에 딱 달라붙어 있었다. 나이트가운을 겨드랑이에 낀 채 위아래 다 속옷 차림이었다. 주로 드나드는 중앙문이 아니라 눈에 띄지 않는 옆문인 듯한 그 문을 그는 얼른 닫고 잠갔다.

"잠시만."

들라마르슈가 말했다. 그는 벽에 기대 머리를 높이 들고 숨을 힘겹게 몰아쉬었다. 카를은 그의 팔에 눕다시피 안겨 반쯤 정신 나간 표정으로 그의 가슴에 얼굴을 묻었다.

"저 양반들 저기 계시네."

들라마르슈가 말하고 나서 귀를 기울이며 손가락으로 문을 가리켰다. 정말 경찰 두 명이 휙 지나갔고, 그들이 달리는 소리가 쇠가 돌에 부딪히는 것처럼 텅 빈 거리에 울려 퍼졌다.

"너 진짜 된통 당했네."

들라마르슈가 카를을 보며 말했다. 카를은 여전히 숨이 차서 한마디도 꺼낼 수 없었다. 들라마르슈는 카를을 조심스럽게 바닥에 내려놓고 그 옆에 무릎을 꿇고 앉아 이마를 여러 번 쓸어주며 그를 지켜봤다.

"이제 괜찮아."

카를이 겨우 입을 열었다. 그는 힘겹게 일어섰다.

"그럼 이제 가자."

들라마르슈가 말했다. 그는 나이트가운을 다시 걸치고 기운이 없어 고개를 떨구고 있는 카를을 자기 쪽으로 당겼다. 기운을 차리도록 카를을 흔들기도 했다.

"힘들어?"

그가 말했다.

"너야 뻥 뚫린 야외에서 말처럼 달리면 됐지만 난 빌어먹을 통로와 마당을 몰래 빠져나가야 했잖아. 그래도 다행히 이 몸이 달리기 선수거든."

그는 으쓱해서 손을 들더니 카를의 등을 철썩 쳤다.

"가끔 경찰과 이런 달리기 경주는 훌륭한 연습이 돼."

"달리기 시작하자마자 힘들었어."

카를이 말했다.

"달리기 못하는 데 무슨 변명의 여지가 있겠어?"

들라마르슈가 말했다.

"내가 아니었다면 넌 일찌감치 붙잡혔을 거야."

"나도 그렇게 생각해."

카를이 말했다.

"큰 빚을 졌어."

"두말하면 잔소리지."

들라마르슈가 말했다.

두 사람은 기다랗게 이어진 좁은 복도를 통과했다. 바닥은 반질반질한 짙은 색 돌로 포장되어 있었다. 간간이 좌우로 계단이 나오거나 더 넓은 복도가 보이기도 했다. 어른들은 거의 보이지 않았고, 아이들만 텅 빈 계단에서 놀고 있었다. 어린 소녀가 난간에 기대서서 울고 있었다. 얼마나 울었는지 눈물로 얼굴 전체가 반짝였다. 소녀가 들라마르슈를 알아보자마자 입을 벌린 채 숨을 헐떡이며 계단을 뛰어 올라갔다. 여러 번 뒤돌아보며 자신을 쫓아오는 사람도 없고 쫓아오려는 사람도 없다는 것을 확인한 후에야 안심했다.

"내가 달려오다 좀 전에 저 애를 넘어뜨렸거든."

들라마르슈가 웃으며 말하고 나서 주먹으로 위협하는 시늉을 하자 소녀는 비명을 지르며 더 위로 뛰어갔다.

그들이 지나간 안마당에도 거의 사람이 없었다. 업체 직원이 이류 수레를 좌우로 기우뚱거리며 앞으로 밀고 갔고, 어떤 여자가 펌프장에서 물통에 물을 채우고 있었고, 우체부는 차분한 발걸음으로 마당을 가로지르고, 백발 콧수염을 기른 노인이 유리문 앞에서 다리를 꼬고 앉아 파이프 담배를 피우고 있었다. 화물 운송 업체 앞에

박스가 하역되는 동안 할 일 없는 한가한 말들이 무심코 고개를 돌리고 있었고, 작업복을 입은 남자가 손에 종이를 들고 전체 작업을 감독하고 있었다. 사무실의 창문은 열려 있었고, 책상 앞에 앉아 돌아서 생각에 잠긴 채 창문 쪽을 응시하고 있던 직원이 카를과 들라마르슈가 지나가는 모습을 바라보고 있었다.

"여기보다 더 평화로운 곳은 없을 거야."

들라마르슈가 말했다.

"저녁에 두세 시간은 소란스럽긴 한데 낮에는 아주 이상적인 곳이지."

카를은 고개를 끄덕였다. 그에게는 지나치게 평온한 느낌이었다.

"다른 곳에서는 못 살아. 브루넬다가 소음을 절대 견디지 못하거든. 브루넬다 알아? 곧 브루넬다를 보게 될 거야. 어쨌든 너도 가능한 한 조용히 행동하는 게 좋을 거야."

들라마르슈가 말했다.

두 사람이 들라마르슈의 아파트로 이어지는 계단에 도착하니 자동차는 이미 떠났고 코에 움푹 파인 자국이 있는 청년은 카를이 다시 나타난 걸 보고도 전혀 놀라지 않고 자신이 로빈슨을 계단 위로 업고 갔다고 말했다. 들라마르슈는 청년이 당연히 해야 할 임무를 완수한 자기 하인인 양 고개를 끄덕였다. 그러더니 잠깐 머뭇거리다 햇빛이 잘 드는 거리를 바라보던 카를을 끌어당겨 같이 계단을 올라갔다.

"거의 다 왔어."

들라마르슈는 계단을 오르면서 이 말을 몇 번이나 반복했지만, 그의 예측은 실현 가능성이 없어 보였다.

새로운 계단이 다른 방향으로 끝없이 이어졌다. 한번은 카를이 멈춰 섰다. 지쳐서가 아니라 정말 너무 긴 계단에 대한 무력감 때문이었다.

"우리 아파트는 아주 높은 층에 있어."

들라마르슈가 말했다.

"하지만 이것도 나름대로 장점이 있어. 우린 거의 밖으로 나가지 않아. 하루 종일 잠옷 차림으로 있어. 아주 편안하게 지내고 있지. 이렇게 높은 층까지 방문하는 사람도 물론 없고."

'여기까지 올 사람이 어디 있겠어?'

카를은 생각했다.

드디어 어느 층계참에 오르자 닫힌 문 앞에 로빈슨이 보였다. 도착했지만 계단은 아직 끝나지 않았고 끝날 것 같은 기색도 없이 어두컴컴한 계단은 계속 이어졌다.

"이럴 줄 알았어."

로빈슨은 여전히 고통스러운 듯 조용히 말했다.

"들라마르슈가 카를을 데려올 줄 알았다니까! 로스만, 들라마르슈가 없었다면 넌 어떻게 됐을까!"

로빈슨은 속옷 차림으로 서서 옥시덴털 호텔에서 보낸 작은 침대 시트로 최대한 몸을 감싸려 했다. 지나가는 사람들에게 웃음거리가 될 수도 있는데 로빈슨이 집 안으로 들어가지 않고 왜 밖에 있었는지 이해가 안 됐다.

"브루넬다는 자고 있어?"

들라마르슈가 물었다.

"안 자는 것 같은데."

로빈슨이 말했다.

"네가 오길 기다리는 게 더 나을 것 같아서 기다렸지."

"브루넬다가 자는지부터 확인해야 해."

들라마르슈는 말하고 나서 열쇠 구멍 쪽으로 몸을 숙였다. 한참을 다양한 각도로 머리를 돌려가며 내다보더니 일어나 말했다.

"잘 보이지 않아, 블라인드가 내려져 있어서. 소파에 앉아 있는데, 자는 것도 같고."

"어디 아픈 건 아니야?"

들라마르슈가 자문을 구하듯 서 있어서 카를이 물었다. 그러자 들라마르슈는 이제 날카로운 어조로 되물었다.

"아프냐고?"

"카를은 그녀를 모르잖아."

로빈슨이 변명하듯 말했다.

몇 집 건너에서 여자 둘이 복도로 나왔다. 앞치마에 손을 닦고 들라마르슈와 로빈슨을 바라보며 그들에 대해 이야기하는 것 같았다. 다른 문에서 빛나는 금발 머리의 아주 어린 소녀가 나와 여자들 팔에 매달리며 그들 사이로 끼어들었다.

"꼴 보기 싫은 여자들이야."

들라마르슈가 속삭이듯 말했다. 자고 있는 브루넬다를 생각해서 소리를 낮춘 것일 뿐 여자들을 배려한 건 아닌 게 분명했다.

"조만간 경찰에 신고하면 몇 년 동안은 조용히 살 수 있겠지. 저쪽 쳐다보지 마."

들라마르슈는 카를에게 "쉿!" 하고 소리를 냈다. 카를은 어차피 브루넬다가 일어날 때까지 복도에서 기다려야 하는데 여자들을 바라보는 게 뭐가 나쁜지 모르겠다는 생각이 들었다. 그는 들라마르슈의 경고를 받아들일 이유가 없다는 듯 불쾌한 표정으로 고개를 저었다. 그리고 자기 생각을 더 분명하게 보이려고 여자들에게 다가가려는데, 그때 로빈슨이 "로스만, 조심해!"라고 소리치며 카를의 소매를 잡아당겨 제지했다. 이미 카를 때문에 짜증이 난 들라마르슈는 소녀가 큰 소리로 깔깔대며 웃는 것에 분개해서 팔다리를 휘저으며 소녀에게 돌진했다. 여자들은 날아가듯 자기 집 문으로 사라졌다.

"이런 식으로 자주 청소 좀 해야겠어."

들라마르슈가 느릿느릿 걸어오며 말했다. 그는 카를이 반항했던 걸 떠올리며 말했다.

"앞으로는 완전히 달리 행동해주면 좋겠어. 그러지 않으면 나하고 골치 아픈 일이 생길 수도 있어."

그때 안에서 힘없이 부드럽고 지친 목소리로 묻는 소리가 들렸다.

"들라마르슈?"

"응."

들라마르슈가 대답했다. 그는 부드러운 눈빛으로 문을 바라봤다.

"우리 들어가도 될까?"

"응, 들어와."

안에서 대답이 들렸다. 들라마르슈는 뒤에 서 있던 두 사람을 훑어보더니 천천히 문을 열었다.

다들 완전한 어둠 속으로 들어갔다. 창문은 하나도 없었고, 발코니 문의 커튼은 바닥까지 내려와 있어서 빛이 들어오기 힘들었다.

게다가 방 안에 가득 찬 가구와 걸어놓은 옷 때문에 더 어두웠다. 공기는 답답했고, 방에는 손길이 닿지 않는 구석에 쌓인 먼지 냄새가 났다. 방에 들어가면서 카를이 가장 먼저 눈여겨본 것은 나란히 세워져 있는 세 개의 체스트*였다.

몇 시간 전에 발코니로 내다보던 그 여자가 소파에 누워 있었다. 그녀가 입고 있는 빨간 드레스는 아래쪽에 약간 주름이 잡혀서 바닥까지 축 늘어져 있었다. 그녀의 다리가 거의 무릎까지 보였다. 두꺼운 흰색 털양말을 신고 있었으며, 신발은 신지 않았다.

"들라마르슈, 정말 더워."

그녀가 벽에서 얼굴을 돌리며 말했다. 그녀는 손을 들라마르슈 쪽으로 툭 내밀었다. 그는 그녀의 손을 잡고 입맞춤했다. 카를은 그녀가 고개를 돌릴 때마다 살이 같이 출렁이는 이중 턱만 보고 있었다.

"커튼을 올릴까?"

들라마르슈가 물었다.

"아니, 하지 마."

그녀는 눈을 감고 절망적이란 듯 말을 이었다.

"그럼 더 심해질 테니까."

카를은 여자를 더 자세히 살펴보려고 소파 발치로 다가갔다. 사실 방 안이 그렇게 더운 건 아니어서 그녀가 덥다고 툴툴거리는 게 의아했다.

---

* 의류, 귀중품 등을 수납하는 목재로 된 커다란 함으로 중세에 중요한 가구 중 하나였다.

"기다려봐, 편하게 해줄게."

들라마르슈가 걱정스러운 듯 말하고 나서 브루넬다 목에 있는 단추 몇 개를 열고 옷을 조금 풀어놓았다. 목과 가슴 밑 부분이 드러났고 속옷에 달린 촘촘한 노란색 레이스 끝단이 보였다.

"저 사람은 누구야?"

그녀가 손가락으로 카를을 가리키며 불쑥 물었다.

"왜 나를 그렇게 쳐다보는 거지?"

"이제 곧 넌 쓸모 있는 사람이 될 거야."

들라마르슈가 이렇게 말하며 카를을 옆으로 밀쳤다. 그러더니 그녀를 달래며 말을 이었다.

"당신 시중들게 하려고 데려온 애야."

"난 아무도 필요 없다니까!"

그녀가 소리쳤다.

"왜 낯선 사람을 우리 집으로 데려오는 거야?"

"당신이 그동안 계속 보살펴줄 사람이 있으면 좋겠다고 했잖아."

들라마르슈는 말하고 나서 무릎을 꿇고 앉았다. 폭이 넓은 소파인데도 브루넬다 옆에 앉을 공간이 전혀 없었다.

"나 참, 들라마르슈."

그녀가 말했다.

"당신은 내 마음을 이해 못 해. 전혀 몰라."

"당신이 그렇다면 그래, 당신을 정말 모르겠어."

들라마르슈가 말한 뒤 두 손으로 그녀의 얼굴을 감쌌다.

"이런 건 아무 일도 아니야. 당신이 내키지 않는다 하면, 저 친구는 바로 나갈 거야."

"이왕 왔으니 그냥 있으라 해."

그녀가 말했다. 피곤에 지친 카를은 절대 호의적인 의도로 한 건 아니었을 브루넬다의 말이 그렇게 고마울 수가 없었다. 카를은 어쩌면 다시 내려가야 할지도 모르는 끝없는 계단을 떠올리며, 담요를 깔고 누워 쿨쿨 잠든 로빈슨 위를 훌쩍 넘어가면서 들라마르슈가 짜증스러운 손짓을 보내는 것도 무시하고 이렇게 말했다.

"여기 머물게 해주셔서 감사합니다. 제가 스물네 시간 동안 잠도 못 잔 데다가, 여러 가지 일이 있었고 별의별 일로 긴장과 불안의 연속이었습니다. 지금은 너무 피곤해요. 제가 정확히 어디 있는지도 모르겠어요. 몇 시간이라도 자고 난 뒤엔 저를 마음대로 쫓아내셔도 괜찮아요. 기꺼이 나갈게요."

"여기 계속 있어도 돼."

그녀가 말하고 나서 비꼬듯 덧붙였다.

"보다시피 공간은 충분하니까."

"그러니까 넌 나가야겠다."

들라마르슈가 말했다.

"우리는 네가 필요하지 않으니까."

"아니야, 여기 있으라 해."

그녀가 다시 진지하게 말했다. 들라마르슈는 그녀의 부탁을 시행하듯 카를에게 말했다.

"그래, 아무 데나 누워."

"커튼 쌓아놓은 곳에서 자면 돼. 그런데 커튼이 찢어지지 않게 부츠는 벗어야 해."

들라마르슈가 말했다. 들라마르슈는 그녀가 말한 자리를 카를에게 보여주었다. 나란히 놓인 체스트 세 개와 문 사이에 여러 가지 커튼이 무작위로 수북하게 쌓여 있었다. 커튼을 모두 일정하게 차곡차곡 개고 무거운 것을 아래로, 가벼운 것을 위로 올리고 커튼 더미 안에 아무렇게나 있는 나무판과 나무 고리를 빼내면 봐줄 만한 잠자리가 되었을 텐데 이제 그저 흔들리고 미끄러지는 덩어리일 뿐이었다. 그래도 카를은 곧바로 그 위에 누웠다. 특별한 잠자리를 준비하기에는 너무 피곤했고 주인을 배려해서라도 너무 부산하게 하지 않게 조심해야 했다.

카를이 막 잠에 빠져들려는데, 갑자기 비명 소리가 나서 일어나 보니 브루넬다가 소파에 앉아 팔을 벌려 자기 앞에 꿇어앉은 들라마르슈를 끌어안고 있었다. 이런 광경을 보는 게 참으로 난감해진 카를은 잠을 청하려고 돌아누워 커튼 더미 속에 파묻혔다. 이곳에서는 이틀도 견뎌내지 못할 게 불 보듯 뻔했다. 그래도 정신을 차리고 빠르고 정확한 판단을 하려면 일단 충분히 잠을 자둬야 한다고 생각했다.

그런데 브루넬다는 카를이 피로에 지친 눈을 동그랗게 뜬 것을 알아차리고 소리쳤다. 카를이 눈을 크게 떠서 놀란 것 같았다.

"들라마르슈, 더워서 못 견디겠어. 쪄 죽을 것 같아. 옷을 벗고 목욕해야겠어. 저 두 사람을 밖으로 내보내. 당신이 원하는 곳 어디로라도. 복도로 보내든 발코니로 보내든 내 눈앞에서 보이지 않게만 해줘. 내 집에서 계속 방해받고 있으니 참 나. 들라마르슈랑 단둘이 있으면 좋겠는데! 아이, 참 저 사람들 아직도 저기 있네! 염치없는 로빈슨은 숙녀 앞에서 속옷 바람으로 뻗어 있질 않나! 그리고 방금 나를 황당한 눈으로 빤히 쳐다본 생전 처음 보는 애는 날 속이려고 다시 누워버렸고! 얼른 저것들 좀 쫓아내줘, 들라마르슈, 저들은 나한테 짐이야, 저것들이 여기 내 가슴을 쥐어짠다니까. 내가 지금 죽으면 저것들 때문이야."

"재네 지금 바로 밖으로 나갈 거야. 그러니 옷을 벗어."

들라마르슈가 말했다. 그는 로빈슨에게 다가가 발을 그의 가슴 위에 올려놓고 흔들었다. 동시에 카를에게 외쳤다.

"로스만, 일어나! 너희 둘 모두 발코니로 나가! 너희 둘 다 내가 부르기 전에 들어오면 큰코다칠 줄 알아! 자 얼른, 로빈슨!"

이렇게 말하면서 그는 로빈슨을 더 세게 흔들었다. 카를에게는 "로스만, 너도 조심해라, 내가 너한테도 똑같이 덤벼들지 않게"라고 그는 손뼉을 두 번 탁탁 치며 말했다.

"얼마나 더 기다리라는 거야?"

브루넬다가 소파에서 소리쳤다. 고도 비만인 그녀는 더 많은 공간을 확보하려고 두 다리를 쩍 벌리고 앉아 가쁜 숨을 자주 헐떡였다. 엄청나게 애를 써야 스타킹 상단을 잡고 조금 끌어내릴 수 있을 정도로 겨우 몸을 구부릴 수 있었다. 혼자서는 끝까지 벗을 수 없었다. 들라마르슈가 해야 할 일이라 그녀는 초조하게 기다리고 있었다.

너무 피곤해서 감각이 완전히 무뎌진 카를은 커튼 더미에서 기어 내려와 느릿느릿 발코니 문으로 갔다. 커튼 한 조각이 발에 휘감겨 있었는데 그것도 모르고 질질 끌고 갔다. 정신이 혼미한 상태로 브루넬다 옆을 지나가며 "안녕히 주무세요"라고 말하고 발코니 문 커튼을 살짝 당기고 있는 들라마르슈를 지나 발코니로 나갔다. 카를 바로 뒤에 로빈슨이 따라왔다. 로빈슨 역시 카를보다 더 하면 더 했지 덜 하지 않게 잠에 취한 듯 혼잣말로 중얼거렸다.

"왜 이렇게 우릴 함부로 대하는 건지! 브루넬다가 같이 가지 않으면 난 발코니에 나가지 않을 거야."

로빈슨은 이렇게 말해놓고도 아무런 저항 없이 발코니로 나갔다. 카를이 이미 안락의자에 파묻혀 있어서 로빈슨은 곧바로 돌바닥에 벌렁 누웠다.

카를이 일어나니 이미 저녁이었다. 하늘에는 별이 반짝이고 있었고, 길 건너 고층 건물 뒤로 달빛이 비치고 있었다. 익숙하지 않은 낯선 주변을 둘러보고, 선선하고 상쾌한 공기를 몇 차례 들이마시고 나서야 비로소 카를은 자신의 현재 위치를 깨달았다. 자신이 얼마나 경솔했던가. 수석 셰프의 충고, 테레제의 경고, 자신의 우려마저도 전부 무시했다. 커튼 뒤에 그의 대적인 들라마르슈라는 사람은 없다는 듯 이제 여기 들라마르슈의 발코니에 평온히 앉아 있는데다가 반나절 동안 낮잠까지 자다니. 바닥에는 게으른 로빈슨이 몸을 뒤척이더니 카를의 발을 잡아당겼다. 이런 식으로 카를을 깨우려 했던 것 같았다. 로빈슨이 이렇게 말했으니 말이다.

"너 진짜 잤구나, 로스만! 참 천하태평이다. 대체 언제까지 자려고? 더 자게 내버려두고 싶기도 했는데, 우선 바닥에 있는 게 너무 지겹고 배가 너무 고파. 부탁이야. 좀 일어나줘. 내가 저기 안락의자 밑에 먹을 것을 놔뒀거든. 그걸 꺼내려고. 너도 좀 줄게."

자리에서 일어난 카를은 로빈슨이 일어나지도 않고 배를 바닥에 대고 기어와 손을 뻗어 안락의자 밑에서 은도금 된 그릇을 꺼내는 것을 지켜봤다. 명함을 보관하는 통처럼 생긴 그릇이었다. 그릇에는 반만 남은 검은 소시지, 가느다란 담배 몇 개비, 캔을 개봉했지만

양이 꽤 되는 기름이 넘쳐흐르는 정어리 통조림, 거의 짓눌려 공처럼 되어버린 사탕 덩어리가 있었다. 큰 덩어리의 빵과 향수병 같은 것도 있었다. 그 향수병 안에는 향수가 아닌 다른 것이 들어 있는지 로빈슨이 자랑스러운 듯 병을 가리키고 카를에게 짭짭대는 시늉을 하며 소곤거렸다.

"잘 봐, 로스만."

로빈슨은 정어리를 연달아 입에 넣으며 말했다. 브루넬다가 분명 발코니에 놔두고 잊어버린 것 같은 모직 수건으로 손에 묻은 기름을 닦아냈다.

"잘 봐, 로스만. 쫄쫄 굶어 죽지 않으려면 자기가 먹을 음식을 잘 보관해야 해. 야, 난 완전히 찬밥 신세야. 계속해서 개 취급을 당하다 보면 결국 그게 진짜 자기 모습이라고 생각하게 돼. 로스만, 네가 여기 있어서 다행이야. 적어도 누군가와 얘기는 할 수 있으니 말이야. 이 집에서는 아무도 나에게 말을 걸지 않아. 우린 미움받는 존재야. 이게 다 브루넬다 때문이야. 물론 멋진 여자긴 해. 이리 와봐!"

그는 카를에게 가까이 오라고 손짓하곤 귓속말을 했다.

"한번은 그 여자가 홀딱 벗은 모습을 봤어. 와우!"

그때의 황홀함을 회상하며 그는 카를의 다리를 쿡 찌르고 때리기도 했다. 그러다 카를이 "로빈슨, 너 미쳤구나!"라고 소리치면서 그의 손을 잡고 밀어냈다.

"로스만, 넌 아직 어린애야."

로빈슨은 목줄에 차고 있던 단검을 셔츠 밑에서 꺼내 칼집을 벗긴 후 단단한 소시지를 잘랐다.

"넌 아직 배울 게 많아. 우리한테 배우면 되니 제대로 온 거야. 앉

아. 뭐라도 좀 먹지 않을래? 내가 먹는 걸 보면 식욕이 생길걸. 아님, 뭣 좀 마실래? 진짜 아무것도 먹고 싶지 않은가 보네. 특별히 말을 많이 하는 편도 아닌 것 같고. 발코니에 누군가가 있어주기만 하면 내가 누구랑 같이 발코니에 있는지는 중요하지 않아. 난 발코니에 있을 때가 많거든. 내가 발코니에 있는 걸 브루넬다가 재미있어하니까. 그 여자는 뭔가 생각해내기만 하면 돼. 어떨 때는 춥다, 어떨 때는 덥다, 어떨 때는 자고 싶다, 어떨 때는 코르셋을 벗고 싶다, 어떨 때는 코르셋을 입고 싶다고 해. 그럴 때마다 나는 계속해서 발코니로 쫓겨 가는 거야. 그 여자는 자기가 말한 대로 행동할 때도 있지만 대부분은 아까처럼 그냥 소파에 누워서 아무것도 안 한다니까. 전에는 가끔 커튼을 젖혀서 들여다보기도 했는데, 어느 날 들라마르슈가 내 얼굴을 채찍으로 몇 번 때리고 나서는, 사실 그의 생각이 아니라 브루넬다가 그렇게 부탁해서 그렇게 한 거란 걸 잘 알아. 여기 피멍이 들었어. 보이지? 그때부턴 감히 더는 엿볼 생각도 안 해. 그러니 여기 발코니에 누워서 먹는 것 말고는 아무런 낙이 없지. 그저께 저녁에 혼자 누워 있었는데, 그때까지만 해도 멋있는 옷을 입고 있었지. 그런데 안타깝게도 네 호텔에서 그 옷을 잃어버렸잖아. 그 개자식들이 값비싼 옷을 벗겨가더라니까! 그래서 혼자 여기 누워서 난간을 내려다보니 모든 게 너무 슬퍼져서 소리 내 울음을 터뜨렸어. 그때 난 바로 눈치채지는 못했는데 브루넬다가 빨간 드레스를 입고, 그 옷이 브루넬다에게 가장 잘 어울리거든. 나에게 다가와 나를 쳐다보며 말을 걸더라고. '로빈슨, 왜 울어?'라고. 브루넬다가 드레스를 들어 올려 옷자락으로 내 눈을 닦아주었어. 그때 들라마르슈가 그녀를 부르지 않았더라면 그래서 그녀가 곧바로 방으로

들어가지 않았더라면 무엇을 했을지 누가 알겠어? 당연히 난 내 차례라고 생각하고 커튼 너머로 방으로 들어가도 되는지 물었지. 그런데 브루넬다가 뭐라 했는지 알아? '안 돼!'라는 거야. '무슨 생각을 하는 거야?'라고도 했어."

"그런 대접을 받으면서 왜 여기 있는 거야?"

카를이 물었다.

"미안한데, 로스만. 별로 적절한 질문은 아니야."

로빈슨이 대답했다.

"너도 결국 여기에 남을 거야. 너 나쁜 대우를 받더라도 말이야."

"아니."

카를이 말했다.

"난 무조건 떠날 거야. 가능하면 오늘 저녁에라도. 나는 너희들과 같이 지내지 않을 거야."

"어떻게 오늘 저녁에 간다는 거야?"

로빈슨이 물었다. 그는 빵에서 부드러운 부분을 잘라내어 정어리 통조림 기름에 담갔다.

"방으로 들어가지도 못하는데 어떻게 나간다는 거야?"

"왜 방에 들어갈 수 없는데?"

"음, 벨이 울릴 때까지는 방에 들어가면 안 돼."

로빈슨이 말했다. 그는 입을 잔뜩 벌려 기름에 적신 빵을 먹으며 한 손으로 빵에서 떨어지는 기름을 받았다. 기름 받는 용기 역할을 하는 오므린 손에 빵을 담그기도 했다.

"여긴 전부 다 엄격해졌어. 처음에는 얇은 커튼만 있어서 그 사이로 들여다볼 순 없었어도 저녁이 되면 그림자가 보이긴 했어. 바로 그 부분을 브루넬다는 불쾌하게 생각했나 봐. 그래서 그녀의 극장용 코트 하나를 커튼으로 만들어서 전에 있던 커튼 대신 여기에 걸어둔 거야. 이제 아무것도 보이지 않아. 그리고 예전에는 들어가도 되냐고 언제라도 물어볼 수 있어서 상황에 따라 '응 괜찮아'라든가 '안 돼'라고 대답해주곤 했어. 그런데 그때는 내가 너무 자주 물어봤던 것 같아. 브루넬다는 그걸 참을 수 없었지. 브루넬다는 덩치가 그렇게 큰데도 아주 허약해서 두통을 달고 사는 데다 다리엔 거의 항상 통풍이 있어. 그래서 난 더는 물어보면 안 되고 내가 들어갈 수 있을 땐 테이블 벨을 울리기로 했어. 벨 소리는 자다가 깰 정도로 소리가 커. 전에 내가 여기서 애완 고양이를 데리고 있었는데, 고양이가 벨 소리에 놀라 겁에 질려 도망갔다가 돌아오지 않았다니까. 음, 그러니까 오늘은 아직 벨이 울리지 않았어. 벨 소리가 나면 내가 들어갈 수 있다는 의미뿐 아니라 내가 들어가야 한다는 의미야. 이렇게 오랫동안 벨이 울리지 않으면 울리기까지 시간이 아주 오래 걸리기도 해."

"그렇구나. 하지만 너한테 적용되는 게 반드시 나한테도 적용되는 건 아니잖아. 그런 일은 받아들이는 사람한테만 해당하는 거야."

"아니 그런데" 하고 로빈슨이 외쳤다.

"그게 왜 너한테는 적용되지 않는다는 거야? 당연히 너한테도 적용돼. 벨이 울릴 때까지 나랑 조용히 기다려. 그러고 나서야 도망가든가 말든가 시도라도 해볼 수 있는 거야."

"대체 왜 여기서 떠나지 않는 거야? 들라마르슈가 친구라서? 아니면 더 정확하게 말하면 옛 친구여서? 이렇게 사는 건 또 뭐야? 너희들이 원래 가려 했던 버터포드로 가는 게 더 낫지 않았을까? 아니면 네 친구들이 있는 캘리포니아로 가든지."

"응 그래."

로빈슨이 말했다.

"누구도 이럴 거라 예상하지 못했지."

이야기를 이어가기 전에 "너의 건강을 위하여! 내 친구 로스만!" 하고 말하더니 향수병을 길게 한 모금 들이켰다.

"우리는 그 당시 정말 힘들었어, 네가 우릴 두고 야비하게 가버렸을 때 말이야. 처음 며칠 동안은 일자리를 구할 수도 없었어. 사실 들라마르슈는 마음만 먹으면 일자리를 충분히 얻었을 텐데, 일할 생각이 없었고 일자리 찾으라고 나만 내보냈어. 나는 운이 없잖아. 들라마르슈는 그냥 빈둥거리며 여기저기 기웃거리기만 하다 어느 날 저녁때가 다 됐는데 여자 지갑을 가져왔더라고. 진주로 된 근사한 지갑이었고 지갑 안엔 아무것도 없었어. 브루넬다에게 선물해서 지금은 그녀가 갖고 있어. 그때 들라마르슈가 나한테 우리 둘이 간이 아파트를 돌아다니며 구걸을 하자고 하더라고. 쓸만한 물건을 찾을 수 있을 거라면서. 그래서 우리는 구걸하러 나갔고, 나는 잘 보이려고 아파트 문 앞에서 노래를 불렀어. 들라마르슈는 항상 운이 좋잖아. 두 번째 아파트, 거기 1층에 있는 아주 부유한 집 앞에 서서 요리사와 하인에게 노래를 불러줬거든. 그때 그 집주인 여자가 계단을 올라가더라고. 그게 바로 브루넬다였어. 그녀는 옷이 너무 꽉 조여서 그랬는지 몇 계단을 올라가지 못했어. 그런데 얼마나 아름다웠는지 알아, 로스만? 그녀는 새하얀 드레스를 입고 빨간 양산을 들고 있었어. 정말 핥아주고 통째로 삼켜버리고 싶을 정도였다니까. 와, 진짜. 얼마나 예뻤는지! 그런 여자가 있다니! 요리사와 하인이 얼른 그녀에게 달려가서 거의 올려다 주다시피 했어. 우린 문 좌우에 서서 경례했지. 여기선 다들 그렇게 하거든. 그녀는 그때까지도 호흡이 완전히 돌아오지 않아서 잠시 멈춰 섰는데, 어떻게 그런 일이 일어났는지 잘 모르겠어. 난 너무 굶주린 탓에 완전히 정신을 못 차리고 있었고, 그녀는 가까이서 보니 더 예뻤고 체구도 컸어. 특수 코르셋을 입고 있었거든, 그 코르셋은 옷장에 있으니 내가 보여줄게. 코르셋 때문에 전신이 딱딱했지. 그러니까 내가 그녀를 뒤에서 살짝 건드렸어. 그런데 진짜 아주 살짝 너도 알잖아. 이렇게 손만 댔어. 물론 거지가 부잣집 주인 여자를 만지는 건 용납할 수 없지. 거의 손을 댄 것도 아니었지만 어쨌든 손을 대긴 댔으니까. 들라마르슈가 그 자리에서 내 뺨을 때리지 않았다면 얼마나 심각한 상황이 됐을지 누가 알겠어. 따귀가 어느 정도였냐면 내가 맞자마자 양손을 뺨에 대고 식혀줘야 했다니까."

"너희들 그게 무슨 짓이야!"

말하고 나서 카를은 이야기에 완전히 몰입한 채 바닥에 앉았다.

"그러니까 그 여자가 브루넬다였다고?"

"음, 그렇다니까."

로빈슨이 말했다.

"그 여자가 브루넬다였어."

"그 여자 가수라고 하지 않았어?"

카를이 물었다.

"물론이지. 가수 맞아. 아주 훌륭한 가수야."

로빈슨이 대답했다. 그는 커다란 사탕을 혀로 굴리다 사탕이 입 밖으로 나오면 손가락으로 밀어 넣었다.

"그땐 그 사실을 몰랐지. 우린 그냥 눈에 보이는 대로 부유하고 멋있는 여자라고만 생각했지. 그녀는 아무 일도 없었다는 듯 행동했어. 아마도 아무것도 느끼지 못했을걸. 진짜로 난 손끝으로 살짝 댔으니까. 그런데 그녀는 계속해서 들라마르슈를 바라봤고, 들라마르슈도 이미 의미를 정확하게 파악했다는 듯 그녀의 눈을 똑바로 응시했어. 그녀가 '잠깐 들어가시죠'라고 말하며 양산으로 자기 집을 가리키더라고. 들라마르슈 보고 앞장서 가란 말이지. 그렇게 둘이 집 안으로 들어가니 하인이 문을 닫았어. 밖에 있는 내 존재를 잊어버렸던 것 같아. 난 그리 오래 걸리지 않으리라 생각하고 계단에 앉아 들라마르슈를 기다렸지. 그런데 들라마르슈가 나온 게 아니라 하인이 나오더니 수프 그릇을 주더라고. '들라마르슈가 이런 배려를 베풀어주다니!' 혼잣말을 했어. 그 하인은 내가 수프를 먹는 동안 내 옆에 서서 브루넬다 얘기를 해주더라고. 브루넬다 집을 방문했다는 게 우리에게 어떤 의미인지 알게 되었어. 브루넬다는 이혼녀였고, 엄청난 재산이 있는 데다 완전히 독립한 상태였기 때문이지. 코코아 공장을 운영하던 전남편은 여전히 그녀를 사랑했지만 그녀는 전남편 얘기라면 질색했지. 전남편은 아파트에 자주 왔는데, 올 때마다 결혼식 예복처럼 우아한 옷차림을 하고 왔어. 이건 글자 그대로 사실이야. 나도 그 사람을 알거든. 그런데 하인은 아무리 뇌물을 많이 받아도 브루넬다에게 전남편을 만나고 싶은지 감히 물어볼 수 없었어. 전에 여러 번 물어봤는데 그때마다 브루넬다가 들고 있는 건 뭐든 다 하인 얼굴에 던졌다는 거야. 한번은 브루넬다가 뜨거운 물이 가득 찬 보온병을 하인의 앞니가 깨질 정도로 세게 던진 적도 있었대. 자, 로스만, 너도 보게 될 거야!"

"넌 그 사람을 어떻게 알아?"

카를이 물었다.

"가끔 여기 오기도 하거든."

로빈슨이 말했다.

"여기 온다고?"

카를은 깜짝 놀라서 손으로 바닥을 가볍게 두드렸다.

"너만 놀란 게 아니라니까."

로빈슨은 말을 이었다.

"하인 얘기 듣고 나도 깜짝 놀랐어. 생각해봐, 브루넬다가 집에 없을 때 전남편이 하인에게 방으로 안내하라 하고 매번 작은 물건을 기념품으로 가져가고 브루넬다에게 아주 비싸고 멋진 물건을 남겨두고 가는 거야. 하인한테는 누가 갖다놓았는지 아무 말도 하지 말라며 엄하게 경고하면서. 그런데 언젠가 전남편이 무언가, 하인이 말하길 그랬다는 건데, 난 그 말을 믿어. 진짜 값비싼 도자기를 가져왔는데, 브루넬다가 어떻게 알아차렸는지 모르겠지만, 그 자리에서 냅다 바닥에 내던지고, 밟고, 침을 뱉는 등 별짓을 다 했대. 그래서 하인은 역겨워서 도저히 그걸 치우기도 힘들 정도였다네."

"전남편이 그녀에게 무슨 짓을 했는데 그래?"

카를이 물었다.

"나도 잘은 몰라."

로빈슨이 말했다.

"내 생각에 특별한 건 없을 거 같긴 해. 전남편 본인도 그걸 모른대. 전남편과는 여러 차례 이야기해봤어. 그는 매일 길모퉁이에서 나를 기다렸지. 내가 가면 새 소식을 전해주고 못 가면 그 사람은 30

분 정도 기다리다가 갔어. 그 사람은 내가 소식을 전해주는 대가로 두둑이 챙겨줬으니 나한테는 짭짤한 부수입이었지. 그런데 들라마르슈가 그 사실을 알게 된 이후로 그에게 몽땅 넘겨줘야 해서 이제 전남편 만나러 갈 일이 뜸해졌어."

"그런데 전남편이 원하는 게 뭐야?"

카를이 물었다.

"대체 뭘 원하는 거야? 브루넬다가 만날 생각이 없다는 걸 본인도 알잖아."

"그러게 말이야."

로빈슨은 한숨을 쉬었다. 담배에 불을 붙여 팔을 휘두르며 연기를 공중으로 날렸다. 그러다 생각이 바뀐 듯 이렇게 말했다.

"그게 나랑 뭔 상관이야? 내가 아는 건, 그 사람도 우리처럼 여기 발코니에 누워 있을 수만 있으면 엄청난 돈도 아끼지 않고 내놓지 않겠냐는 사실뿐."

카를은 자리에서 일어나 난간에 기대 거리를 내려다보았다. 달이 보이긴 했지만 빛이 골목 깊은 곳까지 비치지는 않았다. 낮에는 한산하던 거리가, 이제 특히 집 앞은 사람으로 붐볐다. 모두 느릿느릿, 둔한 움직임으로 걸어가고 있었다. 남자들 셔츠 소매와 여자들의 밝은색 원피스가 어둠 속에서 희미하게 두드러져 보였다. 다들 모자를 쓰지 않았다. 주변에 있는 수많은 발코니마다 사람이 나와 있었다. 백열등 전구 아래 가족들이 발코니의 크기에 따라 작은 테이블 주위에 둘러앉아 있거나 일렬로 놓은 안락의자에 앉아 있었다. 아니면 방 밖으로 머리를 빼죽 내밀고 있기도 했다. 남자들은 다리를 벌리고 난간 사이로 발을 쭉 뻗고 앉아 신문을 거의 바닥에 닿을 듯이 들고 읽거나 말없이 테이블을 두드리며 카드놀이를 했다. 여자들은 무릎 위에 바느질거리를 잔뜩 올려놓고 일하다 가끔 주변이나 거리를 흘깃 바라보기도 했다. 옆집 발코니에 있던 허약해 보이는 금발 여자는 계속 하품하며 눈을 부릅뜨고 수선하던 내의를 수시로 입으로 가져갔다. 아무리 작은 발코니에서도 아이들은 서로 도망 다니고 잡으러 다니는 법을 알았고 이는 부모들에게는 꽤 귀찮은 일이었다. 꽤 많은 집 방 안에 축음기가 설치되어 노래나 관현악 연주곡이 흘러나왔다. 누구도 이 음악에 특별히 신경 쓰지 않았다. 가끔 그 집의 가장으로 보이는 남자가 신호를 보내면 누군가 방 안으로 얼른 들어가 새 음반을 틀었다. 어떤 창문에는 전혀 움직이지 않는 연인들이 있었고 카를 맞은편 창문에는 그런 커플이 똑바로 서 있었는데, 젊은 남자가 여자를 팔로 감싸고 손으로 그녀의 가슴을 쥐고 있었다.

"이 동네에 사는 사람 중 아는 사람 있어?"

카를이 로빈슨에게 물었다. 로빈슨도 어느새 일어나 있었다. 추워서 자기 담요 위에 브루넬다의 담요까지 뒤집어쓰고 있었다.

"거의 없어. 내 상황으로 볼 때 그게 가장 심각한 점이야."

로빈슨은 말을 마치고 카를을 자기 쪽으로 끌어당기고 귓속말을 했다.

"그것만 빼면 지금은 딱히 불만은 없을 것 같은데 말이야. 브루넬다는 들라마르슈 때문에 자기 소유물을 다 팔고 전 재산을 들고 여기 근교 이 집으로 이사 왔어. 들라마르슈에게 온전히 헌신할 수 있고 아무도 방해하지 못하게 하려고 말이야. 게다가 그건 들라마르슈의 소원이기도 했어."

"그럼 하인들은 해고했나?"

카를이 물었다.

"바로 그거지."

로빈슨이 말했다.

"이 집에 하인들이 있을 곳이 어디 있겠어? 그 하인들은 아주 까칠한 주인 노릇을 하는 사람들이라니까. 전에 들라마르슈가 브루넬다 집에서 하인의 따귀를 때려 방에서 내보낸 적이 있거든. 연이어 따귀를 날리니 하인이 방 밖으로 밀려난 거야. 그랬더니 당연히 다른 하인들이 그 하인과 합류해서 문 앞에서 소리 지르며 난리를 피웠어. 당시 난 하인이 아니라 그 집 주인의 친구였지만 하인들과 함께 있었어. 그때 들라마르슈가 나와서 물었어. '원하는 게 뭐야?' 그러자 가장 나이 많은 하인인 이시도르가 말했어. '당신과는 할 말이 없습니다. 우리 주인님은 고귀한 부인입니다'라고. 너도 눈치챘겠지만 하인들은 브루넬다를 숭배했어. 그런데 브루넬다는 하인들을 돌보지 않고 들라마르슈에게 달려갔어. 그 당시 그녀는 지금처럼 몸이 그렇게 무겁지 않았거든. 모든 사람 앞에서 그를 껴안고 키스하고 그를 '내 사랑 들라마르슈'라고 불렀어. '저 원숭이들을 그냥 내보내'라고 그녀가 결국 그런 말을 했어. 원숭이라고 말이야. 하인들을 그렇게 부른 거지. 그들이 그 얘기를 듣고 어떤 얼굴을 했는지 상상해봐. 그런 다음 브루넬다는 들라마르슈의 손을 벨트에 차고 있던 지갑 쪽으로 끌어당겼고 들라마르슈는 돈을 꺼내 하인들에게 지불했지. 브루넬다가 한 일이라곤 벨트에 달린 지갑을 열고 가만히 서 있는 것밖에 없었어. 들라마르슈는 지갑에 손을 여러 번 넣었어. 돈을 세거나 하인들의 요구를 확인하지 않고 그냥 나눠줬거든. 그러다 결국 이렇게 말했어. '당신들이 나랑 얘기할 생각이 없다니 브루넬다의 이름으로 얘기하지. 꺼져, 당장.' 하인들은 그렇게 해고된 거야. 그런 뒤에 소송도 몇 번 있었고 들라마르슈는 법정에 나간 적도 있었어. 자세한 건 잘 몰라. 하인들이 나간 직후에 들라마르슈가 브루넬다한테 이렇게 말하더라고. '이제 당신 하인이 없네?' 그러니까 브루넬다가 '로빈슨이 있잖아'라고 말하는 거야. 들라마르슈가 내 어깨를 툭 치며 '자, 좋아. 이제부터 넌 우리 하인이 되는 거야'라고 말하더라고. 브루넬다는 내 뺨을 톡톡 쳤어. 기회가 된다면 말이야, 로스만. 너도 그녀가 네 뺨을 톡톡 치는 걸 느껴봐. 기분 끝내준다니까. 너도 깜짝 놀랄걸."

"그러니 네가 들라마르슈의 하인이 됐다는 거지?"

카를이 요약해서 말했다.

로빈슨은 카를의 질문에서 안타까운 마음을 눈치채고 이렇게 대답했다.

"난 하인이지만 그걸 알아차리는 사람은 거의 없어. 너도 한동안 우리랑 같이 있었지만 몰랐잖아, 안 그래? 그날 밤 네가 근무하던 호텔에 갔을 때 내가 어떤 옷을 입었는지 너도 봤잖아. 고급 중에도 최고급 옷을 입고 있었어. 하인들이 그런 옷을 입고 가겠어? 문제는 내가 자주 밖으로 나갈 수 없다는 거야. 항상 대기하고 있어야 하고. 할 일은 항상 있으니 말이야. 혼자서 모든 일을 다 해낼 순 없어. 너도 눈치챘겠지만, 방 곳곳에 많은 물건이 놓여 있잖아. 대대적인 이사를 하면서 미처 팔지 못한 것들을 다 가져왔어. 물론 다른 사람에게 줄 수도 있었지만 브루넬다는 아무것도 주지 않았지. 그 물건들을 계단으로 나르는 일이 어땠을지 생각해봐."

"로빈슨, 너 혼자 그 짐을 다 올렸어?"

카를이 물었다.

"나 말고 누가 있겠어?"

로빈슨이 말했다.

"도와주는 일꾼이 한 명 있기는 했는데, 게으른 놈이라. 대부분 나 혼자 해야 했어. 브루넬다는 저기 아래 차 옆에 서 있었고, 들라마르슈는 물건들을 어디에 놓을지 지시했고, 나는 계속 왔다 갔다 했어. 이사하는 데 이틀이나 걸렸다니까. 진짜 오래 걸렸지? 방 안에 얼마나 많은 물건이 가득 차 있는지 넌 모를 거야. 모든 체스트가 가득 차 있고, 체스트 뒤로는 천장까지 가득 채워져 있어. 이삿짐 나르는 걸 도울 사람을 몇 사람 더 데려왔으면 금방 끝났을 텐데, 브루넬다는 나 말고는 아무에게도 맡기지 않겠다고 했어. 그거야 뭐 정말 좋긴 한데, 그때 내 평생 건강을 영원히 망쳤단 말이야. 건강 말고 내가 가진 게 뭐가 있었겠냐고? 이제 조금만 힘을 쓰면 여기저기 다 쑤신다니까. 호텔에 있는 그 보이들 말이야, 그 개구리 같은 애들이, 걔들이 개구리 아니면 뭐겠어? 내가 건강했다면 그때 나를 이길 수 있었을 거라 생각해? 그런데 아무리 아쉬워도 들라마르슈하고 브루넬다한테는 한마디도 하지 않을 거야. 할 수 있을 때까지 일할 거고, 일을 더는 할 수 없게 되면 누워서 죽을 거야. 그제야 그들이 내가 병들었어도 계속 일했고 또 죽을 때까지 일하며 그들을 섬기려 했다는 걸 뒤늦게 알게 되겠지."

"아, 로스만."

로빈슨은 카를의 셔츠 소매로 눈물을 닦았다. 잠시 후 말을 이었다.

"그런데 넌 안 추워? 셔츠만 입고 있는데도?"

"이봐, 로빈슨"

카를이 말했다.

"너 지금 계속 울고 있는데 말이야. 네가 그렇게 아프다는 생각은 안 들어. 넌 건강해 보여, 계속 발코니에 누워 있으니까 별생각이 다 들었겠지. 가끔 가슴에 쿡쿡 쑤시는 느낌이 드나 본데, 나도 그래. 다들 그런 거야. 사소한 일에 너처럼 그렇게 울어대면, 발코니에 있는 사람들 전부 다 울어야 할걸."

"그건 내가 더 잘 알아."

로빈슨이 말했다. 이번에는 담요 귀퉁이로 눈물을 닦았다.

"얼마 전에 옆집에 그릇을 돌려주러 갔어. 그 집 주인 아주머니가 우리한테 요리를 해주거든. 그 집 대학생이 나한테 그러더라. '로빈슨, 아프지 않아요?'라고 말이야. 난 사람들과 말하는 게 금지돼 있어서 그냥 그릇만 놓고 오려 했어. 그런데 그 대학생이 다가와서 '잘 들어봐요, 절대 당신 몸을 혹사하지 말아요. 당신은 환자예요'라고 하더라고. 그래서 내가 '그럼, 부탁인데, 내가 어떻게 해야 할까요?'라고 물었어. 그러니까 대학생이 '그건 당신이 알아서 할 일이에요'라고 말하곤 가버리더라고. 거기 식탁에 있던 사람들이 다 웃더군. 여긴 온통 적들 천지야. 난 그냥 와버렸어."

"넌 그러니까 너를 바보 취급하는 사람 말은 믿고, 너한테 좋은 의도로 대하는 사람들 말은 믿지 않잖아."

"그래도 내 상태가 어떤지는 알아야 할 거 아냐."

로빈슨이 벌컥 화를 내더니 곧 다시 울었다.

"넌 지금 어떤 상황인지 네가 필요한 게 뭔지 몰라. 여기서 들라마르슈의 하인이 아니라 자신을 위한 제대로 된 일을 찾아야 해. 네 이야기도 듣고 내가 직접 본 걸로 판단해보면, 이건 노예지 고용된 일자리가 아니야. 그런 건 누구라도 견뎌내기 힘들어. 난 네 말을 믿어. 그런데 너는 들라마르슈의 친구라고 생각해서 그를 떠날 수 없다고 생각하고 있지. 그건 틀렸어. 네가 얼마나 비참한 삶을 살고 있는지 들라마르슈가 이해하지 못한다면, 너도 그 친구에 대해 어떤 의무도 질 필요 없어."

"넌 정말로 그렇게 믿는 거야, 로스만? 여기 일을 그만두면 내가 다시 회복될 거라고?"

"당연하지."

카를이 말했다.

"당연하다고?"

로빈슨이 다시 물었다.

"당연하다니까 그러네."

카를이 미소 지으며 말했다.

"그럼 나는 곧바로 회복될 수 있겠네."

로빈슨이 말하고 카를을 쳐다봤다.

"왜?"

카를이 물었다.

"이제 네가 여기서 내 일을 맡아서 해야 하니까."

로빈슨이 대답했다.

"누가 그래?"

카를이 물었다.

"전에 구상해놓은 계획이야. 며칠 전부터 그런 얘기가 있었지. 브루넬다가 나를 꾸짖었던 일로 얘기가 시작됐어. 내가 깨끗하게 치우지 못했다는 이유로 말이야. 당연히 나는 모든 걸 정리해놓겠다고 약속했어. 하지만 이게 정말 어려워. 내 몸 상태로 먼지를 털어내려고 집 안 여기저기 다 기어다닐 수도 없고, 방 한가운데서도 몸을 움직이기 힘들어. 가구와 물건 사이는 말할 것도 없고. 모든 걸 제대로 청소하려면 가구를 옮겨야 하는데, 그걸 나 혼자 다 하라고? 게다가 그걸 다 아주 조용히 해야 해. 방에서 거의 나가지 않는 브루넬다를 깨우면 안 되거든. 그래서 전부 깨끗하게 청소할 거라고 약속은 했지만, 실제로 그렇게 한 적은 없어. 브루넬다가 그걸 알고, 들라마르슈한테 말한 거야. 이런 식으론 안 되니 일할 사람을 구해야겠다고 말이야. '들라마르슈' 하고 브루넬다가 말했어. '내가 우리 집 금전 관리를 제대로 못 했다는 비난을 듣고 싶지 않아. 당신도 알다시피 내가 노력한다고 직접 할 수는 없잖아. 로빈슨만으론 안 돼. 처음에는 기운 내서 여기저기 신경을 쓰더니만, 지금은 맨날 피곤해하면서 구석에 앉아 있잖아. 우리 방처럼 이렇게 물건이 많은 방은 정리가 잘 안 돼.' 이 말을 들은 들라마르슈가 어떻게 하면 좋을지 고민하더라고. 아무한테나 이 집을 맡길 순 없잖아. 그렇다고 시험 삼아 써볼 수도 없는 노릇이고. 사방에서 감시받고 있으니 말이야. 하지만 난 네 친구이고 네가 호텔에서 얼마나 힘들게 일하고 있는지 르넬한테 들었기 때문에 너를 추천했어. 들라마르슈는 당시 네가 자기한테 그렇게 당돌하게 행동했는데도 즉시 동의했어. 물론 너한테 그렇게 도움이 될 수 있어서 나도 뛸 듯이 기뻤고. 이 자리는 너한테 안성맞춤이야. 너는 젊고 강한 데다 능숙하잖아. 반면 난 이제 가치가 없어. 한 가지 짚고 넘어갈 게 있는데, 네가 아직 채용된 건 아니라는 점이야. 브루넬다가 널 마음에 들어 하지 않으면 우리는 널 채용할 수 없어. 그러니 그녀한테 잘 보이도록 노력해봐. 나머지는 내가 알아서 처리할 테니."

"내가 여기서 하인이 되면 넌 뭘 할 거야?"

카를이 물었다. 이제 홀가분한 느낌마저 들어서 로빈슨 이야기를 듣고 경악했던 충격은 없어졌다. 들라마르슈는 따지고 보면 그를 하인으로 만들려는 것 말고 다른 악의는 없었다. 만약 들라마르슈가 나쁜 의도로 계획하고 있었다면, 수다스러운 로빈슨이 말을 안 하고는 못 배겼을 테니까. 만약 그렇다면 카를은 오늘 밤 작별을 고할 수 있으니 안심이다.

그 누구에게도 일자리를 수락하도록 강요할 수는 없다. 이전에 카를은 호텔에서 해고되면 굶주리지 않을 만큼 빠른 기간에 적절한, 되도록 괜찮은 일자리를 구할 수 있을지 걱정이 꽤 많았다. 그런데 여기서 자신에게 주어진 이 끔찍한 일에 비하면 다른 어떤 자리라도 이보다는 더 나을 것 같았다. 이 자리를 받아들이느니 차라리 실업자로 궁핍하게 사는 걸 택할 것이다.

그는 로빈슨에게 자기 생각을 이해시키려 하지 않았다. 게다가 로빈슨은 카를이 로빈슨을 해방시켜주리라는 희망으로 가득 차 있었다.

"그러니까 내가 말이야."

로빈슨이 경쾌한 손동작을 곁들이며 말했다. 그는 팔꿈치를 난간에 올려놓았다.

"일단 너한테 다 설명하고 우리가 갖고 있는 물품을 보여줄게. 넌 교육을 잘 받았으니 글씨도 잘 쓸 거라 믿어. 그러니 우리 물건의 목록을 금방 작성할 수 있을 거야. 브루넬다는 오래전부터 그렇게 하길 바랐어. 내일 아침 날씨가 좋으면 브루넬다에게 발코니에 나가 달라고 부탁할게. 그러면 우린 그동안 브루넬다를 방해하지 않고 조용히 방에서 일할 수 있을 테니까. 로스만, 네가 주의할 점은 바로 이거야. 브루넬다를 방해하지만 마. 그녀는 모든 소리를 다 들어. 아마도 가수였으니 귀가 굉장히 예민하겠지. 예를 들어, 네가 체스트 뒤에 있는 술통을 꺼내면 엄청나게 큰 소리가 날 거야. 통이 무겁기도 하거니와 온갖 잡동사니 물건이 여기저기 떨어져 있어서 술통을 한 번에 끌어낼 수가 없으니 말이야. 브루넬다가 예를 들어 그때 소파에 편안하게 누워서 신경을 거슬리게 하는 파리를 잡고 있다고 치자. 넌 그녀가 널 신경 쓰지 않을 거라고 생각하고 술통을 계속 굴리겠지. 그녀는 여전히 조용히 누워 있어. 그런데 네가 전혀 예상하지 못한 순간, 네가 최소한의 소리만 내는 가장 조용한 순간, 그녀는 갑자기 일어나서, 양손으로 소파를 힘껏 두드릴걸. 먼지로 가려져 그녀가 보이지 않을 정도로, 우리가 여기 온 이후로 소파를 두드려 먼지를 턴 적이 없어. 그녀가 주야장천 거기 누워 있었으니 말이야. 사내처럼 소리를 고래고래 지를걸. 몇 시간 동안 그렇게 소리를 질러댈 거야. 이웃 사람들은 그녀가 노래를 부르지 못하게는 했지만 소리 지르는 건 누구도 못 말려. 그냥 소리를 질러대는 거야. 그런데 요즘은 그런 일이 거의 없었어. 나하고 들라마르슈가 조심했어. 소리를 질러대는 건 그녀에게도 해롭잖아. 언젠가 기절한 적도 있어. 마침 들라마르슈가 없을 때였어. 옆집 대학생을 데려올 수밖에 없었지. 대학생이 큰 병에 든 액체를 그녀에게 뿌렸어. 그게 효과가 있긴 했는데 액체 냄새가 얼마나 심한지 못 견디겠더라고. 지금도 소파에 코를 대면 그 냄새가 난다니까. 여기 주변 사람들도 다 그렇듯 그 대학생도 우리의 적이야. 너도 모두 다 조심해야 해. 아무하고도 엮이지 말고."

"있잖아, 로빈슨" 하고 카를이 말했다.

"근데 그건 정말 힘든 일이야. 기막히게 좋은 일자리를 나한테 소개해주긴 했지만."

"걱정하지 마."

로빈슨이 말했다. 그는 카를이 생각하는 온갖 종류의 걱정을 막아보려고 눈을 감은 채 고개를 서있다.

"이 일에는 다른 어떤 일도 줄 수 없는 이점이 있어. 너는 항상 브루넬다 같은 부인 옆에 있는 거야. 때때로 같은 방에서 자기도 해. 너도 상상할 수 있듯 여러 가지 매력이 있어. 급여도 후하게 받을 거야. 돈은 넘치도록 있으니까. 나는 들라마르슈의 친구니까 한 푼도 받지 않았어. 내가 외출할 때만 브루넬다가 몇 푼씩 쥐여줬지. 넌 당연히 다른 하인들처럼 돈을 받을 거야. 너도 다름 아닌 하인이니까. 하지만 너한테 중요한 건 내가 그 자리를 아주 수월하게 만들어주겠다는 거지. 일단은 내 몸부터 회복해야 하니 아무것도 하지 않을 거야. 하지만 내가 조금만 회복되면 널 도와주고 지원해줄 거니까 믿어도 돼. 브루넬다를 시중드는 일은 내가 맡을게. 들라마르슈가 하지 않으면 그녀의 머리를 빗기고 옷을 입히는 일은 내가 할 거야. 넌 방 정리와 장보기, 좀 힘든 가사를 맡게 될 거야."

"아니야, 로빈슨."

카를이 말했다.

"난 이런 일들 다 관심 없어."

"멍청한 짓 하지 마, 로스만."

로빈슨이 카를 얼굴 가까이 대고 말했다.

"이렇게 좋은 기회를 놓치지 마. 네가 어디서 바로 일자리를 구하겠어? 누가 너를 알기나 해? 네가 아는 사람이 있기를 해? 들라마르슈랑 나, 우리 두 사람은 이미 많은 일을 해봤고 경험도 많이 쌓아왔는데도 몇 주 동안 돌아다녀도 일자리를 찾지 못했어. 쉽지 않아. 오히려 절망적일 만큼 어려워."

카를은 고개를 끄덕이며 로빈슨이 이렇게 논리적으로 조리 있게 말할 수 있다는 사실에 놀랐다. 그래도 이런 충고 따위는 카를에게 아무 의미가 없었다. 여기는 그가 있을 자리가 아니었다. 대도시에 가면 어떤 자리라도 찾을 수 있지 않겠는가. 주점마다 밤새도록 손님들로 꽉 차 있다는 사실을 그는 알고 있었다. 분명 서빙할 종업원이 필요할 테고 그는 이미 그런 일을 해본 경험이 있다. 어떤 곳이건 빨리 적응할 테고 신참이라고는 누구도 눈치채지 못할 만큼 자기 일을 능숙하게 해낼 것이다. 바로 맞은편에 있는 작은 술집에서 시끄러운 음악 소리가 들려왔다. 입구 출입문은 노란 커튼으로 가려져 있었고 이따금 바람이 불면 커튼이 골목 방향으로 펄럭였다. 그 소리가 아니었다면 골목은 훨씬 조용해졌을 터다. 발코니는 대부분 어두웠고, 멀리 있는 발코니 몇 곳에만 불빛이 있었다. 그 불빛마저도 잠깐 눈길을 주면 어느새 발코니에 있던 사람들이 일어나 아파트 안으로 들어갔고 마지막으로 남아 있던 남자가 백열등을 쥐고 골목을 휙 쳐다보더니 불을 껐다.

"어느새 밤이 되었네."

카를이 혼자 중얼거렸다.

"여기 더 오래 있으면 나도 그 사람들이랑 똑같아질 거야."

카를은 아파트 문 앞의 커튼을 걷어 젖히려고 돌아섰다.

"뭐 하려고?"

로빈슨이 카를과 커튼 사이에 서서 말했다.

"나가려고."

카를이 말했다.

"나가게 내버려둬. 내버려두라고!"

"설마 브루넬다를 방해할 생각은 아니겠지."

로빈슨이 소리쳤다.

"아니 어떻게 그런 생각을?"

로빈슨은 카를의 목을 팔로 감아 온몸을 실어 매달리더니 다리로 카를의 다리를 휘감아 순식간에 그를 바닥에 앉혔다. 그래도 카를은 엘리베이터 보이들이랑 지내면서 싸우는 법을 좀 배웠기에 로빈슨 턱 아래를 주먹으로 쳤다. 방어 목적이기에 약하게 때렸다. 그런데 로빈슨은 쏜살같이 빠르게 인정사정없이 무릎으로 카를의 배를 가격했다. 그러더니 두 손을 턱에 대고 큰 소리로 울부짖어 이웃 발코니에서 남자가 손뼉을 치며 "조용히 해요!"라고 소리쳤다. 로빈슨한테 맞은 통증을 이겨내려고 카를은 잠시 가만히 누워 있었다. 그는 어두컴컴해 보이는 방 앞에 조용히 묵직하게 드리워진 커튼 쪽으로 얼굴을 돌렸다. 방에는 이제 아무도 없는 것 같았다. 들라마르슈는 브루넬다를 데리고 나갔는지도 모른다. 그렇다면 카를은 완전한 자유다. 진짜 경비견같이 굴었던 로빈슨도 떨어져나갔다.

그때 골목 멀리서 드럼 소리와 나팔 소리가 간헐적으로 들렸다. 수많은 사람이 개별적으로 외치는 소리가 서서히 하나로 모아졌다.

카를은 고개를 돌려 발코니 전체가 새롭게 활기를 띠는 모습을 바라봤다. 천천히 일어나보려 했지만 완전히 몸을 세울 수 없어서 난간에 기댔다. 아래 보도에서는 어린 소년들이 팔을 뻗어 모자를 들고 얼굴을 뒤로 돌린 채 성큼성큼 행진했다. 차도는 여전히 한가했다. 몇 사람은 기다란 막대기에 달린 등불을 흔들었다. 등불은 노란빛 연기에 휘감겨 있었다. 드러머들과 트럼펫 연주자들이 넓은 줄로 막 시야에 들어오고 있었고 카를은 연주자들 규모가 상당해서 깜짝 놀랐다. 그때 뒤에서 목소리가 들려서 고개를 돌려보니 들라마르슈가 무거운 커튼을 들어 올리고 있었다. 곧이어 브루넬다가 빨간 드레스를 입고 어깨에 레이스를 두른 채 어두운 방에서 나왔다. 머리를 손질하지 않고 그 위에 검은색 보닛*을 써서 머리끝이 여기저기 삐죽 튀어나왔다. 손에 작은 부채를 쥐고 있었지만 흔들지는 않고 몸에 대고 있었다.

카를은 두 사람에게 자리를 마련해주려고 난간을 따라 몸을 살짝 옆으로 밀었다. 누구도 그를 여기에 머물라고 강요하지는 않을 것이다. 들라마르슈가 그렇게 한다 해도 브루넬다에게 부탁하면 그를 보내줄 것이다. 브루넬다는 그를 몸서리치게 싫어했다. 그의 눈을 무서워했다. 카를이 문 쪽으로 한 발짝 다가서자 그녀가 알아채고 말했다.

"어디로 가려고?"

카를은 들라마르슈의 사나운 시선 아래 몸이 움츠러들었고 브루

---

* 턱밑에서 끈을 매는 모자. 주로 여성이나 아이들 용이라 부드러운 천으로 만든다.

넬다는 그를 그녀 쪽으로 끌어당겼다.

"아래 가두 행렬 볼 생각 없어?"

그녀가 카를을 자기 앞에 있는 난간으로 밀면서 말했다.

"이게 무슨 행렬인지 알아?"

그녀가 뒤에서 말하는 소리가 카를 귀에 들렸다. 그녀에게서 벗어나려고 몸을 움직였지만 성공하지 못했다. 카를은 그곳이 자신의 슬픔의 근원이라도 되는 양 슬픈 표정으로 골목을 내려다보았다.

팔짱을 끼고 브루넬다 뒤에 서 있던 들라마르슈는 방으로 들어가 브루넬다에게 쌍안경을 가져다주었다. 악사들 뒤에 행렬의 하이라이트가 나타났다. 체구가 굉장히 큰 남자 어깨 위에 어떤 신사가 목말 타고 있었는데 지금 높이에서는 반짝이는 대머리밖에 보이지 않았다. 대머리 위로 그는 톱해트를 높이 치켜들고 연신 인사를 했다. 발코니에서 보면 흰색으로 보이지만 나무판일 것 같은 플래카드가 신사를 둘러싸고 있었다. 플래카드는 가운데 우뚝 솟아 있는 신사 쪽으로 비스듬히 기대는 것같이 배치되었다. 전부 다 움직였기에 플래카드 벽은 계속 흐트러졌다가 곧바로 다시 모양을 잡는 걸 반복했다. 어두운 상황에서 짐작해보건대, 신사를 둘러싼 주변의 폭넓은 골목길에 있는 행렬은 그렇게 길지는 않았지만, 그의 추종자들로 가득 찼다. 추종자들은 손뼉을 치며 장중한 노래에 맞춰 아마도 그 신사의 이름인 듯한, 짧지만 이해하기 어려운 이름을 외치고 있었다. 군중 몇 명은 가장 밝게 해놓은 자동차 헤드라이트가 도로 양쪽에 늘어선 집들을 천천히 위아래로 비추도록 조절했다. 카를이 있는 높이에서는 불빛이 문제 되지 않았지만, 아래 발코니 사람들은 빛이 비치자 눈이 부신지 얼른 손으로 눈을 가렸다.

브루넬다의 부탁을 받자 들라마르슈는 옆집 발코니 사람들에게 이 행사의 의미가 뭔지 물어보았다. 이웃 사람들이 대답을 할지 안 할지, 한다면 어떻게 말할지 카를은 조금 궁금해졌다. 아무 대답이 없어 들라마르슈는 세 번이나 질문해야 했다. 그는 위험하게 난간 위로 몸을 숙였다. 이웃 사람들에게 화가 난 브루넬다는 살짝 발을 구르다 무릎이 카를 몸에 닿았다. 그러다 누군가 대답을 했는데, 동시에 사람이 가득한 발코니에서 모두 큰 소리로 웃기 시작했다. 그러자 들라마르슈는 발코니에 대고 소리를 꽥 질렀다. 골목이 온통 떠들썩하지 않았더라면 주변 사람들이 경악하며 귀를 기울였을 정도로 큰 소리였다. 어쨌든 웃음소리가 흔하지 않은 방식으로 빨리 멈추게 된 효과는 있었다.

"내일 우리 지역구에서 재판관 한 명을 선출하는데 아래 목말 탄 사람이 후보자래."

들라마르슈가 말했다. 이제 그는 흥분 상태에서 완전히 돌아와 침착하게 브루넬다 옆으로 갔다.

"아니, 참 나!"

들라마르슈가 소리쳤다. 그는 브루넬다의 등을 부드럽게 쓰다듬었다.

"우린 세상에서 무슨 일이 일어나는지도 제대로 모르다니."

"들라마르슈."

브루넬다가 말했다. 그녀는 이웃 사람들의 태도를 트집 잡았다.

"그렇게 힘든 일이 아니라면 다른 데로 이사 가고 싶어 죽겠어. 안타깝게도 그렇겐 안 되겠지."

그녀는 깊은 한숨을 내쉬면서 불안하고 초조해져 카를의 셔츠를 만지작거렸다. 카를은 가능한 한 눈치채지 못하게 브루넬다의 통통한 작은 손을 밀어내려고 계속 신경 썼고, 브루넬다는 카를을 생각하고 한 행동이 아니라 전혀 다른 생각에 정신이 팔린 터라 그녀의 손을 뿌리치는 건 어렵지 않았다.

그러다 카를은 곧 브루넬다를 잊어버리고 그녀의 팔이 그의 어깨를 누르는 무게를 참아내고 있었다. 거리에서 일어나는 행사에 정신이 빠져 있었기 때문이다.

손짓하는 소규모 남자 무리가 후보자 바로 앞에서 행진하고 있었다. 사방에서 열심히 경청하고 있는 사람들 얼굴이 남자들 무리 쪽으로 향하는 걸 보면 그들의 이야기에 특별한 의미가 있는 게 분명해 보였다. 이 남자들 지시에 따라 행렬은 예상치 못하게 주점 앞에서 멈췄다. 이 남자들 중 한 명이 손을 들고 군중과 후보자 모두에게 신호했다. 군중은 갑자기 조용해졌고, 후보자는 자기를 태우고 있는 사람의 어깨에서 일어나려 했지만 여러 번 다시 주저앉게 되자 앉은 채로 짤막한 연설을 하며 모자를 바람처럼 빠른 속도로 휙휙 흔들었다. 연설하는 동안 자동차 헤드라이트가 전부 다 그를 향하고 있어서 분명하게 보였다. 마치 그가 밝은 별 한가운데에 있는 것 같았다.

이제 거리 전체가 이 일에 흥미를 보인다는 걸 다들 알아차렸다. 후보 지지자들로 가득 찬 발코니에서는 지지자들이 후보자 이름을 외치며 손을 난간 너머로 쭉 뻗어 기계처럼 손뼉을 쳤다. 나머지 다른 지지자들의 발코니 수가 압도적으로 많았고 이곳에서는 강하게 반격하는 노래가 들렸지만 여러 후보의 지지자들이 모여 있어 통일된 효과는 없었다. 반면, 거리에 있는 후보를 반대하는 사람들이 모두 뭉쳐서 휘파람을 불었고 축음기를 여러 차례 틀어놓기도 했다. 밤이 될수록 흥분이 고조되어 발코니 사이에서 정치적 논쟁이 벌어졌다. 그들 대부분은 이미 잠옷 차림이었고 남자들은 그 위에 오버코트*를, 여자들은 검은색 커다란 숄을 걸치고 있었고 아무도 관심을 주지 않는 아이들은 불안하게 발코니 난간을 기어올랐으며 자고 있던 어두운 방 안에서 더 많은 아이가 나왔다.

가끔 아주 흥분한 사람들이 상대방을 향해 뭔지 모를 물건을 던졌고, 목표물에 도달하기도 했지만 대부분은 길거리로 떨어져서 분노를 유발했다. 아래 선발대들이 보기에 소음이 너무 심해지면 드러머와 트럼펫 연주자들이 개입하라는 명령을 받았다. 전력을 다해 끝없이 울리는 소리는 모든 건물 꼭대기까지 울려서 사람들 모두의 목소리를 제압했다. 그러다 매번, 거의 믿을 수 없을 정도로 아주 갑자기 그들은 소리를 멈췄다. 그러면 이런 경우를 대비해 훈련받았을 법한 거리의 군중이 순간적인 정적 속에서 자기 당 로고송을 고래고래 소리치며 불렀다. 자동차 헤드라이트 불빛에 다들 입을 크게 벌린 모습이 보였다. 그사이에 정신을 차린 반대편 사람들은 발코니와 창문에서 이전보다 열 배나 큰 소리로 외쳐서 순간의 승리를 거둔 아래에 있는 후보자 무리를 잠깐이나마 침묵시켰다. 적어도 위에서 보는 만큼은 그렇게 보였다.

"어때 꼬맹이, 마음에 들어?"

브루넬다가 물었다. 그녀는 쌍안경으로 어떻게든 한 장면도 놓치

* 무릎 정도까지 내려오는 길이의 두꺼운 재킷. 과거에 프로이센이나 독일 근교 국가 군대에서 입었다.

지 않고 다 보려고 카를 뒤에 바짝 붙어서 몸을 이리저리 돌렸다. 카를은 대답 대신 고개를 끄덕이기만 했다. 카를은 로빈슨이 들라마르슈에게 카를의 행동을 열심히 보고하고 있다는 걸 눈치챘다. 그래도 들라마르슈는 개의치 않는 것 같았다. 그는 오른손으로 브루넬다를 껴안고 왼손으로 줄곧 로빈슨을 밀어내는데 정신이 팔려 있었으니 말이다.

"쌍안경으로 볼래?"

브루넬다는 카를의 가슴을 두드려 자신이 카를을 향해 한 말이라는 걸 알렸다.

"그냥도 잘 보여요."

카를이 말했습니다.

"그래도 이걸 쓰고 봐봐."

그녀가 말했다.

"더 잘 보일 거야."

"시력이 좋거든요."

카를이 대답했다.

"다 보이는데요."

브루넬다가 쌍안경을 카를 눈에 대자 카를은 그녀의 행동이 친절이 아니라 오히려 방해라 느꼈다. 사실 그녀는 "너!"라고 멜로디 같지만 위협적인 말 한마디 말고는 아무 말도 안 했다. 카를은 쌍안경을 눈에 댔지만 진짜 아무것도 보이지 않았다.

"아무것도 안 보여요."

카를이 말하며 쌍안경을 눈에서 떼어내려 했지만 브루넬다가 쌍안경을 꽉 잡고 있어서 카를은 그녀의 가슴에 파묻힌 자기 머리를 되돌릴 수도 옆으로 밀 수도 없었다.

"이제 잘 보일걸."

그녀가 쌍안경 조절 레버인 디옵터를 돌리며 말했다.

"아뇨, 계속 아무것도 안 보여요."

카를은 문득 이런 생각이 들었다. 견디기 힘든 브루넬다의 변덕이 이제 카를에게 분출되니 의도치 않게 로빈슨의 짐을 덜어준 건 아닌가 하고 말이다.

"대체 언제 보일까?"

그녀는 말하면서 레버를 계속해서 돌렸다. 카를의 얼굴 전체에 그녀의 가쁜 숨결이 전달됐다.

"지금은 어때?"

그녀가 물었다.

"아니, 아니, 안 보여요!"

카를이 소리쳤다. 사실은 이제 또렷하진 않지만 모든 사물을 구별할 수 있었는데도 그렇게 말했다. 마침 브루넬다는 들라마르슈와 얘기하느라 쌍안경이 카를 얼굴에서 떨어져 있었다. 그녀가 관심을 다른 데 쏟는 사이에 카를은 쌍안경 아래로 거리를 바라봤다. 나중에는 브루넬다도 고집부리지 않고 쌍안경을 자기가 들고 봤다. 아래 주점에서 웨이터가 나와 문지방을 왔다 갔다 하며 행렬 선두 주자들의 주문을 받았다. 그는 목을 길게 빼고 주점 내부를 살펴보며 웨이터를 될 수 있으면 많이 불러내려는 모습이 보였다. 규모가 큰 무료 시음 행사를 준비하는 과정 같았는데 이때도 후보자는 연설을 멈추지 않았다. 후보자를 목말 태우고 다니며 전용 이동 수단이 된 거인 같은 남자는 군중 모두에게 연설을 잘 들리게 하려고 몇 마디 말이 끝날 때마다 조금씩 몸을 돌렸다. 후보자는 대체로 몸을 웅크리고 아무것도 쥐고 있지 않은 손과 실크해트를 들고 있는 손을 흔들며 말을 최대한 강조하려 했다. 그래도 이따금 거의 규칙적인 간격으로 어떤 생각이 관통하면 두 팔을 뻗고 몸을 일으켰다. 그는 이제 특정 정당 지지자가 아닌 전체를 대상으로 꼭대기 층 주민들을 향해 연설했다. 그러니 맨 아래층은 아무도 그의 말을 들을 수 없을 게 분명했다. 들린다 해도 아무도 그의 말을 듣고 싶어 하지 않았을 것이다. 창문과 발코니마다 고함을 지르는 연사가 적어도 한 사람씩은 있었으니 말이다. 그사이 주점 웨이터 몇 명이 철철 넘치도록 채운 반짝이는 유리잔이 가득 올려진 당구대만 한 판자를 밖으로 내왔다. 행렬 선두그룹은 군중이 주점 문을 지나면서 한 잔씩 가져갈 수 있도록 준비했다. 판자 위의 유리잔은 끊임없이 채워졌지만 군중 모두가 가져가기에는 역부족이었다. 두 줄로 선 주점 웨이터들이 판자 오른쪽 왼쪽으로 비집고 들어가 군중에게 계속 음료를 건네줬다. 후보자도 자연스레 연설을 멈추고 휴식 시간을 이용해 기운을 찾았다. 후보자를 목말 태우고 다니는 남자가 군중과 강렬한 불빛을 피해 천천히 움직였고, 후보자의 최측근 추종자들 몇 명이 그를 따라가며 그에게 말을 걸었다.

"저 꼬맹이 좀 봐."

브루넬다가 말했다.

"구경하느라 혼이 빠져서 자기가 어디 있는지도 잊어버렸나 봐."

그녀는 카를을 깜짝 놀라게 하고는 두 손으로 그의 얼굴을 자기 쪽으로 돌려 그의 눈을 바라봤다. 그런데 그것도 잠깐이었다. 카를이 곧바로 그녀의 손을 뿌리쳤기 때문이다. 그는 브루넬다가 자신을 잠시도 가만 놔두지 않아 짜증이 났고, 동시에 이제 거리로 나가 가까이서 전부 다 제대로 보고 싶다는 의욕이 넘쳐났다. 이제 브루넬다의 압박에서 벗어나려고 안간힘을 다하며 이렇게 말했다.

"제발, 좀 놔주세요."

"넌 우리 집에서 같이 지낼 거야."

들라마르슈가 말했다. 그는 시선을 거리에 둔 채 카를이 나가지 못하게 팔을 뻗었다.

"내버려둬."

브루넬다가 들라마르슈의 손을 막으며 말했다.

"재, 우리 집에 있게 될 거야."

그녀는 카를을 더 세게 난간으로 몰아붙였다. 그녀를 벗어나려면 몸싸움이라도 해야 할 태세였다. 몸싸움에 이긴다 해도 무슨 득이 되겠는가! 왼쪽에는 들라마르슈가 오른쪽에는 로빈슨이 서 있었다. 말 그대로 독 안에 든 쥐 신세였다.

"너를 밖으로 던지지 않은 걸 다행으로 알아."

로빈슨이 말하고는 브루넬다의 팔 아래로 손을 뻗어 카를을 툭 쳤다.

"밖으로 던진다고?"

들라마르슈가 말했다.

"도망친 도둑을 밖으로 던지지는 않지. 도망친 도둑은 경찰에 넘기는 법. 계속 나대면 내일 아침에라도 경찰에 넘길 수도 있어."

그때부터 카를은 아래에서 벌어지는 구경거리에 대한 흥미가 싹 달아났다. 브루넬다 때문에 똑바로 설 수 없어서 겨우 난간 위로 몸을 숙였다. 그는 온통 자신에 대한 걱정으로 가득 차서 혼이 나간 시선으로 밑에 있는 사람들을 바라봤다. 사람들은 스무 명 정도씩 모여 주점으로 가서 잔을 집어 들고 뒤돌아섰다. 그러고는 한창 자기 일에 여념이 없는 후보자를 향해 잔을 흔들며 당 구호를 외치고 잔을 비웠다. 카를이 있는 높이에서는 들리지 않지만 뭐라 소리를 내면서 유리잔을 판자에 다시 내려놨다. 새로 온 무리가 자기들 차례를 기다리느라 안달이 나서 소란해지자 이들에게 자리를 양보해주었다.

행렬 인솔자들의 지시에 따라 주점 안에서 연주하던 악단이 거리로 나왔다. 덩치 큰 관악기가 어두운 군중 속에서 빛났지만, 그들의 연주는 소음에 눌려 거의 사라져버렸다. 거리는 이제 주점이 있는 주변으로 사람들이 가득 찼다. 아침에 카를이 차를 타고 왔던 거리 위에서도 사람들이 몰려왔고, 다리가 있는 거리 아래쪽에서도 몰려왔다. 집 안에 있는 사람들도 이 행사에 직접 참여하고 싶은 유혹을 이기기 힘들었다. 발코니와 창문에는 여자들과 아이들만 남아 있었고 남자들은 문밖으로 뛰쳐나갔다. 이제 음악과 음료 접대는 목적을 달성했고 집회에 모인 사람들도 만족스러울 정도로 많았다. 행렬을 이끄는 주도자가 자동차 헤드라이트 두 대의 빛을 받으며 음악을 중지하라고 신호했다. 휘파람을 불었고 후보자를 목말 태우고 다니는 거인 같은 사람이 추종자들이 만들어놓은 길로 황급히 다가왔다.

주점 문에 도착하자마자 후보자는 이제 자신을 에워싸고 있는 자동차 헤드라이트 불빛 안에서 다시 연설을 시작했다. 그런데 이제 모든 상황이 이전보다 훨씬 더 어려워졌고, 군중도 너무 많아서 후보자를 목말 태우고 다니는 남자도 더는 이동하기 힘들었다. 전에는 후보자 연설 효과를 높이려고 온갖 수단을 다 써봤던 최측근 지지자들이 이제는 그와 가까이 있기도 힘들었다. 스무 명 정도가 혼신의 힘을 다해 후보자를 태우고 다니는 남자를 꽉 붙잡았다. 기운 센 이 사람조차도 더는 자기 뜻대로 한 걸음도 움직일 수 없었고, 특정 방향으로 움직이거나 상황에 따라 전진 또는 후진하면서 군중에게 영향을 미친다는 것은 이제 선택 사항이 아니었다. 무작정 몰려드는 군중으로 서로 엉켰고, 이제 누구도 똑바로 서 있지 못할 정도였다. 상대편 군중도 새로 온 사람들로 많이 늘어난 것 같았다. 거인 같은 남자는 꽤 오랫동안 주점 문 주변에 있다가 이제 아무 저항 없이 골목을 오르내리는 것 같았다. 후보자는 계속 연설했으나 자신의 공약을 시행하는 건지 아니면 도움을 요청하는지 분명하지 않았다. 착각이 아니라면 상대편 후보도 한 명, 아니 여러 명이 나타났던 것 같다. 여기저기 번쩍이는 빛이 비치면서 갑자기 창백한 얼굴의 남자가 주먹을 꽉 쥐고 군중에 들어 올려져 함성을 지르며 연설했기 때문이다.

"저기 대체 무슨 일이지?"

카를은 숨이 막힐 정도로 혼란스러워하며 자기를 감시하는 이들을 향해 물었다.

"어라, 이 꼬맹이 흥분하는 것 좀 봐!"

브루넬다가 들라마르슈에게 말하더니 카를의 턱을 잡아 그의 머리를 자기 쪽으로 끌어당겼다. 카를은 그렇게 내버려두고 싶지 않아 몸을 흔들었다. 그는 거리에서 벌어지는 일로 더 대담해져서 세차게 흔들었고 브루넬다는 어쩔 수 없이 그를 놓아주고 한 발 뒤로 물러섰다. 이제 그는 완전히 자유로운 몸이 되었다.

"이제 볼 거 다 봤잖아."

브루넬다가 말했다. 카를의 행동에 화가 난 게 분명했다.

"방에 들어가 침대 정리하고 잘 준비나 해."

그녀는 손을 뻗어 방 쪽을 가리켰다. 그쪽이야말로 몇 시간 전부터 카를이 가고 싶던 곳이라 그는 한마디도 말대꾸하지 않았다.

그때 골목에서 엄청난 양의 유리가 와장창 깨지는 소리가 들렸다. 카를은 보고 싶은 마음을 억누르지 못해 얼른 난간 쪽으로 뛰어가 다시 한번 쓱 살펴봤다. 상대 쪽의 공격이, 결정적으로 그 한 방이 성공한 듯했다. 그동안 지지자들이 비추는 자동차 헤드라이트의 강한 불빛으로 주요 행사를 전체 군중이 볼 수 있었고 그 안에서 어느 정도 제어가 가능했는데, 이제 전조등이 동시에 전부 산산조각 나버렸다.

후보자와 그를 태우고 가는 남자 주변에는 원래 골목에 있던 불안한 조명만 있었다. 갑작스럽게 전조등 빛이 사라지자 일대가 완전한 암흑에 싸인 것 같았다. 후보자가 지금 어디 있는지 대충 짐작하기도 힘들었고, 어둠의 혼돈은 저 아래 다리에서 이쪽으로 다가오는 합창 소리로 더욱 커졌다.

"네가 지금 뭘 해야 하는지 분명히 말해주지 않았나?"

브루넬다가 말했다.

"얼른 해. 나 피곤하거든."

그녀가 덧붙인 뒤 두 팔을 위로 뻗어 기지개를 켰다. 가슴이 평소보다 더 봉긋 부풀어 올랐다. 여전히 브루넬다를 안고 있던 들라마르슈는 그녀를 발코니 구석으로 데려갔다. 로빈슨은 발코니에 남아 있던 음식을 치우려고 두 사람을 뒤따라갔다.

카를은 이렇게 좋은 기회를 놓칠 수 없었다. 지금은 내려다볼 때가 아니다. 거리에서 일어나는 일은 내려가서도 충분히 볼 수 있는데다, 여기 위에서보다 오히려 볼 게 더 많지 않겠는가. 그는 불그스름한 조명이 비추는 방을 겅중 뛰어 두 걸음 만에 재빠르게 건너갔지만 문은 잠겨 있었고 열쇠는 꽂혀 있지 않았다. 우선 열쇠부터 찾아내야 했다. 이렇게 정신없는 곳에서 누가 열쇠를 찾을 수 있겠는가. 더구나 카를에게는 한시가 급한데 주어진 시간은 너무 짧고 금쪽같았다. 사실 지금쯤이면 계단에 나갔어야 했고 냅다 달리고 달려야 했다. 그런데 이제 열쇠를 찾고 있다니! 닥치는 대로 서랍을 뒤지며, 각종 그릇과 냅킨, 이제 막 시작한 듯한 미완성 자수가 널려 있는 테이블도 샅샅이 살폈다. 낡은 옷더미가 쌓여 있는 안락의자에 열쇠가 있을지도 모른다는 생각이 들었지만 열쇠는 나오지 않았다. 마지막으로 냄새가 지독한 소파에 몸을 던져 구석구석을 뒤지며 열쇠를 찾아봤다. 그러다 찾는 걸 그만두고 방 한가운데에 멈춰 섰다. 브루넬다는 분명 자기 벨트에 열쇠를 달고 다닐 거라며 혼잣말을 했다. 벨트에 열쇠 말고도 너무 많은 것이 걸려 있어서 이렇게 찾아봐야 소용없을 거라고.

카를은 무작정 칼 두 자루를 들고 문짝 사이에 넣었다. 서로 떨어진 지점 두 군데에 힘을 받게 하려고 칼 하나는 문짝 위에, 다른 하나는 문짝 아래에 집어넣었다. 칼을 뽑자마자 칼날이 두 동강 났다. 그는 달리 바랄 건 없었다. 그가 이제 더 단단히 넣을 수만 있으면 동강 난 칼은 오히려 더 잘 버틸 것이다. 그는 팔을 넓게 벌리고 다리도 넓게 벌린 상태에서 정확하게 문에 집중하고 끙끙 신음을 내며 혼신을 다해 잡아당겼다. 카를은 문이 오래 버티지 못하리라는 걸 알고 쾌재를 불렀다. 문 잠금쇠 볼트가 풀리는 소리를 분명히 들었다. 볼트는 천천히 풀릴수록 좋다. 갑자기 열리면 안 될 일이다. 그렇게 되면 발코니에서 눈치챌 테니까. 자물쇠는 아주 천천히 분리되어야 한다. 그렇게 하려고 카를은 눈을 자물쇠에 점점 가까이 대면서 최대한 조심스럽게 작업했다.

"저 녀석 좀 봐!"

들라마르슈 목소리가 들렸다. 세 사람 모두 방 안에 있었고 그들 뒤에는 이미 커튼이 드리워져 있었다. 카를은 그들이 오는 소리를 분명 못 들었던 터라 그들을 보자마자 칼을 쥐고 있던 손이 툭 떨어졌다. 카를은 설명이나 변명의 말 한마디 할 겨를이 없었다. 그런 잠깐의 틈도 없이 들끓는 분노로 들라마르슈가 몸을 날려 카를을 향해 덤벼들었다. 이때 풀린 나이트가운 허리끈이 공중에서 휘리릭 하며 커다란 모양을 만들어냈다. 카를은 마지막 순간에 간신히 공격을 피했다. 문에서 칼을 꺼내 자신을 방어할 수 있었지만 그렇게 하지 않았다. 대신, 몸을 숙였다가 펄쩍 뛰어오르며 들라마르슈의 나이트가운 넓은 옷깃을 잡아챘고 다시 더 위로 치켜들었다. 가운은 들라마르슈 몸에 너무 컸다. 다행히 그는 들라마르슈의 머리를 붙잡았다. 당황한 들라마르슈는 처음에는 막무가내로 손을 휘두르다가 잠시 후에야 주먹으로 카를의 등을 때렸지만 큰 효과는 없었다. 카를은 얼굴을 보호하려고 들라마르슈의 가슴에 몸을 파묻었다. 아파서 몸부림치면서도 카를은 점점 더 세지는 주먹질을 참았다. 승리가 눈앞에 있는데 견뎌내지 않으면 어쩌겠는가. 카를은 들라마르슈의 머리를 붙잡고, 엄지로 눈을 누르며 그를 가구가 뒤죽박죽 놓여 있는 곳으로 데려가 발가락으로 나이트가운의 벨트 끈을 들라마르슈의 발목에 휘감아 넘어뜨릴 생각이었다.

카를은 전적으로 들라마르슈에게 집중해야 했기에, 게다가 들라마르슈의 저항이 점점 더 커지는 느낌이었고 상대가 더욱 세게 밀어붙여서 자신이 들라마르슈와 단둘이 있는 게 아니라는 사실을 잊고 있었다. 그러다 갑자기 발이 말을 듣지 않자 곧 그 사실을 깨달았다. 카를 뒤에서 바닥으로 몸을 던진 로빈슨이 소리치며 그의 발을 양쪽으로 벌리고 있었다. 카를은 한숨을 쉬며 들라마르슈를 놔주었다. 들라마르슈도 한 걸음 물러났다. 브루넬다는 방 한가운데 다리를 쩍 벌리고 무릎을 구부린 채 서서 눈을 반짝이며 상황을 지켜보고 있었다. 자신이 실제로 싸움에 가담하기라도 한 듯 그녀는 숨을 깊이 들이마시더니 눈으로 표적을 잡고 주먹을 천천히 내밀었다. 들라마르슈는 펼쳐졌던 칼라를 내려놓아 이제 시야가 또렷했다. 이제 싸움은 없었고 남은 건 처벌뿐이었다. 그는 카를의 멱살을 잡더니 바닥에서 들어 올려 몇 걸음 떨어진 옷장 쪽으로 냅다 집어 던졌다. 들라마르슈는 경멸의 눈초리로 카를 쪽으로 시선도 주지 않았다. 카를은 등과 머리에 쿡쿡 쑤시는 통증이 왔다. 얼마나 세게 던졌는지 처음에는 들라마르슈 손에 직접 맞은 줄 알았다.

"깡패 같은 놈!"

들라마르슈가 큰 소리로 외치는 소리가 들렸다. 바르르 떨리는 눈 앞에 드리운 어둠 속에 들라마르슈가 있었다. 카를이 기진맥진해서 체스트 앞으로 처음 쓰러질 때 "기다려!"라는 말이 그의 귓가에 희미하게 울렸다.

정신을 차려보니 주변은 한 치 앞도 보이지 않는 어둠이었다. 늦은 밤인지 발코니 커튼 아래에서 어스름한 달빛이 방 안으로 들어왔다. 잠든 세 사람의 평온한 숨소리가 들렸다. 브루넬다 소리가 압도적으로 크게 들렸다. 그녀는 말할 때도 가끔 그렇듯 자면서도 숨을 헐떡였다. 잠든 세 사람이 어느 방향으로 누워 있는지 파악하기 쉽지 않았고, 방 전체가 숨소리로 가득 차 있었다. 주변을 확인한 후에야 카를은 자신을 돌아보게 됐고 그 순간 더럭 겁이 났다. 통증으로 몸이 뻐근하고 뻣뻣한 느낌이 들기는 했어도 출혈까지 있는 심각한 부상을 당했다고는 생각하지 못했으니 말이다. 머리는 돌덩이처럼 무겁고, 얼굴 전체와 목, 셔츠 밑 가슴이 피범벅이 된 듯 흠뻑 젖어 있었다. 상태를 정확하게 파악하려면 불빛이 있는 쪽으로 가야 했다. 불구가 되도록 흠씬 맞았는지도 모른다. 그렇다면 들라마르슈는 그를 기꺼이 풀어주겠지만, 그럼 어떻게 해야 하나? 이제 아무런 희망이 없는 게 아닐까. 그러다 문 앞에 있던 코가 움푹 파인 것 같은 청년이 떠올랐고 순간적으로 얼굴을 두 손으로 갖다 댔다.

그러고는 본능적으로 문 쪽으로 몸을 돌려 더듬으며 네발로 기어갔다. 손가락 끝에 부츠가, 이어서 다리도 만져졌다. 로빈슨 다리였다. 로빈슨 말고 부츠를 신고 잠을 잘 사람이 누가 있겠는가? 카를이 도망가지 못하게 문 앞에 가로로 누워 있으라는 명령을 받았을 터다. 아니 그들은 카를 상태를 몰랐단 말인가? 당장은 탈출하고 싶은 생각은 전혀 없었고 그냥 불빛이 있는 곳으로 가고 싶었다. 문밖으로 나갈 수 없으면 발코니로 가야 했다.

식탁은 저녁때와 완전히 다른 곳에 있었다. 아주 조심스럽게 소파에 다가갔다. 뜻밖에도 소파는 비어 있었다. 반대로 방 한가운데에는 옷과 담요, 커튼, 쿠션, 카펫이 꾹꾹 눌린 채 쌓여 있어 계속 부딪혔다. 처음에는 그날 저녁 소파에서 본 것과 비슷한 작은 더미가 바닥에 굴러떨어진 거라고 생각했다. 하지만 놀랍게도, 기어가면서 차 한 대 분량은 족히 되는 더 엄청난 양의 물건이 있다는 걸 알았다. 아마도 낮 동안에는 체스트에 보관했다가 밤이 되면 꺼내지 않았나 싶었다. 더미 주위를 기어다니다가 곧 이게 일종의 침상이라는 걸 알게 되었다. 조심스레 다가가 보니 들라마르슈와 브루넬다가 더미 위에서 자고 있었다.

다들 어디서 자고 있는지 이제 알았으니 그는 서둘러 발코니로 향했다. 커튼 밖은 완전히 다른 세상이었다. 그는 이제 얼른 일어났다. 신선한 밤공기와 환한 달빛 아래 그는 발코니를 서성거렸다. 아래 거리를 바라봤다. 쥐 죽은 듯 조용했다. 주점에서는 음악이 흘러나왔지만, 소리가 희미했다. 어떤 남자가 빗자루로 문 앞의 보도를 쓸고 있었다. 저녁에는 요란한 소음 속에서 후보자가 외치는 소리가 수천 명의 다른 목소리와 구별할 수도 없었는데 이제 빗자루가 도로를 긁는 소리까지도 선명하게 들렸다.

옆집 발코니에서 책상이 움직이는 소리가 나서, 카를은 그쪽으로 시선을 돌렸다. 누가 책상에 앉아 공부하고 있었다. 뾰족한 턱수염을 기른 젊은 남자가 책을 읽으면서 수염을 빙글빙글 돌리며 입술도 실룩거렸다. 남자는 카를을 향해 책으로 가득 찬 책상 앞에 앉아 있었다. 벽에서 떼어낸 전구를 커다란 책 두 권 사이에 꽂아놓아서 강렬한 빛이 비치고 있었다.

"안녕하세요."

카를은 젊은 남자가 자기를 쳐다봤다고 생각하고 말했다.

하지만 아무래도 착각이었던 같다. 청년은 카를의 존재를 전혀 눈치채지 못한 듯 전등 빛의 눈부심을 막으려 한 손을 눈에 대고 이 시간에 누가 인사를 하는지 확인했다. 그래도 아무것도 보이지 않는지 그는 전구를 높이 치켜들어 카를이 있는 발코니를 비췄다.

"안녕하세요?"

청년도 인사했다. 그는 순간 쏘아보더니 덧붙였다.

"무슨 일인지?"

"혹시 제가 방해하는 건 아닌지?"

카를이 물었다.

"당연하죠. 당연하고말고요."

남자가 전구를 원래 위치로 되돌리며 말했다.

두 마디 말로 이상의 대화는 거부당했지만 카를은 여전히 남자가 있는 곳에서 가장 가까운 발코니 구석을 떠나지 않았다. 카를은 말없이 지켜봤다.

남자는 책을 읽으며 책장을 넘기기도 했고 빛의 속도로 집어 든 다른 책에서 뭔가 찾아 노트에 메모를 하기도 했다. 메모할 때마다 놀라울 정도로 고개를 푹 숙여 노트에 닿을 정도였다.

대학생인가? 공부하는 모습이 대학생 같았다. 카를도 별반 다르지 않게, 오래전 일이기는 하지만 집에서 부모님 책상에 앉아 과제를 했고 그동안 아버지는 신문을 보거나 협회 문서를 작성하고 통신문을 쓰기도 했다. 어머니는 천 위로 실을 높이 뽑아내며 바느질에 몰두했다.

아버지를 귀찮게 하지 않으려고 카를은 공책과 필기도구만 책상에 올려놓았고 필요한 책들은 자기 양쪽에 있는 의자 위에 정리해 놓았다. 얼마나 조용했는지 모른다. 그 방에는 이방인들이 거의 들어오지 않았다. 어릴 때부터 카를은 어머니가 저녁에 현관문을 열쇠로 잠그는 모습을 즐겨 봤다. 어머니는 카를이 칼로 남의 집 문을 열려는 지경까지 되었다는 걸 상상도 못할 것이다.

무슨 목적으로 그렇게 공부했는지! 이제 다 잊어버렸다. 여기서 공부를 계속해야 했다면 카를에게는 쉽지 않은 일이었을 것이다. 전에 집에서 한 달 동안 아팠던 기억이 났다. 그때 다시 진도를 따라가느라 얼마나 힘들었는지 모른다. 영어 상업통신문 교본 말고는 책을 읽은 지도 오래됐다.

"저기요."

갑자기 카를에게 말을 거는 소리가 들렸다.

"다른 데로 가주면 안 될까요? 계속 이쪽을 보고 있으니 심하게 방해가 되거든요. 한밤중 새벽 2시인데 발코니에서 조용히 공부하게 해달라는 요구 정도는 할 수 있을 거 같은데요. 나한테 볼일 있어요?"

"공부하시는 중인가 봐요."

카를이 물었다.

"네, 맞아요."

남자는 말하면서 공부할 시간을 빼앗기는 틈새 시간을 이용해 책을 정리했다.

"그럼 방해하지 않을게요."

카를이 말했다.

"방으로 들어갈게요. 안녕히 주무세요."

남자는 대답도 하지 않았다. 방해 요인이 해소되자 남자는 다시 공부하기로 쏜살같이 작심하고 오른손에 이마를 괴어 이마 무게를 오롯이 손으로 지탱했다.

그때 커튼 바로 앞에서 카를은 자기가 왜 밖으로 나왔는지 기억이 났다. 지금 자신이 어떤 상태인지 아직 아무것도 몰랐다. 머리 위에 뭐가 이렇게 무겁게 누르지? 머리를 더듬어보니 놀랍게도 어둠 속에서 걱정했던 것처럼 피범벅이 된 상처는 없었다. 머리 위에는 아직도 축축한 터번 같은 붕대가 감겨 있을 뿐이었다. 여기저기에 널려 있는 레이스 조각으로 봐서, 붕대는 브루넬다의 내의에서 찢어내 로빈슨이 카를의 머리에 대강 칭칭 감아놓은 것 같았다. 그런데 로빈슨이 내의를 짜는 걸 잊어버리는 바람에 카를이 정신을 잃은 동안 물이 그의 얼굴과 셔츠 안으로 흘러서 매우 놀랐다.

"아직도 거기 있어요?"

남자가 눈을 가늘게 뜨고 이쪽을 향해 물었다.

"이제 정말 들어갑니다."

카를이 말했다.

"여기서 뭘 좀 보려던 거예요. 방 안이 너무 어두워서요."

"그런데 댁은 누구세요?"

남자는 펜대를 자기 앞에 펼쳐놓은 책 사이에 놓고 난간으로 다가왔다.

"이름이 뭐죠? 어떻게 해서 저 사람들한테 오게 됐나요? 여기 온 지 오래됐어요? 여기서 뭘 보려 한 거죠? 얼굴 좀 보게 거기 전구 좀 켜보세요."

카를은 그렇게 했다. 대답하기 전에 안에서 모르게 하려고 커튼을 더 닫았다.

"작은 소리로 말해 미안합니다."

카를은 속삭이는 어조로 말했다.

"저들이 내 말소리를 들으면 또다시 소란스러워질 거예요."

"다시라뇨?"

남자가 물었다.

"네, 아까."

카를이 말했다.

"저녁에 심하게 싸웠어요. 끔찍한 혹이 생겼죠."

그는 머리 뒤쪽을 더듬었다.

"어떤 싸움이었죠?"

남자가 물었고, 카를이 곧바로 대답하지 않자 남자가 덧붙였다.

"나한테는 다 털어놔도 돼요. 당신 마음속에 품고 있는 그 사람들에 대한 나쁜 감정도 걱정 말고 얘기해요. 나도 그들 세 사람 모두, 특히 그 여자는 질색이거든요. 그 사람들이 당신한테 날 나쁜 놈이라고 떠들어대지 않았다면 그게 이상하죠. 난 조셉 멘델이에요. 대학생이고요."

"그러시군요."

카를이 말했다.

"당신 얘기는 들었는데 나쁜 얘긴 없었어요. 브루넬다 부인을 치료해준 적이 있었죠?"

"맞아요."

학생은 웃으며 말했다.

"소파에서 아직도 그 냄새가 나나요?"

"네, 그럼요."

카를이 말했다.

"그 얘기를 들으니 기분 좋은걸요."

학생이 손으로 머리를 쓸어 올리며 말했다.

"그런데 저들이 왜 그랬죠? 당신 머리에 혹이 생길 정도로요."

"싸운 거죠."

카를이 학생에게 어떻게 설명할지 곰곰이 생각하면서 말했다. 그러다 생각을 멈추고 이렇게 말했다.

"당신을 방해하는 건 아닌지요?"

"일단, 진작부터 방해했어요. 안타깝게도 나는 너무 예민해서 다시 집중하려면 아주 오래 걸려요. 당신이 발코니에서 왔다 갔다 한 뒤로 공부가 안 돼요. 그리고 둘째, 매일 3시엔 쉬는 시간이기도 해요. 그러니 마음 편하게 얘기해보세요. 당신 얘기에 관심도 있고요."

"복잡할 것도 없고 아주 간단해요."

카를이 말했다.

"들라마르슈는 내가 그 집 하인이 되길 바라거든요. 그런데 난 그럴 생각이 없어요. 오늘 저녁에 바로 나가고 싶었죠. 들라마르슈가 못 나가게 문을 잠갔고 난 문을 부숴서 열려고 했고 그러다 싸움이 벌어진 거죠. 아직도 내가 여기 있어 슬퍼요."

"다른 일자리가 있어요?"

대학생이 물었다.

"없어요."

카를이 말했다.

"여기서 도망칠 수만 있다면 그건 중요하지 않아요."

"들어봐요."

대학생이 말했다.

"그런 게 중요하지 않다니요?"

두 사람은 한동안 침묵했다.

"왜 그 집에 있지 않겠다는 거죠?"

대학생이 물었다.

"들라마르슈는 나쁜 사람이에요."

카를이 말했다.

"전부터 알고 지낸 사이에요. 하루 종일 같이 걸은 적이 있는데, 그날 그와 헤어지게 돼서 기뻤거든요. 그런데 인제 와서 그의 집에서 하인이 되라니요?"

"하인이 자기 주인을 선택하는 데 이렇게 까칠해서야!"

학생이 말하며 씩 웃는 듯했다.

"있잖아요. 나는 낮에 판매원으로 일해요. 말단 점원으로요. 그전에는 몬틀리 백화점 사환이었어요. 이 몬틀리라는 작자는 진짜 나쁜 놈이지만 그런 건 신경 쓰지 않아요. 돈을 쥐꼬리만큼밖에 못 받으니 화가 날 뿐이죠. 그러니 내 얘기를 잘 기억하고 이런 사례도 있다는 걸 참고하세요."

"어떻게 그럴 수 있죠?"

카를이 말했다.

"낮에 판매원으로 일하면서 밤에 공부를 한다고요?"

"그렇다니까요."

학생이 말했다.

"다른 방법이 없어요. 별의별 거 다 해봤지만 이런 생활 방식이 최선이더라고요. 몇 년 전까지만 해도 그냥 대학생 신분이었어요. 낮에도 밤에도 그냥 대학생이었다는 말이죠, 그런데 그땐 거의 굶어 죽을 정도였다니까요. 더럽고 낡아빠진 동굴 같은 데서 자고, 그 당시 입고 있던 옷으로는 강의실에 들어갈 엄두도 못 냈어요. 다 지난 얘기예요."

"그럼 언제 자요?"

카를이 의아한 눈초리로 물었다.

"흠, 잠이라!"

학생이 말했다.

"공부 끝나면 잘 거예요. 일단 블랙커피를 마시죠."

학생은 뒤돌아 책상 밑에서 큰 병을 꺼내 블랙커피를 작은 잔에 따랐다. 약 먹을 때 맛을 느끼지 않으려고 꿀떡 삼키듯 그렇게 순식간에 삼켰다.

"이 블랙커피 진짜 좋은 건데."

학생이 말했다.

"너무 멀리 있어서 아쉽네요. 건네줄 수 없으니."

"블랙커피 맛있는 줄 모르겠던데."

카를이 말했다.

"나도 그렇긴 해요."

대학생은 말하고는 웃었다.

"그치만 커피 없인 뭐라도 할 엄두를 못 내요. 블랙커피가 없었다면 몬틀리가 날 잠시도 데리고 있지 않고 벌써 쫓아냈겠죠. 난 몬틀리, 몬틀리라고 입에 달고 살아요. 몬틀리는 내가 이 세상에 존재하는지조차 모르겠지만요. 카운터에 이런 큰 병을 늘 구비해두지 않고 매장에서 어떻게 일할 수 있을지 나도 잘 모르겠어요. 커피를 끊는다는 건 생각도 못 해봤으니까요. 커피를 안 마시면 장담컨대 카운터 뒤에 누워 곯아떨어졌을걸요. 안타깝게도 백화점 사람들이 그걸 알고 나를 '블랙커피'라고 불러요. 시답잖은 농담이지만 분명 승진에는 발목을 잡힐 일이죠."

"그럼 공부는 언제 끝내요?"

카를이 물었다.

"속도가 느리니" 하며 대학생이 고개를 숙였다. 그는 난간에서 물러나 다시 책상에 앉았다. 펼쳐놓은 책에 팔꿈치를 괴고 머리를 쓸어 올리며 말했다.

"앞으로 1, 2년 더 걸릴 수도 있어요."

"나도 대학에 가려 했어요."

카를은 자기 사정을 말하면 지금 말없이 가만 있는 학생이 자신을 지금까지보다 더 신뢰하지 않을까 싶어 그렇게 말했다.

"그랬군요."

학생이 말했다. 그가 다시 책을 읽는지 그냥 멍하니 쳐다보고 있는지 확실하지 않았다.

"공부를 포기한 걸 다행으로 아세요. 몇 년 전부터는 그냥 의무감에서 공부하고 있어요. 공부로 얻는 만족은 별로 없고 미래에 대한 전망은 더 별 볼 일 없어요. 무슨 전망이 있겠어요! 미국은 가짜 박사들이 넘쳐나는데요."

"나는 엔지니어가 되고 싶었어요."

카를은 산만해진 학생을 향해 황급히 말했다.

"이제 당신은 그 집 하인이 되어야 해요."

학생이 말하더니 잠깐 올려다봤다.

"당연히 고통이 따르겠지만요."

학생의 추론은 오해였지만 카를이 그걸 이용할 기회가 될 수도 있었다. 카를이 물었다.

"혹시 나도 백화점에 취업할 수는 없을까요?"

이 질문은 학생을 책에서 완전히 떼어놓았다. 그는 자기가 카를의 취업을 도울 수 있다는 생각은 전혀 못 했다.

"한번 해봐요."

학생이 말했다.

"아니, 그냥 하지 마세요. 몬틀리에서 일자리를 구한 건 지금까지 내 인생에서 가장 큰 성공이었어요. 공부와 이 일자리 중 하나를 선택해야 한다면 나는 당연히 이 일자리를 선택할 거예요. 그런 선택을 할 필요가 없도록 노력할 뿐이죠."

"거기 일자리를 구하는 게 그렇게 힘들다니."

카를은 혼잣말했다.

"아, 무슨 생각 해요?"

학생이 말했다.

"여기 지방법원 재판관이 되는 게 몬틀리 포터로 취업하는 것보다 쉬워요."

카를은 침묵했다. 이 학생은, 카를보다 훨씬 더 경험이 많고, 어떤 이유인지 카를은 모르지만 들라마르슈를 싫어하고, 카를에게 반감은 없었다. 그런데도 카를이 들라마르슈를 떠나도록 북돋아주는 말은 한마디도 없었다. 그는 카를이 경찰로부터 위협당하고 있다는 것도, 그래서 일단은 위험을 피해 들라마르슈 집에서 보호받는 것을 전혀 모른다.

"저녁에 아래 행사 봤죠? 그렇죠? 사정을 제대로 모르면 롭터라는 그 후보가 당선 가능성이 있거나 적어도 유력 후보로 거론이 될 거라 생각할 거예요."

"정치는 아는 게 없어요."

카를이 말했다.

"그건 아니죠."

학생이 말했다.

"당신은 눈과 귀가 있는데요. 그 사람 주변엔 지지자와 반대자도 있었죠. 당신도 그 정도는 모를 수 없을걸요. 이제 잘 생각해봐요, 내 생각에는 그 사람이 선출될 가능성이 전혀 없어요. 우연히 그 사람에 관해 모든 걸 알게 됐어요. 그 사람을 아는 사람이 우리 집에 같이 살고 있거든요. 그는 무능하지 않고 정치적 견해와 정치 경력으로 보면 이 지역구에 적합한 재판관이 될 거예요. 그런데 누구도 그가 당선될 거라고 생각하지 않아요. 그 사람은 보기 좋게 떨어질 거예요. 선거 유세를 하려고 돈깨나 썼을 텐데, 떨어지면 끝장이죠."

카를과 학생은 한동안 말없이 서로를 바라봤다. 학생은 미소를 지으며 고개를 끄덕이고, 피로에 지친 눈을 손으로 지그시 눌렀다.

"이제 그만 자러 가지 않을래요?"

학생이 물었다.

"나도 이제 공부해야 해서요. 아직 해야 할 게 얼마나 많은지 보세요."

그는 얼른 책 반 정도 되는 분량의 책장을 휘릭 넘겨 카를에게 공부할 게 얼마나 많은지 보여줬다.

"그럼 잘 자요."

카를이 인사했다.

"언제 한번 놀러 와요."

다시 책상에 앉아 있던 학생이 말했다.

"생각이 있으면요. 여긴 친구들이 많아요. 저녁 9시부터 10시까지는 나도 당신이랑 시간을 보낼 수도 있고요."

"그럼 내가 들라마르슈 집에 있으라고 조언하시는 건가요?"

카를이 물었다.

"무조건요."

그렇게 말하더니 학생은 어느새 고개를 책에 파묻었다. 말 한마디 하지 않고 원래부터 책을 봤던 것처럼 말이다. 학생의 말은 학생의 목소리보다 더 저음의 음성이 발한 것처럼 카를의 귀가에서 계속 울려 퍼졌다. 카를은 천천히 커튼 쪽으로 갔다. 어둠에 둘러싸여 자기 바로 앞 전등 빛 속에서 꼼짝도 하지 않고 앉아 있는 학생을 다시 한번 바라곤 슬쩍 방으로 들어갔다. 잠자는 세 사람의 숨소리가 합창이 되어 그를 맞이했다. 그는 벽을 따라 더듬다 소파를 찾았고, 소파가 익숙한 곳인 양 그 위에 편안하게 몸을 쭉 뻗었다. 들라마르슈와 여기 사정을 잘 알고, 교육도 잘 받은 학생이 여기에 머물라고 조언했으니 당분간 의심과 걱정은 안 해도 된다. 카를은 옆집 대학생만큼 높은 목표가 없었고, 고국에 있었다고 한들 공부를 끝까지 할 수 있을지 누구도 알 수 없다. 집에서도 거의 불가능해 보이는데 누구도 여기 낯선 외국에서 공부하라고 강요할 수는 없을 것이다. 얼마간 들라마르슈 집에서 하인 자리를 받아들이고 안정된 상태에서 적당한 기회를 기다린다면, 무언가를 성취하고 업적을 인정받을 만한 자리를 찾을 수 있으리란 희망이 이루어질 가능성이 확실히 더 높았다. 이 거리에는 중소 규모 사무실이 많은 것 같은데, 직원을 선발할 때 그렇게 까다롭지는 않을 것이다. 다른 선택권이 없다면 상점 사환이라도 할 생각이다. 말끔한 사무직으로 취직해 언젠가 화이트칼라로 아무런 걱정 없이 책상에 앉아 열린 창밖을 내다보고 있을지 누가 알겠는가. 어제 아침 안뜰을 지나면서 본 사무실 직원들처럼 말이다. 눈을 감으니, 자신은 아직 젊고 들라마르슈가 언젠가는 그를 풀어줄 거라는 확신이 들었다. 여기 집안일은 계속해서 영원히 할 수는 없어 보였다. 하지만 언젠가 번듯한 사무직을 얻으면 그는 사무실 업무 외에 다른 일은 전혀 안 할 생각이고 옆집 학생처럼 에너지를 분산시키고 싶지도 않았다. 필요하다면 밤새도록 사무실에서 일할 생각도 있었다. 업무 교육을 제대로 받지 못했다는 걸 감안하면 어쨌든 입사 초기에는 그렇게 해야 할 테니까. 그는 자신이 근무하는 사업장의 이익만을 생각하고 모든 일을 수행하고 싶었다. 심지어 다른 직원들이 부당하다고 거부하는 일까지도 말이다. 미래의 사장이 소파 앞에 서서 카를 얼굴에서 마음을 읽어내기라도 하듯 이런 좋은 결심이 그의 머릿속에 밀려들었다.

그런 상상을 하며 카를은 잠이 들었다. 잠든 지 얼마 안 돼 브루넬다의 큰 한숨 소리가 들려 선잠에서 잠깐 깨긴 했다. 무서운 꿈에 시달리다 잠자리에서 뒤척이는 것 같았다.

"일어나! 일어나라고!"

카를이 아침에 눈을 뜨기 무섭게 로빈슨이 소리쳤다. 커튼은 그대로 닫혀 있었지만 틈새로 들어오는 고른 햇빛으로 이미 해가 중천에 떠 있다는 걸 가늠할 수 있었다. 로빈슨은 수심에 찬 눈빛으로 분주하게 왔다 갔다 하며 어떨 때는 수건을, 물이 든 양동이를, 빨랫감이나 옷을 나르기도 했다. 카를 옆을 지날 때마다 고개를 끄덕이며 일어나라고 부추기고 그때그때 손에 들고 있던 물건을 높이 들어 보이며 오늘이 카를 대신 자기가 이렇게 하는 것도 마지막이라는 걸 보여주려 했다. 첫날 아침이라 카를은 자신의 업무 사항을 구체적으로 알 리가 만무했다.

그러다 카를은 로빈슨이 누구 시중을 들고 있는지 곧 알게 되었다. 카를이 지금까지 못 봤던, 체스트 두 개로 나머지 방과 분리된 공간이 있었는데 그곳에서 거창하게 목욕을 하는 모양이었다. 브루넬다의 머리, 드러난 목, 체스트 위로 목덜미가 보였다. 그때 마침 머리칼이 앞으로 쏟아지며 얼굴을 덮었다. 가끔 치켜드는 들라마르슈의 손에는 목욕용 스펀지가 들려 있었다. 그는 사방으로 물을 흘리며 스펀지로 브루넬다를 씻기고 문지르곤 했다. 들라마르슈가 로빈슨에게 짧게 명령을 내리는 소리가 들렸다. 그 공간으로 연결되는 원래 출입구가 막혀 있어서 체스트와 병풍식 가림막 사이의 작은 틈으로 물건을 건네주었다. 물건을 건넬 때마다 로빈슨은 팔을 쭉 뻗고 고개는 다른 쪽으로 돌리고 있어야 했다.

"수건 줘! 수건!"

들라마르슈가 소리쳤다.

테이블 밑에서 다른 물건을 찾고 있던 로빈슨이 들라마르슈 명령에 화들짝 놀라 머리를 내밀자마자 "물 어디 있어? 젠장!" 하는 소리가 들렸다. 체스트 위로 화가 나 붉으락푸르락한 들라마르슈 얼굴이 보였다. 카를 생각에 일반적으로 목욕하고 옷 입는 과정은 딱 한 번이면 될 것 같은데 여긴 별의별 희한한 순서대로 여러 번 요구 사항이 있었고 또 그렇게 다 따랐다. 작은 전기난로 위에는 물을 데우는 양동이가 계속 있었고, 로빈슨은 무거운 물통을 넓게 벌린 가랑이 사이로 들고 목욕하는 곳까지 날랐다. 로빈슨이 감당해야 할 일이 많아 그 모든 명령을 매번 정확하게 따르지 못한다는 것도 충분히 납득이 갔다. 한번은 수건을 더 달라는 말이 들리자 로빈슨이 방 한가운데 있는 커다란 침대에서 셔츠를 집어 들어 대충 뭉치로 만들어 체스트 위로 던지기도 했다.

들라마르슈 일도 보통 힘든 게 아니었다. 그는 짜증 나서 카를을 아예 무시하고 쳐다도 안 봤다. 로빈슨에게 짜증을 내는 것도 자신이 브루넬다를 만족시킬 수 없기 때문인 것 같았다.

"아야야!"

브루넬다가 외마디 비명을 질렀다. 목욕 일에 가담하지 않고 가만 있던 카를도 움찔했다.

"얼마나 아픈지 알아? 저리 가! 이렇게 아파서 고생하느니 나 혼자 씻는 게 낫겠어! 팔을 들어 올리지 못하겠단 말이야. 그렇게 세게 문지르면 얼마나 기분이 나쁜데. 등이 전부 멍투성이일 거야. 당신이 나한테 제대로 말할 리가 없겠지, 기다려봐. 로빈슨한테 등을 좀 봐달래야겠어. 아니면 우리 꼬맹이한테라도. 아니, 됐어. 그냥 놔둘래. 좀 부드럽게 해봐. 신경 좀 쓰란 말이야. 들라마르슈, 근데 내가 매일 아침마다 되풀이하는 말이잖아. 당신은 도통 조심하질 않아. 로빈슨!"

그녀는 갑자기 소리 지르며 레이스 팬티를 머리 위로 흔들었다.

"이리 와서 좀 도와줘. 내가 얼마나 고생하는지 봐줘. 들라마르슈는 이런 고문을 목욕이라 하잖아. 로빈슨, 로빈슨, 어디 있어? 설마 로빈슨 당신도 심장이 없나?"

카를은 로빈슨에게 얼른 가보라고 손가락으로 신호를 보냈지만, 로빈슨은 눈을 내리깔고 거만하게 고개를 저었다. 로빈슨은 이미 잘 알았다.

"뭔 생각을 하는 거야?"

로빈슨이 몸을 구부려 카를 귀에 대고 속삭였다.

"그런 뜻이 아니야. 딱 한 번 간 적이 있었는데 다시는 안 가. 그때 저들이 날 붙잡아 욕조에 빠뜨려서 익사할 뻔했다니까. 그러고 나서 며칠이나 브루넬다는 나를 행실 나쁜 파렴치한이라 비난했어.

그래 놓고 뭐라는지 알아? '목욕하는 거 보러 온 지 꽤 오래됐는데.' 아님 '언제 보러 올 거야?' 계속 그렇게 묻는 거야. 내가 몇 번이나 무릎 꿇고 빌며 간청하니까 그만하더라고. 죽어도 못 잊을 거야."

로빈슨이 말하는 동안에도 브루넬다는 연신 소리쳤다.

"로빈슨! 로빈슨! 로빈슨, 이 작자 어디 있는 거야!"

아무도 그녀를 도우러 오지 않았고 심지어 대답도 없었지만 로빈슨은 카를 옆에 앉았고 두 사람은 말없이 체스트를 바라봤다. 체스트 위로 가끔 브루넬다나 들라마르슈의 머리가 보였다. 브루넬다는 쉬지 않고 큰 소리로 들라마르슈를 향해 불평했다.

"그런데 들라마르슈!" 하고 브루넬다가 소리쳤다.

"이제 당신이 나를 씻겨준다는 느낌이 전혀 없어. 스펀지는 어디 뒀어? 제대로 좀 잡아봐! 내 몸을 구부릴 수만 있으면, 움직일 수만 있으면 얼마나 좋을까! 어떻게 씻겨야 하는지 당신한테 보여줄 텐데 말이야. 내 좋은 시절은 어디로 간 건지? 한창 소녀 시절에 저쪽 건너편 부모님 농장에서 매일 아침 콜로라도에서 수영을 했는데 말이야. 친구들 중에서 내가 제일 빨랐다니까. 그런데 지금은 이게 뭔지! 들라마르슈, 당신 대체 언제쯤 나를 씻기는 법을 배울래? 당신은 스펀지를 털면서 씻기잖아. 나름대로 노력은 하는 것 같은데 나는 아무 느낌도 들지 않는단 말이야. 상처 날 정도로 세게 문지르지 말라고 말한 건 내가 그냥 서서 감기 걸리겠다는 뜻이 아니라고. 욕조에서 뛰쳐나가 그대로 도망갈까 보다."

브루넬다는 떵떵 큰소리치며 위협했지만 실천에 옮기지는 않았다. 애초에 그녀는 그렇게 할 수도 없었다. 들라마르슈는 그녀가 감기에 걸릴까 두려워 그녀를 붙잡고 욕조에 밀어 넣었는지 첨벙 하고 물속으로 들어가는 소리가 엄청났다.

"들라마르슈, 당신은 말이야. 뭔가 잘못하고 나면 구슬리고 계속 비위 맞추는 건 잘한단 말이야."

브루넬다가 목소리를 낮춰 말했다. 그러더니 한동안 조용했다.

"지금 들라마르슈가 그녀에게 키스하고 있어."

로빈슨은 눈썹을 치켜올리며 말했다.

"이젠 뭘 해야 해?"

카를이 물었다 여기 있기로 결심한 이상 바로 자기 임무를 수행하고 싶었다. 그는 대답이 없는 로빈슨을 소파에 혼자 놔두고 침상을 허물기 시작했다. 침상은 밤새도록 그 위에서 잤던 사람의 무게 때문에 아직도 눌려 있었다. 덩어리가 된 침상에 엉켜 있는 이불을 하나씩 빼내 차곡차곡 갤 생각이었다. 몇 주 동안 손도 대지 않은 일이었을 테니까.

"들라마르슈, 저기 좀 가봐."

브루넬다가 말했다.

"아무래도 쟤네가 우리 침대를 부수는 것 같아. 어떤 일이 일어날지 모르니 모든 경우의 수를 생각해야 해. 긴장의 끈을 놓치면 안 되고 쉴 틈이 없어. 당신은 쟤네 둘을 더 엄격하게 다뤄야 해. 그렇게 하지 않으면 자기들 멋대로 할걸."

"꼬맹이가 빌어먹을 의욕에 넘쳐 저러는 게 분명해."

들라마르슈가 소리치며 목욕실에서 나올 태세였다. 카를은 손에 들고 있던 걸 다 내던졌다. 다행히 브루넬다가 이렇게 말했다.

"가지 마, 들라마르슈. 가지 마. 앗, 물이 뜨거워. 나른해지는걸. 여기 있어줘, 들라마르슈."

이제야 카를은 수증기가 체스트 뒤에서 끊임없이 솟아오르는 걸 확인했다.

로빈슨은 카를이 나쁜 짓을 저지르기라도 한 것처럼 깜짝 놀라 손을 뺨에 댔다.

"전부 다 제자리에 그대로 놔둬."

들라마르슈의 목소리가 쩌렁쩌렁 울렸다.

"아니, 너희들 말이야. 브루넬다가 목욕하고 나면 한 시간 정도 쉬는 걸 몰라? 하는 꼴들이 엉망진창이야! 그쪽으로 갈 테니 기다려. 로빈슨, 너 또 꿈꾸고 있나 본데. 여기서 일어나는 모든 일은 다 네 책임이야. 너는 저 친구를 통제해야 해. 여긴 꼬맹이 마음대로 휘젓는 곳이 아니거든. 뭔가 필요로 할 땐 아무짝에도 소용없고, 아무것도 안 해야 할 땐 설쳐대고 있어. 어디라도 기어들어가 있어. 부를 때까지 나오지 말고."

하지만 곧바로 모든 상황이 잊히고 종료되었다. 브루넬다가 뜨끈한 물에 잠겨 있는지 나른한 목소리로 이렇게 속삭였으니 말이다.

"향수! 향수 가져와!"

"향수!"

들라마르슈가 소리쳤다.

"얼른 동작 취해!"

흠, 그런데 향수가 어디 있지? 카를은 로빈슨을 바라봤고 로빈슨은 카를을 봤다. 카를은 모든 걸 혼자 해내야 한다는 걸 깨달았다. 로빈슨은 향수가 어디에 있는지 전혀 몰랐고 바닥에 엎드려 소파 밑을 두 팔로 휘저었지만 먼짓덩어리와 여자 머리카락 뭉치 말고는 아무것도 나오지 않았다. 카를은 일단 문 바로 옆에 있는 세면대로 서둘러 갔지만 서랍 안에는 낡은 영어 소설책과 잡지, 악보뿐이었고 서랍은 한 번 열면 닫을 수 없을 정도로 가득 차 있었다.

"향수!"

브루넬다는 한숨을 쉬며 말했다.

"왜 이리 오래 걸려! 오늘 중으로 내 향수 받을 수 있긴 해?"

브루넬다의 성화에 카를은 어디에서도 제대로 찾을 수 없었고 피상적인 첫 느낌에 의존할 수밖에 없었다. 세면대 위에는 향수병이 없었다. 세면대 위에는 낡은 약병과 연고가 들어 있는 병뿐이었고 다른 것들은 전부 목욕실로 가져갔다. 혹시 향수병이 식탁 서랍에 있는지도 모를 일이다. 카를은 향수 생각뿐, 다른 생각은 들지 않았다. 식탁으로 가는 길에 마침 소파 밑에서 찾는 걸 포기하고 확실히 향수가 어디 있겠다는 어렴풋한 예감에 사로잡혀 맹목적으로 카를을 향해 달려가던 로빈슨과 격렬하게 부딪혔다. 쿵 하고 머리 부딪히는 소리가 선명하게 들렸다. 카를은 말문이 막혀 가만히 있었고, 로빈슨은 멈추지 않고 나아갔지만 통증을 덜어보려고 괴성을 지르며 엄살을 떨었다.

"저것들은 향수를 찾기는커녕 싸우기만 하잖아."

브루넬다가 말했다.

"들라마르슈, 집구석이 이 모양이니 이러다 내가 골병들어 당신 품에서 죽게 될 거야. 향수가 있어야 한다고."

그녀는 일어나며 소리쳤다.

"무조건 향수를 손에 쥐어야 해. 향수 들고 올 때까지는 욕조에서 안 나가고 저녁때까지 여기 있을 거야."

그러더니 주먹으로 물을 쳤다. 물 튀는 소리가 들렸다.

식탁 시렁에도 향수는 없었다. 쓰던 분첩과 화장품통, 머리빗, 구불구불한 헤어스타일의 가발 등 엉키고 들러붙은 잡동사니 같은 브루넬다의 미용 도구뿐이었고 향수는 없었다. 한쪽 구석에서 로빈슨이 소리 지르며 수북이 쌓여 있는 백여 개의 작은 상자와 케이스를 하나둘 열어보고 뒤적거렸다. 내용물 절반 정도, 주로 재봉 도구와 편지가 바닥에 떨어진 채 그대로 있었다. 가끔 카를에게 고개를 젓고 어깨를 으쓱하는 신호를 보내는 로빈슨도 아무것도 못 찾기는 매한가지였다.

그때 들라마르슈가 속옷 바람으로 목욕실에서 뛰쳐나왔다. 그 사이 브루넬다의 발작적인 울음소리도 들렸다. 카를과 로빈슨은 찾는 동작을 멈추고 흠뻑 젖어 얼굴과 머리에서 물이 뚝뚝 떨어지는 들라마르슈를 바라보았다.

"이제 좀 제대로 찾아봐!"

들라마르슈가 소리쳤다.

"넌 여기 찾아봐!"

그는 먼저 카를에게, 이어서 "넌 저기 찾아보고!" 하며 로빈슨에게 명령했다.

카를은 샅샅이 찾아보고 로빈슨이 지적받은 몇 군데도 다시 확인했지만 향수는 없었다. 향수 찾는 데는 건성이고 들라마르슈를 곁눈질하며 힐끗힐끗 보는 데 더 열성적인 로빈슨도 향수는 못 찾았다. 쿵쿵거리며 방 구석구석 왔다 갔다 하던 들라마르슈는 카를과 로빈슨을 늘씬 두들겨 패고 싶은 눈치였다.

"들라마르슈!"

브루넬다가 소리쳤다.

"와서 물기 좀 닦아줘. 저것들은 향수는 못 찾고 엉망진창으로 만들어놓기만 하잖아. 그만 찾으라고 해. 지금 당장! 손에 들고 있는 거 다 내려놓으라 해! 아무것도 손대지 말라 하란 말이야! 우리 집을 돼지우리로 만들 작정인가 본데. 들라마르슈, 재네 그만두지 않으면 멱살 잡아버려! 아니 아직도 뒤지고 있잖아. 방금 상자 하나가 떨어졌어. 그걸 집어 들지 말라고 하고 전부 그대로 놔두고 방에서 꺼지라 해! 재네 나가면 문을 잠그고 나한테 와. 물속에 너무 오래 있어서 다리에 시릴 지경이야."

"잠깐만 기다려, 브루넬다. 바로 갈게."

들라마르슈가 소리치며 카를과 로빈슨을 얼른 문으로 몰고 갔다. 두 사람을 문밖으로 내보내기 직전에 들라마르슈는 아침 식사를 가져오라 시켰다. 또 가능하면 브루넬다에게 줄 괜찮은 향수도 빌려오라고도 덧붙였다.

"집이 어수선하고 지저분해."

복도로 나간 카를이 말했다.

"아침 식사를 가져오자마자 바로 정리부터 해야겠어."

"내가 이렇게 아프지만 않았어도!"

로빈슨이 말했다.

"참 나, 이런 대우나 받고 있다니!"

로빈슨은 브루넬다가 몇 달 동안 그녀를 돌보았던 자신과 어제 막 들어온 신참인 카를 두 사람 사이에 조금의 차이도 없이 똑같은 대우했다는 사실에 확실히 언짢아했다. 하지만 로빈슨이 그런 말 할 처지는 아니라는 생각이 들어 카를은 이렇게 말했다.

"마음을 잡아!"

그는 로빈슨이 절망할까 봐 덧붙였다.

"한 번만 하면 되는 일이야. 체스트 뒤에 네 잠자리를 마련해줄게. 어느 정도 정리만 되면 넌 하루 종일 거기 누워서 아무 걱정 말고 쉬어. 그럼 몸도 금방 괜찮아질 거야."

"이제 너도 내 상태가 어떤지 알 거야."

로빈슨이 말했다. 그는 자신의 고통과 혼자 마주하겠다는 듯 카를 반대 방향으로 고개를 홱 돌렸다.

"그렇긴 한데 저들이 내가 편안히 누워 있게 가만 놔둘까?"

"너만 괜찮으면 내가 들라마르슈랑 브루넬다한테 직접 얘기해볼게."

"브루넬다가 배려해줄까?"

로빈슨이 외쳤다. 그러더니 카를에게 예고도 없이 방금 왔던 문을 주먹으로 밀치며 열었다.

두 사람은 부엌으로 들어갔다. 당장 수리해야 할 것 같은 화덕에서 시커먼 연기가 구름처럼 피어올랐다. 어제 카를이 복도에서 봤던 여자들 틈에 있던 노파가 화덕 문 앞에서 무릎을 꿇고 맨손으로 커다란 석탄 덩어리를 넣으며 불이 잘 타는지 여기저기 살펴보고 있었다. 노파는 그 나이의 노인이 하기엔 영 불편해 보이는 무릎 꿇은 자세로 한숨을 쉬었다.

"그럼 그렇지, 애물단지가 왔구만."

노파가 로빈슨을 보며 말했다. 손으로 석탄 상자를 디디며 힘겹게 일어났다. 앞치마로 화덕 문손잡이를 둘둘 감아 닫았다.

"지금 오후 4시인데."

카를은 놀라서 부엌 시계를 쳐다봤다.

"이 시간에 아침을 먹겠다고? 이놈들아!"

"앉아."

그녀가 말을 이었다.

"내가 시간 될 때까지 기다려!"

로빈슨은 카를을 문 가까이 있는 벤치로 끌고 가 앉힌 다음 속삭였다.

"하라는 대로 해야 해. 우리 신세는 저 할머니 손에 달려 있거든. 우리가 세 들어 살고 있는 집주인이니 언제라도 우릴 내쫓을 수 있단 말이야. 근데 우리가 집을 옮기긴 힘들어. 그 많은 살림살이를 어떻게 나르겠으며 무엇보다도 브루넬다를 옮기는 건 불가능해."

"복도 쪽에 다른 방을 구할 순 없어?"

카를이 물었다.

"누구도 우릴 받아주지 않을 거야."

로빈슨이 대답했다.

"이 아파트 통틀어서 우릴 받아줄 사람은 아무도 없어."

그렇게 두 사람은 얌전히 벤치에 앉아 기다렸다. 집주인 노파는 테이블 두 개와 빨래통, 화덕 사이를 쉴 새 없이 오갔다. 노파 혼잣말로 떠드는 소리를 들어보니, 딸이 어디가 아픈지 자기 혼자 온갖 일을 다 해야 하는 모양이다. 30명이나 되는 세입자 식사 준비와 뒤치다꺼리를 해주는 일 전부를 말이다. 게다가 이제 오븐이 고장 나서 식사 준비에 차질이 생겼다. 큼지막한 냄비 두 군데서 걸쭉한 수프가 끓고 있었다. 수시로 국자를 들고 살펴보기도 하고 국물을 높이 들어 올려 흘러내려보기도 했지만 수프는 다 될 기미가 보이지 않았다. 불이 약해서 그런 거라 그녀는 화덕 문 앞 바닥에 쪼그리고 앉아 부지깽이로 활활 타오르는 석탄을 휘저었다. 부엌을 가득 채운 연기 때문에 그녀는 기침을 했다. 간혹 기침이 너무 심해져 의자를 잡고 아무것도 못 하고 몇 분 동안 발작적으로 기침만 했다. 오늘 아침 식사는 안 될 것 같다며, 그럴 시간도 안 되고 그럴 생각도 없다는 말을 그녀는 여러 차례 반복했다. 카를과 로빈슨은 아침 식사를 가져오라는 심부름을 받았는데, 다른 한편으로는 아침 식사를 강제로 강요할 방법이 없어 노파의 말에 대꾸하지 않고 이전처럼 가만히 앉아 있었다.

안락의자와 발 받침 위에도 식탁 위아래, 심지어 바닥 한쪽 구석까지도 세입자들이 아침 식사하고 난, 설거지가 안 된 그릇이 수북이 쌓여 있었다. 아직 커피나 우유가 좀 남아 있는 커피 주전자가 있었고, 먹다 남은 버터가 붙어 있는 접시도 꽤 많았다. 쓰러져 있는 큼직한 캔에서 굴러 나온 비스킷도 있었다. 이런 것들을 다 모으면 아침 식사쯤 거뜬히 만들어낼 수 있을 것 같았다. 어떻게 만들어낸 식사인지 그 유래를 브루넬다가 모르면 식사에 대해 전혀 흠집을 잡을 수 없을 정도는 됨직했다. 그런 생각을 하며 카를은 시계를 봤다. 여기서 벌써 30분을 기다렸으니 브루넬다는 격노하며 하인들을 혼내주라고 들라마르슈를 달달 볶고 있을 것이다. 바로 그때 노파가 기침을 하면서 카를을 빤히 쳐다보더니 소리쳤다.

“너희들 여기 앉아 있는 건 자유지만 아침 식사는 어림도 없어. 그래도 두 시간 후에 저녁 식사는 될 거야.”

“이리 와봐. 로빈슨.”

카를이 말했다.

“아침 식사는 우리가 직접 만들자.”

"뭐라고?"

노파가 고개를 기울이며 소리쳤다.

"이성적으로 생각해보세요."

카를이 말했다.

"왜 아침 식사를 안 주려 하시죠? 우린 30분이나 기다렸어요. 이 정도면 충분히 오래 기다렸다고 봐요. 이미 식사 비용은 다 받으셨잖아요. 우린 다른 사람들보다 분명 더 많이 드릴 텐데요. 우리가 이렇게 늦게 아침을 먹으면 당연히 짜증 나시겠죠. 그래도 우린 당신의 세입자인 데다 늦게 아침을 먹는 습관이 있으니 우리한테 조금은 맞춰주셔야죠. 오늘은 따님이 아프니 당연히 힘드시겠지만, 뾰족이 다른 방법도 없고 요리를 새로 못 해주시면 여기 남은 음식으로 우리가 아침을 준비할까 해요."

그러나 노파는 그 누구와도 푸근한 대화를 나누려 하지 않았다. 다른 사람들이 아침 먹고 남긴 음식조차도 이 세입자들에게는 과분하다고 생각했다. 그러면서도 다른 한편 두 하인이 성가시게 하는 것도 질려서 노파는 쟁반을 집어 로빈슨을 쿡 찔렀다. 로빈슨은 노파가 주는 음식을 받으려면 그 쟁반을 들고 있어야 한다는 사실을 잠시 지나고 나서야 깨달았고 그 순간 벌레 씹은 표정을 지었다. 그녀는 얼른 쟁반 위에 이것저것 여러 가지 음식을 담았지만 전체 모양은 더러운 그릇더미 같았지, 곧 제공될 아침 식사라고는 보이지 않았다. 노파는 두 사람을 밀어냈고, 그들은 욕을 먹거나 얻어맞을까 봐 몸을 구부려 서둘러 문으로 갔다. 그동안 카를은 로빈슨이 들고 있는 쟁반이 영 불안해 보여서 쟁반을 빼앗았다.

노파 집 현관문에서 충분히 멀어졌다 싶자, 카를은 복도 바닥에 앉았다. 쟁반을 정리하고 같은 종류끼리 모았다. 우유를 한군데 모았고 여기저기 널려 있는 버터도 접시 하나에 긁어모았다.

그런 다음 남은 걸 다시 사용한다는 흔적을 다 없앴다. 나이프와 스푼을 깨끗이 닦고 베어 먹은 자국이 있는 빵을 깔끔하게 잘라 보기 좋게 만들었다. 로빈슨은 그럴 필요가 없다며 이보다 형편없는 아침 식사도 많다고 우겼지만, 카를은 아랑곳하지 않았다. 그는 로빈슨이 더러운 손가락으로 만지며 자기가 하겠다고 덤비지 않는 것만으로도 다행이라 생각했다. 로빈슨을 잠자코 있게 하려고 카를은 딱 한 번이라 말하며 비스킷 몇 개와 초콜릿통 바닥에 있는 두툼한 덩어리를 주었다.

집 앞에 와서 로빈슨이 곧바로 문손잡이에 손을 대자 카를이 저지했다. 들어가도 되는지 확신이 들지 않아서였다.

"그렇긴 해."

로빈슨이 말했다.

"지금쯤 분명 들라마르슈가 그녀의 머리를 손질하고 있을 거야."

로빈슨 말대로 브루넬다는 다리를 쩍 벌린 채 안락의자에 앉아 있었고, 그 뒤에 들라마르슈가 고개를 푹 숙이고 브루넬다의 짧은 머리 머리를 빗기고 있었다. 머리는 보기에도 굉장히 엉켜 있는 것 같았다. 방은 아직 환기도 안 하고 커튼도 그대로 드리워 있었다. 브루넬다는 이번에도 아주 헐렁한 드레스 차림이었다. 오늘 입고 있는 연분홍색 드레스는 어제 입은 옷보다 조금 더 짧은지 성긴 짜임의 흰색 양말이 무릎까지 올라가 있는 게 보였다. 빗질하는 시간이 걸리자 안달이 난 브루넬다는 두툼한 붉은빛 혀를 입술 사이로 이리저리 움직였다. 그러다 "아 정말, 들라마르슈!"라고 소리치며 들라마르슈 몸에서 완전히 떨어지기도 했다. 그때마다 들라마르슈는 그녀가 머리를 다시 뒤로 젖힐 때까지 잠자코 기다렸다.

"오래도 걸렸다."

브루넬다가 누구를 지칭하지 않고 말을 툭 던졌다. 그다음에는 카를을 콕 집어 이렇게 말했다.

"다른 사람의 마음에 쏙 들게 하려면 동작이 더 빨라야 해. 게으른 데다 먹는 것만 밝히는 로빈슨을 본받으면 안 돼. 너희들은 어디서든 아침을 먹었겠지. 단단히 일러두겠는데. 다음엔 안 봐준다."

말도 안 되는 소리라 로빈슨도 고개를 저으며 말없이 입술을 삐죽삐죽 실룩거렸다. 그래도 카를은 확실하게 일 처리를 해야 주인에게 눈도장을 찍을 수 있다는 사실을 알게 되었다. 카를은 좌식 테이블을 구석에서 꺼내 식탁보를 덮고 가지고 온 음식을 올려놓았다. 아침 식사를 어디서 어떻게 마련했는지 본 사람은 전체적으로 만족할 테지만, 그게 아니라면 카를도 인정했듯 흠 잡힐 만한 게 한둘이 아니었다.

다행히도 브루넬다는 배가 고팠다. 카를이 이것저것 준비하는 동안 브루넬다는 마음에 든다는 듯 고개를 끄덕였다. 그녀는 부드럽고 두툼한, 그러면서 당장이라도 다 짓누르고 으스러뜨릴 것 같은 손으로 음식에 손을 댔다.

"준비 잘했네."

그녀는 짭짭 입맛을 다시며 말했다. 그러고는 나중에 브루넬다의 머리를 손질해주려고 자기 머리에 빗을 꽂아놓은 들라마르슈를 자기 옆 안락의자에 앉혔다.

들라마르슈도 음식을 보고 기분이 좋아졌다. 둘 다 몹시 배가 고팠던 터라 두 사람 손이 테이블 위 여기저기 바삐 움직였다. 카를은 여기 사람들을 만족시키려면 매번 가능한 한 많이 가져와야 한다는 걸 알게 되었다. 부엌에 먹을 만한 음식이 꽤 있는데 바닥에 두고 온 걸 떠올리면서 카를은 이렇게 말했다.

"처음이라 어떻게 준비해야 하는지 잘 몰랐어요. 다음엔 더 잘하겠습니다."

카를은 말을 하면서 자신이 누구에게 말하고 있는지 기억해냈다. 일에 너무 몰입한 나머지 잊고 있었다. 브루넬다는 흡족해하며 들라마르슈를 향해 고개를 끄덕이더니 카를에게 보상으로 비스킷을 한 움큼 주었다.

미완성 장들

(1) 브루넬다의 출발

어느 날 아침 카를은 브루넬다를 태운 환자 이송용 수레를 밀고 집 대문을 나섰다. 그가 바란 만큼 이른 시간은 아니었다. 두 사람은 밤이 다 가기 전에 이주를 끝내기로 합의했었다. 브루넬라가 큼직한 잿빛 보자기로 튀지 않게 자기 몸을 덮어 가린다 해도 날이 환할 때는 어쩔 수 없이 골목 안 사람들의 이목을 끌게 될 터였고 그런 일만은 피하고 싶어서였다. 이번 일로 드러난 사실인데 대학생은 카를보다 훨씬 더 약골이었고, 그 대학생이 선뜻 나서서 도와줬지만 계단 아래로 그녀를 옮기기까지는 너무 오래 걸렸다. 브루넬다는 무척 의연한 태도를 보였다. 한숨 소리 한 번 내지 않았고 어떤 식으로든 자신을 들어 옮기고 있는 두 남자의 수고를 덜어주려 무던히 노력했다. 그럼에도 두 사람은 자신들뿐 아니라 그녀를 위해서도 휴식 시간이 절실했기에 다섯 계단 내려갈 때마다 그녀를 내려놓아야 했다. 서늘한 아침이었고 복도에는 지하실처럼 차가운 공기가 감돌았는데도 카를과 대학생은 땀에 흠뻑 젖었다. 휴식을 취하는 동안 브루넬다가 어쩐 일로 상냥하게 건넨 보자기 끝자락을 각자 한 쪽씩 쥐고 얼굴을 닦아야 했다. 그렇게 하느라 두 시간이 지나서야 간신히 아래로 내려왔다. 그곳에는 전날 저녁부터 작은 수레가 서 있었다. 브루넬다를 들어 올려 수레에 태우는 것도 보통 일이 아니겠지만, 그래도 이제 거의 다 끝났다고 봐도 좋을 것 같았다. 큼지막한 바퀴 덕에 수레를 밀고 가는 건 힘들지 않을 테니까. 단 한 가지 남은 걱정은 브루넬다의 체중을 못 이겨 수레가 부서지지 않을까 하는 것뿐이었다. 하지만 그렇게 될지도 모르지만 위험을 감수할 수밖에 없었다. 대학생이 반농담조로 예비 수레를 준비해서 끌고 가겠다고 나섰지만 그럴 수는 없는 노릇이었다. 이어서 대학생과 작별을 나눌 시간이 다가왔다. 진심 어린 마음이 전달되는 순간이었다. 브루넬다와 대학생 사이에 있었던 불화는 다 잊힌 듯했다. 심지어 대학생은 예전에 브루넬다가 병에 걸렸을 때 모욕을 안겨줬던 일에 대해 용서를 구하기까지 했다. 하지만 브루넬다는 전부 잊은 지 오래이며 충분히 보상받고도 남았다고 말했다. 마지막으로 그녀는 치마 여러 겹을 뒤져 간신히 찾아낸 1달러짜리 동전을 기념으로 흔쾌히 받아달라고 대학생에게 간청했다. 그 선물은 인색하기로 잘 알려진 브루넬다의 성격으로 보면 대단한 의미가 있었다. 대학생도 그 선물에 기쁨을 감추지 못한 나머지 동전을 위로 높이 던졌다. 결국 땅바닥에 떨어진 동전을 찾느라 헤매고 있는 그를 보고 카를도 도와줘야 했고, 마침내 브루넬다를 실은 수레 밑에서 동전을 찾아낸 것도 카를이었다. 대학생과 카를이 나눈 작별은 자연스레 더 간단해서 서로 손을 내밀어 악수만 했다. 언젠가 다시 만나게 될 날이 있을 것이며 두 사람 가운데 적어도 한 명은 안타깝게 여태껏 이루지 못한 뭔가 자랑할 만한 일을 해낼 거라고 확신에 찬 말을 나눴다. 대학생은 그 한 명이 카를일 거라 했고, 카를은 대학생일 거라고 했다. 그러고 나서 카를은 용기를 내어 수레의 손잡이를 잡고 대문 밖으로 수레를 밀고 나갔다. 대학생은 두 사람이 시야에서 사라질 때까지 눈으로 배웅하면서 수건을 흔들어댔다. 카를은 연신 고개를 끄덕이며 인사에 화답했고, 브루넬다도 몸을 돌리고 싶어 했겠지만 그녀에게는 무리였다. 그래도 그녀가 마지막 작별 인사를 할 수 있도록 카를은 길이 끝나는 지점에서 수레를 빙그르르 돌렸다. 브루넬다도 대학생을 볼 수 있었고, 그는 이참에 수건을 유난히 열심히 흔들며 인사를 보냈다.

그러다 카를은 이제 더 지체할 시간이 없으며 갈 길이 멀고 그들이 의도했던 것보다 너무 늦게 출발했다고 말했다. 정말이지 벌써 오가는 차량들이 여기저기 눈에 띄었고 드문드문이기는 했지만 출근하는 사람들도 있었다. 카를의 발언에는 그가 한 말 외에 다른 뜻이 전혀 담겨 있지 않았다. 그럼에도 브루넬다는 마음이 여린 탓에 그의 말을 다르게 받아들여 잿빛 보자기를 푹 뒤집어썼다. 카를은 말리지는 않았다. 잿빛 보자기로 덮인 손수레가 상당히 눈에 띄기는 하지만, 보자기를 덮어 가리지 않은 모습의 브루넬다와는 비교가 안 되니 말이다. 그는 아주 조심스레 수레를 밀었고, 모퉁이를 돌기 전에 다음 길이 어떤지 주시했다. 심지어는 필요하다 생각될 때마다 수레를 멈춰 세우고 혼자 몇 걸음 앞서가서 혹여 달갑지 않은 상황과 마주치지 않을까 미리 살폈다. 그리고는 그런 상황이 비켜갈 때까지 기다리거나 아예 다른 길로 가는 방법을 택하기도 했다.

그럼에도 카를이 있을 수 있는 모든 방법에 대해 워낙 꼼꼼하게 사전 연구를 했기 때문에 확연하게 먼 길을 돌아서 갈 염려는 없었다. 다만 마주칠까 봐 걱정했으나 낱낱이 예견하지는 못한 방해 요소가 불쑥불쑥 나타나기도 했다. 살짝 오르막인 데다 멀리까지 내려다볼 수 있고 다행히도 텅 비어 있어 이런 좋은 기회를 놓칠세라 잽싸게 가려 했던 길의 어느 집 대문 구석에서 갑자기 경찰관 한 명이 튀어나와 카를에게 수레에 무엇을 싣고 가길래 그토록 조심스럽게 천으로 가리고 있는지 물었다. 매서운 눈초리로 카를을 살펴보던 경찰관은 보자기를 슬쩍 들어 올려 벌겋게 달아오르고 겁먹은 브루넬다의 얼굴을 본 순간 웃음을 짓지 않을 수 없었다.

"뭐지?"

경찰관이 말했다.

"감자를 열 자루쯤 싣고 가는 줄 알았는데 겨우 여자 하나라고? 당신들 대체 어디 가는 거야? 당신들 누구지?"

브루넬다는 감히 경찰관을 쳐다볼 엄두조차 못 내고, 아무리 카를이라도 그녀를 구할 수 없으리라는 의심이 가득한 시선으로 그를 연신 바라보기만 할 뿐이었다. 하지만 카를은 경찰관이라면 이미 충분히 경험해봐서 그 모든 상황이 그렇게 위태로워 보이지는 않았다.

"보여드리세요, 아가씨."

그가 말했다.

"증명서 받은 거 있잖아요."

"아, 알겠어."

브루넬다는 대답하더니 정말 수상쩍어 보일 수밖에 없는 절망적인 방식으로 찾기 시작했다.

"아가씨는 말이지."

경찰관은 의심할 나위 없이 비꼬는 어투로 말했다.

"증명서를 찾지 못할 거야."

"아, 네."

카를이 침착하게 말했다.

"분명히 있는데 어디에다 뒀는지 못 찾는 것뿐입니다."

그러고는 카를이 직접 나서서 찾기 시작하더니 정말 브루넬다의 등 뒤에서 증명서를 끄집어냈다. 경찰관은 힐끗 보기만 했다.

"그러니까 이게 그 증명서로군."

경찰관은 미소를 지으며 말을 이었다.

"여기 이 사람이 저 아가씨라고? 그리고 당신 같은 애송이가 알선과 이송을 맡았다? 뭐 좀 나은 일거리를 찾을 수는 없는 건가?"

카를은 그냥 어깨를 으쓱할 뿐이었다. 경찰이 툭하면 이런 식으로 참견하는 건 잘 알고 있던 바였다.

"자, 여행 잘하시고."

경찰관은 아무 대답을 듣지 못하자 그렇게 말했다. 경찰관의 말에는 보나 마나 멸시의 뜻이 담겨 있을 터라, 카를도 인사하지 않고 다시 가던 길을 갔다. 경찰에게 멸시받는 게 주목받는 것보다는 나았다.

그리고 얼마 후 카를은 그보다 더 불쾌하다 할 만한 만남도 있었다. 커다란 우유통이 잔뜩 실린 수레를 앞으로 밀면서 그를 향해 다가온 웬 남자가 카를의 수레를 덮고 있는 잿빛 보자기 아래 뭐가 있는지 집요하리만치 궁금해했다. 그 남자가 가는 길이 카를과 같을

리는 만무해 보였지만, 그는 카를이 예상치 않게 방향을 갑자기 틀어대도 계속 옆에 붙어 있었다. 처음에 그는 "무거운 짐을 실었나 보네"라든가 "짐을 잘못 실어서 위에 있는 게 떨어지겠는데"라는 식의 말을 외쳐댔다. 그러더니 나중에는 대놓고 물었다.

"보자기 밑에 뭐가 있는 거지?"

카를이 대꾸했다.

"뭔 상관이야?"

하지만 그런 말은 남자의 호기심을 더 키울 뿐이었으므로 결국 카를은 이렇게 말했다.

"사과야."

"사과가 참 많기도 하네."

남자는 놀라운 듯 말하더니 그 말을 멈추지 않고 계속 되풀이했다.

그러고는 "수확한 사과를 몽땅 실었나 보군" 하고 덧붙였다.

"글쎄, 뭐."

카를이 말했다. 그러나 그는 카를의 말을 믿지 않아서든 카를을 화나게 만들려는 것이든 한술 더 떠서 수레를 밀고 가는 내내 장난치듯 보자기를 향해 손을 뻗기 시작하더니 급기야는 뻔뻔하게 보자기를 잡아당기려 했다. 브루넬다가 얼마나 고통스러울까! 그녀를 생각해서라도 카를은 그 남자와 다툼을 벌이고 싶지 않아서 가장 가깝고 마침 열려 있는 대문 안으로 수레를 밀고 들어갔다. 마치 그곳이 그의 목적지였던 것처럼.

"우리 집에 다 왔네."

카를이 말했다.

"같이 와줘서 고맙군."

남자는 어리둥절한 기색으로 대문 앞에 멈춰 서서 카를의 뒷모습을 지켜봤다. 카를은 어쩔 수 없이 제일 앞에 있는 안마당을 침착하게 가로지르기 시작했다. 남자는 이제 의심할 여지가 없는데도 못된 심보를 마지막으로 부려볼 작정으로 자기 수레를 세워놓은 채 까치발을 들고 카를을 뒤쫓아와서 보자기를 확 잡아당겼다. 그 바람에 브루넬다의 얼굴이 거의 드러날 뻔했다.

"사과도 숨을 좀 쉬라고."

그는 그렇게 말하고 얼른 되돌아갔다. 카를은 그것까지도 묵묵히 참고 견뎠다. 그렇게 완전히 그 남자한테서 벗어난 셈이었으니. 그러고 나서 그는 수레를 빈 대형 상자가 몇 개 쌓여 있는 안마당 구석으로 밀고 갔다. 그곳에서 상자들을 가림벽 삼아 보자기를 덮어쓴 브루넬다에게 몇 마디 달래는 말을 건네볼 생각이었다. 하지만 그녀가 눈물을 펑펑 쏟으며 하루 종일 그 상자 뒤에 숨어 있다가 밤이 되면 그때야 출발하자고 진심으로 간청하는 바람에 카를은 한참 동안 그녀에게 계속 얘기해야 했다. 어쩌면 카를 혼자 힘으로는 그게 얼마나 말도 안 되는 생각인지 그녀를 납득시키지 못했을 것이다. 때마침 상자 더미 저쪽 끝에서 누군가 텅 빈 마당 안에 메아리칠 정도로 어마어마한 소음을 내며 빈 상자를 바닥에 던지자, 그녀는 놀란 나머지 더는 끽소리도 못 내고 보자기를 뒤집어썼다. 카를이 얼른 결단을 내리고 바로 수레를 밀기 시작한 순간 분명 그녀는 한시름 놓았다 생각했을 것이다.

거리는 이제 더욱더 활기를 띠기는 했지만, 수레는 카를이 염려한 만큼 그렇게 크게 사람들의 이목을 끌지는 않았다. 다른 시간을 택해 이송하는 편이 한결 더 현명했을 것 같았다. 그런 식으로 또 이송할 일이 생기면, 카를은 과감하게 점심때 길을 나설 생각이었다. 그 뒤론 짜증 나는 일은 없었고 마침내 25호라는 회사가 있는 좁고 어두운 골목길로 접어들었다. 관리인이 시계를 손에 든 채 문 앞에 서서 째려보고 있었다.

"자넨 맨날 그따위로 시간을 안 지키나?"

관리인이 물었다.

"여러 가지 방해 요인이 있어서요."

카를이 대답했다.

"알다시피 그런 건 늘 있는 거고."

관리인이 말을 이었다.

"하지만 여기 이 회사에선 그래봤자 안 통해. 명심하라고!"

카를은 이제 더는 그런 식의 말에 거의 귀 기울이지 않았다. 누구나 자기 권력을 이용해 이익을 취하고 자기보다 낮은 사람을 모욕하기 마련이니까. 일단 익숙해지면 그런 말쯤은 일정하게 치는 시계 종소리처럼 들릴 뿐이었다. 그런데 수레를 밀며 복도 안으로 들어선 순간 정작 그를 흠칫 놀라게 한 건 그곳을 지배하는 더러움이었다. 더러우리라고 물론 예상은 했다. 그런데 더 자세히 살펴보면 딱히 그렇게 더러운 것도 아니었다. 복도 돌바닥은 깨끗하게 청소해놓은 편이었고 벽에 걸린 그림도 오래되지 않았으며 인조 야자수도 먼지가 거의 쌓이지 않았다. 그럼에도 모든 게 기름에 찌든 듯 보였고 거부감을 불러일으켰다. 무엇보다 함부로 막 사용한 것만 같은 느낌이었고 깨끗이 해봤자 더는 다시 좋아질 게 없을 것 같았다. 카를은 어딘가 갈 때마다 그곳을 개선할 수 있는 점이 무엇인지, 그렇게 해서 맡게 될, 어쩌면 끝도 없을 노동을 고려하지 않은 채 당장 그 일에 손을 대면 얼마나 기쁠지 생각해보는 걸 즐겼다. 하지만 여기에서는 무엇을 어떻게 해야 할지 도무지 알 수 없었다. 천천히 그는 브루넬다가 뒤집어쓰고 있는 보자기를 벗겼다.

"어서 오세요, 아가씨."

관리인이 억지스러운 말투로 인사를 했다. 브루넬다가 그에게 좋은 인상을 준 건 분명해 보였다. 브루넬다는 그걸 눈치채자마자 바로 이용할 줄 알았다. 카를은 그 모습을 만족스럽게 지켜봤다. 지난 시간의 모든 두려움은 싹 사라져버렸다. 그녀는

(2)

카를은 길모퉁이에서 포스터를 보았다.

클레이턴 경마장에서 오늘 아침 6시부터 자정까지 오클라하마 극장에서 일할 직원들을 채용합니다! 오클라하마의 대형 극장이 여러분을 부릅니다! 기회는 오늘뿐, 단 한 번입니다! 지금 이 기회를 놓치면 영원히 놓치는 겁니다! 자신의 미래를 생각하는 사람은 곧 우리의 일원입니다! 누구나 환영합니다! 예술가가 되고 싶다면 지원하세요! 우리는 누구든 필요로 하고 또 누구든 적재적소에 채용할 수 있는 극장입니다! 우리와 함께 일하겠다고 결심하면 그 자리에서 바로 축하를 받게 됩니다! 자정까지 입장하려면 서둘러야 합니다! 12시에 모든 문이 닫히고 더는 열리지 않습니다! 우리 말을 믿지 않으면 저주받습니다! 클레이턴으로 출발합시다!

포스터 앞에 많은 사람이 서 있기는 했지만, 크게 호응받지는 못하는 것 같았다. 포스터가 워낙 난무해서 아무도 포스터를 믿지 않았다. 더구나 이 포스터는 다른 어떤 포스터보다도 신빙성이 없어 보였다. 특히 크나큰 흠이 한 가지 있었는데, 급여에 대해서는 한마디도 없었다. 아주 조금이라도 언급할 가치가 있었다면 급여는 당연히 포스터에 명시되었을 터였다. 가장 큰 관심거리인 급여를 잊어버렸을 리 없었다. 예술가가 되고 싶은 사람은 아무도 없을 테고, 누구나 자기가 일한 대가를 받고 싶을 테니까.

그래도 카를의 눈길을 사로잡는 부분이 한 가지 있었다. '누구나 환영한다'는 말은 누구든지, 그러니까 카를도 환영한다는 뜻이었다. 지금까지 그가 한 일은 다 잊혔고, 그걸로 그를 비난하려는 사람은 아무도 없었다. 부끄럽지 않은 일, 오히려 공개적으로 모집할 수 있는 일에 지원해도 된다는 뜻이었다! 그리고 카를도 채용하겠다는 약속이 공개적으로 나와 있었다. 그는 더 나은 것도 필요 없고 마침내 번듯한 이력의 시발점을 찾고 싶었다. 그리고 어쩌면 여기에서 그 시발점을 찾을 수 있을지도 몰랐다. 포스터에 나와 있는 허풍이 죄다 거짓말이라 해도, 오클라하마의 대형 극장이 소규모 유랑곡예단이라 해도 그 극장이 사람들을 채용하려 한다는 것만으로도 충분했다. 카를은 포스터를 두 번 읽지는 않았으나, '누구나 환영합니다'라는 문장을 다시 찾아 확인했다.

처음에는 클레이턴에 걸어서 갈 생각이었지만, 그러면 세 시간이나 고된 행군을 해야 할 테고, 겨우 제시간에 도착한다 해도 채용할 수 있는 일자리가 다 충원되었다는 말이나 들을 게 뻔했다. 물론 포스터에는 채용 인원의 수가 무제한이라고는 했지만, 그런 류의 구인 공고는 언제나 다 그렇게 적혀 있었다. 카를은 그 일자리를 포기하든가 아니면 차를 타고 가든가 둘 중 한 가지밖에 방법이 없다는 사실을 깨달았다. 가진 돈을 대충 계산해봤다. 차를 타고 가지 않으면 8일 동안 쓸 수 있는 돈이었다. 손바닥 위에 작은 동전들을 올려놓고 이리저리 옮기며 셈을 했다. 그를 지켜보고 있던 신사가 그의 어깨를 두드리며 말했다.

"클레이턴으로 가는 길에 행운이 가득 함께하길 바라네."

카를은 말없이 고개를 끄덕이고 계속 셈을 했다. 곧 마음을 정하고 차비에 필요한 돈을 따로 뗀 다음 지하철을 타러 갔다.

클레이턴에 내리자 기다렸다는 듯 갖가지 나팔 소리가 들렸다. 나팔 소리가 서로 맞지 않아서 뒤죽박죽 혼란스러운 소음이었고, 각자 무분별하게 불어댔다. 그래도 소음이 거슬리지는 않았고 오히려 오클라하마 극장이 규모가 큰 회사라는 사실을 확인시켜주는 듯 들렸다. 역 건물 밖으로 나와 앞에 놓인 시설을 멀리 내다본 순간, 모든 것이 단순히 상상할 수 있는 규모보다 훨씬 컸다. 어떻게 기업이 직원 채용만을 위해 이런 규모의 비용을 들일 수 있는지 이해가 가지 않았다. 경마장 입구 앞에 길고 낮은 무대가 설치되어 있었는데, 그 위에는 흰 천을 휘감은 채 천사 복장을 하고 등에 커다란 날개를 단 여자들 수백 명이 서서 금빛으로 반짝이는 기다란 나팔을 불고 있었다. 그들은 무대 바닥 바로 위가 아니라 각자 받침대를 놓고 그 위에 서 있었다. 그러나 천사 복장에 길게 달려 펄럭이는 천으로 완전히 뒤덮여 있어서 받침대는 겉에서 보이지 않았다. 받침대가 족히 2미터는 될 성싶게 상당히 높았기 때문에 여자들의 모습이 거대해 보였지만 상대적으로 머리가 너무 작은 터라 전체적인 크기와 균형이 맞지 않아 좀 어색해 보였다. 풀어헤친 머리카락도 너무 짧아서 커다란 날개와 옆구리 사이에 우스꽝스럽게 내려와 있었다. 단조로움을 피하려고 다양한 크기의 받침대를 사용해서 실제 키와 별 차이 없을 정도로 낮은 받침대 위에 선 여자들도 있었지만, 그들 옆에는 바람이 아주 살짝만 불어도 위험하다고 생각될 만큼의 높이로 흔들흔들 솟아 있는 여자들도 있었다. 그리고 그런 상태로 그 여자들 모두가 나팔을 불었다.

청중은 많지 않았다. 그 거대한 형상에 비해 아담한 젊은이 열 명 정도가 무대 앞에서 왔다 갔다 하며 여자들을 올려다보았다. 그들은 서로 이 여자 또는 저 여자를 가리키기만 할 뿐, 안으로 들어가서 일자리를 구할 생각은 없어 보였다. 다만 조금 더 나이가 든 남자가 한 명 있었는데, 그는 약간 떨어져서 서 있었다. 남자 옆에는 그의 아내와 유모차에 태운 아이도 같이 있었다. 그의 아내는 한 손으로 유모차를 잡은 채 다른 한 손을 남편 어깨에 올려 몸을 기대고 있었다. 그들이 그 광경에 감탄한 건 확실하지만, 실망감 또한 크다는 것도 눈에 보였다. 일자리를 찾을 수 있으리라 기대했을 텐데, 이렇게 나팔을 불어대는 소리 때문에 혼란에 빠진 것 같았다.

카를도 마찬가지 상황이었다. 그는 그 남자 가까이 다가가 잠시 나팔 소리를 듣다 말을 걸었다.

"여기가 오클라하마 극장 채용 장소 맞지요?"

"그렇게 알고 있는데요."

남자가 말했다.

"그런데 우린 벌써 한 시간 전부터 여기서 기다리고 있는데 나팔 소리만 들리네요. 포스터는 어디에도 보이지 않고, 진행 요원은커녕 안내해줄 만한 사람이 아무 데도 없어요."

카를은 말했다.

"혹시 사람들이 더 많이 모일 때까지 기다리는 건 아닐까요. 사실 여기 모인 수가 아직 너무 적잖아요."

"그럴 수도 있겠네요."

남자가 그렇게 말하고 난 뒤 두 사람은 다시 말이 없었다. 나팔 소리가 너무 요란해서 무슨 말인지 알아듣기 힘들기도 했다. 하지만 곧 부인이 무슨 말인가 속삭이자 남편이 고개를 끄덕였다. 이어서 그녀가 카를에게 큰 소리로 말했다.

"저기 경마 트랙을 가로질러 들어가서 채용이 진행되는 장소가 어딘지 좀 물어봐주시겠어요?"

"네."

카를이 말했다.

"그런데 무대 위로 올라가서 천사들 사이를 뚫고 지나가야 할 것 같은데요."

"그게 그렇게 어려운가요?"

부인이 물었다. 카를한테는 그 길이 쉬울 거라 여기면서도 그녀는 정작 자기 남편을 보낼 생각은 없는 듯했다.

"글쎄요, 뭐."

카를이 대꾸했다.

"제가 가볼게요."

"참 친절하시네요."

부인이 말했다. 그리고 그녀와 남편은 카를과 악수를 나눴다. 카를이 무대 위로 올라가는 모습을 가까이 구경하려고 젊은이들이 모여들었다. 첫 번째 구직자를 환영하기 위해 여자들이 더 요란하게 나팔을 불어대는 것만 같았다. 카를이 막 지나가고 있는 받침대 위 여자들은 나팔을 입에서 떼고 옆으로 몸을 숙여 그가 가는 길을 눈으로 좇기까지 했다. 카를은 무대 반대편 끝에서 초조하게 서성이는 남자를 보았다. 누군가 원하기만 하면 뭐든 안내하려고 사람들을 마냥 기다리는 것 같았다. 카를이 막 남자를 향해 가려는데, 위쪽에서 그의 이름을 부르는 소리가 들렸다.

"카를!"

어떤 천사가 그를 불렀다. 카를은 위를 올려다보고 반가우면서도 놀란 나머지 웃음을 터뜨렸다. 패니였다.

"패니!"

그는 큰 소리로 부르면서 손을 들어 인사했다.

"이리 오라고."

패니가 외쳤다.

"나를 그냥 지나쳐 가면 안 되지."

그녀가 치렁치렁한 천을 걷어치우자 받침대와 그 위로 올라가는 좁은 계단이 드러났다.

"그 위로 올라가도 돼?"

카를이 물었다.

"누가 우리더러 악수도 못 하게 하겠어?"

그렇게 큰소리를 치면서도 패니는 혹시 누군가 악수를 못 하게 하려고 오는 건 아닌지 성난 표정으로 주위를 살폈다. 하지만 카를은 이미 계단을 올라가는 중이었다.

"천천히!"

패니가 외쳤다.

"받침대랑 우리 둘 다 쓰러지겠어."

그래도 아무 일 없었고, 카를은 다행히 마지막 계단까지 올라왔다.

"이것 좀 봐."

서로 인사를 나누고 나서 패니가 말했다.

"내가 어떤 일자리를 얻었는지 좀 보라고."

"멋진걸."

카를은 그렇게 대답하고 주위를 둘러봤다. 가까이 있는 여자들은 모두 카를의 존재를 이미 알아차리고 킥킥대며 웃었다.

"네가 제일 높은 자리에 있는 거 같은데."

카를은 손을 뻗어 다른 여자들의 높이를 재보려 했다.

"네가 역 밖으로 나오는 순간 너를 바로 알아봤어. 하지만 안타깝게도 내가 여기 맨 뒷줄에 있어서 내가 보이지도 않는 데다가 또 너를 부를 수도 없었어. 내가 유난히 큰 소리로 나팔을 불었는데 넌 나를 못 알아봤어."

패니가 말했다.

"너희들 다 나팔 부는 실력이 형편없던데."

카를이 말했다.

"내가 한번 불어봐도 될까?"

"물론이지."

패니는 그에게 나팔을 넘겨주며 말을 이었다.

"합주를 망치지만 마. 그랬다간 내가 잘릴 테니까."

카를은 나팔을 불기 시작했다. 그는 소리만 내는 용도로 조잡하게 제작된 나팔이겠거니 생각했는데, 알고 보니 섬세한 음을 거의 다 낼 수 있는 악기였다. 다른 악기도 다 같은 상태라면 모두 악기를 잘못 다루고 있는 셈이다. 다른 사람들이 내는 나팔 소음에 동요되지 않으면서 그는 어딘가 술집에서 들은 적 있는 노래를 가슴 가득 숨을 넣고 불었다. 그는 옛 친구를 만나서 반가웠고, 여기에서 친구 덕에 특혜를 받아 나팔을 불어볼 수 있어서, 곧 좋은 일자리를 얻을 수 있을 것 같아서 기뻤다. 자기 나팔을 그만 불고 귀 기울이는 여자들이 많았다. 카를이 갑자기 멈추자 거의 절반에 가까운 나팔이 잠잠한 상태였다가 그제야 서서히 다시 완전한 소음이 시작됐다.

"넌 예술가야."

카를이 그녀에게 나팔을 도로 건네자 패니가 말했다.

"나팔수로 들어오면 되겠네."

"남자도 나팔수로 채용해?"

카를이 물었다.

"그럼."

패니가 대답했다.

"우리가 두 시간 동안 나팔을 불고 나면 악마 복장을 한 남자들이 와서 우리와 교대하거든. 남자들 절반은 나팔을 불고 나머지 반은 드럼을 쳐. 무대 장치 같은 게 다 비싼 것들이라 참 근사해. 우리 의상도 멋지지 않아? 이 날개도?"

그녀는 자기 모습을 내려다봤다.

"나도 일자리를 얻게 될 것 같아?"

카를이 물었다.

"그럼, 당연하지."

패니가 말했다.

“여긴 세계 최대 규모의 극장이야. 우리가 같은 곳에서 일하게 되면 얼마나 좋을까? 물론 네가 어떤 자리에 채용되느냐에 달린 거지만. 그러니까 우리 둘 다 여기서 일한다 해도 서로 얼굴조차 못 볼 수도 있다는 말이야.”

“극장이 정말 그 정도로 크다고?”

카를이 물었다.

“세계 최대 규모의 극장이라니까.”

패니가 다시 한번 말했다.

“물론 아직 내 눈으로 직접 보지는 못했지만, 오클라하마에 가본 동료들 말로는 극장이 끝도 없을 만큼 크다던데.”

“그런데 지원하는 사람이 별로 없던데.”

카를은 젊은이들과 단출한 가족이 있는 아래쪽을 가리키며 말했다.

“그렇긴 해.”

패니가 말했다.

“근데 모든 도시에서 채용하고 있고, 우리 홍보단이 부지런히 각지를 돌아다니고 또 이런 홍보단이 많다는 걸 염두에 둬야지.”

“극장은 아직 문을 안 연 거야?”

카를이 물었다.

“아, 그렇지.”

패니가 대답했다.

“오래된 극장이지만, 계속 규모가 커지고 있어.”

“근데 이상하단 말이야.”

카를이 말했다.

"더 많은 사람들이 몰려올 줄 알았는데."

"그러게."

패니가 말했다.

"희한해."

"어쩌면 천사와 악마에 이런 식으로 돈을 펑펑 쓰는 게 사람들의 관심을 끌기보다 오히려 겁먹고 도망가게 하는지도 몰라."

"어떻게 그런 생각까지 하니."

패니가 말했다.

"일리 있는 말 같아. 우리 단장한테 말해봐. 네가 단장한테 도움이 될 수도 있으니까."

"단장이 어디 있는데?"

카를이 물었다.

"경마 트랙 안."

패니가 말했다.

"심판석에 있어."

"그것도 이상해."

카를이 말했다.

"채용을 왜 경마 트랙에서 해?"

"응, 그건."

패니가 대답했다.

"우리는 어디서든 최대의 인파가 몰려들 경우를 대비해서 만반의 준비를 하고 있어. 경마 트랙에는 자리가 많잖아. 평소에 마권을 사고파는 모든 창구에 채용 부스가 설치되었지. 다양한 부스가 200개나 된다던데."

"하지만 말이야."

카를의 목소리가 높아졌다.

"오클라하마 극장이 그 정도의 홍보단을 유지할 수 있을 만큼 수입이 많아?"

"그렇든 말든 우리랑 무슨 상관이야."

패니가 말했다.

"자, 카를, 기회를 놓치기 전에 어서 가봐. 나도 이제 나팔을 다시 불어야 해. 어떻게든 이 홍보단에 들어오려고 노력해봐. 그리고 성공하면 바로 나한테 알려줘. 내가 조마조마하며 소식을 기다리고 있다는 거 명심하라고."

그녀는 카를과 악수하고 계단을 내려갈 때 조심하라고 당부했다. 나팔을 다시 입에 갖다 대기는 했지만, 카를이 안전하게 발을 땅에 딛는 것을 보기 전까지 나팔을 불지 않았다. 카를은 흰 천으로 계단을 원래 모습대로 가려놨다. 패니는 감사의 뜻으로 고개를 끄덕였다. 좀 전에 들은 이야기를 여러 방향으로 생각해보면서 카를은 그를 기다리고 있던 남자에게 다가갔다. 남자는 위에서 패니와 함께 있는 카를을 보고 받침대를 향해 다가오고 있었다.

"우리 극장에 들어오시려고요?"

남자가 물었다.

"저는 이 홍보단의 인사 책임자입니다. 환영합니다."

그는 예의를 갖추려는 것처럼 계속 몸을 약간 숙인 자세였고, 시곗줄을 만지작거리며 춤추듯 움직이면서도 제자리를 벗어나지 않았다.

"감사합니다."

카를이 말했다.

"귀사의 포스터를 보고 안내대로 지원하려 합니다."

"참 잘하셨습니다."

남자가 인정하며 말했다.

"안타깝게도 여기 오는 사람들이 다 그렇게 제대로 행동하지는 않거든요."

카를은 어쩌면 홍보단의 유인 방식이 요란법석이라 효과가 없을지도 모른다고 지금 이 남자에게 슬쩍 얘기해볼까, 고민해봤다. 하지만 그 말을 꺼내지 않았다. 어차피 이 남자가 홍보단 단장도 아니었고, 아직 채용된 것도 아닌데 벌써 개선책을 제안한다는 게 별로 권할 만한 일은 아닐 것 같아서였다. 그는 이렇게만 말했다.

"밖에 또 지원하려는 사람이 기다리고 있는데 저한테 먼저 가보라고 해서 온 건데요. 지금 그 사람을 데려와도 될까요?"

"물론입니다."

남자가 말했다.

"지원자가 많이 올수록 좋으니까요."

"그 사람은 부인과 유모차에 태운 어린아이도 함께 데려왔는데요. 다 같이 와도 될까요?"

"물론이죠."

남자가 대답했다. 카를이 머뭇거리는 모습에 남자는 웃음이 나오는 것 같았다.

"누구든 채용 대상입니다."

"얼른 다녀오겠습니다."

카를은 그렇게 말하고 무대 끄트머리로 갔다. 그는 부부에게 손을 흔들며 다 같이 와도 된다고 큰 소리로 외쳤다. 그는 부부를 도와 유모차를 무대 위로 올리고 함께 갔다. 그 모습을 지켜본 젊은이들은 서로 의논하더니 마지막 순간까지도 망설이면서 두 손을 주머니에 찔러 넣은 채 천천히 무대 위로 올라와 결국 카를과 가족 일행을 쫓아왔다. 그 순간 지하철 역사 밖으로 새로운 승객들이 나와 천사들이 있는 무대를 보고 놀란 듯 두 팔을 들어 올렸다. 어쨌든 구직 신청은 이제 더 활기를 띠게 될 것 같았다. 카를은 자신이 이렇게 일찍, 어쩌면 맨 먼저 와서 참 다행이라 생각했다. 부부는 불안해하며 까다로운 요구 조건이 제시되지 않을지 이런저런 질문을 해댔다. 카를은 자신도 아직 확실한 건 모르겠지만 말 그대로 누구나 예외 없이 채용될 것 같은 인상을 받았다고 말했다. 그러니 안심해도 되겠다는 생각이라고 했다.

인사 책임자가 득달같이 다가왔다. 많은 지원자가 와서 흡족해했다. 그는 손을 비비고는 고개를 까딱 숙이며 한 사람 한 사람 모두에게 인사했고 일렬로 줄을 세웠다. 카를이 맨 앞이었고 그다음이 부부, 나머지는 그 뒤에 섰다. 젊은이들이 처음에는 우르르 몰려와서 정신이 없다가 안정이 될 때까지 시간이 좀 걸리기는 했지만 그들 모두가 정렬을 마치고 나자 나팔 소리가 잠잠해지고 인사책임자가 말문을 열었다.

"오클라하마 극장의 이름으로 여러분들을 환영합니다. 여러분들이 일찍 오셔서 (하지만 이미 정오가 다 되어가고 있었다) 아직은 그렇게 혼잡하지 않네요. 그래서 여러분을 채용하는 데 필요한 형식적인 절차는 금방 끝날 겁니다. 증빙 서류는 물론 다 지참하셨겠지요."

젊은이들은 바로 주머니에서 서류 같은 것을 꺼내더니 인사 책임자를 향해 흔들어댔고, 남편이 자기 아내를 슬쩍 밀치자 그녀가 유모차의 깃털 이불 밑에서 서류 뭉치를 꺼내 들었다. 카를은 아무런 서류도 없었다. 그 때문에 그가 채용되는 데 지장이 생길까? 그럴 가능성도 배제할 수 없었다. 그래도 카를은 결연한 의지만 조금 있으면 그런 규정 따위는 쉽게 빠져나갈 수 있다는 걸 경험상 잘 알고 있었다. 인사 책임자는 줄지어 선 사람들을 훑어보며 전원이 서류를 가져왔음을 확인했으며, 카를도 손을, 물론 빈손을 들자 그 또한 아무 문제가 없는 것으로 받아들였다.

"좋습니다."

인사 책임자는 그렇게 말하며 자기들 서류를 어서 살펴봐주기를 바라는 젊은이들에게 거절의 손짓을 보냈다.

"서류는 이제 채용 부스에서 심사받을 겁니다. 포스터에 적힌 내용을 이미 보셨겠지만, 우리는 누구든 다 채용합니다. 그렇긴 하지만 당연히 각자 지금까지 어떤 일을 했는지 알아야 개개인의 지식을 잘 활용할 수 있는 적당한 자리에 배치할 수 있습니다."

"여긴 극장인데."

카를은 미심쩍은 생각이 들었지만, 아주 주의 깊게 귀 기울였다. 인사 책임자의 말이 이어졌다.

"그래서 우리는 마권 판매대에 채용 부스를 설치하고 각 직업군에 채용 부스를 하나씩 배정했습니다. 그러면 이제 여러분 모두 저에게 자신의 직업을 알려주면 됩니다. 가족은 남편의 채용 부스로 가면 됩니다. 제가 여러분을 채용 부스로 안내할 텐데, 거기서는 먼저 여러분의 서류를 검토하고 그다음에 전문가들이 여러분의 지식을 심사할 겁니다. 아주 간단한 심사일 뿐이니까 걱정 안 하셔도 됩니다. 그런 다음 여러분은 그 자리에서 바로 채용되고 다음 지시 사항을 듣게 됩니다. 그럼 시작해볼까요. 여기 첫 번째 부스는 표지판 내용대로 엔지니어 부스입니다. 여러분 가운데 혹시 엔지니어가 있나요?"

카를이 손을 들었다. 그는 아무런 서류도 없기 때문에 형식적 절차를 최대한 신속하게 처리하도록 노력해야 한다고 생각했다. 또 자신이 엔지니어가 될 생각이었으니 지원할 자격이 조금은 있는 셈이었다. 그런데 카를이 손을 들어 지원한 것을 보고 샘이 났는지 젊은이들이 따라서 손을 들더니 결국 모두 손을 들었다. 인사 책임자는 몸을 위로 쭉 뻗으며 젊은이들을 향해 말했다.

"여러분들 다 엔지니어인가요?"

그러자 그들 모두 천천히 손을 내렸다. 반면 카를은 손을 들어 지원했던 처음 입장을 그대로 고수했다. 카를의 옷차림이 너무 초라한 데다 엔지니어라 하기에는 너무 어려 보였기 때문에 인사 책임자는 그를 미심쩍은 눈초리로 쳐다보기는 했지만 더는 아무 말도 하지 않았다. 인사 책임자가 생각하기에 카를이 지원자를 끌고 와줘서 고마운 마음에 그런 것일 수도 있었다. 그는 그냥 초청한다는 듯 부스 방향을 가리키기만 했고, 카를은 그리로 갔다. 그사이 인사 책임자는 다른 사람들 쪽으로 갔다.

엔지니어 채용 부스 안에는 직사각형 책상 양쪽으로 신사 둘이 앉아서 앞에 놓인 커다란 목록 두 개를 비교하고 있었다. 한 사람이 이름을 소리 내어 읽으면, 다른 사람이 자기 목록에서 그 이름에 밑줄을 그었다. 카를이 인사하며 두 사람 앞에 서자, 그들은 그 즉시 목록을 치운 다음 큼직한 다른 장부를 펼쳤다. 딱 봐도 서기로 보이는 사람이 말했다.

"증빙 서류 좀 보여주세요."

"안타깝지만 가져오지 않았습니다."

카를이 말했다.

"가져오지 않았다는데요."

서기가 다른 신사에게 그렇게 말하고 곧바로 그 답변을 장부에 기입했다.

"엔지니어이신가요?"

이번에는 부스 책임자인 듯 보이는 다른 신사가 물었다.

"아직은 아닙니다."

카를이 재빨리 답했다.

"하지만……."

"됐습니다."

그 신사가 훨씬 더 빠르게 말했다.

"그렇다면 당신은 우리 부스에 오면 안 됩니다. 표지판을 잘 보시기 바랍니다."

카를이 이를 악물자, 신사는 알아차린 게 분명한 듯 이렇게 말했다.

"불안해할 이유가 없습니다. 누구나 채용될 수 있으니까요."

그리고 그는 하는 일 없이 차단봉 사이를 돌아다니고 있는 사환 중 한 사람에게 손짓했다.

"이분을 기술직 채용 부스로 데려다줘요."

사환은 그 지시를 곧이곧대로 받아들여 카를의 손을 잡고 데려갔다. 두 사람은 여러 부스 사이를 지나갔는데, 카를은 어떤 부스 안에서 젊은 사람 하나가 벌써 채용되어 거기 있는 신사들과 감사의 악수를 나누는 모습을 보았다. 이번에 카를이 안내된 부스에서는 카를이 예상한 대로 첫 번째 부스와 비슷한 과정으로 진행되었다. 다만 여기서는 그가 중등교육*을 받았다는 말을 듣더니 실업학교 졸업자 채용 부스로 그를 보냈다. 하지만 거기서는 카를이 유럽에서 중등교육을 받았다고 말하자 또다시 그곳 담당이 아니라면서 유럽 실업학교 졸업자 채용 부스로 그를 데려가게 했다. 그를 여기저기 데리고 다니던 사환은 긴 시간 안내하고 수차례 퇴짜 맞아 잔뜩 성질이 났다. 그는 그렇게 계속 거부당하는 것이 온전히 카를 탓이라고 생각했다. 사환은 질문이 끝나기를 기다리지도 않고 어느새 달아나버렸다. 어차피 그 부스가 마지막 도피처일 것 같았다. 부스 책임자를 쳐다본 순간, 카를은 아직도 고향의 실업학교에서 수업하고 있을 선생님과 그 사람이 너무 닮아서 깜짝 놀랐다. 물론 소소한 부분만 닮았다는 것을 곧바로 알아차리기는 했지만, 넙데데한 코에 걸친 안경, 얼굴 반을 뒤덮고 있으나 진열품처럼 관리가 잘된 금발의 수염, 완만하게 굽은 등 그리고 항상 예기치 않게 뚫고 나오는 큰 목소리에 카를은 연이어 놀랐다. 다행히 이곳에서는 다른 부스보다 일이 더 간단하게 진행되어 크게 주의를 기울일 필요가 없었다.

---

* Mittelschule, 우리나라 교육과정으로는 중학교 및 고등학교와 고등기술학교에 해당한다. 독일 교육과정에서 초등학교 4학년 졸업 후 진학하는 상급학교로 하웁트슐레(9학년 졸업 후 단순 기능직 직업학교 진학), 레알슐레(10학년 졸업 후 사무직 및 기술직 직업학교 진학), 김나지움(12학년 졸업 후 대학 진학 자격 취득)을 포함한다.

여기서도 증빙 서류를 지참하지 않았다는 사실이 기록되고 부스 책임자가 이해하기 힘든 부주의라고 했지만, 이 부스의 실세인 듯한 서기는 그 사실을 모르는 체하고 얼른 넘어갔다. 책임자가 몇 가지 짧은 질문을 끝내고 더 중요한 질문을 막 던지려는데 서기가 나서서 카를이 채용됐다고 발표했다. 책임자가 입을 떡 벌린 채 반대하려고 했으나, 서기는 끝내자는 손동작을 하며 "채용"이라고 말하더니 결정 사항을 지체 없이 장부에 기재했다. 아마도 서기는 유럽에서 실업학교를 나왔다는 것만으로도 이미 부끄러운 일이어서 스스로 그렇다고 주장하는 사람의 말은 따질 것 없이 그냥 믿어도 된다고 생각하는 것 같았다. 카를 입장에서는 싫다고 할 이유가 없었기에 서기에게 다가가 감사 인사를 하려고 했다. 하지만 그때 이름이 뭐냐는 질문을 받고 잠시 멈칫했다. 그는 자기 실명을 밝히고 어딘가 기록된다는 것이 망설여져 바로 대답하지 않았다. 여기서 하찮은 일자리라도 얻어서 만족하며 다니게 되면 그때는 얼마든지 이름을 밝힐 수 있겠지만 아직은 아니었다. 하지만 너무 오래 뜸을 들여서 이제 자기 이름을 말해야 할 것 같았다. 그는 순간적으로 이전 직장에서 불리던 이름밖에 떠오르지 않아서 그 이름을 갖다 댔다.

"니그로입니다."

"니그로?"

책임자가 되묻더니 고개를 돌리고 얼굴을 찡그렸다. 마치 카를이 이제 황당무계함의 절정에 달했다는 듯한 표정이었다. 서기 역시 카를을 잠시 살피듯 쳐다보다가 "니그로"라고 되풀이하며 그 이름을 기재했다.

"설마 니그로라고 적은 건 아니겠죠."

책임자가 그를 다그쳤다.

"네, 니그로라고 적었는데요."

서기는 차분하게 말하더니 이제 다음 일은 책임자의 몫이라는 듯한 손동작을 했다. 책임자도 감정을 다스리고 자리에서 일어나 입을 열었다.

"당신은 그러니까 오클라하마 극장에……."

그는 말을 더 잇지 못했다. 양심에 위배되는 일을 할 수 없었던 그는 다시 자리에 앉으며 말했다.

"이 사람 이름은 니그로가 아니라고."

서기는 눈썹을 치켜올리며 결국 직접 일어나서 이렇게 말했다.

"그러면 제가 통지해야겠군요. 당신은 오클라하마 극장에 채용되었으며, 이제 당신을 우리 단장에게 인사시킬 차례입니다."

그리고 다시 사환 한 명을 불러 카를을 심판석으로 데려가게 했다.

계단 밑에서 카를은 유모차를 봤다. 때마침 그 부부도 내려오고 있었다. 부인이 아이를 팔에 안고 있었다.

"채용되셨나요?"

남편이 카를에게 물었다. 남자는 전보다 훨씬 활기차 보였고, 부인도 어깨너머로 싱긋 웃으며 바라봤다. 카를이 방금 채용되었고 인사하러 가는 길이라고 대답하자 남편이 말했다.

"축하합니다. 우리도 채용되었어요. 좋은 기업인가 봐요. 물론 당장 모든 일에 적응할 수는 없겠지만, 그건 어딜 가나 마찬가지죠."

그들은 "잘 가요!"라고 작별 인사를 나눴고, 카를은 심판석으로 올라갔다. 그는 천천히 발걸음을 옮겼다. 위쪽의 좁은 공간이 사람들로 북적이는 것처럼 보여 그 사이를 비집고 들어갈 자신이 없어서였다. 아예 멈춰 서서 사방으로 저 멀리 숲까지 이르는 대형 경마장을 조망해보기도 했다. 한때 경마를 관전하고 싶은 마음이 들기도 했지만, 미국으로 와서 아직은 그럴 기회가 없었다. 유럽에서 어렸을 때 부모님이 경마장에 데려간 적이 한 번 있었으나, 어머니 손에 이끌려 비켜줄 생각조차 없는 수많은 사람 사이를 헤치고 지나간 것밖에 기억나지 않았다. 그러니 아직 한 번도 경마를 제대로 못 본 셈이었다. 뒤쪽에서 쉭쉭 기계 소리가 나서 몸을 돌리니 경마 경기 때 우승자의 이름이 발표되는 장치에 지금은 다음과 같은 문구가 뜨고 있었다.

'칼라 씨, 상인, 배우자와 자녀 동반.'

그러니까 이 장치로 채용된 사람들의 이름이 부스에 전달되는 것이었다.

그 순간 몇몇 신사가 연필과 메모지를 들고 활발하게 대화를 주고받으며 계단을 뛰어 내려왔다. 카를은 그들에게 길을 비켜주려고 난간에 몸을 붙여 그 틈에 공간이 좀 생긴 위쪽으로 올라갔다. 나무 난간이 설치되어 있고 전체 모습이 좁다란 탑의 평평한 지붕 같아 보이는 전망대 한쪽 모퉁이에 신사가 두 팔을 나무 난간 위에 뻗은 채 앉아 있었다. 그는 '오클라하마 극장 제10 홍보단 단장'이라고 적힌 흰색의 넓은 비단 휘장을 가슴에 비스듬히 두르고 있었다. 그의 옆에 있는 소형 탁자 위에는 경마 경기할 때도 사용되는 것 같은 전화 장치가 놓여 있었는데, 그 장치를 통해 단장은 면접을 보기 전에 미리 개별 지원자에 관한 필수 정보를 전달받는 것 같았다. 왜냐하면 그가 카를에게 먼저 아무 질문도 하지 않았는데 다리를 꼰 채 손을 턱에 대고서 자기 옆에 기대고 있는 한 신사에게 "니그로, 유럽 실업학교"라고 말했기 때문이다. 그리고 고개를 푹 숙여 인사하는 카를의 면접은 다 끝났다는 듯 누가 또 오지 않나 계단을 내려다보았다. 아무도 오지 않자 가끔 다른 신사가 카를과 나누는 대화에 귀 기울이기도 했지만 대체로 손가락으로 난간을 두드리며 경마장을 바라보고 있었다. 부드러우면서도 힘이 있어 보이는 기다란 손가락이 빠르게 움직이는 모습에 가끔 카를은 시선을 빼앗기기는 했지만, 다른 신사와 진행하는 면접이 카를의 마음을 옴짝달싹 못 하게 했다.

"실업자였나요?"

신사가 먼저 물었다. 이 질문뿐 아니라 신사가 묻는 다른 질문들도 거의 다 간단명료했고 부담을 주지 않았다. 질문 중간중간에 또 다른 질문으로 카를의 대답을 확인하는 일도 없었다. 그럼에도 신사는 눈을 크게 뜨고 말하거나 상체를 앞으로 숙이며 반응을 관찰하기도, 대답을 들을 때 고개를 가슴 쪽으로 숙이기도, 가끔 큰 소리로 되풀이하는 방식으로 질문에 특별한 의미를 부여했다. 특별한 의미가 뭔지 이해하기는 힘들었지만 추측하기도 조심스럽고 머뭇거려졌다. 카를은 자신이 대답한 말을 취소하고 더 박수받을 만한 다른 대답으로 대체하고 싶다는 생각이 굴뚝같을 때가 여러 번 있었지만 매번 자제했다. 그런 변덕스러운 태도가 얼마나 나쁜 인상을 심어줄 것인지, 대답이 어떤 영향을 미칠지는 예측하기 힘들다는 것도 알고 있었기 때문이다. 게다가 자신이 채용되는 건 이미 결정된 것 같았고 이런 생각이 자신감을 주었다.

실직했냐는 질문에 카를은 간단하게 "네"라고 대답했다.

"마지막으로 어디에서 근무했습니까?"

신사가 물었다. 카를이 막 대답하려는데 신사가 검지를 치켜들고 다시 말했다.

"마지막 직장 말입니다!"

카를은 이미 첫 번째 질문을 정확하게 이해했고 마지막으로 추가한 말이 혼란스럽게 생각되어 무의식적으로 고개를 흔들었다.

"사무실에서요."

이 말은 사실이지만, 신사가 사무실 유형이 어떤 종류였는지 더 자세한 정보를 요청했다면 분명 거짓말을 했을 것이다. 그런데 신사는 그런 요구는 하지 않고 아주 쉽게 사실대로 대답할 수 있는 질문을 했다.

"거기서 만족했습니까?"

"아닙니다."

카를이 그의 말을 거의 가로막듯이 큰 소리로 대답했다. 곁눈질로 카를은 단장이 씩 웃고 있다는 걸 알아차렸다. 마지막 대답을 경솔하게 해버린 게 후회막심이지만, 아니라고 외치는 건 사실 너무 유혹적이었다. 마지막 직장 생활을 하는 내내 얼굴도 모르는 낯선 고용주가 한 번이라도 와서 그 질문을 해주길 얼마나 바랐는지 모른다. 하지만 그의 대답은 또 다른 불이익을 가져올 수도 있다. 신사가 왜 만족하지 못했는지 물을 수도 있으니 말이다. 그 질문 대신 신사는 이렇게 물었다.

"어떤 일자리가 본인한테 적합하다고 생각하죠?"

이 질문에는 진짜 함정이 있을 것 같았다. 카를이 이미 배우로 채용되었는데 그런 질문을 뭐 하러 하냔 말이다. 카를은 이런 사실을 알았지만 배우라는 직업이 자신에게 적합하다고 선언할 수는 없었다. 그래서 그는 질문을 회피하며 고집 센 사람으로 보일 위험을 감수하고 이렇게 말했다.

"시내에서 포스터를 봤는데 누구나 지원 가능하다고 적혀 있어서 지원했습니다."

"우리도 알고 있어요."

신사는 말하고 나서 입을 다물었다. 자기 질문에 대한 답을 듣겠다는 의지를 보였다.

"저는 배우로 채용되었습니다."

카를은 마지막 질문으로 본인이 얼마나 곤란한 상황인지 신사에게 이해시키려고 머뭇거리며 말했다.

"맞아요."

신사는 말하고 다시 침묵했다.

"그런데" 하고 카를이 말했다. 취업에 대한 희망은 전부 물거품이 됐다.

"제가 연기에 적합한지 모르겠어요. 그래도 노력해서 제가 맡은 임무를 수행하겠습니다."

신사는 단장 쪽으로 고개를 돌렸고 두 사람은 고개를 끄덕였다. 카를이 제대로 대답했나 보다. 카를은 용기를 되찾아 똑바로 서서 다음 질문을 기다렸다. 다음 질문이 이어졌다.

"원래 무슨 공부를 할 생각이었나요?"

정확한 정의를 중요하게 생각하는 신사는 질문을 정확하게 규정하려고 덧붙였다.

"유럽에서 말입니다."

신사는 턱에서 손을 떼더니 살살 움직여 보였다. 유럽이 얼마나 멀리 떨어져 있는지, 유럽에서 세운 계획이 얼마나 무의미한지를 나타내기라도 하듯 말이다.

"엔지니어가 되려 했습니다."

카를이 말했다. 지금까지 미국에서 쌓은 경력을 충분히 알고 있으면서 한때 엔지니어가 되려 했다는 과거의 기억을 여기서 되살리는 건 우스꽝스러운 노릇이다. 유럽에 있었다면 엔지니어가 되긴 했을까? 달리 대답할 게 없어 그렇게 말했을 뿐이다. 신사는 지금까지 그래왔듯 그 대답도 진지하게 받아들였다.

"흠, 엔지니어라"

신사가 말했다.

"당장 엔지니어가 될 수는 없겠죠. 당분간은 단순한 기술직 업무가 적합할 것 같군요."

"물론입니다."

카를이 말했다. 카를로서는 대만족이었다. 제안을 수락하면 배우 신분에서 밀려나 기술직 근로자 신분이 되겠지만, 사실 기술직으로 일하면서 자기 능력을 더 잘 보여줄 수 있을 거라고 생각했다. 어떤 일인지 유형이 중요한 것이 아니라 어떤 일이든지 그 분야에서 계속 일을 놓지 않는 게 관건이라는 생각이 카를 머릿속에 계속 맴돌았다.

"힘든 일을 해낼 만큼 강건한가요?"

신사가 물었다.

"네, 그럼요."

카를이 대답했다. 신사는 카를을 가까이 다가오라 하더니 그의 팔을 만져봤다.

"튼튼한 젊은이네요."

신사는 카를의 팔을 잡아 단장 쪽으로 끌어당기며 말했다. 단장은 씩 웃으며 고개를 끄덕였다. 단장은 쉬고 있던 자리에서 일어나지 않은 채 카를에게 손을 건네며 이렇게 말했다.

"그럼 우리가 할 일은 다 끝났습니다. 오클라하마에서 전부 재확인할 겁니다. 우리 홍보단의 명예를 높여주시길!"

카를은 허리를 굽혀 작별 인사를 했다. 다른 신사에게도 인사하려 했지만, 이 신사는 자기 할 일을 다 마친 듯 얼굴을 꼿꼿이 들고 연단을 오르락내리락했다. 카를이 계단을 내려가는 길에 계단 옆 전광판에 '니그로, 기술직 노동자'라는 문구가 뜨고 있었다. 여기 일이 전부 다 순조롭게 진행되고 있었기에 안내판에 자신의 실명이 보인다 해도 카를은 후회하지는 않았을 것이다. 모든 과정이 얼마나 철저하게 준비되어 있는지 모른다. 계단 아래에서 카를을 기다리고 있던 사환이 그의 팔에 완장을 묶어주어서 뭐라고 쓰여 있는지 보려고 카를이 팔을 들자, 완장에 정확히 '기술 노동자'라고 인쇄되어 있었으니 말이다.

어디로 안내를 받아 가든 카를은 얼른 패니한테 면접이 잘 끝났다고 말해주고 싶었다. 하지만 안타깝게도 다음 날 홍보단이 도착한다는 것을 알리려고 천사들과 악마들 모두 벌써 다음 목적지로 출발했다는 말을 사환한테 들었다.

"안타깝네요."

카를이 말했다. 그가 이 업체에서 경험한 첫 실망이었다.

"천사 중에 아는 사람이 있거든요."

"오클라하마에 가면 다시 만날 겁니다."

사환이 말했다.

"자, 얼른 오세요. 당신이 마지막이에요."

그는 아까 천사들이 있던 무대 뒤편으로 카를을 데리고 갔다. 지금은 빈 받침대만 있었다. 천사들 연주가 없으면 구직자가 더 많이 오리라는 카를의 예상은 빗나갔다. 무대 앞에 어른은 없고 어린아이들 몇 명만 천사의 날개에서 떨어진 듯한 길쭉한 흰색 깃털을 차지하려고 싸우고 있었다. 어떤 남자아이가 깃털을 높이 치켜드니, 다른 아이들이 한 손으로 아이의 머리를 내리누르며 다른 손으로 깃털을 잡으려 안간힘을 썼다.

카를이 아이들을 가리켰지만, 사환은 눈길도 안 주고 이렇게 말했다.

"서둘러 가야 해요. 당신이 채용되는 데 너무 오래 걸렸어요. 면접관이 주저했나 봐요?"

"모르죠."

카를은 놀라서 말했지만 주저했으리라는 생각은 들지 않았다. 상황이 명명백백해도 주변 사람을 걱정하게 하는 사람은 늘 있는 법. 대규모 관중석의 정겨운 광경을 보자 카를은 사환의 말을 곧 잊어버렸다. 관중석에 아주 긴 벤치가 흰색 천으로 덮여 있었고, 그보다 낮은 벤치에 채용된 사람들 모두가 경마 트랙을 등지고 앉아 대접받고 있었다. 다들 신이 났고 흥분해 있었다. 카를이 슬며시 맨 마지막으로 벤치에 앉자마자 다수가 잔을 치켜올리며 자리에서 일어났다. 그중 한 사람이 제10 홍보단 단장을 향해 건배사를 했다. 그는 단장을 '구직자의 아버지'라 불렀다. 관중석에서도 단장을 볼 수 있다고 누군가 알려줬다. 그러고 보니 두 신사가 있는 심판석은 정말로 그리 멀지 않은 곳에 있었다. 모두 심판석을 향해 잔을 흔들었다. 카를도 앞에 있는 잔을 들었다. 그런데 아무리 큰 소리를 지르고 눈길을 끌어보려 해도 심판석에서는 우레 같은 갈채를 알아차렸거나 적어도 알아차릴 것 같은 낌새조차 없었다. 단장은 그대로 구석에 기대 있었고, 다른 신사는 손을 턱에 댄 채 그 옆에 서 있었다.

모두 다소 실망한 표정으로 다시 자리에 앉았다. 가끔 심판석을 향해 돌아보는 사람도 있기는 했지만 곧 다들 푸짐한 음식에 정신이 팔렸다. 카를이 지금까지 본 적 없는, 엄청나게 큰 칠면조가 노릇하게 구워져 포크가 여러 개 꽂힌 채로 곳곳에 올라왔다. 사환들이 계속 와인을 따라주었지만 사람들은 거의 눈치채지 못했다. 다들 자기 접시 위로 몸을 숙이고 있었고 와인이 또르르 잔으로 떨어졌다. 단체 연회에 참여하고 싶지 않은 사람은 오클라하마 극장 풍경 사진을 감상하면 된다. 한쪽 끝에 쌓아놓은 사진이 손에서 손으로 건네졌다. 하지만 사람들은 사진에 별로 관심이 없어서 순서가 맨 뒤였던 카를 손에 전달된 사진은 한 장뿐이었다. 그 사진 한 장만 봐도 다른 사진이 볼 만할 가치가 있을 것 같다는 생각이 들었다. 미국 대통령의 귀빈석 사진이었다. 얼핏 보면 귀빈석이 아니라 무대 같기도 했다. 난간이 활처럼 휘어져 허공에 툭 튀어나와 있었다. 난간은 전부 금으로 되어 있었다. 정교한 가위로 잘라낸 듯한 작은 기둥 사이에 전직 대통령들의 타원형 초상화가 나란히 걸려 있었다. 그 중 한 명은 눈에 띄게 오뚝한 코에 두툼한 입술, 불룩 튀어나온 눈꺼풀 아래로 눈이 처진 얼굴이었다. 관중석 주변이 측면과 위쪽의 조명을 받고 있었다. 희고 온화한 불빛이 관중석 전면을 드러냈고, 뒤

쪽은 다양한 색으로 주름진 붉은 벨벳 뒤에 감춰져 있었다. 난간 전체에 드리워진 벨벳은 끈으로 조절되었는데 벨벳 뒤에는 어두우면서도 붉게 빛나는 빈 공간이 보였다. 관중석에 사람들이 있으리라곤 상상할 수 없을 정도로 모든 것이 너무 고압적으로 보였다. 카를은 식사를 잊지 않았지만, 접시 옆에 놓아둔 사진에 자꾸 눈이 갔다.

마지막으로, 그는 남은 사진 중 한 장이라도 더 보고 싶었지만 직접 가져올 마음은 없었다. 사환이 사진을 손에 쥐고 있어서 순서를 지켜야 하는 것 같아서였다. 카를은 그래서 자기 테이블로 다른 사진이 오고 있는지 볼 생각이었다. 그러다 그는 놀랍게도 식사하려고 몸을 굽힌 얼굴 사이에서 낯익은 얼굴을 알아봤다. 처음에는 믿을 수 없었다. 자코모가 거기 있었다. 카를은 얼른 그리로 달려갔다.

"자코모!"

카를이 소리쳤다. 놀랄 때면 늘 그래왔듯 자코모는 멋쩍어하며 자리에서 일어나 손으로 입을 쓱 닦고 카를을 반갑게 맞이했다. 그는 카를에게 자기 옆에 앉던가 본인이 카를 자리로 가도 좋다고 했다. 두 사람은 그동안 지내온 얘기를 다 풀어놓고 싶어서 함께 있기를 바랐다. 카를은 다른 사람들한테 폐를 끼치고 싶지 않아 일단 자기 자리로 가는 게 나을 것 같았다. 식사가 곧 끝날 테니 그러고 나서 같이 있으면 될 터다. 그러다 카를은 자코모를 보고 있을 생각으로 자기 자리로 가지 않고 그대로 있었다. 지난날의 추억이 얼마나 많았던가! 수석 셰프는 어디 있을까? 테레제는 어떻게 지내지? 자코모는 외모상으로는 변한 게 거의 없었다. 반년 후면 골격이 튼튼한 미국인이 될 거라던 수석 셰프의 예언은 빗나갔다. 자코모는 그대로 여리여리했고, 볼도 그대로 움푹 꺼져 있었다. 지금 잠깐은 큰 고깃덩어리를 입에 물고 있어 볼이 통통해 보이기는 했다. 자코모는 뼈를 살살 발라 접시에 던졌다. 완장을 보고 카를은 자코모도 배우가 아니라 엘리베이터 보이로 채용되었다는 걸 알았다. 오클라하마 극장은 정말로 누구든 다 채용할 수 있는 것 같았다.

카를은 자코모를 보는 데 정신이 팔려 자리를 너무 오래 비운 것 같아 돌아서려던 참이었다. 그때 인사 책임자가 와서 더 높은 벤치에 올라가 손뼉 치더니 짧은 연설을 했다. 그동안 사람들 대부분이 일어섰다. 음식을 두고 일어날 수 없어 자리에 앉아 있던 사람들도 옆에서 쿡쿡 찌르는 바람에 하는 수 없이 일어났다.

"제가 바라는 건" 하고 그가 말했다. 그사이 카를은 까치발로 살금살금 자기 자리로 돌아갔다.

"우리가 준비한 환영 만찬이 여러분 마음에 쏙 들었으면 좋겠다는 겁니다. 우리 홍보단 연회 음식은 대체로 맛있다는 평을 듣고 있습니다. 그런데 안타깝게도 연회를 마쳐야 할 것 같습니다. 여러분이 탑승할 오클라하마행 기차가 5분 후에 출발하기 때문입니다. 긴 여정이지만 여러분을 잘 돌봐드릴 겁니다. 이제 신사 한 분을 소개해드리겠습니다. 여러분을 안전하게 모시고 갈 분이니 이분 말을 잘 따르셔야 합니다."

비쩍 마르고 왜소한 남자가 인사 책임자가 있는 벤치로 올라와 인사를 하는 둥 마는 둥 곧바로 초조하게 손을 뻗어 어떻게 모이고, 정렬하고, 움직여야 하는지 알려줬다. 처음에는 누구도 그를 따르지 않았다. 기차가 곧 출발한다는 얘기가 있었는데도, 연회 때 연설했던 사람이 손으로 테이블을 치며 꽤 긴 감사 연설을 시작했기 때문이다. 카를은 곧 불안해졌다. 연사는 인사 책임자가 연설을 듣지 않고 인솔자에게 이것저것 지시를 내리는데도 아랑곳하지 않았다. 연설은 시작부터 장황했다. 상에 오른 모든 요리를 하나하나 열거하고, 각각 요리에 대한 자신의 품평까지 내렸다. 이런 외침으로 결론 내리며 연설을 마쳤다.

"존경하는 신사 여러분, 그렇게 해서 회사가 우리를 얻었습니다!"

언급된 사람들을 제외한 모두가 웃었지만 농담이라기보다는 진실이었다.

이 연설로 대가를 치러야 했다. 기차역까지 뛰어가야 했으니 말이다. 뛰는 건 그렇게 힘들지는 않았다. 그 이유는 아무도 짐을 들고 있지 않았기 때문이다. 카를은 이제야 그 사실을 알았다. 유일한 짐이라곤 유모차뿐이었다. 선두 부대에서 아버지가 밀고 가는 유모차가 불안정하게 위아래로 흔들렸다. 돈도 없고 사회에서 의심의 눈초리를 받을 사람들이 여기 와서 얼마나 따뜻하게 환대받고 보호를 받는단 말인가! 인솔자에게 채용자들이 회사에서 중요하다고 특별히 강조했던 것 같다. 인솔자는 한 손으로 유모차 핸들을 잡고 다른 손을 치켜들어 일행을 격려하기도 했다. 일행 맨 뒤로 가서 그들이 처지지 않게 앞으로 몰고 갔고, 옆에서 달리면서 그중 발걸음이 느린 사람들을 눈여겨보다 팔을 흔들고 달리는 법을 보여줄 방법을 모색하기도 했다.

역에 도착하니 기차는 이미 와 있었다. 역에 있는 사람들이 자기들끼리 이들 무리를 가리키며 수군댔다.

"저 사람들도 다 오클라하마 극장 소속이야"라는 소리가 들렸다. 오클라하마 극장은 카를의 생각보다 훨씬 더 유명한 것 같았다. 물론 그는 지금까지 극장에 관심을 둔 적이 한 번도 없기는 했다. 열차의 한 량 전체가 그들 일행 전용이었다. 승차하라고 재촉하는 건 차장보다 이동 인솔자가 더 열심이었다. 인솔자는 칸마다 들여다보고 여기저기 정리하고 난 뒤에야 자기 칸에 들어갔다. 카를은 우연히 창가 자리에 앉게 되어 자코모를 자기 옆자리로 끌어당겼다. 그렇게 두 사람은 붙어 앉아 여행으로 들떠 있었다. 둘 다 미국에서 속 편하게 여행을 간 적이 없었다. 기차가 출발하자 두 사람은 창밖으로 손을 흔들었다. 맞은편에 앉아 있던 청년들은 서로 쿡쿡 찌르며 키득키득댔다.

기차는 이틀 밤낮으로 달렸다. 이제야 카를은 미국이 얼마나 큰지 감이 왔다. 그는 지치지 않고 창밖을 내다봤다. 자코모는 계속 카를 쪽으로 밀며 바짝 다가왔다. 카드놀이 하느라 정신없던 맞은편 청년들이 카드놀이가 지겨워져서 자코모에게 창가 자리를 자발적으로 양보해주기 전까지 계속 카를 쪽으로 다가왔다. 자코모의 영어는 누구나 이해할 수 있는 수준이 아니라서 카를이 청년들에게 감사 인사를 했다. 기차 안 같은 쿠페*에 앉아 가는 동승자들이 그렇듯 시간이 지나면서 그들은 더 친해졌다. 친근해서 짜증 날 때도 있었다. 카드가 떨어져 그걸 찾으려고 바닥을 뒤질 때마다 카를이나 자코모의 다리를 힘껏 꼬집었기 때문이다. 그럴 때마다 자코모는

* 칸막이가 있는 4인용 객실

깜짝 놀라 소리를 지르며 다리를 번쩍 들어 올렸다. 카를은 몇 번이나 발길질로 보복하려다 매번 입을 꾹 다물고 참았다. 창문을 열어도 담배 연기로 가득 찬 쿠페 안에서 일어나는 모든 일은, 창밖으로 보이는 모든 것에 비하면 더는 중요하지 않았다.

첫째 날에는 고산 지대를 통과했다. 검푸른 암석 덩이가 날카로운 쐐기 모양으로 기차에 다가왔다. 사람들은 창문 밖으로 몸을 내밀어 암석 봉우리를 찾아봤지만 보이지 않았다. 드문드문 끊어진 어두컴컴한 협곡이 펼쳐져 있었고, 사람들은 협곡이 어디로 사라졌는지 손가락으로 그 방향을 따라갔다. 계곡 물줄기가 구릉 위를 달리는 큰 파도처럼 몰려와 수천 개의 작은 거품을 일으키며 기차가 지나가는 다리 밑으로 떨어졌다. 얼마나 가까운지 서늘한 공기가 얼굴을 스쳐 덜덜 떨릴 정도였다.

작품 해설

'카프카적' 문학의 탄생

독일어에는 'kafkaesk(카프카에스크)'라는 단어가 있는데, 문자 그대로 '카프카적인'이라는 뜻의 이 단어는 '수수께끼 같으며 섬뜩한'이라는 의미로 쓰인다. 당연히 카프카의 이름에서 유래한 이 단어는 영어권에서 먼저 만들어져 독일어로 유입된 교양어다. 카프카 작품 중 가장 널리 알려진 중편 〈변신〉의 주인공, 그야말로 어느 날 갑자기 집에서 해충으로 변신한 뒤 자기 방에서 죽어가는 그레고르 잠자의 악몽 같은, 매우 비현실적인, 하지만 아주 사실적으로 서술되는 이야기를 떠올려보면 이 단어의 의미가 다가온다. '수수께끼 같은'은 카프카를 수식하는 표현 중에 단연코 가장 많이 사용되는 표현이다. 독일어권의 변방에서 난해하기 짝이 없는 글을 썼고, 살아생전에 잘 알려지지도 않았으며 또 젊은 나이에 세상을 떠난 카프카는 독일 문학사에서 '신화'로 통하는 몇 안 되는 작가 중 하나다. 무엇보다 당대의 어떤 문학사적 범주나 계열에도 귀속되기 어려운 그의, 언뜻 매우 생경한 작품 세계는 작가를 신화화하는 데 큰 역할을 한 듯하다.

한 연구자는 카프카의 텍스트들이 로르샤흐 테스트(Rorschach test)*에 사용되는 그림 같다고 한다. 정리하기가 어려울 정도로 여러 해석이 있을 수 있다는 의미이지만 그렇다고 카프카의 작품들이 모든 레퍼런스를 거부하는, 어느 날 갑자기 하늘에서 뚝 떨어진 것은 물론 아니다. 모든 문학작품이 그렇듯 카프카의 작품들도 일정한 문학사적, 역사적, 사회정치적 맥락에서 만들어졌다. 누군가가 아무리 아웃사이더의 삶을 살았고, 그의 상상력이 기발하고 풍부했다 하더라도, 그의 삶은 그가 속한 시간과 공간의 산물이다. 카프카와 그의 작품을 '수수께끼' 같은 것으로 신비화하기 위해 애쓰는 사람들은 카프카의 삶을 매우 고독하고 불행했던 아웃사이더의 삶으로 만드는 데 공을 들이는 듯 보인다. 하지만 카프카는 법학을 전공해 박사학위까지 취득한 법률가였다. 마흔 살에 죽기 직전까지 평생을 법률가로서 준공무원에 해당하는 보험공사 직원으로 살았으며, 동료들에게 최고의 평가를 받은 매우 모범적이고 유능한 우수 사원이었다. 그의 삶은 '카프카적인' 것과는 완전히 거리가 멀었다. 카프카는 '꿈같은' 내면세계에 고립된 채 살진 않았다.

---

* 좌우 대칭의 불규칙한 잉크 무늬가 어떠한 모양으로 보이는가에 따라 그 사람의 성격이나 정신 상태, 무의식적 욕망 따위를 판단하는 인격 진단 검사법으로 스위스 정신의학자 헤르만 로르샤흐(1884~1922)가 고안했다.

카프카의 작품을 이해하는 데 중요한 것은 진부하게 들리겠지만 그가 프라하에 사는 독일계(독일어를 모국어로 사용하는) 유대인이었다는 점이다. 그는 초등교육부터 고등교육까지 모든 교육을 독일어를 사용하는 교육 기관에서 받았고, 집에서도 독일어를 사용했다. 그의 사유와 문학적 글쓰기에서 무엇보다도 독일어권 문학과 문화가 중심에 있었다는 뜻이다. 그의 작품들을 독일 문학 속에 깊이 가둘 필요는 없지만, 독일 문학사와 유리해 읽어서는 안 되는 이유다. 모든 작가가 그러하듯 카프카의 독서는 매우 광범위했을 것이고, 특히 그가 학교와 집에서 주로 사용한 독일어권 세계(문학, 철학 등) 수많은 텍스트의 영향이 매우 컸으리라 쉽게 짐작할 수 있다.

이와 같은 맥락에서 카프카가 받았을, 특정 작가의 문학적 영향을 살펴보는 것은 차치하더라도, 독일 '성장소설(교양소설)'에 주목할 필요가 있다. 자기 정체성을 찾으려는 개인의 성장과 발전 과정을 보여주는 이 '장르소설'은 18세기 탄생 이후 독일 근대 소설사에서 지배적인 위치를 차지하며 적어도 문학(예술)에 가까운 시민(계층)의 대표적인 소설로 자리 잡았기 때문이다. '성장과 발전'의 서사가 어떻게 보면 지금까지도 지구상 모든 국가와 사회가 공히 인정하고 추구하는 서사라는 것을 생각해보면, 이러한 서사에 관한 성찰은 사회적이건 문학적이건 간에 자연스러운, 아니 필연적으로 보인다. 20세기 초중반까지도 헤르만 헤세나 토마스 만, 로베르트 무질 등 여러 독일어권 작가는 여전히 성장 서사의 문제에 천착한다.

자아의 발견과 실현을 목표로 하는 개인의 성장 서사는 주체로서 개인에 대한 믿음과 시간과 역사의 진보에 대한 근대적 낙관주의를 전제한다. 여기서 주목해야 하는 것은 18세기부터 서구 근대를 지배해온 이러한 사유와 의식이 19세기를 거치고 20세기에 이르면서 어떻게 변화 발전하는가다. 다시 말해 개인이 무한한 가능성을 잉태한 시간을 재료로 더 나은 미래를 향해 나아가는 삶을 실현할 수 있는가, 즉 모든 성장하는 개인과 이 개인들로 구성된 사회가 유토피아적 미래를 만들 수 있는가에 대한 물음과 회의는 19세기 말과 20세기 초 뜨거운 주제가 된다. 카프카의 세 장편소설,《실종자》와《소송》,《성》이나〈변신〉은 이러한 모더니티 의식을 근간으로 하는 개인의 성장 서사를 근본적으로 부정하며 전복시킨다. 장밋빛 발전 서사를 꿈꾸는 근대 세계에 카프카가 제시하는 책은 '암울하기만 한 잿빛 예언서'라 할 수 있다.

거듭 맞닥뜨리는 부조리와 좌절,
사라져가는 존재와 '아메리칸드림'

《실종자》는 주인공 카를 로스만이 자유의 여신상이 서 있는 뉴욕 항구에 도착하는 것으로 시작된다. 부모에게 쫓겨나 낯선 미국에 홀로 떨어진 열일곱 살 소년 로스만은 얼핏 '성장 서사'의 주인공으로 손색이 없어 보인다. 소설의 시작부터 끝까지 그는 자신의 삶을 점차 앞으로 나아가는 '성장 이야기'로 만들기 위해, 자기 삶의 주인이 되기 위해 고군분투하는, 선한 의지와 미래에 대한 열망으로 가득한 소년이다. 특히 이 소설의 첫 번째 장은 늘 자기 앞의 사태와 세계를 정확하게 객관적으로 읽고 이성적인 판단을 하려 노력하며 자기를 주장하고 정당화하고자 하는 주인공의 캐릭터를 잘 보여준다. 더군다나 로스만은 배에서 내리기도 전에 미국에서 사업에 대성하고 상원의원이 된 외삼촌까지 만난다. 여기까지 보면 로스만이 독일에서 강제로 중단됐던 자신의 '성장 이야기'를 '아메리칸드림'의 실현으로 다시 이어갈 수 있을 것처럼 보인다. 하지만 카프카의 세계에서는 좀처럼 만나기 힘든 행복한 우연은 여기까지다. 그의 외삼촌은 카프카도 밝히듯이 아무런 죄가 없는, 무해한 로스만을 곧 집에서 쫓아내고, 로스만은 다시 자신의 '이야기'가 중단됐던 지점으로 던져진다.

로스만이 엘리베이터 보이로 일하게 된 옥시덴털 호텔에서 겪은 이야기도 그를 앞으로 나아가게 하지 않는다. 세계는 그에게 결코 삶의, '자기 이야기(history)'의 주인이, 주체가 될 기회를 주지 않는다. 그가 아무리 합리적이고 이성적으로 자기 앞의 상황을, 세계를 파악하고 제어하려 해도 우연은 항상 그의 편이 아니다. 그의 삶은 그 자신이 아니라 불가항력의 우연이 지배한다. 로스만이 미국에서 경험한 삶은 하나의 연속적인 성장 서사 속으로 들어가지 않는다. 불연속적이고 단편적인 에피소드들로 흩어질 뿐이다. 옥시덴털 호텔에서 도망쳐 나와 그가 들어가게 되는 곳은 브루넬다의 집인데, 외삼촌 집과 옥시덴털 호텔, 브루넬다의 집에서 겪은 에피소드들은 순서가 바뀌어도 크게 문제 되지 않는다. 이어지는 에피소드들 사이에는 아무런 연관관계가 없기 때문이다. "목표는 있다, 그곳에 이르는 길이 없을 뿐이다. 우리가 길이라고 부르는 것은 지연이다." 카프카의 이 아포리즘은 그의 장편소설의 모든 주인공에게 해당한다. 주인공이 길을 잃거나 어둠 속에서 방향을 상실하는 장면은《실종자》,《소송》,《성》 세 소설 곳곳에서 반복적으로 등장한다.

고도 자본주의 사회 '아메리카'에서 소외된 '실종자'를 통해 그려낸 현대 사회에 대한 슬픈 통찰

소설의 배경이 미국인 것도 주목해야 할 지점이다. 카프카는 성장 이야기의 주인공이 살아가야 할 세계를 미국으로 설정하면서 자본주의와 기술 문명이 고도로 발달한 사회에서 '성장'이 무엇을 의미하는지 성찰하도록 한다. 로스만이 체험하는 미국은 그가 살던 유럽의 미래라고 할 수 있다. 그는 유럽의 역사가 도달할 미래를 미리 체험하고 있는 셈이다. 아메리칸드림을 이룬 외삼촌의 세계와 옥시덴털 호텔에서의 삶을 통해 특히 잘 그려지는 미국이라는 보다 현실적인 생활 세계는 근대 세계에서 개인의 문제를 들추어 여실히 드러낸다. 시간의 문제가 소설에서 자주 등장하는 것도 이와 같은 맥락에서다. 근대 사회와 개인은 위에서 언급했듯 성장과 발전이라는 (강박적) 목표 아래 살며 그 누구도 그 큰 압박에서 자유롭지 않다. 로스만의 외삼촌은 회사 사무실에서 직원들이 서로 인사하는 관례를 없앴는데, 그 또한 시간을 절약하기 위해서다. 외삼촌은 로스만에게 새벽 4시 반부터 일어나 자기 계발에 매진하라고 요구한다. 로스만이 미국에서 성공하기 위해 해야 하는 것은 무엇보다 시간을 훌륭하게 효율적으로 관리하는 것을 배우는 일이다. 카프카 장편소설의 주인공들은 모두 하나같이 피곤한 몸, 졸음과 싸워야 하는데, 그 기원은 시간 관리의 문제로 귀결된다. 근대 세계의 성장과 발전은, 도래할 미래는 흘러가는 시간을 전제로 작동한다. 소설의 후반부에서 브루넬다 집의 이웃으로 등장하는 대학생 조셉 멘델은 로스만에게 자신은 아예 잠을 전혀 자지 않고 대신 하루 종일 블랙커피를 마시며 살아간다고 한다. 로스만을 비롯해 소설 속에 등장하는 수많은 노동자는 대부분 일분일초를 아끼기 위해 발버둥 치며 살고 있다. 그러나 이들이 성장과 발전의, 자기실현의 역사를 쓰고 있지는 않은 것 같다. 이들의 삶은 사실상 '자기 착취'의 삶이다. 호텔 옥시덴털의 세계가 그려지는 다섯 번째 장에는 로스만을 위시해 수십 명의 엘리베이터 보이에게 제공되는 공동 숙소 이야기가 나온다. 하루 열두 시간의 고강도 노동에 지친 소년들을 수용하는 이 공동 숙소는 거대한 '노동수용소'를 가리키는 (《실종자》 속 혹은 우리가 지금 살고 있는) 근대 세계에 대한 은유로 읽혀도 무방하다.

끊임없이 희망을 배반하는 몰락과 파멸의 오디세이

미완성으로 끝나는 소설의 후반부에서 로스만은 옥시덴털 호텔에서도 쫓겨나 '여가수' 브루넬다의 집으로 들어간다. 이 에피소드를 이해하기 위해서는 카프카의 다른 장편소설에서도 예외 없이 드러나는 여성성의 문제, 즉 근대 서구의 성별 정체성 담론에 주목해야 한다. 남성과 여성의 특성과 본질을 구분하고 위계화하는 젠더 담론은 이성과 문명, 사회를 남성(성)의 본질과 범주로 규정하는 반면, 여성(성)의 본질과 범주를 비이성과 자연으로 규정한다. 여성과 남성의 관계는 이성과 자연의 대립적 갈등 관계로 전이된다. 자연을 체현하는 여성 인물들은 대부분 남성 주인공에게는 잠재적으로 혹은 직접적으로 위험하고 위협적인 존재들이다. 소설의 주인공, 즉 이성적이고 합리적인 남성 주체가 가는 길에 여성 인물들은 비이성적이고 파악하기 어려운 존재로서 남성 주체를 몰락의 길로 유혹한다.

소설 말미의 브루넬다와 로스만의 기괴하면서도 코믹한 이야기는 고대 신화 속 오디세우스와 세이렌의 20세기 패러디 버전으로 읽을 수 있다. 프랑크푸르트학파의 호르크하이머는 신화 속 가장 영리했던 영웅 오디세우스를 이성적인 서구 근현대 주체의 원형으로 보았다. 그는 최고의 기지를 발휘해 세이렌들의 치명적인 노래를 들으면서도 죽음의 섬을 무사히 통과해 길고 험난한 여정을 마치고 귀향한다.《성》과《소송》의 주인공들처럼 로스만 역시 시종일관 자신의 합리적 이성을 근간으로 세파를 이겨낼 수 있다고 믿는 영리한 오디세우스이지만, 그가 할 여행은 몰락과 파멸의 오디세이다. 그가 돌아올 수 없는 여행길에 오르게 된 것도 그를 성폭행한 하녀 때문이며, 브루넬다에게 포획되기 전까지 그와 관계를 맺게 되는 여성 인물들은 대부분 적대적이거나 종국에 가서는 신뢰해서는 안 되는 인물들이다. 로스만을 가두고 하인으로 만든 브루넬다 역시 히스테리와 변덕, 폭력의 아이콘으로 세상에서 고립된 로스만이 이 어둠의 세계에서 탈출할 수 있을지는 미지수다. 그가 설령 브루넬다의 집에서 탈출한다 해도 그의 앞에 펼쳐질 여행길이 심연으로 이어지리라는 것은 소설의 제목이 이미 말해준다. 열일곱 살 소년 로스만은 서구의 근대가 꿈꾸는 남성 주체가 되기 전에 세이렌이 숨어 있는 바다에서 실종될 것이 분명하다. 카프카의 세계에서 이

성은 결코 자연을 지배하지 못한다.

카프카적 문학 속 코믹 터치,
거리 두기를 암시하는 아이러니 전략

이렇게 보면 카프카의 소설들이 무겁고 진지한 정서로만 가득 차 있는 것처럼 보인다. 하지만 카프카의 장편소설들처럼 읽다가 웃음을 터뜨릴 수밖에 없는 소설은 독일 문학사에서 의외로 매우 드물다. 카프카는 누구보다도 코믹한 작가다. 그의 장편소설들을 지배하는 진지하고 성찰적인 혹은 비극적인 주제들은 시트콤을 방불케 하는 에피소드와 'B급' 정서로 펼쳐진다. 특히 카를 로스만이 옥시덴털 호텔에 당도하기 전에 방랑길에서 로빈슨과 들라마르슈, 두 떠돌이 부랑자들을 우연히 만나 겪는 일화들은 코믹한 요소들로 가득 차 있다. 얼핏 무용하고 무해한 동네 건달쯤 돼 보이는 이 두 사람이 로스만을 데리고 당도하는 곳이 이후 치명적인 곳으로 드러나는 '수상한' 가수 브루넬다의 세계다. 브루넬다는 로빈슨과 들라마르슈에게는 세상에서 가장 아름다운 여인, 이 둘의 이성을 마비시킨 팜므파탈 그 자체이지만 실상은 독일 문학사에서 가장 기괴하고 역겹게 형상화된 엽기적 인물 중 하나다.

로스만이 로빈슨과 들라마르슈, 브루넬다와 함께 보여주는 시트콤은 카프카의 문학을 이해하는 데 중요한 요소다. 카프카는 결코 무겁기만 한 작가가 아니다. 독자들은 카프카의 장편소설들을 읽으면서 웃음을 멈출 수 없고, 자연스럽게 무겁고 비극적인 주제들로

부터 적절한 거리를 두게 된다. 카프카는 자신의 이야기를 들려주며 이 이야기는 '자신의' (주관적인) 이야기라는 것을, 그러니 독자들은 (객관적인) 거리를 둬야 함을 알려준다.

미완의, 그러나 예고된 결말

카프카는 브루넬다 에피소드를 완성하지 못하고 소설을 중단한다. 그가 남긴 이 소설의 원고에는 일명 '오클라하마의 자연극장'이라는 단편이 있는데, 혹자는 이 단편을 근거로 《실종자》가 해피엔딩의 유토피아적 소설로 구상됐을 거라는 해석을 내놓기도 한다. 미완성의 이 에피소드가 상반된 해석의 가능성을 품고 있다는 것은 분명하지만, 카프카는 소설 제목이 말해주듯 카를 로스만을 애초 '실종자'로 구상했다. 카프카가 전통적인 성장 스토리가 보여주는 '행복하고 희망적인' 이야기를 쓰지 않으려 한 것은 분명하다.

카프카는 친구에게 보낸 한 편지에서 '우리를 아프게 하는 책을 읽어야 한다'라고 했다. 사랑하는 사람의 죽음만큼이나 우리를 불행하게 해주는 책을 말이다. 그는 우리를 행복하게 해주는 책들이야 필요하면 얼마든지 직접 쓸 수 있지 않겠냐고 반문하면서 시종일관 '불행의 시학'을 고수한다. 카프카가 쓰는 '성장 서사'의 불가능성은 근대 세계에 대한 근본적인 성찰을 의미한다.

18세기 근대 사회와 '개인'의 출현 이후 '성장과 발전'은 매우 중요한 화두 중 하나가 되었다. 근대 사회는 '멈춰 있음'을 그리고 '반복'을 용납하지 않는다. 개인에게 요구하는 것도 마찬가지다. 모든 것은 쉼 없이 움직이고 새롭게 변하고 발전해야 한다. 하지만 이와 같은 역사가 200년 동안 달려온 지금, 인류가 서 있는 곳은 (인류를 포함해) 대멸종의 위기 앞이다.

홍길표(연세대학교 독어독문학과 교수)

프란츠 카프카 연보

1883년 7월 3일, 오스트리아-헝가리 제국에 속한 보헤미아 왕국(지금의 체코)의 수도 프라하에서 독일어를 쓰는 유대인 중산층 가정의 장남으로 태어남.

1889~1893년 독일계 소년학교(4년제 초등학교)에 다님. 누이동생 가브리엘레, 발레리에, 오틸리에가 태어남. 카프카는 오틸리에와 특히 친하게 지냈고 훗날 세 여동생은 아우슈비츠 수용소에서 사망함.

1893~1901년 알트슈타트 독일계 국립 김나지움(인문 중고등학교)에 다님.

1901년 가을, 프라하에 있는 독일계 카를 페르디난트대학교에 입학. 처음에는 화학을 공부하다가 독문학, 미술사학, 법학을 수학함.

1902년 가을, 뮌헨 여행에서 앞으로 독문학을 전공할 계획을 세웠으나 가족의 기대에 부응하기 위해 프라하에서 법학 공부를 이어감. 그 무렵 평생의 벗이 될 막스 브로트를 만남.

1906년 알프레트 베버(정치경제학자 막스 베버의 동생)의 지도하에 법학 박사학위를 받음. 이후 프라하 법원에서 법률 시보로 1년간 수습 기간을 마침.

1907년 첫 직장인 이탈리아계 민간 보험회사에 취직해 약 9개월 근무함.

1908년 3월, 문예지《히페리온》에 8편의 산문을 발표. 7월, '보헤미아왕국 노동자재해보험공사'로 직장을 옮겨 1922년 퇴직하기까지 14년 동안 낮에는 법률가로 근무하고 밤에는 글쓰기에 몰두함.

1911년 첫 장편소설《실종자(*Der Verschollene*)》 집필에 착수하지만 이듬해 원고를 파기함. 이 작품은 훗날 막스 브로트가 '아메리카(*Amerika*)'라는 제목으로 1927년 출간함.

1912년 9월, 단편 〈판결(Das Urteil)〉 집필, 펠리체 바우어를 만남. 다시《실종자》 집필에 착수해 첫 장인 〈화부(Der Heizer)〉와 다섯 장을 완성함. 11~12월, 〈변신(Die Verwandlung)〉을 집필함.

1913년 5월,《실종자》의 첫 장인 〈화부〉가 별도로 출간됨. 막스 브로트가 발행하는 문학 연감《아르카디아》에 〈판결〉이 수록됨.

1914년 펠리체 바우어와 약혼하고 6주 후 파혼. 장편《소송(*Der Prozeß*)》과 단편 〈유형지에서(In der Strafkolonie)〉 집필. 제1차 세계대전 발발. 직장 필수 인력으로 징집에서 제외됨.

1915년 몇 작품의 집필을 계속 이어가는 가운데 펠리체 바우어와 재회. 〈변신〉 출간. 1913년 출간된 〈화부〉로 폰타네문학상을 수상함.

1916년 〈판결〉 출간. 단편집 《시골 의사(*Ein Landarzt*)》를 집필함.

1917년 펠리체와 두 번째 약혼. 폐결핵 진단을 받고 펠리체와 파혼. 보헤미아 취라우에 사는 여동생 오틸리에의 집에서 지내며 일명 《취라우 아포리즘》을 씀.

1918년 종전. 체코슬로바키아공화국 성립. 율리에 보리체크를 만남.

1919년 〈유형지에서〉 출간. 율리에 보리체크와 약혼하지만 결혼식 직전에 취소. 단편집 《시골 의사》 출간. 아버지와의 오랜 갈등을 계기로 '아버지에게 드리는 편지'를 씀.

1922년 장편 《성(*Das Schloß*)》 집필 시작. 단편 〈단식 광대(Ein Hungerkünstler)〉 집필함.

1923년 여름, 도라 디아만트를 만나 교제를 시작하고 9월에 베를린으로 이주. 단편 〈작은 여자〉와 〈굴〉을 씀.

1924년 3월, 건강 상태가 악화해 막스 브로트가 카프카를 프라하로 데려옴. 마지막 작품 〈가수 요제피네 또는 쥐 종족〉을 집필. 여러 차례 요양소를 옮겨다니며 단편집 《단식 광대》 원고를 교정함. 6월 3일, 오스트리아 빈 근교 호프만 요양소에서 세상을 떠남. 6월 11일, 프라하 신유대인공동묘지에 안장됨. 카프카는 막스 브로트에게 모든 유고를 불태워달라는 유언을 남겼으나, 유언에서 제외된 《단식 광대》는 8월, 단편집으로 출간됨.

1925~1927년 막스 브로트가 1925년에 《소송》을 출간하고 이듬해에 《성》을 출간함. 이어서 1927년에는 《실종자》가 '아메리카'라는 제목으로 출간됨.

옮긴이 **송경은**

성신여자대학교 독어독문학과를 졸업하고 독일 괴팅겐대학교에서 독문학을 전공했다. 독일 바이에른주 경제협력청 한국사무소와 독일 회사에서 통역을 전담했다. 현재 KBS 다큐멘터리 시리즈를 비롯해 독일어 전문통번역가로 활동하고 있다. 옮긴 책으로 안드레아스 그루버의《여름의 복수》《지옥이 새겨진 소녀》, 아나 그루에의《이름 없는 여자들》《유다의 키스》, 로미 하우스만의《사랑하는 아이》, 테사 란다우의《숲속 노부인이 던진 네 가지 인생 질문》등이 있다.

실종자

1판 1쇄 발행 2024년 9월 10일

지은이 프란츠 카프카 | 옮긴이 송경은
펴낸곳 (주)문예출판사 | 펴낸이 전준배
출판등록 2004. 02. 11. 제 2013-000357호 (1966. 12. 2. 제 1-134호)
주 소 04001 서울시 마포구 월드컵북로 21
전 화 393-5681 | 팩 스 393-5685
홈페이지 www.moonye.com | 블로그 blog.naver.com/imoonye
페이스북 www.facebook.com/moonyepublishing | 이메일 info@moonye.com

ISBN 978-89-310-2368-8 04800
ISBN 978-89-310-2365-7 (세트)

■ 문예세계문학선

★ 서울대, 연세대, 고려대 필독 권장 도서 ▲ 미국대학위원회 추천 도서
● 《타임》 선정 현대 100대 영문 소설 ▽ 《뉴스위크》 선정 세계 100대 명저

1 **젊은 베르테르의 슬픔** 괴테 / 송영택 옮김
▲▽ 2 **멋진 신세계** 올더스 헉슬리 / 이덕형 옮김
▲●▽ 3 **호밀밭의 파수꾼** J. D. 샐린저 / 이덕형 옮김
4 **데미안** 헤르만 헤세 / 구기성 옮김
5 **생의 한가운데** 루이제 린저 / 전혜린 옮김
6 **대지** 펄 S. 벅 / 안정효 옮김
●▽ 7 **1984** 조지 오웰 / 김승욱 옮김
▲●▽ 8 **위대한 개츠비** F. 스콧 피츠제럴드 / 송무 옮김
▲●▽ 9 **파리대왕** 윌리엄 골딩 / 이덕형 옮김
10 **삼십세** 잉게보르크 바흐만 / 차경아 옮김
★▲ 11 **오이디푸스왕 · 안티고네** 소포클레스 · 아이스킬로스 / 천병희 옮김
★▲ 12 **주홍글씨** 너새니얼 호손 / 조승국 옮김
▲●▽ 13 **동물농장** 조지 오웰 / 김승욱 옮김
★ 14 **마음** 나쓰메 소세키 / 오유리 옮김
★ 15 **아Q정전 · 광인일기** 루쉰 / 정석원 옮김
16 **개선문** 레마르크 / 송영택 옮김
★ 17 **구토** 장 폴 사르트르 / 방곤 옮김
18 **노인과 바다** 어니스트 헤밍웨이 / 이경식 옮김
19 **좁은 문** 앙드레 지드 / 오현우 옮김
★▲ 20 **변신 · 시골 의사** 프란츠 카프카 / 이덕형 옮김
★▲ 21 **이방인** 알베르 카뮈 / 이휘영 옮김
22 **지하생활자의 수기** 도스토옙스키 / 이동현 옮김
★ 23 **설국** 가와바타 야스나리 / 장경룡 옮김
★▲ 24 **이반 데니소비치의 하루** A. 솔제니친 / 이동현 옮김
25 **더블린 사람들** 제임스 조이스 / 김병철 옮김
★ 26 **여자의 일생** 기 드 모파상 / 신인영 옮김
27 **달과 6펜스** 서머싯 몸 / 안흥규 옮김
28 **지옥** 앙리 바르뷔스 / 오현우 옮김
★▲ 29 **젊은 예술가의 초상** 제임스 조이스 / 여석기 옮김
▲ 30 **검은 고양이** 애드거 앨런 포 / 김기철 옮김
★ 31 **도련님** 나쓰메 소세키 / 오유리 옮김
32 **우리 시대의 아이** 외된 폰 호르바트 / 조경수 옮김
33 **잃어버린 지평선** 제임스 힐턴 / 이경식 옮김
34 **지상의 양식** 앙드레 지드 / 김붕구 옮김
35 **체호프 단편선** 안톤 체호프 / 김학수 옮김
36 **인간 실격** 다자이 오사무 / 오유리 옮김
37 **위기의 여자** 시몬 드 보부아르 / 손장순 옮김
●▽ 38 **댈러웨이 부인** 버지니아 울프 / 나영균 옮김
39 **인간희극** 윌리엄 사로얀 / 안정효 옮김
40 **오 헨리 단편선** O. 헨리 / 이성호 옮김
★ 41 **말테의 수기** R. M. 릴케 / 박환덕 옮김
42 **파비안** 에리히 케스트너 / 전혜린 옮김
★▲▽ 43 **햄릿** 윌리엄 셰익스피어 / 여석기 옮김
44 **바라바** 페르 라게르크비스트 / 한영환 옮김
45 **토니오 크뢰거** 토마스 만 / 강두식 옮김
46 **첫사랑** 이반 투르게네프 / 김학수 옮김
47 **제3의 사나이** 그레이엄 그린 / 안흥규 옮김
★▲▽ 48 **어둠의 속** 조셉 콘래드 / 이덕형 옮김
49 **싯다르타** 헤르만 헤세 / 차경아 옮김
50 **모파상 단편선** 기 드 모파상 / 김동현 · 김사행 옮김
51 **찰스 램 수필선** 찰스 램 / 김기철 옮김
★▲▽ 52 **보바리 부인** 귀스타브 플로베르 / 민희식 옮김
53 **페터 카멘친트** 헤르만 헤세 / 박종서 옮김
★ 54 **몽테뉴 수상록** 몽테뉴 / 손우성 옮김
55 **알퐁스 도데 단편선** 알퐁스 도데 / 김사행 옮김
56 **베이컨 수필집** 프랜시스 베이컨 / 김길중 옮김
★▲ 57 **인형의 집** 헨리크 입센 / 안동민 옮김
★ 58 **소송** 프란츠 카프카 / 김현성 옮김
★▲ 59 **테스** 토마스 하디 / 이종구 옮김
★▽ 60 **리어왕** 윌리엄 셰익스피어 / 이종구 옮김
61 **라쇼몽** 아쿠타가와 류노스케 / 김영식 옮김
▲▽ 62 **프랑켄슈타인** 메리 셸리 / 임종기 옮김
▲●▽ 63 **등대로** 버지니아 울프 / 이숙자 옮김
64 **명상록** 마르쿠스 아우렐리우스 / 이덕형 옮김
65 **가든 파티** 캐서린 맨스필드 / 이덕형 옮김
66 **투명인간** H. G. 웰스 / 임종기 옮김
67 **게르트루트** 헤르만 헤세 / 송영택 옮김
68 **피가로의 결혼** 보마르셰 / 민희식 옮김

(뒷면 계속)

★ 69 **팡세** 블레즈 파스칼 / 하동훈 옮김
70 **한국 단편 소설선** 김동인 외
71 **지킬 박사와 하이드** 로버트 L. 스티븐슨 / 김세미 옮김
▲ 72 **밤으로의 긴 여로** 유진 오닐 / 박윤정 옮김
★▲▽ 73 **허클베리 핀의 모험** 마크 트웨인 / 이덕형 옮김
74 **이선 프롬** 이디스 워튼 / 손영미 옮김
75 **크리스마스 캐럴** 찰스 디킨슨 / 김세미 옮김
★▲ 76 **파우스트** 요한 볼프강 폰 괴테 / 정경석 옮김
▲ 77 **야성의 부름** 잭 런던 / 임종기 옮김
★▲ 78 **고도를 기다리며** 사뮈엘 베케트 / 홍복유 옮김
★▲▽ 79 **걸리버 여행기** 조너선 스위프트 / 박용수 옮김
80 **톰 소여의 모험** 마크 트웨인 / 이덕형 옮김
★▲▽ 81 **오만과 편견** 제인 오스틴 / 박용수 옮김
★▽ 82 **오셀로 · 템페스트** 윌리엄 셰익스피어 / 오화섭 옮김
★ 83 **맥베스** 윌리엄 셰익스피어 / 이종구 옮김
▽ 84 **순수의 시대** 이디스 워튼 / 이미선 옮김
★ 85 **차라투스트라는 이렇게 말했다** 니체 / 황문수 옮김
★ 86 **그리스 로마 신화** 에디스 해밀턴 / 장왕록 옮김
87 **모로 박사의 섬** H. G. 웰스 / 한동훈 옮김
88 **유토피아** 토머스 모어 / 김남우 옮김
★▲ 89 **로빈슨 크루소** 대니얼 디포 / 이덕형 옮김
90 **자기만의 방** 버지니아 울프 / 정윤조 옮김
▲ 91 **월든** 헨리 D. 소로 / 이덕형 옮김
92 **나는 고양이로소이다** 나쓰메 소세키 / 김영식 옮김
★ 93 **폭풍의 언덕** 에밀리 브론테 / 이덕형 옮김
★▲ 94 **스완네 쪽으로** 마르셀 프루스트 / 김인환 옮김
★ 95 **이솝 우화** 이솝 / 이덕형 옮김
★ 96 **페스트** 알베르 카뮈 / 이휘영 옮김
▲ 97 **도리언 그레이의 초상** 오스카 와일드 / 임종기 옮김
98 **기러기** 모리 오가이 / 김영식 옮김
★▲ 99 **제인 에어 1** 샬럿 브론테 / 이덕형 옮김
★▲100 **제인 에어 2** 샬럿 브론테 / 이덕형 옮김
101 **방황** 루쉰 / 정석원 옮김
102 **타임머신** H. G. 웰스 / 임종기 옮김
●103 **보이지 않는 인간 1** 랠프 엘리슨 / 송무 옮김
●104 **보이지 않는 인간 2** 랠프 엘리슨 / 송무 옮김
▲105 **훌륭한 군인** 포드 매덕스 포드 / 손영미 옮김
106 **수레바퀴 아래서** 헤르만 헤세 / 송영택 옮김
▲107 **죄와 벌 1** 표도르 도스토옙스키 / 김학수 옮김
▲108 **죄와 벌 2** 표도르 도스토옙스키 / 김학수 옮김
109 **밤의 노예** 미셸 오스트 / 이재형 옮김
110 **바다여 바다여 1** 아이리스 머독 / 안정효 옮김
111 **바다여 바다여 2** 아이리스 머독 / 안정효 옮김
112 **부활 1** 레프 톨스토이 / 김학수 옮김
113 **부활 2** 레프 톨스토이 / 김학수 옮김
▲●114 **그들의 눈은 신을 보고 있었다** 조라 닐 허스턴 / 이미선 옮김
115 **약속** 프리드리히 뒤렌마트 / 차경아 옮김
116 **제니의 초상** 로버트 네이선 / 이덕희 옮김
117 **트로일러스와 크리세이드** 제프리 초서 / 김영남 옮김
118 **사람은 무엇으로 사는가** 레프 톨스토이 / 이순영 옮김
119 **전락** 알베르 카뮈 / 이휘영 옮김
120 **독일인의 사랑** 막스 뮐러 / 차경아 옮김
121 **릴케 단편선** R. M. 릴케 / 송영택 옮김
122 **이반 일리치의 죽음** 레프 톨스토이 / 이순영 옮김
123 **판사와 형리** F. 뒤렌마트 / 차경아 옮김
124 **보트 위의 세 남자** 제롬 K. 제롬 / 김이선 옮김
125 **자전거를 탄 세 남자** 제롬 K. 제롬 / 김이선 옮김
126 **사랑하는 하느님 이야기** R. M. 릴케 / 송영택 옮김
127 **그리스인 조르바** 니코스 카잔차키스 / 이재형 옮김
128 **여자 없는 남자들** 어니스트 헤밍웨이 / 이종인 옮김
129 **사양** 다자이 오사무 / 오유리 옮김
130 **슌킨 이야기** 다니자키 준이치로 / 김영식 옮김
131 **실종자** 프란츠 카프카 / 송경은 옮김
132 **시지프 신화** 알베르 카뮈 / 이가림 옮김
133 **장미의 기적** 장 주네 / 박형섭 옮김
134 **진주** 존 스타인벡 / 김승욱 옮김